LA PRISIONERA
HÚNGARA

Susana Wein

LA PRISIONERA HÚNGARA

mr

© 2023, Editorial Planeta Mexicana, S.A. de C.V.
Bajo el sello editorial PLANETA M.R.
Avenida Presidente Masarik núm. 111,
Piso 2, Polanco V Sección, Miguel Hidalgo
C.P. 11560, Ciudad de México
www.planetadelibros.com.mx

Primera edición en formato epub: septiembre de 2023
ISBN: 978-607-39-0561-9

Primera edición impresa en México: septiembre de 2023
ISBN: 978-607-39-0499-5

Impreso en los talleres de Litográfica Ingramex, S.A. de C.V.
Centeno núm. 162-1, colonia Granjas Esmeralda, Ciudad de México
Impreso y hecho en México – *Printed and made in Mexico*

En recuerdo de mis padres Rosa y Guillermo

PARTE UNO

Hungría-Baden-París
1849-1870

Capítulo 1

Tres húsares pasaron a galope, levantando un halo de polvo. La tarde caía en la pequeña ciudad de Baden. Minie sacó un pañuelo blanco de su bolso para secarse con discreción el sudor que humedecía su nuca. No osaba cruzar a la acera de enfrente. Tras la reja del jardín, observaba a la anciana sentada bajo la fronda de un olmo. Minie apretó su bolso. Dentro llevaba el diario de Lenke, el único argumento con el que podría comprobar que aquella anciana era su abuela.

Tenía más de una hora parada frente a la casa; dos desde que había llegado de Viena en tren. El viento cálido, insistente, se colaba entre su ropa y jugueteaba con el velo que cubría su rostro. Dentro de uno de sus guantes guardaba una hoja escrita a toda prisa con la dirección de Baden. Todavía se sentía presa del disgusto que le había provocado la sirvienta vienesa con su soberbia. Con la excusa de que la señora de la casa no aprobaría que diera informes a una extraña, sin ninguna recomendación, decidió asediarla con preguntas.

Minie se tragó su irritación y, sin alzar la voz, insistió en hablar con la señora; el asunto era privado. De ser necesario, estaría dispuesta a aguardar hasta que ésta la recibiera. Altiva, la sirvienta, se alisó el uniforme almidonado, infló el pecho como ganso y, con una sonrisa, le informó que la señora Rhodakanaty, la dueña de la casa, hacía dos años que se había mudado a Baden por recomendación médica, en espera de que las aguas termales aliviaran sus molestias. Minie de inmediato sacó unas monedas de su bolso, ofreció dos *kreuzer*. La sirvienta las tomó al instante y susurró una dirección antes de cerrar la puerta de golpe.

De regreso a la pensión, Minie, rabiosa, maldijo la prepotencia austriaca. Guardó en su bolso lo indispensable y dejó su maleta encargada. Viajaría a Baden; necesitaba comprobar la veracidad de la información, quizás la sirvienta le había mentido. Baden quedaba a veinticinco kilómetros de Viena, bien podría regresar al día siguiente. Mientras compraba su boleto de ida y vuelta del tren, sintió que en las últimas semanas su vida se acompasaba al traqueteo metálico de las ruedas del tren: Györ-Budapest-Györ-Viena y ahora Baden.

Todo inició con un telegrama: «Abuela pasó a mejor vida. Comió, tomó siesta, no despertó». Firmaba Miklós Márta. El padre leía en silencio, sopesaba la reacción que tendrían su mujer y su hija al escuchar la noticia. Inquietas, madre e hija cruzaron miradas. Arpad se acarició la barba entrecana, se aclaró la garganta e informó el suceso. Aprovechó ese primer silencio de las mujeres para de inmediato informar que sólo ellas irían al entierro en Budapest.

—¿Solas?

—Solas.

Por el momento, el negocio no admitía que él se ausentara de Györ. Gízela soltó un quejido dilatado, se talló los ojos bañados en llanto y repitió agraviada:

—¿Solas?

Arpad se acomodó los espejuelos y asintió; ambas se encargarían de recoger las pertenencias de la abuela Sylvia. Ya en su momento, él había previsto estos inconvenientes, cuando Lenke murió y la abuela se negó a abandonar Budapest para irse a vivir con ellos. Lo dijo entonces y se comprobaba ahora, la abuela Sylvia, era una mujer terca. Esto venía a reafirmar su tesis: las mujeres, cuando enviudan jóvenes, olvidan que rara vez tienen razón y se niegan a dejarse conducir por la mano del hombre.

Minie y Gízela partieron al día siguiente con la certeza de que las esperaba mucho trabajo. Traerían a casa piezas de plata, la vajilla de porcelana, uno que otro mueble antiguo heredado por generaciones y libros; pero el resto habría que venderlo o regalarlo. Gízela aprovechó las horas en el tren para desahogar, en un monólogo continuo, el enojo contra su madre: por haberse muerto a destiempo, por dejarla huérfana y por obligarla a levantar la casa sola. Somnolienta, Minie apenas la escuchaba. Por la ventana del vagón se confundían los paisajes con el recuerdo de su abuela. Sentía un profundo pesar. La abuela Sylvia tenía una extraña manera de mostrar su cariño. Uno de sus dichos preferidos era «no acariciar a los niños, ni besarlos para no maleducarlos». Minie aprendió a reconocer el cariño de su abuela en los pasteles que le preparaba y en los largos paseos a orillas del Danubio durante los veranos, cuando, tomadas de la mano, la entretenía con historias fantásticas que jamás repetía.

Después del entierro, regresaron al departamento. El olor penetrante a musgo, inseparable compañero de la abuela, se agudizó en la oscuridad, apresado entre las cortinas cerradas y los paños negros sobre los espejos. Minie sintió que el ambiente la ahogaba, entreabrió el cortinaje y se asomó a la calle. Gízela de inmediato cerró de tajo la cortina como si bajara un telón.

—Hija, respeta el luto. Ahora encenderé una lámpara. Comamos algo, después podremos empezar. —Miró a su alrededor y suspiró ante la empresa que la esperaba—. No sé cómo lo voy a lograr sin la ayuda de tu padre.

La señora Miklós, vecina y amiga desde la infancia, entró con un pastel.

—Esto es para las visitas, no están para cocinar.

Gízela era mayor y solía adoptar un aire condescendiente con ella.

—Gracias. No deberías molestarte…; te lo agradezco, Márta.

Márta sonrió, orgullosa de su diente de oro. Llevaba la amplitud de sus carnes con gran soltura. En un movimiento continuo y dilatado acomodó el pastel sobre la mesa, luego se

13

pasó un pañuelo por los ojos, tomó de la mano a Gízela, suspiró profundamente al decir que la muerte es más dolorosa para los vivos y terminó con un beso húmedo sobre la mejilla de Minie. Cumplido el pésame de rigor, dio paso al buen humor y, sonriente, se las llevó a comer a su casa.

Los días le parecieron interminables a Minie; tenía vetado salir a pasear. No supo bien si esto obedecía al luto o a la obsesión de su madre por tener todo bajo control. Observó a su alrededor y su sensación de encierro aumentó. La amplia estancia se empequeñecía ante la abundancia de mesas cuadradas, mesas redondas, candeleros espigados, taburetes recubiertos de *petit point*, sillones con carpetas de intrincados diseños sobre los descansabrazos; sobre los muros, retratos al óleo de bisabuelos junto a paisajes marinos ajenos al ojo *magyar*; sobre el piso de madera, tapetes persas y otomanos en franca competencia de colores. Una colección de estilos disímbolos constituía la herencia de abuelos y tíos que la abuela Sylvia había conservado en perfecto estado para, a su vez, heredarlos a sus hijas.

El verano se negaba a partir. Soplaba un airecillo dulce que imprimía a los días una calidez inesperada para el mes de septiembre. Quedarse adentro, con las cortinas cerradas, obligaba a Minie a someter su impulso de salir corriendo y perderse entre las calles.

Gízela recogía, guardaba, seleccionaba y disponía la repartición de la ropa, los libros, las vajillas y los muebles. Depositaba montoncitos por toda la casa, respetando una que otra silla y un tercio de mesa para sentarse a comer. Minie quería hojear papeles, oler pañuelos y blusas; saber de la abuela, joven, cuando la tía Lenke y su madre habían sido niñas. A sus preguntas, Gízela contestaba con monosílabos. No tenía paciencia para esas tonterías; contaba los días en que la pesadilla terminara y pudiera regresar a la comodidad de su hogar. De vez en cuando, la señora Miklós las ayudaba en esa tarea y aligeraba el tedio del trabajo al rememorar anécdotas de Gízela,

Lenke y ella misma cuando eran niñas: sus travesuras y los castigos severos que les imponía la abuela Sylvia.

—No fue fácil para una viuda sacar adelante a sus hijas pequeñas, Márta —Gízela la amonestó arrugando la frente y las comisuras de los labios.

—En eso tienes razón, querida. No es nada fácil quedarte sola de la noche a la mañana. Un día estás casada y al otro te traen a tu marido asesinado.

Minie soltó las sábanas que estaba empacando en una caja.

—¿Mi abuelo murió asesinado?

Gízela miró a la señora Miklós. Se mordió los labios y se controló.

—No es seguro. Un día fue a un pueblo a cobrar unas cuentas que le debían y esa misma noche lo trajeron muerto. No se sabe…, tu abuela nunca habló de eso.

—Pero tú…

—Yo era pequeña. Lenke y yo dormíamos cuando lo trajeron envuelto en una frazada y lo acostaron sobre la cama. Nos enteramos al día siguiente. Mi madre estaba sentada a su lado sin quitarle los ojos de encima. No dejó que nadie lo tocara. Nos dijo que estaba dormido y que no había que despertarlo.

—¿Y le creíste?

Gízela asintió. Su voz fue inesperadamente suave.

—Hay muertos que parecen dormidos. Lenke, que sólo tenía tres años, no obedeció. Corrió hacia él, lo tomó de la mano y trató de despertarlo. Mamá empezó a llorar como si el mundo se nos viniera encima.

Márta Miklós se acercó a Minie y a media voz dijo:

—Mi madre nos contó…

—¡Calla, Márta! Tú y yo sabemos que a tu madre le gustaba enredarlo todo. Exijo para la mía un poco de respeto, que aún está caliente en su tumba.

Desde pequeña, Minie vivía con la sensación de que en la familia de su madre había historias secretas, turbias. Gízela y la abuela se negaban a hablar del pasado. De su tía Lenke guardaba un recuerdo vago; había muerto cuando Minie estaba por cumplir once años. Le contaron que no resistió la tuberculosis. En esa ocasión, su madre viajó sola a Budapest para el entierro.

Minie recordaba a Lenke como una mujer frágil, de sonrisa triste, que rehuía contrariar a la abuela y a su hermana mayor. Cuando éstas le hacían algún señalamiento, corría a refugiarse a su habitación, a desahogar su pena llorando. Rara vez abría la boca; su voz delgada parecía romperse al menor esfuerzo. Tenía una mirada aterciopelada, de ojos oscuros, sombreados por pestañas abundantes. En una ocasión, Minie le comentó:

—Tía Lenke, debes de haber sido más bonita que mamá. De seguro tuviste muchos pretendientes.

Ante el asombro de la niña, Lenke empalideció, su rostro se arrugó en una mueca de dolor, un caudal de lágrimas se deslizó por sus mejillas y, sin mediar palabra, se cubrió hasta el cabello con el edredón, asemejando un bulto blanco sobre la cama. No recordaba otra conversación a solas con ella. Sin embargo, a menudo su tía le cosía muñecos hechos con retazos de telas, le tejía guantes de lana y, en cada cumpleaños, le enviaba un vestido con hermosos bordados en el cuello y las mangas.

Parada frente a la ventana, Minie aprovechó que estaba sola para recorrer las cortinas. Estaba harta de empacar, del encierro. El polvo y la naftalina entre la ropa de la abuela le provocaban estornudos. Escuchó unos pasos, cerró la ventana y corrió las cortinas. La señora Miklós entró.

—Por mí ni te molestes; supuse que Gízela no estaba en casa.

—Fue a hablar con el abogado.

La señora Miklós traía entre las manos una pequeña caja de madera labrada, con una cerradura al centro.

—¿Le puedo ofrecer un café?

Márta suspiró profundamente, hizo a un lado una pila de libros y se sentó en el sofá. Invitó a la joven a sentarse junto a ella.

—Eres una chica buena, encantadora. Está mal tenerte encerrada todo el tiempo, pero qué se le va a hacer; Gízela es terca a morir. Ahora debo cumplir una promesa, mi querida Minerva.

Minie la miró desconcertada, nadie la llamaba por su nombre, era tan raro escucharlo entre los húngaros que preferían simplificarlo a Minie. La señora Miklós tomó la mano delicada de la joven entre las suyas regordetas.

—Hace muchos años juré que a la muerte de tu abuela te haría entrega de esto.

Minie recibió la caja.

—¿Mi abuela pidió que me la entregaras?

—No. Antes de morir, Lenke, que fue como una hermana para mí, me hizo jurarlo. Ella siempre la mantuvo escondida.

Las sorprendió el portazo y los pasos apresurados de Gízela. Una mirada de angustia cruzó el rostro de la señora Miklós. Le murmuró:

—Guarda esto inmediatamente, que no se entere… y menos el cómo llegó a tus manos. Más tarde ven a mi casa y platicamos.

Minie se apresuró a esconder la caja tras la enorme estufa de mosaicos blancos que dominaba la estancia entre la sala y el comedor.

Gízela entró a la sala y se topó de frente con la señora Miklós que afectuosamente la tomó del brazo.

—¿Todo bien?

—Sí, papeles y más papeles, pero creo que estamos por terminar. ¿Tú qué haces aquí?

—Vine a buscarte, a invitarlas un rato a la casa a tomar un buen café, unas galletas de chocolate y almendra, no les caería mal descansar un poco. Minie se ve desmejorada, no la puedes tener entre cuatro paredes todo el día.

La tarde refrescaba. Minie observó su reloj: eran casi las cinco de la tarde. Vio cuando levantaron a la anciana de la silla y la metieron dentro de la casa. Sentía las piernas entumidas. Indecisa, no se atrevía a cruzar la calle y jalar el cordón de la campana. La presencia de la anciana la había inhibido. Cuando tomó la decisión de ir en su búsqueda a Viena, le pareció sencillo llegar y presentarse ante ella. Sin embargo, ahora en Baden, cuando ella estaba a su alcance, la dominaba una timidez inesperada.

Estaba cansada, titubeaba presa de emociones violentas. O cruzaba la calle y llamaba a la puerta, o regresaba a Viena por sus cosas. La noche no tardaría en caer. Miró hacia la casa; una ventana del segundo piso se iluminó brevemente antes de que unas cortinas gruesas la oscurecieran. Era demasiado tarde para hacer una visita. Decidió regresar a la estación de trenes.

Entró a la taberna junto a la estación. Un olor a rancio impregnaba el lugar. Algunas mesas estaban ocupadas; había pocas mujeres, todas acompañadas. Se sintió incómoda. Buscó una mesa junto al ventanal que daba al andén. Pasó el dedo enguantado por la superficie del vidrio y escribió una erre mayúscula sobre la capa de polvo.

Una tos brusca la sorprendió, levantó la cabeza para toparse con la mirada burlona del mesero, quien cubría su vientre distendido con un mandil blanco salpicado de salsa. Se jalaba los bigotes espesos, rubios.

—¿Y? ¿Va a consumir?

Desconcertada, tardó en contestar. Pidió lo primero que le vino a la cabeza:

—*Gulaschsuppe, bitte.*

—¿Vino?

Minie presionada, contestó con voz firme.

—Blanco, un vaso… y un té.

—¿Antes o después?

Minie no entendió. Impaciente, el mesero la observaba.

—El té.

Esa estúpida soberbia austriaca la sacaba de quicio constantemente. Incómoda, contestó.

—Antes, por supuesto, antes.

El mesero se alejó sacudiendo la cabeza, en reprobación. Había respondido sin pensar, ahora tendría que tomarse el té al principio. Una voz ronca a sus espaldas la sobresaltó.

—No se preocupe, es un amargado. Ve a una linda chica joven y vomita bilis; así fue de joven y así será hasta el día en que se muera.

Minie miró hacia atrás. Una vieja de rostro arrugado le sonreía. Estaba recargada en su escobón. Se limpiaba la boca con la punta de un trapo blanco.

—¿Qué hace sola una damita a estas horas?

La incomodidad de Minie iba en aumento. Dijo que esperaba tomar el primer tren para Viena.

—El primero, me temo, no pasa hasta mañana, señorita.

El mesero puso frente a Minie la sopa de *gulasch*, el vino, un plato con gruesas rebanadas de pan y el té, dio la media vuelta y se fue.

La vieja se acercó a un costado de Minie.

—Es mejor pasar la noche en una cama que sentada en una banca de la estación, ¿no? Hay una pequeña pensión aquí enfrente. La dueña es buena persona y no cobra caro. —La vieja se alejó barriendo entre las mesas.

Minie se quedó absorta ante el plato humeante. Cuando tomó la decisión de ir en busca de sus raíces, no consideró dificultad alguna. Puso oídos sordos a los argumentos que esgrimió su padre y a las reclamaciones de su madre. Ahora no podía darse por vencida. A primera hora saldría para Viena a recoger sus pertenencias y se quedaría en Baden el tiempo necesario. Se juró no regresar a Hungría hasta haber hablado con Rhodakanaty.

Capítulo 2

Lenke pasó los dos últimos años de su vida aferrada a las paredes de su habitación. Pocas veces intentó cruzar el umbral de la puerta. Su sonrisa triste se desgastaba ante el esfuerzo por someter la pereza de sus piernas o la languidez de sus brazos. La tos, persistente, la extenuaba hasta el borde de la muerte.

Agradecía la asidua compañía del silencio. En la penumbra transitaba del sueño a la poesía de Petöfi y Byron, que conocía de memoria. La luz de las candelillas recreaba sombras queridas que acompasaban su duermevela.

A pesar de los años de muerta, la presencia de Lenke flotaba en el silencio de su habitación, entre la cama, el buró y el armario hasta topar con el cortinaje que se levantaba infranqueable ante la vitalidad de la calle. Se dispersaba sobre la duela encerada, sobre el tapete persa con desteñidos tonos azules y rosas, se adhería a la media luz.

Minie abrió la puerta de esa habitación. Saltó y pisó el tapete. No quería que sus pasos sobre la duela llamaran la atención de su madre. La asaltó el olor penetrante de lavanda y naftalina que permeaba la habitación. La abuela Sylvia había sostenido que bastaba con orearlo y despolvarlo una vez al mes; de otra manera, la presencia de Lenke no perduraría.

Tan pronto como Gízela se retiró a dormir la siesta, Minie buscó la caja que escondió tras la estufa de cerámica blanca que se alzaba en una esquina de piso a techo. Intentó abrirla; estaba cerrada con llave. Corrió a casa de la señora Miklós, quien sonrió al verla llegar sofocada.

—Te esperaba, toma la llave. Quería que la abrieras sin que Gízela estuviera presente.

Minie la miró sin entender.

—Ya la conoces, en todo quiere meterse y podría decidir que no la abrieras, pero yo le juré a Lenke que te la entregaría.

Presa de curiosidad, con manos temblorosas, Minie abrió la caja. Encontró un cuaderno con una inscripción: *Diario de Lenke*. Debajo, un daguerrotipo. Lo observó con detenimiento. Cuatro jóvenes sonreían de frente. Una de las mujeres, de facciones delicadas, cabello largo y rizado, miraba de reojo a un joven serio con la vista fija en la lente. Una leyenda cruzaba la parte inferior: *Margitsziget, 1848*. Minie, inquisitiva, levantó la vista; la señora Miklós soltó una carcajada.

—Aunque no lo creas, la rubia delgadita soy yo; la bonita es Lenke. Mi hermano Ignats está entre las dos; el otro es un griego que se unió a la causa húngara contra los Habsburgo.

—Nunca pensé que Lenke fuera tan bonita. Parece que le atrae el griego.

—Para desencanto de mi hermano, así fue. Lenke sólo tenía ojos para Ploti. Sólo los jóvenes pueden encontrar momentos de placer cuando la muerte y la violencia acechan— Márta rio al recordar—. Pudimos eludir las barricadas, sin pensar en el peligro. Era un domingo soleado y decidimos pasarlo en la Isla Margarita. Lenke y yo habíamos preparado unos bocadillos, llevábamos una botella de vino. Ignats y el griego se habían separado de sus compañeros. Nos escondimos entre los matorrales, a la orilla del Danubio, borrando por unas horas el odio y el miedo de nuestras vidas.

Minie abrió el diario en la primera página y leyó unas cuantas líneas: «Hoy conocí el amor, soy otra. La niña desapareció en el momento en que me vi reflejada en sus ojos. Mi alma voló hacia él, Plotino. Qué hermoso nombre. Habla de su fuerza y su bondad».

Lo cerró de golpe. Sintió el rubor en su rostro. No debía inmiscuirse en la intimidad de otra persona.

La señora Miklós seguía con detenimiento los gestos de la joven, quería adivinar sus sentimientos.

—Con confianza, pregunta lo que quieras. Te prometo que te contestaré con la verdad.

—No sé si deba leerlo… es algo muy íntimo.

—Así es, pero Lenke quiso que tú lo leyeras, no se te olvide.

—¿Por qué yo?

La señora Miklós la observó durante largo rato. Sabía que la información que contenía ese diario cambiaría la vida de la joven.

—Creo que debes leerlo y luego platicamos.

Minie regresó al departamento. Tenía que aprovechar que su madre dormía. Decidió leer en el cuarto de Lenke. Cerró la puerta con llave. Se descalzó y, sin hacer ruido, se recostó en la cama sobre la colcha satinada. Las manos no cesaban de temblarle. Abrió la caja. Se dedicó a contemplar el retrato de los cuatro jóvenes, como si pudiera descifrar el mensaje de Lenke a través de sus rostros sonrientes. Tomó el diario entre sus manos, lo olió y acarició sus tapas desgastadas por el uso.

Ajena al paso del tiempo, Minie pasaba las hojas bajo la tenue luz de la vela. Lo leyó de principio a fin sin detenerse. Escogió algunos párrafos para releerlos. Guardaba las palabras en su memoria como si la voz débil de Lenke se las susurrara.

El forcejeo de la manija de la puerta la sobresaltó. La voz de su madre, irritada, irrumpió en el silencio: exigía entrar. Minie guardó todo en la caja y la escondió debajo de la almohada. Alisó la colcha y se apresuró a abrir.

Sorprendida e indignada, Gízela quiso saber la razón por la cual se había encerrado en el cuarto de Lenke. Minie se encogió de hombros y fingió sorpresa.

—No entiendo por qué no pudiste abrir.

—¿Dices que no cerraste con llave?

—Así es, quizás la cerradura está mal.

Gízela dudó.

—Ajá, pero ¿qué estabas haciendo?

—Nada. Sabía que dormías y no quise que el ruido de mis pisadas te despertase. Me gusta este cuarto, abro el ropero, reviso las telas que la abuela guardaba allí; quizás algunas sirvan para hacernos algunos vestidos. Me divierto. No hay nada que hacer aquí. Eso es todo.

Gízela sonrió satisfecha con la respuesta.

—Bien, preparo algo sabroso para cenar. Ve con Márta y dile que necesito un poco de azúcar.

Minie salió corriendo. Cruzó el pasillo. Un olor a dulce horneado la asaltó. La puerta del departamento Miklós siempre estaba abierta. Encontró a Márta en la cocina, ésta la miró de reojo mientras sacaba del horno un pastel; lo puso a enfriar sobre la mesa de madera.

—Mi mamá quiere un poco de azúcar.

—Espera y te llevas unas rebanadas a casa. Mientras se enfría un poco, podemos platicar. ¿Quieres un café? Ya está listo, supuse que llegarías en cualquier momento.

Minie rehuyó su mirada; pero asintió.

—¿Ya lo sabe?

Minie se revisó las uñas con detenimiento.

—No. Me encerré en el cuarto de Lenke para abrirla y…

Márta Miklós le pasó su taza de café y el azúcar.

—Hiciste bien. Cuando estés lista, si así lo deseas, se lo harás saber.

Minie levantó la vista. No podía contener el llanto. El esfuerzo le provocó un acceso de hipo. La señora Miklós le sirvió un vaso de agua y una cucharadita de azúcar.

—Tómate el azúcar rápido y trata de aguantar la respiración. ¡Eso! Otra vez.

Minie bebía un sorbo de agua entre cada respiración contenida. Al fin pudo murmurar en un filo de voz.

—¿Por qué mentirme, esconderme la verdad todo este tiempo?

Oyeron la voz de Gízela que se acercaba llamando a gritos a Minie. Márta Miklós le pasó un pañuelo y le sonrió. Con un susurro imperceptible se pusieron de acuerdo para encontrarse por la mañana y hablar largamente. Gízela entró a la cocina. Márta no la dejó decir una palabra.

—No la regañes. Le pedí que esperara a que el pastel se enfriara un poco. Quería mandarte un pedazo. ¿Café?

Gízela contuvo su enojo. Se sentó al lado de Minie y aceptó la taza de café.

—Me desespera no ver el final de esta situación. Quiero regresar a casa; es tanto trabajo, yo sola no puedo.

La señora Miklós cortó una rebanada del pastel de manzana y se lo sirvió. Aún estaba tibio. Gízela cortó un pedazo con el tenedor y lo saboreó lentamente.

—Mis fuerzas no dan para más.

Márta Miklós cruzó miradas con Minie.

—Se me ocurre que a veces un pequeño descanso sirve para recuperar fuerzas. Deberías ir a visitar a la amiga de tu madre. Podrías pasear un rato por Buda; eso te caería bien.

—Buena idea, mañana iremos a visitar a Teri *néni*, Minikam.

Minie hizo una mueca de disgusto. Márta Miklós sonrió y le sirvió otra rebanada de pastel a Gízela, quien había dejado su plato limpio de migajas.

—Gízela, querida, deja a Minie conmigo, nada tiene que hacer con una vieja amiga de tu madre. Mañana tengo que ir a comprar unas telas para los uniformes de mis pequeños y ella me puede acompañar.

Gízela aceptó de mala gana, no encontró razón para negarse.

Esa noche, Minie insistió en dormir en el cuarto de Lenke. Sin mirar a su madre de frente, con una obstinación desconocida en ella, no se conformó hasta que Gízela aceptó.

Tendida boca arriba, observaba los diseños caprichosos que la luz de la candela recreaba en el techo. Sin proponérselo, las lágrimas se deslizaban incontenibles sobre sus mejillas. Las palabras del diario la habían traspasado a contrafilo. La confusión, el dolor y la rabia se trastocaban. La verdad le calaba a profundidad como un cuchillo afilado. Lenke era su madre, el griego su padre. Lenke, la dócil y callada, había regalado a su única hija. Había aceptado que viviera lejos de ella, sin decir una palabra. Minie no podía perdonárselo. Y un desconocido, un extranjero, era su verdadero padre. Lo único que tenía de él era un retrato y una moneda griega montada en una cadena. En la realidad, su madre era su tía; la que se dijo tía era su verdadera madre. Las hermanas la habían intercambiado como si se tratase de una muñeca. ¿Por qué Lenke esperó hasta su muerte para contarle la verdad?

La flama, cada vez más diminuta, terminó por apagarse. Arropada por su llanto, sumida en una vergüenza insondable, finalmente cayó presa de un sueño profundo e interminable.

En el monte Gellért, cerca de la fortaleza, resaltaban dos puntos de color rojo y verde que se movían entre las piedras y los arbustos. Desde la cima se dominaba la vista sobre los puentes del Danubio que unían a Buda con Pest. Un vientecillo enfriaba la mañana. Minie se abrochó el saco verde olivo a cuadros, el polisón que levantaba por detrás su falda gris acentuaba su figura esbelta. Márta Miklós la observaba con envidia, su vestido rojo no lograba disimular sus caderas y se dijo, para consolarse: «lástima que nada perdura». Unos cuantos embarazos y ni el corsé apretado hasta el último soplo de aire podría reinventar la cinturilla de una joven. Minie le recordaba mucho a Lenke: rasgos delicados, resaltados por los pómulos. Aunque tenía un carácter más fuerte. No en vano era hija del griego; tenía la misma mirada profunda como si quisiera comerse el mundo. Se encontraba contrariada, insistente, exigía respuestas a sus múltiples preguntas.

—¿Por qué me regaló?

—Así lo decidieron tu abuela Sylvia y Gízela.

—¿Por qué aceptó?

—No era fácil oponerse a sus decisiones.

—¿Por qué nunca me dijo nada?

—De haberlo hecho, hubieran cumplido la amenaza de privarla de verte.

—Y ese hombre, ¿por qué no regresó por nosotras?

—Ese hombre, tu padre, quizá nunca supo de tu existencia. Le escribió una carta a Lenke desde Berlín, Lenke le contestó y jamás recibió respuesta.

—¿Por qué?

—Es difícil saberlo. A la mejor estaba escondido o la carta no llegó.

—O no le importó, se divirtió un rato…

Márta abrazó a la chica. Meses antes de su muerte, había discutido con Lenke sobre la conveniencia de decir la verdad a Minie. La información alteraría su vida. Quizás fue el único momento de rebeldía de Lenke. Quería que su hija conociera la verdad sobre su origen. La obligó a jurar una y otra vez que, a su muerte, le entregaría la caja.

—¿Ves esta colina? Por aquí anduvieron escondidos varios jóvenes patriotas, entre ellos mi hermano y el griego. Eran los últimos días de la insurrección. Los soldados del Imperio los perseguían, los cercaban. Como ves, desde aquí se domina el Danubio; se podía avizorar el paso de las tropas por los puentes.

Con rabia, Minie se secó las lágrimas, no era su intención llorar ni ser débil. Miró a su alrededor. Las hojas tornasoladas de los árboles anunciaban el otoño. Se imaginó a los rebeldes escondidos tras los troncos, disimulándose entre los arbustos tupidos; le pareció escuchar los cascos de los caballos golpeando el terraplén, los gritos de mando de los oficiales, el silbido de las balas.

—Lenke y yo pudimos eludir las barricadas y alcanzamos a llegar no lejos de aquí. Excusas nunca faltan: dos jóvenes

26

bonitas de rostros inocentes y con lágrimas en los ojos se presentan ante los militares con el cuento de que unos familiares enfermos se han quedado atrapados del otro lado de la barricada y deben llevarles alimentos. Ignats nos había hecho llegar una nota pidiendo ropa y alimentos. Un oficial nos franqueó el paso. Logramos convencerlo, nos permitió cruzar a Buda y subimos. Escondidos, los muchachos se dieron el lujo de asustarnos. Al vernos temblar de susto, se murieron de risa. Pasamos varias horas con ellos. Ploti aprovechó para informarle a Lenke que en breve saldría de Hungría. Los soldados del Imperio estaban a punto de tomar la colina. Le escribió la dirección de su madre en Viena y le regaló una cadena con una moneda griega con una ranura al centro.

Con el ceño fruncido, Minie escuchaba a la señora Miklós.

—¿En qué piensas?

Minie bajó la mirada y apretó los puños.

—No sé qué voy hacer.

—Ya no hay nada que hacer.

Minie se desabotonó la blusa. Entre los holanes de la tela, apareció su cuello largo, delicado como el de un cisne. Sacó la cadena con la moneda; se la quedó mirando un largo rato.

—No lo sé, las cosas no pueden seguir igual.

Capítulo 3

Al día siguiente Minie regresó a Baden. A la salida de la estación de trenes vio las cortinas blancas de las ventanas de la pensión Schultze. Instintivamente, indicó al cargador adonde debía llevar su baúl. *Schultze Haus* resultaba un alojamiento barato y limpio. La noche anterior había dormitado contemplando las formas efímeras que la luz del farol de la calle recreaba sobre el muro al atravesar el bordado de las cortinas.

Sin desempacar, se dirigió a la casa Rhodakanaty. No había nadie en el jardín. Cruzó la acera y se asomó entre los barrotes. La silla, replegada, en donde se sentaba la anciana, estaba apoyada sobre el tronco del olmo. Repentinamente la asaltó la incertidumbre. Se sintió incapaz de tocar la campana y presentarse ante la madre de Plotino Rhodakanaty. La desconcertó su desaliento; se había lanzado a la empresa sin pensar en los obstáculos, impulsada por la necesidad de confrontar a su verdadero padre.

Caminó alrededor de la manzana para darse ánimos. A la segunda vuelta, descubrió a una sirvienta que cerraba la reja tras de sí y se alejaba con un cesto bajo el brazo. La siguió a una distancia prudente hasta que la vio entrar en una pequeña confitería. Atisbó por la ventana. La sirvienta guardaba un paquete amarrado con un cordel rosa al tiempo que hacía una leve caravana. Se turbó al sentirla pasar a su lado.

Minie entró. Indecisa, se paró ante una vitrina con galletas, cuernos de nuez, *linzers* con avellanas al centro, pasteles de moka y chocolate. Se le hizo agua la boca. Sabía que era un lujo comprar más de uno, pero ordenó tres galletas bañadas en azúcar glas y dos pastelillos de chocolate oscuro cubiertos con una espesa crema batida.

Recordó a la abuela Sylvia durante los largos paseos a orillas del Danubio, cuando bajo una sombrilla se protegían de los veranos calientes. Le vino a la memoria el sudor que solía humedecerle la nuca y el cuello de su vestido de percal, y cómo no se atrevía a usar su pañuelo para secarse, no fuera la abuela a regañarla por no ser ésa una conducta adecuada para una jovencita de buena familia. Esos paseos terminaban invariablemente en una pastelería. La abuela ordenaba un café. Divertida, observaba la indecisión de Minie ante la charola de pasteles. Le permitía ordenar dos o tres a condición de que cenara sin chistar. Los recuerdos la asaltaban inexorablemente, despertaban la añoranza por su tierra. Minie carraspeó con fuerza para tragarse el llanto.

Ya en su habitación, se sentó sobre la cama. Desamarró con cuidado el cordel rosa y levantó el papel de estraza cuidando de no embarrarse de crema. Tomó entre los dedos un pastelillo y lo saboreó a pequeñas mordidas en franca disputa con el llanto que le cerraba la garganta.

Desde que la señora Miklós le había entregado la caja de Lenke, vivía presa de sus emociones, que la obligaban a seguir sus impulsos sin medir sus actos. A menudo, se sorprendía ante sus decisiones y, aún más, de su firmeza por no mudar de idea. Ante sus ojos aparecieron las palabras de Lenke: *Nació un 4 de septiembre de 1849 en Szentendre. Mi pobre niña sólo conoció el vientre de su madre. De su padre sólo guardará el nombre griego de una diosa, Minerva. Ojalá herede su fuerza, porque yo, su madre, he sido débil y pusilánime. ¿Podré perdonarme haber aceptado regalarla a Gízela?* Volvió a sentir la densa penumbra que la arropó aquella noche, cuando leyó el diario por primera vez y memorizó páginas enteras por temor a que Gízela lo descubriera y lo hiciera desaparecer.

Abstraído, Arpad Szabó tenía la mirada fija en una factura. Con las gafas sobre la frente, casi sin parpadear. Los números y las letras bailoteaban ante sus ojos. Sentado frente al *secrétaire,* con el lápiz en la mano, inmóvil, estaba sumido en sus pensamientos. Desde que Gízela y Minie habían regresado de Budapest, se respiraba un efluvio de miradas y silencios, de frases a medias y rostros hoscos. Sin comprender ni indagar, Arpad esperó que el tiempo acomodara los humores congestionados de sus mujeres.

La noche anterior se había sentado a releer el periódico en busca de la calma que le permitiera caer en un sueño profundo. Disfrutaba el silencio, sentado en el sillón junto a la cama. Los suspiros quejumbrosos de Gízela lo alertaron.

Discreto, miró sobre el periódico. Gízela se cepillaba el cabello frente al espejo: observándolo, cazándolo. De inmediato, se escondió detrás del diario; no quería escucharla. Había advertido su tic nervioso que la hacía morderse los labios en señal de disgusto.

Arpad se quitó una pantufla para sobarse la pierna. Gízela dejó caer el cepillo sobre la mesa. Carraspeó una y otra vez hasta que él, molesto, levantó la mirada.

—Tenemos que hablar.

—¿Ahora?

—Sí.

Gízela describió en detalle los silencios, las actitudes extrañas de Minie. Arpad debía hablar con ella, exigir una explicación.

Él se quitó las gafas, se talló los ojos. Agradeció la luz del quinqué que aumentaba su miopía y suavizaba los rasgos contrariados de su mujer.

—Han de ser cosas de mujeres, ¿no crees?

Gízela lo miró sin comprender.

—¿A qué te refieres?

Arpad sacudió el periódico para continuar su lectura. Para él, sólo las mujeres podían hacer un problema grave de una nimiedad.

—¿Cómo voy a saberlo? Las mujeres y sus humores pueden volver loco a cualquiera. Ya se le pasará, debe de estar cansada.

Gízela lanzó una mirada recriminatoria a su marido.

—La cansada soy yo que trabajo como una esclava y no he podido dormir por la preocupación. Mira, Arpi, en todo esto hay algo raro. Actúa como si estuviera enojada, resentida.

Sonó la campanilla. Arpad se bajó las gafas de la frente, buscó con la mirada a alguno de los dependientes. Sólo estaba Minie en la mesa de la esquina; sin levantar la cabeza, hacía apuntes en el libro de cuentas. Minie hacía bien su trabajo. Un año atrás la había metido a trabajar en la vinatería que algún día sería de ella, o de su marido. Le daba cierta tranquilidad saber que ella se haría cargo del negocio cuando él faltara. Ojalá Gízela pudiera guardar la calma y no causar problemas.

La campanilla volvió a sonar con mayor insistencia. Arpad dejó el lápiz e hizo a un lado la factura. Con lentitud se levantó del escritorio y fue hacia el patio. Suspiró agobiado, los dependientes estaban ocupados descargando una carreta. Se encaminó a la tienda a atender al cliente.

De reojo, Minie vio salir a su padre. Se lo imaginó con los brazos apoyados sobre el mostrador de madera requemada por el tiempo y el polvo. Haría un esfuerzo por sonreír al cliente en un intento por disculpar el tufo avinagrado que emanaba de los toneles. A sus espaldas, sobre un estante aguardaban las botellas vacías; a un costado, en una caja, los embudos y los corchos. El lema de su padre era «orden y pulcritud». Sin embargo, a ella la educó insistiendo en que la mentira deshonraba a las personas. Un hombre recto, honesto, debe siempre hablar con la verdad. Pero a ella, él y Gízela le mintieron siempre. Eso la ofendía profundamente.

Necesitaba hablar a solas con él. Preocupada, borró los números que había anotado en la columna equivocada. No podía guardar un minuto más de silencio. Desde la noche en que leyó el diario de Lenke, vivía con el temor de que la verdad se le escapara de la boca. Pasaba del llanto a un silencio insensato, inexplicable, con las palabras pujando por salir y sus labios sellados a presión. Incapaz de contestar, sólo asentía o negaba con la cabeza. Cada minuto que pasaba sentía más irreprimible el ímpetu por descifrar la incógnita de su existencia.

Arpad regresó a la trastienda.

—Anota tres litros de aguardiente de albaricoque para el restaurante Gyula.

Minie apuntó en una hoja de ventas. Vio a Arpad sentarse, acomodarse las gafas sobre la frente.

—Apu...

—Más tarde, Minikam, no me distraigas.

—Papá, es importante. Necesitas conseguir a una persona que te lleve los libros.

Arpad levantó la mirada, sus ojos miopes veían desdibujada la figura de su hija.

—¿Ya no te das abasto? No me había dado cuenta de que era demasiado trabajo.

—No, sólo que ya no podré hacerlo.

Arpad se acomodó los lentes, observó el rostro de su hija. Le sorprendió la mirada retadora de Minie.

A la mañana siguiente, regresó a la casa. Con decisión, tocó la campanilla y pidió hablar con la señora Rhodakanaty. La sirvienta, sin mayores preguntas, la hizo pasar y pidió que aguardara en el vestíbulo. Minie, nerviosa, se humedecía los labios. No sabía lo que iba a decir; cómo explicar a la anciana que ella era su nieta. La señora Miklós le había dicho que el griego a lo mejor nunca se enteró de su nacimiento. Minie confiaba en ser reconocida; era sabido que la sangre llama a la sangre.

Una voz a sus espaldas carraspeó y Minie se dio la vuelta con la sonrisa en los labios. La reprimió de inmediato; una mujer de edad indefinible la observaba con dureza.

—Mi tía no puede recibirla. Debo hablar con usted, sígame.

Minie caminó tras la espalda tiesa de la mujer sin murmurar palabra. Entraron en un pequeño recibidor, la mujer le señaló una silla para que se sentara.

—La esperábamos hace días…

Minie, sorprendida, intentó dar una explicación, pero la mujer levantó la mano y la calló de inmediato.

—No importa, la señora Schmidt dijo que enviaría a alguien de confianza.

Minie la observaba boquiabierta sin entender nada. La mujer la revisaba con frialdad. La falda a cuadros negros y blancos resaltaba la elegancia del saco de terciopelo naranja, ceñido a la cintura; demasiado pretencioso para una empleadilla.

—La dueña de la pastelería, la conoce, ¿no?

Minie asintió, dando por hecho que se trataba de la señora que la había atendido la tarde anterior.

—Me parece usted un poco joven, pero… en fin, sólo será por una semana hasta que regrese *fräulein* Bertha. No sé si le explicaron de qué se trata.

Minie no supo contestar. Impaciente, la mujer le explicó que la anciana necesitaba, por recomendación médica, que se le leyera durante varias horas al día, para mantenerla tranquila. Minie recibió en las manos un libro abierto.

—Lea para que pueda tomar una decisión.

Minie empezó a leer. A las primeras frases, la mujer la interrumpió.

—¿Es usted extranjera?

—Húngara, pero leo perfectamente el alemán.

—Hum, no me dijeron que fuera extranjera.

Minie intentó explicar la razón de su presencia, pero no tuvo la menor oportunidad. Se le ordenó presentarse al día siguiente por la tarde. Por sus servicios, recibiría una pequeña remuneración al final de la semana.

—Vendrá todas las tardes de cuatro a siete. Durante ese tiempo deberá leer en voz alta y pausada, aunque mi tía dormite. ¿Alguna duda? ¿No? Excelente.

Ya en la calle, Minie se encaminó a la confitería. En señal de agradecimiento compró unos pastelillos. La había sorprendido su buena suerte. Ahora podría contarle su historia a la anciana, quizás su hijo Plotino la visitaría y tendría la oportunidad de conocerlo.

Capítulo 4

La convicción de que amaría a un hombre hasta la muerte otorgaba a Lenke una sensación de inmunidad ante cualquier infortunio. Su vida había transcurrido sin sobresaltos ni rebeldías. Desde pequeña había aguardado el momento en que el destino la llevara a ser madre y poder envejecer al lado de su amado.

Sin percatarse, trazó una letra sobre el vidrio empañado del vagón. Una espesa niebla descendía sobre Pest y sorbía la nube de vapor de la locomotora.

—Basta de tonterías, Lenke, ya no eres una chiquilla.

La voz incisiva de su madre disipó la nebulosa en que había caído. Lenke la miró sin comprender. Sylvia tenía la mirada clavada en el dedo enguantado que, inconscientemente, posaba al lado de una P. Apenas comprendió la razón del regaño, Gízela arrugó su pañuelo de encaje y borró la evidencia con firmeza. La culpa paralizó a Lenke; contuvo su respiración hasta el punto de asfixia. Apoyó la cabeza en el respaldo y, a punto de desfallecer, tomó una bocanada de aire. Se sentía extraviada, perdida ante el cúmulo de sentimientos indefinidos que se agolpaban dentro de ella.

—¿Qué te pasa? —susurró molesta su madre, mirando de reojo al desconocido que viajaba junto a Lenke. Éste roncaba con un leve silbido acompasado —. Es necesario disimular. Si necesitas aire fresco, sal al pasillo y baja un poco la ventana.

Lenke obedeció de inmediato. Era una fresca mañana de junio. Partían de Budapest a remediar el «mal paso»; su «mal paso» como decían Gízela y su madre. El aire que entró por la ventana escarchó de golpe las lágrimas sobre sus mejillas. Con la excusa de que Sylvia necesitaba una larga cura de aguas medicinales para aliviar su hígado, permanecerían varios meses en Balatonfüred hasta que «aquello» se arreglara. Todos aprobaban la actitud de Gízela por permanecer al lado de su madre, aunque eso implicara dejar solo a su marido.

Lenke se mordió los labios para contener el llanto. Nadie sospechaba la verdadera razón por la cual su hermana hacía este viaje. Si tan sólo Ploti pudiera regresar, de seguro él pondría fin a los arreglos de su madre y Gízela. Lenke se secó las lágrimas. Nunca había osado oponerse a la voluntad de su madre.

Afuera, como fantasmas en un mundo irreal, aparecían momentáneamente al paso del ferrocarril árboles, animales y casas. Añoraba pertenecer a ese mundo que desfilaba ante sus ojos; soltar el peso que la agobiaba desde el día en que se vio obligada a contarle a su madre «aquello».

—¿Cómo pudiste? ¿Cuándo? ¿Cómo? —Con el puño en alto, la había atosigado, de manera amenazante, si no respondía.

—No lo sé…, no…, no sabría qué decirte —respondía llorando.

El mismo pudor que evitaba que le escribiera a Ploti rogándole que regresara, impedía darle una respuesta a su madre. No tenía palabras para describir lo que sintió durante las horas que permanecieron abrazados amándose, escondidos en una cueva, rodeados por el sonido de balas y cañonazos. Nunca se había sentido tan segura.

Fue la única vez que se atrevió a desobedecer las órdenes maternas. Márta recibió una nota de Ignats. Estaban escondidos en las colinas de Buda, requerían alimentos. A pesar del peligro, Lenke no dudó en acompañar a su amiga. Las fuerzas imperiales tenían cercado a un puñado de patriotas. Atravesar el Danubio era peligroso. Furtivamente, prepararon bolsas con comida y ropa de lana. Ploti se había unido a la causa húngara y luchaba junto al hermano de Márta. Lenke ansiaba verlo, asegurarse de que estaba vivo. Le había tejido una bufanda, anudando en cada punto, una plegaria para que Ploti saliera ileso de esa aventura.

Márta y Lenke buscaron infructuosamente una barca que quisiera cruzarlas a Buda. El ejército patrullaba las riberas y habían prohibido el paso por el río. Quedaba una sola posibilidad: el Puente de las Cadenas.

—¿El Puente de las Cadenas? —preguntó Lenke azorada—. Pero si no está terminado.

—Puede ser —dijo Márta—, pero ayer pasé cerca y vi soldados y caballos que iban de Pest a Buda y de Buda a Pest.

—¿Cuándo lo inauguraron?

Márta rió.

—No les dimos tiempo; ese festejo lo haremos los húngaros, libres e independientes.

Frente al puente habían levantado una barricada. Un destacamento de húsares protegía los accesos al puente y cabalgaba en ambas riberas. Márta propuso cruzarlo. Lenke, aterrada, le suplicó que no lo hiciera. Las encarcelarían por ayudar a los rebeldes. Márta soltó la carcajada.

—¿Quién les dirá que vamos con los rebeldes? ¿Tú?

Lenke negó.

—Bien, les diremos que vamos a ver a nuestros abuelos, enfermos, que viven en Buda y que han pasado días sin que hayamos podido llevarles alimentos. ¿Estás de acuerdo?

Lenke asintió.

Se acercaron al puesto de mando frente al puente. Márta sonrió al oficial y expuso su caso. Lenke fijó la mirada sobre las botas militares, relucientes como un espejo.

—¿Piensan las bellas señoritas cruzar esta maravillosa obra de ingeniería? —dijo el oficial mientras se atusaba los largos mostachos y revisaba con una mirada de aprobación a las dos jóvenes—. ¿Acaso llevan víveres a esos forajidos que se esconden como ratas en las colinas de Buda?

Lenke levantó la mirada azorada mientras el rubor encendía su rostro. El oficial soltó la carcajada al ver que su broma había incomodado a la más bonita. De inmediato, Márta insistió en que sus abuelos estaban enfermos y solos; le rogaba que les permitiera llevarles alimentos.

—No puedo permitirlo, señoritas, es peligroso. Ningún civil ha cruzado este puente, menos unas damas; podrían tropezarse, sería mi culpa si alguna llegara a lastimarse.

Lenke sintió que el suelo se le desfondaba. No podría ver a Ploti y existía el riesgo de que lo mataran. Inconsolable, empezó a llorar. Márta observó el rostro consternado del oficial y se puso a lagrimear. Conmovido, el oficial les extendió un salvoconducto para permanecer en Buda por veinticuatro horas. Ordenó a un soldado que las acompañara y lo hacía responsable si las damas sufrían algún percance al cruzar el puente.

Tan pronto alcanzaron la otra ribera del Danubio, solas remontaron por una calle empinada de Buda. Caminaban de prisa. Márta revisó el papel que su hermano le había enviado. Siguió las indicaciones. Evitaron las calles patrulladas por el ejército. Lenke caminaba junto a su amiga sin dejar de llorar. El miedo a ser apresadas se mezclaba con el temor al enojo de su madre. Márta le suplicaba que se calmara, no era prudente llamar la atención. Doblaron a una calle desierta, Márta buscaba un número en particular.

A sus espaldas un hombre salió de un portón y les susurró:

—Caminen sin mirar hacia atrás, al final de la calle hay una verja entreabierta. Entren y vayan hasta el fondo del patio. —El hombre se dio la media vuelta y desapareció.

No tardaron en dar con la verja y entraron. Frente a ellas estaba Ignats, quien, al verlas, soltó una carcajada por la cara de susto de ambas. Las abrazó con fuerza.

—Síganme, no perdamos tiempo. —Tomó su arma y salió por un portillo al lado de un cobertizo.

Subieron por una vereda entre árboles y arbustos. Las mujeres se recogían las faldas en un intento por no ensuciarlas. No lejos de allí se escuchaban disparos. Caminaban de prisa. Lenke respiraba agitadamente. La vereda se volvió más angosta y empinada. De pronto, Ignats se detuvo ante unos zarzales y emitió dos silbidos cortos y uno largo. Hombres armados saltaron de unas ramas. Del susto, las mujeres dejaron caer los paquetes. Ignats se rio e hizo una mueca maliciosa a sus compañeros.

—Espero que no se hayan roto las botellas de vino; qué vamos hacer, mujeres al fin.

Los hombres retiraron los zarzales. Una boca oscura se abría paso en la roca entre los matorrales. Había que encorvarse para entrar; metros adentro, la cueva se volvía espaciosa, iluminada por antorchas.

—Viven bien los gitanos, ¿no les parece? —dijo Ignats mientras saludaba con la mano—. En todo caso, nuestro enemigo es el mismo.

Grupos de gitanos descansaban en torno a pequeñas fogatas. Las mujeres sintieron su mirada oscura recorrer sus cuerpos. Se mantenían aparte de los rebeldes.

Plotino se acercó a ellas y las condujo hacia un grupo de hombres. Ignats saludó a sus compañeros, dejó a un lado su fusil y levantó la tapa de la marmita de fierro que estaba sobre la lumbre.

—Huele bien esta sopa, nada como un *gulyásleves* para calentar el alma, lástima que tengamos que imaginar los pedazos de carne. ¿Quieren que les sirva? —dijo riendo.

Las dos mujeres abrieron sus paquetes, sacaron un trozo de tocino con paprika, panes y botellas de vino. Plotino abrió una de las botellas, mientras Ignats cortaba tajos de tocino y los echaba a la sopa.

Márta contó que habían cruzado el Puente de las Cadenas, que les habían extendido un salvoconducto permitiéndoles permanecer en Buda durante veinticuatro horas.

—¿El *Széchenyi lánchíd*? —exclamó Ignats.

—Sí, ningún bote quiso cruzarnos —contestó Márta—. Se murmura que los rusos se aproximan para unirse al ejército y acabar con ustedes.

Plotino, preocupado, asintió.

—Lo esperábamos; el cerco es cada vez más estrecho.

Lenke lo miró con preocupación.

—¿Qué van a hacer?

Ignats levantó la botella de vino y le dio un buen trago.

—Lo que siempre hemos hecho: cantar, disfrutar de la buena compañía y luego luchar hasta la muerte. Uno, dos o un millar de *magyar*, estamos listos a morir por ser libres y soberanos.

La habitación de la anciana se encontraba en la parte alta de la casa. La ventana se abría al jardín y al barullo de la calle. Minie se asomaba a menudo mientras sorbía agua antes de continuar su lectura en voz alta. Necesitaba constatar que existía un mundo que se agitaba más allá del aposento. La tranquilizaba ver el paso de los carruajes irrumpir en la media luz de la tarde; escuchar el golpeteo de las ruedas sobre las baldosas y contemplar al sol fenecer entre las hojas del castaño.

Sobre la chimenea, entre figuras de porcelana, había un retrato de una joven mujer sentada con severidad y elegancia. Un niño, recargado en su hombro, vestía de marinerito. La sonrisa de la mujer contrastaba con su mirada triste. El pintor había captado el parecido entre la mujer de cabellos castaños claros y el niño de piel aceitunada y mirada oscura. Minie tenía la certeza de que eran Plotino y su madre; aunque *fräulein* Gerda desdeñó responder a su pregunta la primera vez que la llevó a la habitación de su tía. Por otra parte, la anciana jamás pronunció palabra alguna ni reconoció a nadie; permanecía recostada sobre la *chaise longue,* frente a la ventana con una plácida sonrisa hasta que la vencía el sueño y su respiración se transformaba en un suave silbido que flotaba en el ambiente.

Minie no supo cuándo dejó de leerle libros a la anciana y empezó a contarle su historia. Ésta la escuchaba siempre con la misma sonrisa beata. La joven se empeñaba en descubrir una luz en su mirada opaca cada vez que mencionaba a Plotino. De tiempo en tiempo, *fräulein* Gerda entreabría discretamente la puerta y se asomaba. Minie, con un libro abierto entre las manos y sin alterar la modulación, transitaba de su relato a las palabras escritas hasta comprobar que la figura hostil de la sobrina desaparecía tras la puerta. Gerda consideraba indispensable verificar en todo momento que sus órdenes se cumpliesen con precisión. Así, la gente a su servicio no tendría oportunidad de holgazanear.

La quietud de las tardes aislaba a las dos mujeres del bullicio de la calle. La voz de Minie entretejía el lazo que la designaba como única heredera del amor entre Lenke y Plotino y la unía a la madre de Rhodakanaty. Continuamente se enfrentaba a la sensación de estar hilando en el vacío un nudo que la madre de Plotino era incapaz de reconocer. Insistía en repetir su relato con la intención de grabar en la memoria de la anciana el eslabón que las unía: la sangre llama a la sangre. Una tarde antes de su partida, le leyó el diario de Lenke.

Los largos meses en Balatonfüred cayeron en una plácida rutina determinada por Sylvia. A la semana de su llegada, abandonaron el pequeño hotel. Gízela había encontrado una casa en las afueras del pueblo, alejada del balneario, de quioscos y cafés, del paseo arbolado a orillas del lago, que apartaba a Lenke de la mirada curiosa de paseantes y lugareños. Sylvia y Gízela acudían cada tarde a la plaza principal a tomar las aguas; después se entretenían en revisar los precios de las mercancías, para terminar el paseo en alguno de los cafés. Al poco tiempo, los asiduos al centro se habían olvidado de la existencia de Lenke: identificaban a madre e hija como las damas de Budapest que hacían la cura de hígado y riñón.

Lenke aprovechaba la ausencia de su madre y su hermana para alejarse por veredas junto al lago. Las pequeñas barcas de los pescadores se perdían en la inmensidad del agua que cambiaba sus tonos grises por azulados bajo los rayos del sol. Caminaba sin hacer ruido para no asustar a los patos silvestres escondidos entre las matas. El desasosiego que la aquejaba en presencia de su madre y su hermana desaparecía ante el espejo de agua que se perdía en el horizonte. El hilo de sus ensoñaciones la conducía a tierras lejanas que Ploti le había descrito y que en su imaginación recorría tomada de su mano.

A menudo durante ese verano, sentada sobre la hierba, se descalzaba y sumergía las piernas en el agua fría. Con los ojos cerrados, se deslizaba por el oscuro túnel de la memoria hasta desembocar en una saliente rugosa que guardaba en sus entrañas: la cueva. Pieles de oveja aislaban la humedad del suelo y una gruesa manta cubría la desnudez de los cuerpos. Su mano mojada recorrió sus muslos y sus dedos descubrieron la humedad de los vellos que velaban el pozo sediento ante el recuerdo. Un lamento ahogado brotó de sus labios.

Ploti la besaba, desnudaba sus pudores, trazaba un camino de la nuca hasta sus senos en un largo escalofrío. Mordía sus senos arrebatándoles su inocencia; despejaba las telas que se interponían ante sus manos hambrientas de piel, prolongando en ella un mareo intenso. La sorprendió la violencia del dolor cuando la penetró. Un llanto profundo y desconocido la sacudió, en el extremo del placer.

Jadeaba; el placer y el dolor eran parte de la misma medalla. Un golpeteo dentro de su vientre la arrojó al abismo. Azorada, abrió los ojos y miró a su alrededor. El graznido de los patos o el entumecimiento de sus piernas en el agua, la devolvieron a la realidad. Sólo Ploti podría salvarla de las determinaciones de su madre, pero él no respondía.

Él había jurado regresar, al día siguiente, cuando se despidieron en la colina de Buda después de permanecer escondidos en la cueva, antes que ella y Márta regresaran a casa, a Pest. Antes de ese último adiós, él arrancó una hoja de su libro *Don Juan* de Byron y escribió su dirección en Viena, por si quería comunicarse con él antes de que él pudiera regresar a Budapest. Él le juró volver y ella, por pudor, aguardó contarle lo del bebé hasta que estuviera a su lado; no se atrevió a insistir que regresara y ya no le escribió otra carta.

Cuando después de la siesta, Sylvia y Gízela partieron para el manantial, Lenke se levantó con dificultad. Toda la mañana un dolor punzante, intermitente, como un alfilerazo, se le clavaba en la cintura. Se mordía los labios para no gritar de dolor. No quería alarmar a su madre, pero las punzadas iban en aumento. Hizo un esfuerzo por comer para evitar regaños y recomendaciones sobre su obligación de alimentarse bien. A pesar del cansancio, no se recostó; prefirió sentarse en la mecedora. Dormitó un rato hasta que sintió como si una puñalada se le encajara en la base de la cintura y despertó en un grito.

Se sentía tensa, abrumada. Ordenó a la sirvienta que le preparara una tina de agua caliente, el baño caliente la relajaría. Ésta la miró desconcertada. Eso de insistir en tomar un baño a media semana y en su estado era una costumbre demasiado rara, desacertada. Pero a ella le pagaban por cumplir órdenes, no por dar su opinión. Enseguida fue a poner el agua a calentar.

El baño le dio un respiro a Lenke; pudo recostarse. A la hora, la sorprendió una punzada intensa y prolongada. Gritó sin poder controlarse. La sirvienta entró sin llamar a la puerta. Al verla, Lenke se levantó con torpeza; pudo más la vergüenza: había mojado la cama.

En un instante, la sirvienta comprendió. Corrió hacia el mozo que cortaba leña en el patio y le ordenó que fuera en busca de las señoras.

Minie trató de explicarle a la anciana cómo durante el parto el dolor y la sensación de abandono ante la ausencia del hombre amado hundió a Lenke en una orfandad imborrable. El desconsuelo volvió los dolores de parto más insoportables; éstos se prolongaron hasta la mañana siguiente.

Cuando terminó la cuarentena y le autorizaron levantarse de la cama, la piel de Lenke había perdido la frescura; era un pálido recuerdo de sí misma. Un par de días después, Gízela y Arpad partieron a Györ con la bebé, acompañados por una nodriza contratada para amamantarla. Sylvia no permitió que Lenke criara a su hija; no era recomendable cambiar de leche al bebé.

Lenke presintió que esta nueva pérdida confirmaba que su amado jamás regresaría. Atormentada por haber cedido a la determinación de su madre de entregar a la niña a Gízela, supo que no podría enfrentar a Plotino tras haber regalado a la hija de ambos. Se hundió en una melancolía que sólo se disipaba cuando Minie venía a Budapest a visitar a su abuela.

Por un momento, los ojos opacos de la anciana se centraron en el rostro de Minie como si quisiera reconocer algún rasgo de su hijo. Minie se arrodilló a su lado. Tomó las manos arrugadas y las deslizó por sus mejillas. Sintió un leve tremor recorrer el torso de la anciana. Hacía meses que había dejado de hablar; nada le interesaba que no fuera una voz apacible a su lado. Minie aproximó la luz del quinqué. La mirada de la anciana siguió la luz. Una leve sonrisa brotó imperceptible de la boca desdentada, luego cerró los ojos.

Minie fue hacia la ventana. Se asomó; la calle estaba desierta. Se respiraba una calma que sólo se interrumpía por el ruido de las calesas y los caballos a la hora del paseo habitual. Escuchó un silbido acompasado. Miró hacia la anciana; ésta dormía plácidamente.

En pocos días ya no requerirían sus servicios y ella no había podido averiguar el paradero de Rhodakanaty. La criada le había comentado que desde que la anciana se mudó a Baden, su hijo no la había visitado. Se decía que había partido al extranjero. Era necesario aprovechar que la anciana estuviera dormida y que *fräulein* Gerda hubiese salido.

Recordó haber visto una caja de terciopelo azul en uno de los estantes del armario. No era correcto, pero no tenía otra alternativa. Abrió el armario y encontró la caja. Soltó el listón azul y quitó la tapa. Revisó papeles, cartas; halló el daguerrotipo de un hombre joven con gorro de estudiante y libros bajo el brazo. A sus espaldas se apreciaban unos edificios solemnes. Abajo, escrito en letra firme: «Ojalá llegue a ser un médico ejemplar y un hombre de respeto como mi padre, te mando mi respetuoso cariño, tu hijo Plotino. Berlín-1856».

Capítulo 5

La cola frente a la taquilla se movía con lentitud. Impaciente, Minie aguardaba. Miró de izquierda a derecha como si buscara a alguien. Desconcertada, reconoció el desasosiego que la mantenía constantemente inquieta.

Recordó la tarde en que *fräulein* Gerda le entregó un sobre con su estipendio y le hizo saber que ya no requerirían de sus servicios. La tomó de sorpresa; a pesar de saber que su contratación obedecía a la ausencia por una corta temporada de la antigua dama de compañía. Su certeza de conocer a Rhodakanaty durante su estancia en Baden se esfumó. Éste jamás vino de visita. Tampoco logró que la anciana comprendiera que ella era su nieta; cuando no dormitaba, permanecía con la mirada perdida sin reconocer a nadie. Por eso decidió abrir el armario, sacar la caja azul donde la anciana guardaba las cartas de su hijo y llevarse la última que recibió, fechada en París en julio de 1860. Aunque las palabras escritas, de su puño y letra, fueran lo único que pudiera recuperar de él.

En Györ, la idea de presentarse ante Rhodakanaty le había parecido fácil. Se imaginó su sorpresa, la alegría de conocerla; la tristeza al enterarse de la muerte de Lenke. Hablarían durante horas, le mostraría el diario. Lo confrontaría; ¿supo que dejó preñada a Lenke? Tenía la necesidad imperiosa de recuperar su pasado, resolver el misterio de su nacimiento, conocer sus raíces. No necesitaba mucho tiempo, bastaban unos días o semanas para serenar sus inquietudes. La abuela Sylvia le había dejado algo de dinero. Gízela de inmediato dispuso destinarlo a la dote, pero Minie se opuso.

—¿Y si no me caso?

—No digas tonterías —contestó Gízela, irritada.

Afortunadamante su padre la apoyó.

—La dote la pongo yo; éste es un regalo de su abuela y será Minie quien decida cómo usarlo, no su futuro marido.

Tomó las monedas de oro; el resto de la herencia se lo encargó a su padre. Necesitaba conocer a Rhodakanaty, presentarse como su hija. Sólo eso, verle el rostro cuando se enterara. Seguramente, él explicaría las razones que impidieron que regresara a Budapest.

—¿Diga?

Minie, sorprendida, cayó en cuenta de que la cola se había estado moviendo y ahora se encontraba frente a la ventanilla. La voz irritada del hombre interrumpió sus cavilaciones. Era como despertar en medio de una pesadilla sin que pudiera distinguir el sueño de la realidad. El hombre resoplaba, sus titubeos lo irritaban.

—Quiero un billete de tren.

—Era de suponerse. ¿A dónde?

—A París —musitó. Minie, azorada, escuchó sus propias palabras. Había querido decir Györ, pero su mente la traicionó.

—¿Sólo de ida? —El hombre, impaciente, tamborileaba los dedos sobre el tablero.

Minie asintió, sin atreverse a rectificar. De nuevo recorrió con la mirada el lugar en un último intento por reconocer a alguien que la auxiliara.

París. Encontró un alojamiento barato cerca de la estación de trenes. Estaba en el tercer piso de un viejo edificio maloliente. Para disimular el hedor que emanaba de las paredes al subir por las estrechas escaleras, se cubría la nariz con su pañuelo levemente perfumado con agua de lavanda. Debía gastar lo menos posible. Afortunadamente, la remuneración en Baden repuso lo que había gastado hasta ese momento. Los reproches de Gízela no serían tan severos. En unas horas, en un par de días cuando mucho, localizaría a Rhodakanaty. Después de charlar con él podría regresar tranquila a Györ. Quizás hasta la invitaría a pasar unos días en su casa, para conocerse mejor. La emoción de hallarlo la mantenía inventando toda suerte de frases. Desde que se enteró de los pormenores de su nacimiento, las preguntas se agolpaban insistentes dentro de su cabeza.

A la mañana siguiente pidió que la llevaran a la dirección que aparecía en la carta que encontró en Baden. Era un barrio alejado, de edificios pequeños. La basura se apilaba sobre el arroyo, como franca barrera al paso obligado de la gente o de alguno que otro caballo con carreta que sorteaba con dificultad su paso. Minie y el *cabriolet* provocaron miradas inquietas, estaban fuera de lugar. Descendió frente a una puerta entreabierta, la empujó y entró a un patio de muros deslavados con charcos sobre las baldosas. Con pequeños saltos evitó mojarse las zapatillas. Localizó a los porteros. No supieron darle razón: no conocían a nadie con ese apellido, tenían pocos años de estar allí. Le sugirieron que preguntara a los vecinos más antiguos. Alguien le habló de un tal Levet que a veces visitaba a Rhodakanaty; solía acudir a una taberna a tres cuadras de allí.

Levet entró a la *brasserie* Saint Simon y saludó al camarero. Éste le señaló una mesa en la esquina. Levet tomó el vaso de aguardiente con la mano izquierda; apoyado sobre su bastón, se dirigió lentamente hacia la mujer que lo aguardaba. Difícilmente pudo disimular el propósito incisivo, malintencionado, en su voz rasposa.

—Dicen que *mademoiselle* me espera; no creo tener el gusto de conocerla, por lo menos no en mis cinco sentidos.

Minie agradeció haberse dejado el velo, que disimuló el rubor de su rostro. Se contuvo unos instantes para no contestar a la insinuación; pero el viejo, de nariz bulbosa y colorada, era el único que podría informarle sobre el paradero de Rhodakanaty.

—Me llamo Minerva Szabó, *Monsieur*.

—¿Me permite? —Levet se sentó con dificultad; un ataque de gota lo mantenía exasperado desde hacía varios días. De un sorbo vació la mitad del vaso.

—¿Y bien?

Levet, sentado frente a ella, la observaba con frialdad: joven, cabello oscuro, ojos azules, facciones finas, extranjera. ¿Qué demonios podría querer esa mujer con él? Bebió y con una seña ordenó otra copa al camarero. Sólo el alcohol le permitía soportar el dolor.

Ante ese hombre malencarado y grosero, Minie se sintió incapaz de abordar el tema. Alargó el silencio bebiendo su café. Se levantó el velo que cubría parcialmente su rostro. Levet no le quitaba los ojos de encima y golpeaba levemente el vaso sobre la mesa.

—Busco a Plotino Rhodakanaty y me dijeron que usted podría ayudarme a localizarlo.

Levet soltó una carcajada.

—¿Quién pudo haberle dicho semejante tontería?

Minie guardó silencio ante la hilaridad incomprensible del hombre. Levet bebió otro sorbo de aguardiente y, con la lengua, recogió unas gotas sobre sus labios. Tronó los dedos en señal de que el camarero le volviera a llenar la copa.

—Tengo varios años de no verlo.

Minie no pudo creer lo que escuchaba. Impotente, sus ojos se llenaron de lágrimas. Ya no sabía a dónde dirigir su búsqueda, sus esfuerzos resultaban en vano. Levet gruñó ante el llanto sorpresivo de la joven. Pocas cosas lo irritaban más que el lagrimeo de las pequeñas burguesas, consentidas en el lujo, que sólo pensaban en satisfacer sus deseos. En todo caso, ¿qué podía querer esa extranjera con Rhodakanaty?

—Usted no es francesa, aunque habla bastante bien nuestro idioma. ¿Alemana?

—No —respondió con la voz entrecortada.

Un silencio espeso se interpuso entre ellos. Levet se terminó de un trago su bebida. El ataque de gota había sido particularmente virulento en esta ocasión. Su médico le había ordenado abstenerse de beber alcohol; no entendía que sólo así podía sobrellevar el dolor. Hoy era un mal día, no tenía ni la paciencia ni el interés para escuchar tonterías.

Minie se dio cuenta de que el hombre estaba por levantarse y que perdería toda posibilidad para dar con Plotino.

—Rhodakanaty es mi padre —dijo ruborizándose sin dejar de retarlo con la mirada.

—¿Cómo dijo? ¿Su padre? ¿Usted es griega? —Levet, con desconfianza, la acribilló a preguntas.

Minie negó con la cabeza y bajó rápidamente los ojos. Su historia le parecía demasiado complicada como para compartirla con un extraño.

—No, soy húngara.

—No entiendo nada —dijo Levet irritado.

—Si usted no me ayuda, no sé a quién acudir —exclamó con la voz entrecortada.

—No lloriquee, por favor; no tolero esa clase de escenitas —profirió Levet. Sobre una hoja de papel que arrancó de un pequeño cuaderno, anotó una dirección—. Venga a verme mañana por la tarde, quizás pueda darle alguna información, pero no se lo aseguro.

Minie lo vio alejarse; su sensación de vacío se agudizó. Quiso levantarse y huir de esa taberna ruidosa, pero sus piernas no le obedecieron. Permaneció sentada, temerosa de su debilidad. Se imaginó a Gízela frente a ella, con los brazos entrecruzados y la frente fruncida en desaprobación. Le pareció escuchar su voz regañándola: «No seas tonta, ve de inmediato a ese cuartucho asqueroso y recoge tus cosas. ¿Cómo puede una hija mía vivir en semejante chiquero? Regresa a casa ya».

Eso era lo que tendría que hacer, tomar el primer tren a Viena y de allí a Györ. Olvidarse de ese impulso loco que la expulsó fuera de la seguridad de su hogar y la tenía ahora frente a ese viejo horroroso que no hacía más que burlarse de ella.

Insegura, caminaba por una acera angosta. Desde los portones abiertos, la asaltaban gritos, voces destempladas, risotadas. Bultos humanos la empujaban sin delicadeza al cruzarse en su camino. Intentaba esquivarlos sin rozar las fachadas. Presa de la sensación de que una pobreza maloliente se adhería a su piel, se levantó el velo que cubría su rostro y aspiró el aroma de lavanda de su pañuelo. Quiso huir, regresar a casa. Sacudió la cabeza, de ninguna manera desistiría en su intento por localizar a Rhodakanaty; ese hombre era su última oportunidad para lograrlo.

Aceleró el paso. En la mano llevaba la hoja de papel donde la noche anterior Levet apuntó su dirección. Se detuvo frente a un portón abierto. Se asomó al patio oscuro. En ese momento, un niño, con papeles en la mano, la empujó para salir a la calle. Minie le preguntó por Levet. El pequeño le señaló un cuarto al fondo y aprovechó para entregarle un folletín titulado *L'Homme Libre*. Minie lo guardó en su bolsón y cruzó el patio de puntitas, dando pequeños saltos para evitar el lodo de los charcos estancados. El cuarto estaba tenuemente iluminado por velas. Un zapatero pegaba suelas mientras su aprendiz reblandecía y estiraba cueros. El olor a cola y tinturas era intenso. Minie preguntó por Levet; el zapatero, sin levantar la vista, señaló al fondo de la vivienda. Una cortina amarillenta y arrugada separaba ambas habitaciones.

Del otro lado del cortinaje, voces masculinas discutían sobre la guerra. Desde su arribo a París, los comentarios sobre la inminente guerra con Prusia se escuchaban por todas partes. Tan pronto descubrían que era extranjera, los franceses la miraban con recelo. Se dio ánimos; intuía que la entrevista con Levet le resultaría incómoda. Tosió para anunciar su presencia.

—Adelante, sin tanto preámbulo —gritó una voz rasposa.

Minie entró en una habitación oscura. Distinguía el contorno de los muebles. Papeles, periódicos y libros se apilaban en abierto desorden. La tenue luz de una candela iluminaba a Levet. Frente a él, otro hombre, sentado con aire elegante, apoyaba su sombrero en su bastón.

—Ah, es usted. —Después, se dirigió al hombre que se había puesto de pie al verla. La voz de Levet se cascaba aún más al burlarse—. Te dije, la curiosidad de las mujeres no tiene límite; aquí la tienes.

Minie, ofendida, se detuvo al trasponer la cortina. El otro hombre, bastante más joven que Levet, se acercó a ella y le ofreció una silla.

—No sabes tratar a las damas, querido primo. Permítame, *mademoiselle*, me presento, Jacques Levet, a sus pies. —Se inclinó y posó levemente sus labios en la mano enguantada de Minie.

—Es cierto, querido Jacques, nunca he tenido tiempo para esas tonterías.

Minie los observaba en silencio. Levet llevaba una especie de bufanda descolorida alrededor del cuello; nervioso, se pasaba los dedos entre su cabellera revuelta. Su primo, por el contrario, se estiró la casaca antes de sentarse y volvió a apoyarse delicadamente sobre su bastón; era un hombre espigado, elegante.

—No perdamos tiempo, hay cosas más importantes que reclaman mi presencia —gruñó Levet.

—Sí, ya sabemos, te urge salir a frenar la guerra; eres un iluso, primo.

—Dejemos esta tonta discusión. En un par de días te embarcas; ya no te preocuparás más por estas aves de mal agüero que se ciernen sobre nuestra tierra.

—Al contrario, querido, las guerras siempre han sido buenas para los negocios.

Sentada en la orilla de la silla, Minie, los escuchaba en silencio. Levet clavó su mirada en ella.

—Acomódese bien, *mademoiselle*, aún no llegó el momento de salir huyendo de Francia, aunque le recomendaría que lo hiciera pronto. Me temo que los súbditos del Imperio austrohúngaro no serán bienvenidos.

—Pero en caso de guerra, sería contra Prusia, no…

—A callar, *mademoiselle*, las mujeres no saben de política. Sus pensamientos al respecto deben permanecer perdidos en el fondo de sus cabecitas.

Minie se encolerizó, buscó un objeto para lanzárselo a la cabeza; no permitiría que continuara humillándola.

—¿Acaso ignora que hace cuatro años luchamos contra los prusianos? —balbuceó con la voz enronquecida por la rabia.

—¿Ignorar? Yo no ignoro nada, *mademoiselle*. Le recuerdo que bastaron escasas siete semanas para que las tropas austriacas perdieran la guerra o, si su sensibilidad patriótica lo exige, al tan temible ejército austrohúngaro.

Minie se sintió ruborizar y eso la enojó más. Jacques Levet intervino de inmediato, en un intento de calmar los ánimos.

—Primo, si no fueras tan impaciente, comprenderías que *mademoiselle* intentaba explicarte que al emperador Francisco José le sobran razones para unirse a Napoleón. Podría, con ayuda de nosotros, los franceses, vengarse de los prusianos. Como veo las cosas, nuestro ejército acabará con ellos en cuestión de días; en unas semanas cuando mucho despojaremos al aniquilado Bismarck de su ambición desmedida.

—Francisco José es un pusilánime, no se enfrentará jamás a Prusia —explotó Levet—. Esta guerra me parece un verdadero desastre. No encuentro argumentos válidos para suponer que el ejército francés tenga la capacidad para aniquilar al enemigo.

Minie se levantó indignada. Era imposible soportar los insultos en contra de Francisco José en su presencia. No permanecería un segundo más en ese lugar.

—Siéntese, *mademoiselle* —ordenó Levet dando un manotazo sobre la mesa—. No tengo tiempo para tanta sensiblería. Usted vino aquí en busca de información; ayer parecía importarle mucho.

Jacques le suplicó que disculpara una vez más a su primo; estaba indispuesto, algunos días padecía dolores extremos y eso le agriaba el carácter. Minie se sentó de mala gana. Debía controlarse o no obtendría ninguna información sobre Rhodakanaty. Sin disimular su mirada burlona, Levet la observaba.

—Me temo que no le será fácil localizar a mi viejo camarada. Lo último que supe de él era que estaba en México promoviendo la causa.

—¿En dónde? —preguntó Minie azorada.

—En México —contestó Jacques—; del otro lado del océano. Yo parto en unos días hacia allá, quizás pueda ayudarla —agregó mientras se atusaba las puntas de sus largos y delgados bigotes.

Capítulo 6

Divertido, Jacques observaba cómo un leve rubor insistente encendía el rostro pálido de Minie y sus mejillas, a pesar de la redondez propia de la juventud, resaltaban sus pómulos dotándola de un aura misteriosa. Apoyado en su bastón, Jacques la evaluaba: los rizos casi negros que caían con cierta coquetería sobre la nuca se contraponían a la sobriedad de su cabello recogido; los ojos hundidos, en constantes destellos de emoción, traicionaban la compostura de su espalda recta enfundada en un saco verde y una blusa de encaje cerrada hasta la barbilla; las manos enguantadas permanecían inmóviles sobre el bolso; los labios carnosos destilaban sensualidad, a pesar de su sonrisa casi ingenua. Jacques la examinaba como buen catador, retándola con la mirada. La boca abultada era una franca invitación a besarla; exhalaba un aroma de hembra bajo el manto de recato de una señorita.

Pero no era momento para divagar; aunque tuviera que improvisar, necesitaba presentar a una institutriz en el Rancho de la Trinidad. La joven hablaba un francés aceptable y aparentaba venir de buena familia. Sin embargo, su historia con Rhodakanaty no era una buena recomendación, habría que pensar en la manera de evitar que divulgara su interés por localizarlo.

Cuando vio que se levantaba y se despedía, Jacques se acercó y le ofreció su brazo

—¿Me permite acompañarla?

Minie aceptó; sus piernas temblaban. Se sentía abrumada ante la sensación inexplicable de pérdida; un llanto profundo e incontrolable amenazaba con desbordarse. Sus esfuerzos habían sido en vano, frente a ella se abría un vacío profundo. Su ilusión por conocer a Rhodakanaty, confrontarlo con una verdad que quizá desconocía y escuchar su respuesta, parecía

55

irrealizable. Después de escuchar la palabra «México», Minie se sumió en el silencio.

Tomada del brazo de Jacques, apenas se despidió con una leve inclinación de cabeza. Levet los vio cruzar el patio y salir a la calle.

—Si no le molesta, podríamos caminar un poco; a un par de cuadras de aquí hay una vereda que desciende al Sena. A estas horas de la tarde, el río se torna espejo fiel de la puesta de sol. Le aseguro que semejante espectáculo la deleitará.

Minie asintió. El brazo fuerte de Jacques la guiaba con seguridad. Se dejó deslizar dentro de una quietud cálida que desvaneció todo pensamiento inquieto y perturbador. Tuvo la sensación de que sus pies fluían sin tropiezo sobre el sendero terregoso.

—Supongo que escribe el francés tan bien como lo habla, ¿no?

Minie lo miró desconcertada; no le encontró sentido a la pregunta. La prepotencia de Jacques, revestida de ironía, la expulsó del cómodo limbo en el que se había refugiado.

—No tan bien como el alemán —contestó irritada.

Él puso un dedo sobre los labios en señal de silencio.

—No lo diga en voz alta; en estos momentos los franceses arden por partir a la guerra y aplastar a la bestia alemana.

Minie lo contempló en silencio. No comprendía la gracia que estas palabras provocaban en Jacques. Él se percató de su molestia y de inmediato ofreció disculpas: la ofuscación patriotera de sus paisanos urgidos por morir con celeridad era patética. Las guerras y las persistentes disputas en Europa eran males necesarios para llenar las arcas del poder; también eran una oportunidad para que un hombre de bien se labrara un porvenir, siempre y cuando no cayera en el campo de batalla; pero a él, Jacques Levet, le había parecido más prudente y menos riesgoso hacer la América. No lo lamentaba ni un ápice, había emigrado a unas tierras donde el invierno era

56

desconocido; bastaba con estirar la mano para alcanzar frutos de intenso sabor y aroma. Todo el año florecían las plantas y la variedad de aves con plumajes de diversos colores que al caer la tarde armonizaban esa tierra con sus cantos hacía creer al viajero que había traspuesto las puertas del Edén.

Minie lo escuchaba boquiabierta, mientras sobre las aguas tranquilas del Sena se deslizaba una que otra barcaza. El cielo empezaba a teñirse de rosa púrpura. Se detuvieron ante una banca de madera; Jacques Levet sacó un pañuelo y sacudió la superficie antes de invitarla a sentarse.

—¿Conoce el mar?

Minie, sorprendida por la pregunta, dijo que no. En Hungría no había mar, sólo un inmenso lago, el Balaton, que había visitado un verano con su familia.

—El mar es inmenso; la mirada no distingue entre agua y cielo. Nada se compara con las semanas en que uno navega sin atisbar un pedazo de tierra, de montaña en donde detener la mirada, ni siquiera una minúscula ave.

—Debe de ser bello y temible a la vez —musitó Minie.

Jacques Levet asintió y la observó un instante.

—Quisiera ayudarla. Entiendo su desilusión, por eso insistí en que me permitiera acompañarla. Creo tener la solución a su aflicción.

Un brillo intenso apareció inesperadamente en la mirada retraída de Minie. El rostro grave dio paso a la sonrisa franca, expectante.

—¿Cómo dice?

Jacques Levet acalló de inmediato el remordimiento, trató de borrar de su memoria la conversación que previamente había sostenido con su primo.

A pesar de la diferencia de edad, una corriente de simpatía reforzaba los lazos de familia. Los primos se abrazaron. Ni el tiempo ni la distancia habían debilitado el apego que los unía por ser los únicos varones de la familia aún con vida. Levet, comprometido con la doctrina social, era la contraparte incómoda de Jacques y su materialismo cínico. Aunque el afán aventurero del joven, pleno de audacia, despertaba una envidia sana en el viejo.

Levet tomó del brazo a Jacques y con la otra mano se apoyó pesadamente sobre su bastón. La gota había hecho de su vida un infierno. Su carácter se tornaba irascible ante cualquier manifestación de lo que él llamaba estupidez humana. Caminaban con lentitud por la calle húmeda. Una llovizna ligera velaba levemente los rayos del sol.

—Agradezco que en esta ocasión hayas venido a París. El año pasado lamenté profundamente que la situación te lo impidiera.

—Quise visitarte, pero el incendio en Burdeos arrasó con el Barquette Anne-Marie y toda su carga. No pudimos rescatar nada. Una verdadera catástrofe. La aseguradora se negó a pagar la pérdida del barco y de la mercancía.

—¡Qué se puede esperar de esos usureros! Lucran con la gente, pero cuando deben pagar las pérdidas deciden que no les conviene; demasiadas naves dañadas —refunfuñó Levet—. No me sorprendería que ellos mismos fueran los responsables de que el puerto ardiera.

—Parece que el culpable fue un tal Roger Martin. Decidió encender su linterna a metro y medio de donde se almacenaba un centenar de barriles de petróleo. Su gabarra se incendió, no pudo apagar las llamas y la fuerza del agua la empujó contra otras naves que se incendiaron a su paso.

Levet sacudió la cabeza.

—Y por supuesto, nadie hizo nada para detener el siniestro.

—La capitanía del puerto intentó organizar el auxilio, pero el fuego se esparció demasiado rápido, los flamazos alcanzaron hasta los cinco metros. No se pudo hacer nada.

Levet apretó afectuosamente el brazo de su primo, sabía que la pérdida era un duro golpe para él.

—Imagínate, tan pronto pisé Veracruz, me quisieron meter al calabozo. Si no hubiese sido por Robert Prigadà, me estaría pudriendo en San Juan de Ulúa. Me prestó dinero, compró a la policía —continuó Jacques.

—La policía es igual en todas partes, ratas inmundas; habría que guillotinarlos a todos —dijo Levet.

—Creo poder cubrir la mayoría de las deudas con la vainilla y el café que embarcamos este año. También traje cedro y caoba; quiero abrir un mercado para estas maderas finas. Además, regreso con sedas, vinos y herramientas que ya tengo apalabradas. Puede ser un buen año.

—Dinero, dinero —refunfuñó Levet.

—Ojalá sólo fuera dinero. Debo demasiados favores a Prigadà. Imagínate, insistió en que a mi regreso le lleve una institutriz para sus polluelos. Ninguna *demoiselle* decente aceptaría partir conmigo a Veracruz, a menos que le ofrezca matrimonio. He meditado la posibilidad de llevarle una puta disfrazada de institutriz —Jacques soltó la carcajada—, lástima que su lenguaje no sea el apropiado para los castos oídos de un niño.

Levet miró disgustado a su primo, no apreciaba la acidez de su sentido del humor. Decidió cambiar el rumbo de la conversación; preguntó por Rhodakanaty. Jacques dijo no saber nada, sólo que siempre andaba escondiéndose de las autoridades, por alborotador. Ningún francés en su sano juicio mantenía relaciones con él, para evitar ser confundidos con agitadores.

—Lástima, no podré darle ninguna información —dijo Levet y contó la historia de Minie.

Jacques no pudo ocultar una risa burlona.

—Allí tienes una muestra más de que es un gran revolucionario; deja hijos desperdigados a su paso.

A Levet le irritó el comentario, pero decidió no responder a la provocación.

—Nunca mencionó a una hija en Hungría, pero la joven insiste en ponerse en contacto con él.

—Eso va a resultar difícil. A menos que la lleve a México conmigo... quizás sirva de institutriz —dijo con cinismo Jacques.

Levet hizo un alto; las punzadas en su pierna derecha aumentaban con la actitud trivial de Jacques.

—Tu banalidad me disgusta profundamente. Me parece que perviertes la vida de otros, tuerces sus caminos para satisfacer tus necesidades sin el menor asomo de vergüenza.

Jacques soltó la carcajada sin conceder importancia al regaño.

—Querido primo, me temo que el cansancio te agría el carácter. Podemos hacer un alto para que retomes tu bonhomía.

Levet se limpió el sudor de la frente y la nuca con su pañuelo. Más que el calor, el esfuerzo lo hacía sudar frío.

—Desestimo tu sentido del humor. Pues bien, sí estoy cansado, pero no tanto como para detenernos.

Jacques le sonrió afectuosamente. Levet dismuló con brusquedad el afecto que sentía por su pariente.

—Dime una sola cosa, ¿habla francés?

Levet asintió.

—Podrás conocerla, irá a buscarme al bufete para que le proporcione información sobre Plotino.

Capítulo 7

El temporal sacudía con violencia al navío. En popa, el piloto y su ayudante sujetaban con fuerza el timón. El cielo ennegrecido se iluminaba fugazmente. Los marinos se aferraban a cables y cuerdas en su recorrido de babor a estribor. Los relámpagos atronaban en el horizonte. El viento aullaba y sacudía las velas replegadas como si fuera a reventar sus cables. Las olas, inmisericordes, bañaban la cubierta con su espuma viscosa que amenazaba con romper los cordajes y lanzar los toneles al mar.

Tendida sobre la litera, Minie vomitaba en un balde el caldo que hacía escasos minutos había aceptado tomar. Jacques Levet insistió en que comiera, o que por lo menos bebiera líquidos, pero sus palabras se perdían entre el rechinido de la madera que parecía vencerse ante el bamboleo incesante. Rendida por la debilidad, caía en un mundo amorfo, desordenado por los recuerdos. Desde la distancia, escuchaba una voz grave repetir una letanía que no alcanzaba a entender del todo.

—No puede hacerme quedar mal, el caldo cura todo. Coma o va a desvanecerse... Juro que no morirá, esto es pasajero... Navegaremos sobre aguas tranquilas... Usted es una mujer valiente, el caldo lo cura todo. Nos esperan tierras inimaginables. Debe comer; recuerde que después del mal tiempo siempre sale el sol.

Minie se deslizaba en el sopor como si un espeso edredón de plumas de ganso la cubriera de pies a cabeza; sumergida en la penumbra, aparecía en el mercado de Burdeos frente a los inmensos barcos atracados en el muelle; pero al mismo tiempo discutía con sus padres.

—Sí, madre, quiero irme a Viena. Padre, te lo suplico, entiende, toda la vida he vivido una mentira; ustedes me mintieron.

—No podemos permitir que se vaya; tú eres su padre…

—Quiero conocer a mi verdadero padre, hablar con él, preguntarle muchas cosas, todas las que no pude preguntarle a tía Lenke, digo, a mi madre, por no haber conocido la verdad a tiempo…

—¡Qué dices! Yo soy tu madre, nada más eso me faltaba…

—No te exaltes, Gízela, sabes que no soporto los gritos.

—Entonces haz valer tu autoridad. ¿Ves lo que causas por consentirla siempre?

Sintió una mano rozarle la frente. Minie abrió los ojos. El rostro difuso de Jacques la observaba preocupado. Parpadeó sin poder verlo con claridad.

—Al menos un sorbo de agua, *mademoiselle*.

Minie cerró los ojos y se hundió en la oscuridad. Le llegó un olor penetrante. Jacques le había dicho que así olía el mar: a pescado, a sal y a viento, a pesar de estar a orillas del río. La Gironda. El nombre la seducía. Se vio caminando entre puestos de frutas y legumbres; las barcazas, cargadas de productos, remontaban el río. Burdeos la aturdía con su efervescencia: grandes navíos en constantes maniobras de carga y descarga; reparadores de velas, como hormigas, laboraban hasta altas horas de la noche, mientras mujeres ligeras desfilaban sus atributos en callejuelas cercanas al muelle. Le parecía que el universo comprimido se agitaba a su alrededor. Jacques la llevaba a recorrer barracones, puestos, cajones con muñecas de porcelana, carritos de madera, soldaditos de plomo, sedas, lanas, tafetas, listones, peines de marfil y perfumes. Las palabras de Jacques cobraban mayor fuerza al olor de la vainilla. Un temblor agitó su cuerpo; resentía la humedad de la bodega, rodeada de mercancía traída de México, los compradores discutían con los empleados al servicio de Jacques. Él se dedicaba a observar el desenlace de los intercambios, al tiempo que le hablaba de una hermosa tierra exótica.

Minie estiró la mano y sintió un objeto frío. Jacques la ayudó a levantar la cabeza y le acercó el vaso de agua a los labios. Minie abrió los ojos.

—Muy bien, *mademoiselle*. Chantale le dará un baño de esponja, eso hará que se sienta mejor.

Jacques dio instrucciones a la esclava negra, puesta a su disposición por el capitán para cuidar a la joven, y abandonó el camarote. Minie, exhausta, se dejó caer sobre la almohada. Débil, la agobiaba una sensación de asfixia. A pesar de tener los ojos cerrados, se vio correr apresuradamente, el tren estaba a punto de partir; era necesario un último esfuerzo o jamás se encontraría cara a cara con Rhodakanaty.

Intranquila, perdida en el ensueño, las imágenes se dispersaban sin que lograra retenerlas. La hostigaban rostros que se diluían, se entremezclaban: la sonrisa de la abuela Sylvia se tornaba en la boca abierta, inmensa y amenazante de Gízela, para luego disolverse en la mirada triste de Lenke. La espalda encorvada de Arpad era una muralla atravesada por el dedo acusador de Gízela. Minie gritaba que ella no era culpable de nada. Chantale la recostó con suavidad y le pasó una toalla húmeda por el rostro. Minie sintió la mano áspera de Arpad rozarle la mejilla, se apartó; él, preocupado, levantaba la mano en alto en señal de paz. Minie se esforzó por alcanzar esa mano, algo la retenía, debía estirarse otro poco, la mano de Arpad era la mano de Lenke, que quería llevársela con ella, pero ¿a dónde?

Fijó la mirada en el horizonte. Recordó la carta donde decía que en breve estaría de regreso en Győr. Era la primera vez que Minie osó salir a cubierta; había permanecido desplomada en su litera días enteros. Aspiró unas bocanadas de aire fresco para calmar sus náuseas. Sus manos se aferraron al barandal. El vaivén del agua dispersaba la espuma sobre las crestas verdes antes de hundirse en la oscuridad del mar. Minie se esforzó por mantener los ojos abiertos, húmedos e irritados por la brisa salada que escocía su rostro. Con una fascinación preñada de terror, no despegaba la mirada del oleaje que zarandeaba al navío quebrando el frágil equilibrio de sus piernas. Maldijo su naturaleza impetuosa que la lanzó como caballo encabritado hacia parajes desconocidos sin considerar que, con eso, deshacía cada una de las certidumbres de su vida.

La goleta Orizava, con sus cuatro velas flácidas por falta de viento, surcaba las aguas tranquilas del océano. El ronroneo de las máquinas de vapor acompañaba el plácido bamboleo de la nave. El calor apaciguaba los ánimos. Los marineros sonreían al pasar. Minie caminaba con precaución sobre la cubierta. Era un buen momento para estirar las piernas sin temor de perder el equilibrio. Fueron demasiados días de estar tumbada en la litera, con el vómito en la boca y sin probar alimento, sólo maldiciendo una y otra vez su decisión de embarcarse.

La aturdía la inmensidad del mar que se prolongaba sin fin hasta confundirse con el cielo. Se sentía sofocada. Se desabotonó el cuello alto de su blusa. Sacó de su bolso un pañuelo; la humedad en su nuca la incomodaba. Junto al pañuelo apareció el sobre con la carta que tomó prestada del armario de la anciana Rhodakanaty. La abrió y la leyó una vez más. La letra vigorosa y decidida la tranquilizó. Cerró los ojos y repitió en un murmullo las palabras finales: «Madre, no debes temer por mí. Estamos en el siglo xix, siglo en que los hombres de bien deberán derrumbar las murallas que los separan; la humanidad no tiene más patria que la tierra que el sol fecunda. Donde esté, donde pueda extender mi mano a otro hombre, él será mi hermano y esa será mi tierra. Con el amor y respeto que te mereces, tu hijo Plotino».

La vio recargada sobre el puente. El viento agitaba levemente su cabellera oscura. Ondulada, caía en abundancia sobre su espalda y dotaba a su rostro pálido de un aire infantil. A Jacques le remordió la conciencia, algo insólito en su persona. Él, que se jactaba de que los sentimientos jamás debían interferir en sus intereses, le sorprendió que lo conmoviera el aire de tristeza de la joven. Se acercó; le ofreció el brazo.

—Vamos, la invito a dar una vuelta, el barco apenas se mueve.

Minie apartó la mirada del horizonte. Le sorprendió el azul intenso de sus pupilas, acentuadas por unas ojeras inesperadas. La joven aceptó apoyarse en el brazo de Jacques. Las piernas le temblaban de debilidad y temía caer en cualquier momento.

—Me da gusto que haya decidido salir a cubierta. El mal tiempo ya pasó y verá, al final del viaje, usted será una experta marinera.

—No lo creo, olvida que en Hungría no tenemos mares y, de sólo ver este océano sin fin, me pierdo en su inmensidad; necesito asirme a algo sólido para no desmayarme.

Jacques Levet soltó la carcajada mientras le estrechaba el brazo para brindarle mayor seguridad.

—Si permanece más tiempo en cubierta, podrá habituarse a lo desmesurado. Llegará a una tierra donde montañas y valles hacen que los nuestros parezcan pequeños paisajes pintorescos pintados en tonos pastel. Allá los rojos son más encendidos, los verdes y amarillos más intensos y, en cuestión de minutos, el color de su cielo se transfigura del azul más profundo a un siniestro negro. Llueve y pareciera que el mundo llega a su fin; media hora más tarde, el sol aparece con su habitual desparpajo. Los olores, los sabores de frutas que jamás ha imaginado, la cautivarán. Deberá aprender español, aunque no toda su gente, sobre todo los indios, lo hablen.

Jacques miró a Minie de reojo, ésta lo escuchaba completamente absorta, sonreía como una niña en un cuento de hadas. Continuó, satisfecho de haber logrado despertar su interés.

—Afortunadamente, allá adonde vamos hay muchos franceses. La mayoría de la población es una mezcla poco afortunada de indio con español —acentuó su natural pedantería—. Se les dice mestizos. Son ladinos, flojos; es necesario guardar la distancia y tratarlos con mano fuerte.

—¿Cómo son? ¿De qué color? —preguntó Minie intrigada.

—De piel oscura, ojos y cabello negros.

—Como los gitanos de mi tierra.

—Algo diferentes, en todo caso presumen de su ascendencia europea y buscan disimular la impureza de su sangre. Gente muy servicial, tranquila; pero detrás de esa aparente calma uno presiente la efervescencia de un volcán a punto de explotar, sobre todo en los indios.

—¿Volcán?

—Claro, nunca ha visto un volcán. Son montañas altísimas, que en cualquier momento explotan, rugen y acaban con pueblos enteros, aunque eso rara vez sucede. Imagínese un país donde los inviernos son benignos, donde todo el año parece verano y las cimas de esas montañas siempre están cubiertas de nieve.

—Me está usted engañando, ¿verdad? —Minie se había detenido para observar el rostro del hombre.

—Palabra de caballero, *mademoiselle*.

Las descripciones de Jacques golpeaban en su interior como una cascada de imágenes en abierto desafío a la imaginación. No sabía si creerle o burlarse de él por intentar engañarla como a una niña. Temblaba de emoción de tan sólo pensar que aquello fuese cierto. Olvidó los mareos, vómitos y la sensación de extrañamiento, de pasmo ante su desamparo, que la habían acompañado desde que partió el navío. Jacques la invitó a continuar el paseo. Se sorprendió ante la firmeza de sus piernas. Volvía a retomar la emoción de la aventura, la certeza de que en esa tierra de ensueño encontraría a Rhodakanaty y podría salir del oscuro agujero que la hundía en el resentimiento y la rabia.

Jacques Levet le entregó un pequeño libro.

—Por cierto, quiero entregarle este diccionario francés-español, le será de gran utilidad. Habría querido dárselo antes, pero su indisposición no me lo permitió. Es un buen momento para aprender español, ¿no le parece? Si tiene dudas, con mucho gusto la ayudaré.

Minie tomó el libro entre sus manos y se detuvo a hojearlo.

—Recuerde que las vocales se pronuncian siempre igual, abiertas. —Jacques hizo una demostración y le pidió que ella repitiera los sonidos—. Excelente, tiene un buen oído, le será de gran ayuda.

No pudo explicarse qué fue lo que la convenció de partir con el francés hacia Burdeos. Acaso la curiosidad por descubrir el mar; o reconocer dentro de ella la audacia por ver mundos inimaginables; o enfrentar al hombre que la engendró; o el rechazo profundo a permanecer ligada a seres que determinaron su vida al amparo de una mentira; o saber que podía mudar de opinión, no embarcarse y regresar a Hungría. Supuso que habría tiempo suficiente para reflexionar y tomar fríamente una decisión, pero la realidad fue distinta.

El puerto de Burdeos era un enjambre de voces y cuerpos en movimiento. Jacques Levet la distraía llevándola de un lado a otro, recurriendo a su opinión, encargándole la compra de juguetes, lápices y cuadernos para los hijos de su amigo Prigadà, donde ella iría a establecerse por unos meses como institutriz.

—Sólo unos meses, ¿verdad?

—Por supuesto, querida. Tiempo suficiente para averiguar el paradero de *monsieur* Rhodakanaty, verlo y regresar a Europa, además sin que le cueste un centavo, de eso me encargo yo. —Levet hizo una leve inclinación de la cabeza mientras sonreía ampliamente.

—Pero toda mi ropa es de invierno y usted dice que allí siempre hace mucho calor.

—Mi esposa la ayudará a conseguir algunos vestidos ligeros.

—Pero no sé si traigo dinero suficiente…

—No se preocupe, yo me encargo de que no le falte nada. —Jacques le dio la mano para ayudarla a pasar entre enormes barricas y cajas de madera.

Numerosas goletas realizaban maniobras de carga y descarga. La aturdían los gritos de los marinos, los olores a pescado, a vino agrio, a sudor y a podredumbre que se entremezclaban con los aromas de especias, de frutas y legumbres expuestas en tenderetes a la avidez de probables compradores. Su mirada, voraz, saltaba de un lado a otro en un intento por atrapar imágenes al compás de ruidos que irrumpían en total libertad: por acá el martilleo de carpinteros, por allá el chirriar de ruedas sobre el empedrado, voces que la asaltaban en un coro desperdigado; la ebullición de un mundo que la atrapaba sin permitirle un respiro.

Jacques le ayudó a subir a la goleta que se mecía levemente, anclada con firmeza al embarcadero. A gritos se ordenaba subir la carga a bordo: baúles, cajas, toneles que desaparecían en las entrañas del barco. Con precaución, eludieron cuerpos sudorosos entregados a cumplir las instrucciones del contramaestre.

Jacques la condujo hacia el puente mientras describía parajes, relataba anécdotas y hacía recuentos de travesías, sin detenerse, más que brevemente, para respirar antes de continuar su perorata. Minie escuchaba boquiabierta.

—Mire, a pesar del tiempo transcurrido, todavía se aprecia la destrucción que causó en el puerto el incendio del año pasado. La Barquette Anne-Marie, nuestro barco, ardió. No pudimos salvar la carga; quedé en la ruina. Todo por la irresponsabilidad de un marinero ebrio que dejó caer un cerillo sobre un cargamento de petróleo recién desembarcado. Se esparció el fuego sin que la comandancia del puerto pudiera contenerlo. Bastó un minuto, un descuido y la vida de muchos cambió de rumbo.

—Parece haberse sobrepuesto a la tragedia —comentó, incrédula, Minie.

—La suerte es así: a veces se gana, a veces se pierde —dijo Jacques, impasible.

Minie había crecido con la certeza de que el bienestar económico era la consecuencia de esmerarse diariamente. Educada en los principios del trabajo, la suerte era un vocablo que correspondía a los gitanos, pero no a la gente decente. Por un momento se imaginó la vinatería de su padre consumiéndose entre las llamas. Se estremeció. Hubiera sido una tragedia irreparable para su familia.

PARTE DOS

Veracruz
1847-1870

Capítulo 8

Jean Pellegrin, mejor conocido como Juan Pelegrino, esperaba impaciente la llegada del licenciado Rodulfo Martínez. Sorbía su aguardiente de caña mientras meditaba sobre la promesa que su padrino le había hecho. Éste no tardaría en llegar a su hora acostumbrada a la cantina La Florecita y le entregaría las instrucciones. Un músico ciego amenizaba con su salterio. Una melodía triste, a ritmo de vals lento, teñía la tarde de melancolía. La voz atenorada del músico se agregó en un lamento al amor ingrato. Juan advertía que esa canción le provocaba un desasosiego molesto. Le recordó la imagen de su madre sonriéndole mientras le acariciaba el cabello. Impaciente, contemplaba la calle. Hacía un par de días que don Rudi lo había citado.

—Me cumples este favor como los meros machos y yo me encargo de que te den una plaza fija.

—¿De agente?

El licenciado asintió.

—Primero quiero constatar que no me harás quedar mal. Necesito saber si los traes bien puestos, no sea que te me apendejes a la mera hora.

—Usted descuide, don Rudi. Ya sabe que siempre ha contado conmigo.

Juan Pelegrino se veía uniformado, gallardo como oficial de la Guardia Nacional, aunque por el momento se tuviera que resignar con ser agente policiaco. Se sabía valiente, astuto. Había rogado a su padrino que interviniera para que le dieran un nombramiento. No tenía duda alguna de que los presumidos, de lengua suelta, no tenían futuro como guardianes del orden. Era menester enmudecer, evitar filtraciones, abrir la boca sólo cuando le conviniera. Eso lo había aprendido desde pequeño; no en vano había crecido en casa de la Madama,

73

quien le había impuesto la máxima: *yeux ouverts-oído de tísico-bocca chiusa*. La Robespierre, como solían llamarla por sus fallos inapelables y su inflexibilidad, le inspiraba tal respeto que Juan jamás osó utilizar ese apodo. Era respeto del bueno, de ese que sólo engendra el terror.

—Mira, Juanito, es mejor que no se den cuenta de que andas por acá —le repetía arrastrando las erres al fondo de la garganta—. Te irá bien si te enteras de historias y no las comentas. Uno nunca sabe cuándo puedan ser de utilidad. Sólo deberás confiar en mí. Necesito saber lo que sucede en mi casa; recuerda que estás en deuda conmigo —terminaba su perorata con un pellizco en el cachete.

Desde temprana edad, Juan entendió que la única manera de poder permanecer en la *Maison Charlotte*, era mantener a la Madama al tanto de lo que se tramaba dentro de la casa; asuntos que nadie intentaba disimular ante la presencia del chiquillo distraído que se entretenía jalando un carrete de madera. Juan gozaba de una memoria prodigiosa: podía transmitirle a la Madama las palabras exactas, incluso los gestos precisos, fruto de su vigilancia. Cada tarde visitaba la habitación de la Madama a dar parte; a cambio, recibía *un chocolat* o *un petit gâteau* como premio. Toda la *Maison Charlotte* interpretaba que sorprendentemente la Madama tenía una pequeña debilidad por el mocoso; Juan nunca lo desmintió.

El licenciado Martínez entró a la cantina y se ordenó un mezcalito. Entregó un papel al muchacho. Éste leyó un nombre.

—¿Para cuándo, don Rudi?

—Mañana mismo. Lo esperas en el atajo que sube al monte, pasa cada tarde antes de ir a casa, que no te reconozca.

Juan se tragó sus dieciséis años, se acarició el bigote incipiente con aire de seguridad y asintió. El licenciado lo observó con detenimiento.

—Tú dirás si ya estás listo o nos esperamos a que estés más crecidito.

—No faltaba más, padrino, yo siempre le he cumplido.

Rodulfo Martínez se molestó.

—Ya te he dicho que no me llames padrino y menos en público. Una cosa es que, gracias a tu madrecita, ojalá Dios la haya perdonado, yo haya visto por ti; otra, que alguien te oiga. —Se limpió la humedad del bigote con un dedo—. No está bien que me diga padrino el hijo de…

Juan se puso colorado y bajó la mirada.

Incómodo, Rodulfo Martínez tosió, sacó su reloj de oro del bolsillo del chaleco y revisó la hora.

—Dejémonos de tonterías. Mira, mañana, después de cumplimentar la orden, te me vas para el rancho sin que nadie te vea. Si alguien pregunta por ti, diré que te mandé desde temprano a realizar un encargo. No te dejes ver por la calle después del mediodía, ¿entendido?

Juan asintió.

—¿Cuánto tiempo tengo que estarme por allá?

—Unos días, hasta después de las elecciones.

El licenciado apuró de un trago su mezcal, se levantó y salió de la cantina saludando a los conocidos sin detenerse.

Pelegrino se quedó rumiando su vergüenza. El verde de sus pupilas se perdió entre las pestañas oscuras; con la mirada nublada y la mandíbula rígida miró desafiante a su alrededor. Quiso descubrir si alguien habría escuchado el comentario de don Rudi. La única manera que podría atenuar la humillación de su nacimiento era inspirar tal miedo que obligara al respeto. Acomodó su cuerpo, hizo resaltar la musculatura de sus brazos. Se sabía fuerte, no en vano había pasado largas temporadas en el rancho ayudando al caporal a montar cercas o llevar el ganado de un pastizal a otro.

Rodulfo Martínez conocía a Juan Pelegrino desde niño; es más, se lo habían presentado cuando aún se agitaba en el vientre materno. Don Rudi, uno de los clientes más asiduos y fieles de Mathilde Pellegrin, solía visitarla todos los jueves por la noche. La dueña, mejor conocida como la Robespierre, había hecho de su casa el punto de reunión de emigrados, abogadillos, jueces, uniformados y hombres de negocios. Disfrutaban de un ambiente relajado, jovial, donde sus pecadillos se tornaban insignificantes. En tan singular camaradería estrechaban alianzas, disolvían reyertas, aseguraban negocios. La Robespierre jamás permitió que, en su casa, dos machos codiciaran al mismo tiempo a alguna de sus ahijadas, como solía llamar a las jóvenes francesas que había traído de su tierra. Cada parroquiano tenía su hora asignada, su día previamente establecido.

La Madama viajaba cada cuatro años a Francia a escoger personalmente a cada una de sus pupilas. Les practicaba una minuciosa revisión médica antes de llevarlas a Veracruz. Chez Charlotte gozaba de un prestigio que ella cuidaba con esmero. Por eso, no cualquier varón tenía acceso a *son boudoir*. El probable cliente tenía que llegar precedido de una recomendación y ostentar un buen apellido. Sin embargo, hubo ocasiones en que las circunstancias la obligaron a abrir sus puertas a extraños y tuvo que lamentar las consecuencias.

Rodulfo Martínez había sentido un afecto especial por la Mathilde. Quizás su abundante cabellera castaña clara, que lo incitaba a hundir sus dedos entre los rizos, lo remitía a tardes felices en que, trepado en el regazo de su madre, ésta lo dejaba desatarle las trenzas y jalarle el cabello. O quizá la mata roja sorpresiva de su sexo se le antojaba como la visión final de un paraíso húmedo y caliente. La Mathilde, de sonrisa generosa, que a menudo regalaba su corazón a pesar de las enseñanzas de la Robespierre, fue su preferida. Todos los jueves, lloviera o tronara, la visitaba en su horario acostumbrado.

Juan resultó de la consecuencia de una encerrona memorable entre la Mathilde y un joven teniente, prieto como indio. Durante tres días no hubo manera de sacarlos del cuarto. La Robespierre no pudo echarlo de su casa. Era uno de los defensores de la patria en la guerra contra los invasores del norte. Muchos valientes murieron a causa de la inferioridad en armamento; pero supieron enfrentar la codicia de los yanquis con tal fiereza que los convencieron de regresar a casa con vida en vez de servir de abono en tierras mexicanas. Cuando éstos partieron, los aguerridos héroes buscaron desquitar tanto valiente esfuerzo en Chez Charlotte y nadie se atrevió a regatearles su necesidad.

Cuando el oficialillo se sintió repuesto, partió hacia el sur y Mathilde no volvió a saber de él. Jamás le preguntó su nombre; se contentaba con llamarlo *mon petit mignon*. Durante esos tres días Mathilde no quiso saber del mundo. Ordenaba comida y bebida sin permitir que nadie entrara al cuarto a distraer a su amado. Fue como si todo su afán de amor, su anhelo por inmolarse en el fuego de la pasión, despertara de pronto ante este joven macho de recia figura y mirada autoritaria. Mathilde se lanzó a consumar con avidez su destino de hembra arrebatada, generosa, presa de urgencia por ser fecundada y, así, negar su vida estéril. Conoció la felicidad. Ni la figura amenazante de la Robespierre pudo imponerle límites. Sintió que un sueño, intuido desde su más tierna adolescencia, se manifestaba ante ella sin temor a las consecuencias. Mathilde vivió como si el tiempo se hubiese detenido: sin ayeres ni mañanas que impusieran su realidad.

La Robespierre, sorprendida de que alguna de sus pupilas se hubiera atrevido a desafiarla, aguardó a que el cliente desapareciera; era cuestión de días. Toda explosión pasional se desvanece ante el paso de las horas. Mientras, se consoló con los otros oficiales que gastaban su dinero a manos llenas en mujeres y tragos. Reconoció que su nueva patria tenía derecho a exigirle una contribución. No podía poner a uno de sus héroes en la calle por servirse gratuitamente de su pupila, sin considerar a los demás parroquianos ni respetar horarios previamente establecidos. La Madama gozaba de fama y dinero; los ricos y poderosos solían hacerle favores a cambio de las horas de esparcimiento y placer que su casa ofrecía. La Robespierre hizo acopio de paciencia; sobre todo cuando se percató de que ninguno de los machos habituales osaba exigir sus derechos. Finalmente los oficiales, recuperados de su sacrificio por la patria, partieron con su destacamento a otros territorios.

La Madama era una patrona exigente; sin embargo, sabía cuidar a las jóvenes, que eran la fuente de su riqueza. Cada año solía llevarlas a un retiro en una pequeña casa a orillas del mar. Las obligaba a descansar alejadas del bullicio del puerto, las sometía a curas del cuerpo y del alma. Durante esas semanas, los hombres desaparecían de su entorno. Ningún enamorado empedernido u obsesivo podía ir tras ellas, so pena de nunca más poder frecuentar Chez Charlotte. Este periodo obligatorio duraba toda la cuaresma. La Robespierre, pendiente de su alma y de su negocio, cerraba las puertas de su *boudoir* para no incurrir en la ira del Señor ni de la Iglesia. Quería tener el alma tranquila ante Dios, apartando de la senda pecaminosa las almas descarriadas de sus ahijadas, al menos durante días tan santos; además se ahorraba pleitos innecesarios con el párroco del puerto.

Fue justo durante esta época de retiro en que la Mathilde entró al séptimo mes de embarazo. Las insistentes invitaciones de meterse al mar a retozar en las olas, sin más ropa que un sayalete delgado y fresco, hicieron que, ante los ojos atónitos de Madama, pupilas y criadas, mostrara su transgresión. Frente a una evidencia tan contundente, Mathilde se arrojó a los pies de su ama y señora, confesando lo que para todos era más claro que el agua: el joven oficial la había dejado preñada. Juró, suplicó y se abrazó a los tobillos inflamados de la Robespierre con la esperanza de que ésta no la lanzara a la calle a ganarse la vida como una güila autóctona; le rogó que le permitiera conservar a su retoño.

En ese momento, todas las mujeres desataron un temporal que sólo pudo compararse con los vientos huracanados que a menudo golpeaban el puerto. La Robespierre perdió los estribos, sus gritos fueron escuchados por los pescadores en sus lanchas, por los peces que huían despavoridos de las redes, por las aves que ante tamaño tumulto revoloteaban agitadas sobre las copas más altas de las ceibas, en espera de que la tormenta amainara.

La Madama exigió que se deshiciera del bebé tan pronto naciera. Mathilde amenazó con ir a perderse entre las olas hasta que el mar la hiciera suya. El llanto y las exclamaciones de las demás mujeres se asemejaba al oleaje incesante del mar: subía y bajaba de intensidad en un coro de lamentos y lágrimas. Mathilde cayó desvanecida por el esfuerzo; su rostro demacrado parecía el de una muerta. Pensaron que había sido presa de un síncope fulminante. Con los ojos desorbitados, desencajada por la rabia, la Robespierre se acercó a Mathilde; al verla tendida, pálida como una estrella de mar, temió que su cólera desmedida hubiese segado la vida de la joven. Cuando constató que un hálito tenue escapaba de entre sus labios, la Madama se retiró a la frescura de su habitación y ordenó que nadie osara interrumpir su retiro.

Se sentó frente a la ventana abierta con la esperanza de que la brisa del mar la librara del bochorno. Era una mujer que solía someter con firmeza los ímpetus de la pasión y la cólera, así como las cintas de su corsé restringían la exuberancia de sus carnes. Prefería revisar las opciones conforme a sus intereses. El actuar con prudencia había hecho de Chez Charlotte un negocio próspero y acreditado. Sumida en un silencio taciturno y espeso, la Robespierre rumiaba su rabia mientras el sol se hundía en el agua. Fue una noche nublada, con amenaza de lluvia. Las llamas de las velas se agitaban con el viento que se colaba por la ventana. Sus pensamientos se mecían entre la incertidumbre de sus emociones y la certeza de que sus determinaciones tendrían que ser inapelables. Sus decisiones siempre se habían cumplido a cabalidad, no toleraba cuestionamientos; pero, por otra parte, Mathilde era una de sus mejores pupilas: alegre, bonita, sabía trabajar a los clientes para que éstos consumieran bastante y regresaran a menudo en su búsqueda. Fuera de su pasión desmedida por aquel joven, que puso en jaque las reglas de la casa, había mantenido con ella una relación de ahijada afectuosa. Su buen carácter la llevaba a limar asperezas entre todos, a aceptar sin réplica las decisiones de la Madama; de allí la sorpresa de que hubiese desafiado su autoridad. La Robespierre se lo explicaba como el arrebato pasional por un joven macho, tan frecuente entre las mujeres.

La Madama reconoció un hecho similar en su pasado remoto, cuando se llamaba Marie Picot y no le temía al trabajo ni a la pobreza. Algunas tardes, en que el letargo, silencioso, se escurría por el ambiente, dejaba caer con pesadez los párpados y volvía a ver a aquel marino que le prometió el sol y las estrellas. Y, sin querer, su cuerpo se erizaba con el recuerdo de sus labios, de su mirada, de sus manos recorriendo su cuérpo. Ella le obsequió su virginidad, su alma, su cuerpo; sin embargo, un buen día partió y no volvió a saber de él. Conoció la desolación. Deambulaba por las calles con la ilusión de descubrir a su enamorado entre la gente. Agotada la esperanza, descubrió el ansia de morir. Afortunadamente, su necesidad de cobrarse esta traición la obligó a enfrentar la soledad y la pobreza. Se juró amar sólo el placer, el dinero y el poder. Jamás lamentó su decisión; tampoco compartió con nadie el secreto de su juventud. La experiencia le enseñó que el varón traía su verga atada al corazón, y que ésta era un órgano veleidoso.

Quizás la Mathilde aprendería de este error. Ya era demasiado tarde para un aborto. Con suerte tendría una hembrita que, aunque fea y prieta, podría servir en Chez Charlotte.

Tuvo que reconocer el afecto que sentía por la Mathilde, siempre dispuesta a sacarle una sonrisa, a frotarle las piernas hinchadas, a contarle todos los secretos y los chismes que revoloteaban por la casa.

La Madama salió de su habitación cerca de la medianoche. Fue en busca de Mathilde. Ésta aguardaba recostada sobre su cama. Una sábana cubría su cuerpo desnudo. Aguardaba atemorizada, con los ojos enrojecidos y la cabellera húmeda por el calor que desbordaba la almohada. En torno a ella, sus compañeras le daban ánimos, le sobaban la planta de los pies, le ofrecían té de tila. A una señal de la Robespierre, todas las mujeres huyeron del cuarto. Su sombra, resaltada por la luz de la candela, hundió la casa en un silencio sepulcral. La Madama se aproximó a Mathilde, quien intentó levantarse de la cama en señal de respeto.

—Quédate acostada —ordenó—. Ésta es mi decisión: te prohíbo que me repliques. Cuando regresemos al puerto dejarás de trabajar. —Mathilde dejó escapar un sollozo—. Hasta…, hasta que nazca, una nodriza lo amamantará. Permanecerás en mi casa siempre y cuando respetes mis decisiones. Pasados los cuarenta días podrás bajar de nuevo al *boudoir*.

—*Oui, Madame.*

—Si la criatura es niña, aunque sea fea y prieta, podrá quedarse entre nosotros; yo le daré trabajo. Si es varón, a los cinco años lo mandarás a vivir fuera de casa. ¿Entendido?

—*Oui, Madame.*

El repliegue de tropas invasoras se concretó en el 48. El gobierno se dedicó a resaltar los actos heroicos para disfrazar la derrota. Los mexicanos sonrieron otra vez con sorna e intuyeron que tendrían que tragarse el sabor amargo del embuste.

Una tarde densa de verano, como las que ahogan al puerto en una humedad sofocante y sus habitantes se refugian en la penumbra de las habitaciones para sumergirse en la pachorra somnolienta, la charla en Chez Charlotte se extendió hasta altas horas de la noche, entre críticas al gobierno y el prolongado parto de Mathilde. *Les habitués* decidieron posponer su regreso a casa hasta que naciera la criatura y se confirmara su sexo. Cruzaron apuestas. Unos apostaban a que sería macho; otros, a que sería hembrita; unos aseguraban que, si nacía un varón, la Robespierre le quitaría la vida; otros, que quizás lo regalaría.

Veinte horas duraron los gritos de Mathilde. La intranquilidad que se respiraba en la casa predisponía los ánimos a los juegos de azar y a discutir el futuro del país, en vez de gozar de los placeres carnales. Cerca de la medianoche, la Robespierre se apareció en el salón para informar que el resultado de tanto sufrimiento era un prietito feo. Nadie se atrevió a festejar. Todos los parroquianos se levantaron y partieron sin mediar palabra.

Mathilde había parido a un robusto varón de piel cetrina, como su padre, y cabello castaño, como su madre. Decidió llamarlo Jean Pellegrin, en recuerdo de su abuelo materno, que había sido la única persona en mimarla de niña. A la hora del bautizo, la Robespierre fue la madrina y Rodulfo Martínez el padrino, quien convenció a Mathilde de que endilgarle semejante nombre a una cara de indio lo obligaría de por vida a romperse la madre con sus coterráneos para acallar el chacoteo. Él sugirió que el pequeño se llamara Juan, Juan Pelegrino. Sus razonamientos convencieron a Mathilde; aunque siempre lo llamó *mon petit Jean*. En cambio, la Madama siempre le dijo Juanito.

Pelegrino se anticipó a su cita. Llegó temprano en la mañana y dio una vuelta por el lugar. Se ufanaba de ser meticuloso. El atajo se perdía entre espesos matorrales para ensancharse unos metros más adelante, lo recorrió varios metros y regresó. Se trepó a un árbol desde donde podía divisar el tránsito de animales y de personas sobre el camino. Alejada del centro, la calle era una vereda irregular de tierra y piedras con unas cuantas viviendas de adobe. Tras las cercas de piedra, los patios eran una masa compacta de lodo y basura al servicio de cerdos, gallinas, guajolotes, perros y chamacos encuerados. Resaltaban los maceteros con galvias y una que otra buganvilia enroscada en los maderos que sostenían los techos de tejas que protegían la entrada al cuarto.

En una de esas casuchas vivía la querida del sentenciado, postulado por un club político contrario al gobernador. Pelegrino sentía un profundo desprecio por estos hombres que se asumían contrincantes del poder y no eran más que pólvora mojada: mucho ruido e inofensivos. Juan sabía que cada tarde, antes de regresar a su casa, este infeliz visitaba a su india durante un par de horas.

Pelegrino se recostó en el tronco, protegido por la espesura de ramas y hojas. Disfrutaba observar sin ser visto. La altura del árbol le despertaba un deseo profundo de volar, de alejarse del puerto y descubrir nuevas tierras, donde nadie lo conociera y pudiera forjar su historia. De entre el blusón, sacó un paliacate oscuro, cuidadoso, lo entreabrió; apareció una navaja con mango de concha nácar cuyo filo centellaba con el sol. Sonrió. Se la había birlado a un arriero para cobrarse la pena y el agravio que otro arriero le había causado años atrás, cuando lo despojó de su madre. Pensándolo bien, su lista era larga: ya era hora de empezar a recomponer tanta ofensa. Cualquier cristiano era bueno para iniciar. De ahora en adelante, dejaría su huella en cada uno. Con la punta de la navaja trazó en el tronco una especie de x. Sonrió. Juan se retorció el vello rojizo sobre su labio superior, que en breve sería un bigote en forma. Sería el primero en quien desquitaría su rabia, pero no el último.

Recordó las palabras de don Rudi.

—Amedréntalo, adviértele que si no se retira no vivirá para contarlo. Ése es puro pico dorado, una buena zarandeada debe bastar para calmar sus ínfulas de grandeza. A ver si eres hombre que inspira temor sin tener que matar.

Capítulo 9

Era difícil describir a Juan Pelegrino; promovía conjeturas diversas y dispares. Detrás de su figura refinada y meticulosa en el vestir, se agazapaba el policía peligroso, impasible y severo, que imponía la ley, saldaba cuentas. Su astucia por descubrir los juegos, las intenciones y la traición, lo había vuelto invaluable para la autoridad del puerto, sobre todo por no mostrar el mínimo interés por la política. Jamás cuestionaba la autoridad; su lealtad era absoluta para quien ostentara el poder, consciente de que los puestos en los gobiernos se trocaban con relativa facilidad.

Su deseo de ingresar al Ejército o a la Guardia Nacional se diluyó ante la libertad de acción que detentaba ser policía encargado de asuntos especiales, a menudo clandestinos. Gozaba de total acceso a jefes políticos. Se introducía sin restricciones en hogares, comercios, fincas, aunque sólo fuera para intimidar, informar o ejecutar órdenes. Su habilidad de transformarse en caballero refinado, o bien embriagarse entre marinos y peones sin delatar diferencias sociales sorprendía a aquéllos que lo conocían. Todos le debían favores que tarde o temprano le retribuían con creces. Su refinamiento, su discreción a ultranza y los resultados inobjetables en el cumplimiento de su deber eran apreciados. Sus interrogatorios despiadados e implacables eran temidos por quienes quebrantaban la ley o la voluntad del poder. Su atractivo animal, sensual, encendía a las mujeres que se rendían ante su mirada autoritaria y disculpaban su desdén.

Los colores de Mathilde: piel blanca que se incendiaba al menor contacto con el sol, ojos azul transparente y cabellos rubio rojizo, se transformaron en su hijo. Su cabello era castaño y los tintes rojizos aparecían sólo en el bigote y las patillas, que resaltaban sobre la tez requemada al sol. En Juan, el azul transparente de los ojos de la madre se tornó en un verde indescifrable. Sus manos fuertes, templadas por el trabajo, sorprendían al tener dedos largos con las uñas pulcras y recortadas.

Todos en el puerto afirmaban conocerlo, pero Juan no reconocía amigos ni intimaba con ninguno. Su odio, su rabia, su brutalidad ingénita se acotaban ante la imposición de su inteligencia que exigía con férrea disciplina no excederse. Golpeaba, torturaba sin disfrutarlo: justo lo necesario para conseguir la información o amedrentar. Rara vez desaparecía detenidos, a menos que se lo requirieran. Jamás pudo prescindir de marcar con una x a todo aquél que lo provocara, por si lo volvía a encontrar.

Juan creció sin razonar ni sus alegrías ni sus tristezas, sin compartirlas ni entenderlas. Como parte de su educación, el temor fue factor importante, si bien nunca recibió un azote. La Robespierre no permitía pequeñas transgresiones y exigía una lealtad absoluta, su influencia forjó a un hombre de impecable comportamiento social, de peligrosidad insospechable y de astucia tajante. Desde pequeño, Pelegrino comprendió el difícil concepto de la relatividad. Toda acción podía ser mala o buena, castigada o premiada, dependiendo del quién y del cómo. La actitud moralista sobre el bien y el mal, eludía su entendimiento. Durante su infancia permaneció casi mudo; era un observador minucioso de las acciones y las palabras de los adultos. Descubrió que lo fundamental iba aparejado con la conveniencia personal. La Madama supo transmitirle con el ejemplo que la fortaleza interna y la fuerza física eran cualidades necesarias: había que protegerse de sentimientos, éstos traicionaban al más templado y provocaban equivocaciones.

Pelegrino asociaba los sentimientos con la debilidad. El odio y la rabia, debidamente sujetadas por el pensamiento, podían ser letales; liberados, se tornaban en balas perdidas que arremetían en contra de sí mismo, razón por la cual sentía un profundo desdén por su madre. A veces se sorprendía recordándola con una sensación de añoranza insondable. Sin darse cuenta, empezaba a salpicar sus frases con palabras en francés y un desasosiego lo lanzaba en busca de pastelillos cremosos que comía hasta hartarse. Esto ahondaba un insoportable malestar que sólo podía frenar cuando se hastiaba de enamorar a cuanta mujer se cruzara por su camino. Después, extenuado, se recluía varios días en su habitación. Se entretenía durante horas con su guitarra inventando sonidos melodiosos a los que se negaba ponerles letra; no fueran a jugarle una mala pasada. Nadie osaba molestarlo; sus pocas salidas eran para cumplir órdenes inaplazables.

No era afecto ni a los amigos ni a las parrandas. Desconfiaba de todo mundo. Se sentía superior a muchos; cualquier sonrisa le provocaba escozor ante el temor a la burla. Fue hombre de confianza de hombres ricos y poderosos; sin embargo, los despreciaba por sus pequeñeces y sus hipocresías. Eso no le impedía cumplir a cabalidad encargos y órdenes con una exactitud minuciosa.

Es difícil precisar cuándo empezó a circular la historia y llegó a oídos de Juan Pelegrino. Quizás cuando Juárez estableció su gobierno en Veracruz. La Guardia Nacional se acantonó en los alrededores del puerto. Apareció por allí un capitán que se distinguía por su entrega y su valor. Moreno, de cabello recortado, ojos oscuros y mirada penetrante, desplegaba un bigote lacio que caía sobre las comisuras de los labios. Inspiraba respeto y temor por ser valiente y el hombre de confianza del Presidente.

Durante esa época, Mathilde tomó la costumbre de escaparse todas las tardes a ver desfilar a la Guardia Nacional cuando entraba y salía del cuartel. Algunos de sus oficiales visitaban con frecuencia Chez Charlotte y, al pasar al trote sobre sus corceles, la saludaban con una leve inclinación. Mathilde apenas les sonreía. Sólo tenía ojos para el capitán, que entraba y salía del cuartel con los ojos fijos hacia delante sin mover un músculo de la cara. Mathilde intuía que ese macho recio, tostado por el sol, debía de ser el joven militar que la había cautivado diez años antes. Algo en su rostro inescrutable emanaba ese misterio que la lanzó con desenfreno hacia la pasión. Averiguó que el oficial respondía al nombre de Porfirio. Todas las noches se dormía susurrando su nombre y despertaba repitiéndolo como plegaria. Sin embargo, cada que lo veía pasar a caballo repetía *mon choux*, como lo había llamado durante aquellos tres días, en espera de que el capitán la mirara y la reconociera. Tan sólo pensar en arreglarse para verlo pasar sobre su caballo, despertaba en Mathilde una agitación que contrastaba con la languidez en la que se sumía de regreso a casa.

Mathilde decidió que Juan la acompañara. Lo acicalaba, le daba instrucciones de caminar con la espalda recta, de cómo comportarse para impresionar al oficial. Presa de su obsesión, Mathilde supuso que mostrarle un niño tan guapo despertaría en el capitán el orgullo de ser padre. La Robespierre, preocupada por la falta de cordura de su pupila, le recomendaba a Juan cuidar a su madre. Al paso de la guardia a caballo, Mathilde podía soltar el llanto o bien agitar el pañuelo con desesperación. Aunque a Juan le emocionaba salir a la calle y ver el paso de hombres uniformados, le avergonzaba las demostraciones excesivas de su madre. Deseaba huir, pero era incapaz de abandonarla. Presentó múltiples y variadas excusas para no acompañarla, pero la Madama insistía en que lo hiciera, puesto que era un muchacho inteligente y su influencia era benéfica para Mathilde.

Las tropas de Juárez, acantonadas en el puerto, estimularon aún más el negocio de la Madama. Los oficiales acudían a recuperarse de sus fatigas diarias, a excepción del único que le interesaba a Mathilde. El capitán jamás visitó Chez Charlotte.

Justo cuando ella había tomado la decisión de presentarse en el cuartel y solicitar una entrevista con él, el capitán partió en misión secreta y nunca regresó. No pudo confrontarlo con su verdad ni presentarle al hermoso niño, resultado de su pasión. No quería pedirle nada, sólo que reconociera que también para él había sido una experiencia extraordinaria. El no poder satisfacer esta obsesión la hundió en una melancolía extrema. Cuando no estaba sumida en el silencio, sus lamentos repercutían en las paredes de la casa como taladro implacable. Sólo la mirada aterrada de su hijo la obligaba a acallar su llanto. La Robespierre temió que su pupila se desprendiera de los últimos hilos de cordura que la ataban a la realidad. En Chez Charlotte nadie osó poner en entredicho la afirmación de que el capitán era el joven que diez años antes había avasallado el corazón de Mathilde. Los hechos no permitían afirmar lo contrario. Ninguno había visto el rostro del joven militar. Desde que puso un pie en el salón escogió a Mathilde, e inmediatamente desaparecieron en su habitación, donde permaneció sin salir durante tres días. Mathilde, celosa, no había permitido que nadie entrara a distraerle al varón; recibía los alimentos, intercambiaba bacinicas y rellenaba el aguamanil. La habitación permanecía en penumbra de día y de noche; no fuera el sol a despertarle otras inquietudes al macho. En realidad, si Mathilde fuera dueña de sus cinco sentidos y no hubieran transcurrido diez años, su afirmación de que el capitán y el joven militar eran uno y el mismo, habría bastado para darlo por sentado. El licenciado Rodulfo Martínez aconsejó a la Robespierre que no le llevara la contra, a nadie perjudicaría. Él sabía de buena fuente, que el presidente Juárez tenía en alta estima al capitán y probablemente éste llegaría lejos en la política. Daño no haría al muchacho pensarse hijo de tamaña figura.

Dentro de la casa, la vida de Juan transcurría plácidamente. Las horas del día guardaban un horario definido y exacto, sin dar lugar a retrasos ni adelantos; la hora del sueño iniciaba a partir de las cinco de la mañana y terminaba a las dos de la tarde, cuando llegaba la hora del recreo. Se compartían alimentos, chismes, risas y tristezas hasta las cinco de la tarde. Cuando el reloj de la sala daba la última campanada, todas se apresuraban a estar listas para el momento en que Chez Charlotte abriera sus puertas.

Juan aprendió a guardar silencio durante el día. Por la tarde, cuando las mujeres despertaban, la vida en la Chez Charlotte se transformaba en un ambiente de risas y confidencias. A menudo, alguna se sentaba al piano y, a todo pulmón, cantaban canciones populares de su tierra. La Madama sabía que entre más se relajaran sus pupilas y se divirtieran, estarían mejor dispuestas a agradar a los clientes durante la noche. Por eso, las riñas estaban severamente prohibidas entre ellas. A la Robespierre le gustaba exigir, pero también mantenía a *ses demoiselles* contentas: buena comida, pequeños regalos, medidas higiénicas y retiros obligados que las mantenían en buena salud. Las muchachas respiraban tranquilidad, se sentían protegidas.

Juan se movía cómodamente entre cuerpos femeninos semidesnudos, que jugaban con él como si fuera un muñeco. Entre afeites, prendas íntimas y perfumes, *le poupon* convivía con ellas. No le causaba el menor escozor que éstas anduvieran en paños menores; tranquilamente podía platicar, jugar a las cartas o escuchar sus cuitas. No conoció el pudor. Interpretaba todos los aspavientos a los que recurrían hombres y mujeres como una señal más de la hipocresía que corroía a la sociedad.

El único hombre a quien frecuentó durante su infancia fue a un estudiante que llegó a un arreglo conveniente con la Madama. A cambio de dar clases a Juan, recibía favores fortuitos de alguna *demoiselle* de la casa. Este aprendizaje improvisado permitió que Juan dominara la lectura, las sumas y las restas, y superara, con cierta la dificultad, la escritura. Además, lo introdujo a la guitarra, que sería su más fiel querencia. Juan aprendió rápidamente a tocar cualquier melodía; se pasaba horas robándole sonidos a las cuerdas. Una de sus preferidas era la «Sandunga».

Juan salía poco de la casa. A veces acompañaba al mercado a Chona, la cocinera; siempre vestido con corrección, Mathilde no permitía que su hijo anduviera como cualquier andrajoso. Aunque con poca frecuencia, ávido por conocer la ciudad, aceptaba que Chona lo llevara de la mano. Tenía instrucciones de no perder al chiquillo. Juanito intentaba zafarse una y otra vez, pero Chona apretaba con fuerza su mano contra su enorme vientre hasta que la sentía entumecerse. A menudo era objeto de burlas de los niños que merodeaban entre los puestos. Lo seguían con gritos festivos, palmeando a ritmo, que había llegado el señorito, hijo de puta. Juan se ahogaba de calor y de vergüenza. Quería arrancarse la ropa, los botines, quedarse en calzoncillos y alejarse velozmente del mercado. Un día logró huir de las burlas y de la garra de la cocinera; corrió hasta perderse por las calles. Resguardado en la penumbra de un portón semiabierto, se arrancó la ropa y el calzado y los arrojó en el primer desagüe que encontró. Al volver a casa, el mozo lo llevó de una oreja ante la Robespierre. Ésta lo observó detenidamente: vio a un indito encuerado, con la cara sucia de tanto restregarse las lágrimas.

—Quizás sería más adecuado que usaras un taparrabo, ¿prefieres que te lo cambiemos por los calzones?

Juan contuvo las lágrimas y negó con la cabeza.

—*Bon, mon petit Jean*, te vamos a complacer. Por unos días andarás descalzo y en calzones, hasta que estés listo para vestir ropa, *comme il faut* —sentenció la Madama.

Afortunadamente, Mathilde y sus compañeras dormían; no se enteraron del acontecimiento hasta que Juan llegó en paños menores a la mesa. Azoradas, todas voltearon a ver a la Robespierre. La Madama, imperturbable, le dijo a Juan que le autorizaba prescindir de los cubiertos, podía comer con las manos y ayudarse con la tortilla. Juan clavó la mirada en el plato, murmuró que prefería usar los cubiertos. Nadie se atrevió a indagar lo que había sucedido. Después del postre, la Madama mandó llamar a Mathilde y le explicó que, como Juan había extraviado su ropa y calzado en la calle, ella tendría que pagar la compra de nuevas prendas. Nadie se molestó en preguntar al niño lo que había acontecido; él se tragó la rabia. Decidió no ir más al mercado hasta que pudiera vengarse de los pelados.

Por eso, cuando Mathilde insistía en llevarlo a la calle, Juan salía a regañadientes. Quiso que su madre le explicara la necedad de llevarlo cada tarde a ver pasar a la Guardia Nacional. Mathilde, con los ojos llenos de lágrimas, lo miró desconcertada.

—*Mon petit*, ¿no te parecen gallardos sus oficiales?, casi parecen franceses. Cuando seas grande, serás como ellos, ¿verdad?

Juanito asintió. Se imaginó a caballo portando sable, los botones de la casaca relucientes, la mirada orgullosa. Nadie se atrevería a burlarse de él ni a llamarlo hijo de puta.

—Entonces, *mon fils*, deberás aprender desde este momento a caminar derecho y mirar de frente.

—Me falta una espada, *maman*.

—Te mandaré hacer una de madera para que aprendas a usarla.

Una tarde, el licenciado Rodulfo Martínez lo encontró lanzando espadazos al aire. Le preguntó contra quién arremetía con tal fiereza. Juan no titubeó ni un momento en contestar.

—Contra los pelados, los ladrones, los desobedientes.

El licenciado quedó impresionado ante la vehemencia del chiquillo y pensó que habría que ponerla a buen uso. Decidió contarle una historia sin tener certeza de que fuera verdad. Antes le hizo prometer que no la repetiría, pues era un secreto. El niño se lo prometió. Su padrino le susurró que su padre era un oficial importante del séquito del presidente Juárez.

—¿El capitán? —preguntó Juan.

El licenciado asintió.

—Un hombre valiente, verás, llegará muy lejos. Pues, ese hombre es tu padre.

El niño quiso saber su nombre, pero don Rudi se lo negó.

—Ese secreto, por el momento, no lo puedo contar. Algún día lo sabrás. Mientras, deberás reconocerte en él, ser digno cachorro de león; poniendo por delante la inteligencia y la fortaleza.

Juanito hizo sus indagaciones. Nadie supo darle el nombre del capitán, y su madre, temerosa, tampoco se atrevió a mencionar un nombre sin apellido. Indignado, el niño rechazó que su madre le negara el nombre y apellido del oficial. Mathilde sólo bajó la mirada llorosa y guardó silencio. Ante el desconsuelo de su madre, Juan ya no se atrevió a insistir. Decidió dirigir sus inquietudes a Hortense, una jovencita recién llegada de Francia. Ésta hizo sus averiguaciones entre sus compañeras. Lo único que pudo confiarle es que nadie, absolutamente nadie, conocía al capitán que se había mantenido alejado de Chez Charlotte. Sólo Mathilde insistía en que el capitán era el mismo hombre que diez años antes se había encerrado con ella durante días y la había dejado preñada. Nadie vio su rostro entonces, y menos supieron su nombre. Además, Mathilde nunca se atrevió a entrar al cuartel a exponerle el caso, así que no había manera de afirmar nada con certeza. Juan tuvo que conformarse con lo que le contó su padrino.

Mathilde se culpó por envejecer al grado de que ese hombre no la reconociera. Comprendió que, al cabo de diez años, el hombre joven embarnece, es más viril y adquiere mayor don de mando; en cambio, las mujeres ven desaparecer la lozanía de su cutis, pierden la firmeza de sus carnes y se vuelven menos apetecibles. Si bien con polvos y afeites disimulaba su palidez y la pesadez de sus párpados, sólo la luz de las velas le permitía imaginarse joven y bella. Cuando el capitán partió del puerto sin cruzar una mirada con ella, y sin que ella se atreviera a entrar al cuartel a encararlo, Mathilde cayó en un estado de ánimo que oscilaba entre una profunda melancolía y la algarabía y el buen humor que la llevaban a prodigar caricias a cuantos hombres lo solicitaran.

El licenciado Rodulfo Martínez se cuestionaba que este aguerrido militar, voluntarioso y leal seguidor del presidente Juárez, pudiera ser el padre de Juan. Escéptico, le resultaba difícil asegurar que el joven oficial que llegó a Veracruz para batirse contra los norteamericanos y el capitán al servicio de Juárez fueran la misma persona. Eso no lo podía afirmar nadie, ni siquiera Mathilde. Guardaba la imagen vaga de un joven fogoso, que ante el desencanto de que la paz se hubiera pactado antes de que él entrara en acción, se desahogó acaparando los encantos de Mathilde. Cierto, tanto uno como el otro eran morenos, fuertes, de pelo lacio y negro y rostro indescifrable; pero era cosa sabida lo difícil que era distinguir un indio de otro, todos eran piedra de un mismo pedregal.

Sin embargo, Rodulfo Martínez comprendió que una mentira piadosa a nadie dañaría y menos al bastardito. Si el niño podía crecer con una imagen paterna sólida, podría anteponerla al mundo de putas que lo rodeaba. El afecto especial que sentía por Mathilde lo llevó a proteger al muchacho. Una mujer generosa de cuerpo, que no escatimaba ni sonrisas ni caricias, que lo escuchaba con paciencia y lo reanimaba, a veces hasta restaurar su orgullo maltratado, bien merecía que él desviara su atención para vigilar a Juan. En las noches de parranda, al calor de unas copas de mezcal o de algún fino aguardiente francés, don Rudi repetía a menudo entre sus amigos que Mathilde era la mujer ideal, jamás ponía en duda la palabra de un varón, aunque su credulidad rayara en tontería. Lástima que fuera puta, fina, pero puta.

No hay duda de que Mathilde Pellegrin quedó tocada del cerebro después de *l'affaire fulminante*, como llamaban sus compañeras a su apasionamiento por el joven militar. Parecía vivir en permanente espera de que llegara a buscarla. Se quedaba suspendida como en un suspiro, como si hubiese olvidado respirar y, justo cuando estaba a punto de desmayarse por la falta de oxígeno, expulsaba, de una bocanada, el aire contenido y volvía a inhalar con fuerza. Languidecía con los ojos entornados, sin dejar de atender a su clientela.

Todo cambió con la llegada del capitán. Si bien éste permaneció en Veracruz sólo unas semanas, Mathilde despertó de su desaliento; una emoción le recorría el cuerpo, la mantenía alerta, presta a salir a la calle a buscar un intercambio entre los dos. Algo en la figura distante del oficial le impidió abordarlo directamente. Ante él se sentía desfallecer y, si sólo la hubiera reconocido, habría podido dirigirle la palabra. Se negaba a escuchar la voz de la razón, a considerar la mínima posibilidad de que el capitán y su joven apasionado no fueran la misma persona.

Cuando el capitán partió del puerto, en el rostro de Mathilde se congeló una sonrisa triste. Aceptaba con amargura ya no estar en la flor de la edad; sólo el alcohol la ayudaba a recobrar su efervescencia natural. Continuó con su costumbre de salir a pasear por las tardes. Miraba sin recato los rostros morenos, lampiños de los hombres de campo o los pescadores. Un día apareció un arriero en el patio de la casa. Traía en su carreta una sala nueva que la Madama había comprado en la capital. Mathilde se sentó en la terraza. Sin quitarle los ojos de encima, observó el cuerpo moreno, fornido, descargar el mobiliario.

Dos noches después, Mathilde desapareció de la casa. Cuentan que la vieron sentada en la carreta al lado del arriero. Se llevó sus mejores ropas. Se fue sin despedirse. Se olvidó de Juan. Por más preguntas que éste hizo, nadie supo darle razón. Esperó en vano que su madre mandara por él. Meses más tarde llegó una carta disculpándose con la Madama, rogándole que velara por su hijo y que le hiciera comprender que lo amaba y que no lo olvidaría jamás. Ese día, Juan entendió que no volvería a confiar en una mujer, todas eran traicioneras.

La Robespierre permitió que Juan permaneciera en su casa por el afecto que sentía por Mathilde, pero cuando ésta huyó con el arriero, decidió largarlo a la calle. Las mujeres intercedieron por *le poupon;* era como un hijo para todas ellas. La Madama sopesó los servicios que el chiquillo le ofrecía. Si partía, perdería a un observador discreto y leal a su persona. Determinó recalcarle la posibilidad de su inminente destierro de la casa si no cumplía a cabalidad sus exigencias y guardaba la disciplina de la casa. Intentó frenar, sin mucho éxito, la constante expresión maternal de todas sus pupilas, que lo mimaban en un intento por cubrir su mutua orfandad. Juan era el juguete de todas, un muñeco que podía hablar, hacerlas reír. La complicidad los unía: ellas lo ayudaban a evadir la vigilancia estricta de la Madama, él actuaba como correo discreto entre ellas y algún pretendiente sin perturbar el ojo visor de la Robespierre.

Al paso del tiempo, cuando en Juan se despertó el apetito natural de un varón, todas se turnaron para satisfacerlo a pesar de su corta edad. Para cuando la Robespierre se enteró de que Juan había perdido su virginidad, éste era ya un experto en las artes del amor.

Pelegrino caminaba por el malecón, eran las tres de la mañana y sólo se alcanzaba a escuchar el sonido de los grillos y de uno que otro sapo. A lo lejos, luces tenues de algunas embarcaciones pesqueras desafiaban la oscuridad y el mar. El suave golpeteo de las olas sobre la arena restablecía la paz necesaria para ordenar el pensamiento de Juan. Pelegrino no toleraba el desorden.

Juan evitaba participar en las discusiones acaloradas. Los juaristas en contra de los lerdistas o en contra de los porfiristas. Que si la reelección era anticonstitucional, que si las leyes de Reforma debían ser impuestas a la fuerza. Los liberales se dividían. Pelegrino no tomaba partido, aguardaba los resultados de la votación. Tenía particular celo por evitar unirse a ninguna fracción; los jefes políticos se dividían en sus lealtades y él se mantenía apartado hasta conocer el nombre del nuevo jefe de gobierno. Ayudaba a todos los grupos en el entendimiento de que la policía debe estar al servicio del buen gobierno y la civilidad.

Se sentía cansado. El interrogatorio había durado más de siete horas. Se trataba de un pelón que prefería morderse los labios a soltar prenda, pero a Juan nunca nadie se le había resistido. Sabía mezclar la cortesía y la fuerza bruta hasta quebrar al más indómito. Al final, el reo soltó nombres, apellidos y el lugar de reunión.

Eran bien tarugos si pensaban que podían contrabandear sedas y brocados sin compartir ganancias con los agentes del orden. El mérito residía en compartir, para que el comercio se realizara en calma. Se ahorraban semanas; los permisos y los trámites se resolvían en cuestión de horas. De lo contrario, la mercancía se extraviaba en las bodegas, los permisos se traspapelaban y los gastos aumentaban. El cabrón era fuereño; el muy pendejo no conocía a Juan y se puso remilgoso. Para que en el futuro no volviera a joderlo, Pelegrino lo marcó con la *x* en el dorso de la mano.

Desde pequeño le había gustado pasear por el malecón. Sentía una añoranza incomprensible cuando divisaba el mar y descubría una goleta procedente del viejo continente. Recordaba a su madre que solía suspirar y dejaba escapar algunas lágrimas al contemplar la inmensidad del océano: frontera inaccesible que la distanciaba de su tierra. Era el único momento en que el rostro moreno, lampiño, de Juan perdía dureza y su mirada se tornaba vulnerable.

Con el cigarrillo encendido, meditaba sobre su deseo de abandonar el puerto y enrolarse en la policía capitalina. Allá, en la cuna del poder, se labraría un mejor futuro. Nadie lo conocía, nadie le recordaría su origen. Tenía algunos contactos, pero necesitaba ir a darse la vuelta. Dinero no le faltaba; tenía sus guardaditos, cobraba bien los favores. Con la mirada perdida en el mar, calculó que Jacques Levet pronto estaría de regreso de Francia. El francés era astuto, pero esta vez tendría que pagar lo pactado o lo lamentaría.

Capítulo 10

La campanada de las diez acababa de sonar en el puerto. Los pasos secos de Pelegrino hendían el silencio. Intermitentes, los ladridos de perro acompañaban el sólido golpeteo de las botas sobre el empedrado. Se detuvo ante un portón y tiró de la campanilla. Escuchó el eco repercutir hasta perderse al fondo de la casa. La oscuridad volvió a sumirse en el silencio, interrumpido por el chirrido de las cigarras. Juan acallaba su impaciencia. Escuchó pasos del otro lado del portón, la mirilla se abrió, el portón cedió. Un farol iluminó su rostro cegándolo por unos instantes.

—Buenas noches, señor —dijo el criado con un respeto calzado de temor, al tiempo que retiraba la luz de su rostro.

Juan se guardó la sonrisa; disfrutaba la zozobra que provocaba su persona entre los indecentes, como le gustaba identificarlos. Los pudientes se referían a ellos como desharrapados, pero él los llamaba indecentes por desheredados. Si alguien le hubiera preguntado a cuál bando pertenecía, Juan, desdeñoso, hubiera dicho que a ninguno. Él se había encargado de crearse un espacio aparte, alejado de los pobres diablos, gracias a su habilidad por descubrir el lado vulnerable de las personas, en particular el de los riquillos. Todos le debían favores y lo recibían en sus casas, no por gusto, sino por temor a provocar una indiscreción de su parte.

—¿Tu patrón?

—Está cenando, jefecito. —Al detectar la molestia de Pelegrino, por no franquearle de inmediato el paso, el criado le pidió que pasara al despacho mientras le avisaba de inmediato al patrón.

Juan siguió la luz de la candela que a su paso creaba sombras sobre los muros, fantasmas que crecían y decrecían entre el aroma de las madreselvas aferradas a las pilastras que sostenían la techumbre del corredor que rodeaba al patio. El perfume profundo de las plantas avivó su deseo de poseer a la hembra. Sonrió, ya habría tiempo suficiente.

Pelegrino entró al despacho y se arrellanó en la poltrona. Cerró los ojos. Traía clavada la imagen de aquella mañana, cuando el sol caía a plomo sobre el mar. La silueta del *Orizava* resaltaba con sus mástiles desnudos desafiando el horizonte. Sentado en una lancha de la aduana, se aproximaban a la goleta. A su lado, iban un par de aduaneros. Los remos caían parejos sobre el agua y el rocío que esparcía la brisa le refrescaba el rostro. Los rayos del sol lo deslumbraban. No fue hasta que la lancha se emparejó que pudo distinguir las figuras sobre la cubierta. Descubrió a Jacques Levet, con el sombrero en la mano; junto a él, una mujer que se protegía bajo una sombrilla verde pálido. Sintió una extraña opresión en el corazón que le cortó la respiración. Quizás fue el rostro de la mujer, velado por el ala del sombrero, o su cuello alongado y delicado, o bien la cabeza inclinada en leve coquetería. Era como si la conociera, como si la hubiese esperado desde hacía tiempo. Lo sorprendió la necesidad de saber si era un familiar o bien la amante del francés.

A Jacques Levet le indispuso verlo abordar la nave, pero lo disimuló detrás de una sonrisa impertinente y una leve inclinación de la cabeza. Enseguida se acercó a los funcionarios mexicanos para conducirlos al camarote del capitán para mostrar y entregar la documentación requerida.

—*Mon ami, Pellegrin,* no podía dejar de venir a recibirnos, *n'est pas?* Siempre tan amable.

En el rostro moreno de Pelegrino apareció una sonrisa burlona; sus ojos verdes centellearon por un instante.

—Señor Levet, qué gusto volverlo a ver después de tantos meses. Es un placer para mí asegurarme de que no tenga ningún problema.

Jacques se acarició el bigote; con una mirada altiva, lo midió antes de contestar.

—Le estoy profundamente agradecido, *mon ami*.

Al pasar junto a Juan, le murmuró que fuera a verlo en un par de días; su amistad sería ampliamente recompensada. Tan pronto lo vio descender por la escotilla, dirigió su atención a la mujer. Con un pañuelo de encaje, ella se secaba el rostro con disimulo. Su porte distinguido se acentuaba por la chaqueta sobria con el cuello de la blusa bien cerrado: vestía como si fuera una fría mañana de invierno, en vez de un día de intenso calor. Juan sonrió. Era una característica de la gente de bien preferir desmayarse antes de no vestir con propiedad. La desnudó con la mirada. No era una gran belleza, pero algo en ella lo atraía, algo inesperado y profundo. Sus ojos azules resaltaban entre la blancura de su piel, lo oscuro de sus cejas y los rizos que escapaban del sombrero. Buscó alguna imperfección en el rostro, pero la nariz recta y los labios delicadamente delineados eran una invitación a probarlos.

Se acercó con disimulo, como si estuviera revisando los barriles amarrados sobre cubierta. Displicente, se quitó el sombrero a manera de saludo y continuó su inspección a escasos centímetros de ella. Inhaló profundamente el aroma a lavanda y sudor que despedía la hembra. Se dijo: «ésta no es puta». Soltó de improviso una carcajada, como si aceptase el desafío.

La mujer giró para mirarlo, como si temiera ser objeto de una burla. Pelegrino disimuló su interés, sin dejar de mirarla de reojo. Le divertía verla sufrir el calor agobiante; firme y derecha, parecía un junco a punto de romperse. Ya aprendería a quitarse la chaquetilla, a desabrocharse la blusa.

Se imaginó desprendiéndola de cada prenda hasta dejarla en cueros: la piel blanca, tersa y sonrojada por la humedad y el calor. La refrescaría con una esponja húmeda; empezaría por la nuca, descendería por los pechos, erguidos como un par de melones, hasta colarse entre los muslos, apartaría el vello para saborear su humedad de hembra.

Jacques entró al despacho sin que Pelegrino se percatara. Su voz cargada de ironía lo sacó de su ensoñación.

—*Bon soir, mon ami*, tiene usted la mirada de alguien que está perdido en un sueño.

Juan reaccionó de inmediato, se levantó y tomó la mano que le extendía el francés.

—Estaba echando números, señor Levet. Me parece que tuvo usted razón al afirmar que en este viaje pagaría con creces todas sus deudas.

—Podemos brindar con un coñac excelente que guardo para las ocasiones especiales. Lamento haberlo hecho esperar, pero estábamos terminando de cenar y, en eso, mi querida Paulette no admite excusas; nadie se levanta de la mesa antes de tiempo.

Pelegrino aceptó la copa que le ofreció Levet. Aspiró el aroma del licor; sin duda alguna, era fino. Enseguida éste le ofreció un puro.

—Ahora que estamos bien armados, podremos arreglarnos sin discutir demasiado. No me gustaría que tuviera problemas con la mercancía. —Juan observó detenidamente a Levet que le sonreía quitado de la pena; luego, con un dejo de ironía agregó—: Tanto la que declaró como la que disimuló en los calabozos. Al menos ahora no trajo negritos para las fincas de caña, pues sería difícil que no los descubriéramos.

La sonrisa del francés se congeló por un instante; como buen jugador de cartas, encubrió su preocupación.

—*Mon ami, vous savez, mes dettes...*; nunca quedo a deber y menos por los favores recibidos. Su comprensión de ese momento será bien compensada, se lo aseguro.

—De eso estoy seguro, señor Levet; por eso me gusta tratar con personas serias, hombres de palabra.

Jacques se levantó a servir más coñac. Sentía la mirada displicente del policía. Intuía que sólo era una fachada para disimular su acecho a cualquier gesto o palabra que delatara una mentira. Este hombrecillo, con su aparente aire de civilizado que encubría su verdadera naturaleza brutal y salvaje, no era más que un pobre bastardo mestizo, hijo de puta. Este pensamiento tranquilizó a Jacques, aunque inmediatamente recordó que también era implacable y peligroso como enemigo; siempre era conveniente no contrariarlo.

—Como le decía, Pellegrin, este coñac viene de una reserva especial; me gustaría enviarle unas botellas como muestra de mi agradecimiento.

—No faltaba más, señor Levet, me siento honrado por el ofrecimiento.

—¿A los amigos hay que consentirlos, *n'est pas?*

Levet le llenó su copa. Fue a su escritorio y de un cajón sacó un papel que entregó a Juan. Éste revisó cuidadosamente el listado que Levet reconocía como mercancía a bordo del Orizava; luego sacó una lista de su bolsillo y las cotejó.

Levet fumaba su puro sopesando cuánto le costaría cubrir los favores recibidos. La vez anterior, cuando regresó de Francia después del incendio del barco, sus acreedores le cayeron encima como lobos hambrientos. Se fueron contra sus propiedades y se negaron a escuchar sus argumentos; querían dejar en la calle a su mujer, a sus hijos y fundirlo a él en la cárcel. La intervención oportuna de Pelegrino lo había salvado de un desastre mayor. Éste había acudido a su padrino, quien utilizó su influencia para calmar los ánimos de los afectados; además, mientras estuvo retenido en la cárcel, Pelegrino ordenó mantenerlo aparte de la chusma y permitió las visitas diarias de su esposa que le llevaba comida y ropa limpia. Finalmente, Levet pudo convencer a Prigadà de que respondiera por él como aval y ayudarlo a partir nuevamente a Francia. Le quedaba bien claro que todo favor, toda ayuda, entrañaba un incentivo importante.

—Me parece que se le olvidaron algunos detalles.

Pelegrino le extendió su inventario de la mercancía, donde también aparecía el monto que deseaba recibir. Sonreía con ese dejo de superioridad que delataba que tenía en sus manos todos los hilos de la madeja. Levet revisó la lista y supo que el regateo sería difícil.

Tumbado sobre la cama con los brazos bajo la cabeza, Juan intentaba dormirse. Los pensamientos y las cuentas se le mezclaban con imágenes de la hembra sin darle un momento de reposo. Después de su visita sorpresiva al Orizava, sus cálculos previos de lo que exigiría a Levet se habían quedado cortos. El francés aceptó finalmente entregarle una suma importante de dinero, además de una cantidad de armas y alcoholes que había traído de contrabando. Podría colocar los alcoholes y las armas de inmediato y de contado. Con lo del francés, más lo ahorrado, ya había reunido una suma importante. Pediría treinta días de permiso para ausentarse. Viajaría a la capital. Hacía tiempo que lo venía pensando y ahora ya estaba en condiciones de llevarlo a cabo. Era el momento de presentarse ante sus colegas capitalinos y cobrarles los favores recibidos dos años atrás, cuando llegaron al puerto en persecución de un político incómodo y bocón que querían desaparecer. Después de una intensa búsqueda, él se los entregó, para que ellos recibieran los honores correspondientes. En agradecimiento, le prometieron presentarlo con sus jefes cuando visitara la capital.

Su cuerpo desnudo, macizo, descansaba sobre la sábana. Impaciente aguardaba el sueño que no vendría hasta el amanecer. La mujer se le colaba entre las cuentas que hacía. No pudo verla en casa de Levet. No quiso mostrar interés. Cuando se despidió, decidió preguntar por ella. Levet le contestó que esa mujer era un favor para su amigo Prigadà.

—¿Le va a poner casa en el puerto para que su mujer no se entere?

Levet soltó la carcajada.

—El león piensa que todos son de su misma condición. No, me pidió que le trajera una institutriz para sus niños; una mujer decente y bien educada, *voilà*. ¿Por qué tanto interés, *mon ami?*

—Un policía, siempre es un policía, señor Levet; es mi obligación saber quiénes son los extranjeros que llegan al puerto.

—No se preocupe; sus papeles están en regla como lo constataron los oficiales en el barco, y mañana mismo la mando con toda la mercancía que parte en barca a Nautla; de allí Prigadà se la llevará a su finca.

En todo momento, el olor a lavanda parecía perseguirlo. De pronto lo olfateaba a la hora menos pensada, en cualquier lugar, miraba inquieto a su alrededor en busca de la extranjera, a pesar de saberla camino a Jilotepec. Echó cuentas: cinco días hasta Nautla y luego remontar el Palmar en una embarcación. Sólo imaginarla sentada en una panga, con la espalda recta, bajo una sombrilla, con sombrero, la blusa abotonada hasta el cuello, entre cajas y guacales llenos de mercancía y secándose el sudor con su pañuelillo bordado, le provocó un acceso de risa. Cómo le gustaría dejarla en cueros y con la lengua recorrer cada centímetro de su cuerpo. Se la figuró desentendida del calor húmedo de la selva, empapada de pies a cabeza, con una compostura digna del mejor salón de París, en un intento por negar la incertidumbre y la sorpresa por hallarse tan apartada de la civilización. Recuperó de pronto el olor a sudor y lavanda; tras sus párpados cerrados se imaginó el vello oscuro, los muslos húmedos, abiertos, en espera a ser liberados del deseo. Se le endureció la verga.

Algunas mujeres le despertaban el ansia de enfundarse un coño, y ésta era una de ellas. Andaba caliente a todas horas, a pesar de que intentara saciar su apetito. La experiencia le había demostrado que no cualquier hembra podría apaciguar su deseo; apenas servían para serenar momentáneamente su anhelo. Esa misma tarde había estado con la Ramona. Pocas mujeres eran más ardientes que ella. La pobre, casada con un pendejo cuya única habilidad consistía en atender su botica y jugar al ajedrez con los amigos, no tenía el tamaño para satisfacer a su mujer. Por eso la Ramona agradecía sus visitas a la hora de la siesta, cuando el necio roncaba a pata suelta. Juan se colaba por la verja que daba al huerto y se encontraba con Ramona, quien había arreglado un cuartucho en desuso, pero dispuesto para cuando él quisiera visitarla. Sobre el piso de tierra apisonada, siempre recién trapeado, había un catre, una silla y una pequeña mesa con una jofaina llena de agua limpia; al lado, jabón y una toalla. Ramona sabía que Juan era quisquilloso, ella debía lavarse antes de que él la tocara. Antes de partir, él se lavaba con meticulosidad.

Pelegrino se consideraba alumno emérito de Chez Charlotte donde la máxima había sido: «después del gozo, jabón y agua sin reposo»; precepto por el cual toda la casa debía regirse. Las pupilas de la Robespierre fueron sus maestras en el arte de fornicar y su aprendizaje abarcó el coqueteo, las caricias, el placer, la exaltación y el reposo; pero sobre todo la precaución y la limpieza. Prevenir contagiarse de la ponzoña de un sexo pestilente y evitar dejar bastardos regados por la calle. Se podría decir que su aprendizaje comenzó mucho antes de que siquiera tocara a una hembra.

Un día, las mujeres de la Madama decidieron que el niño ya estaba en edad de verlas completamente desnudas; así, cuando estuviera listo, él solito daría muestras de su virilidad. No tuvieron que esperar mucho, antes de cumplir los doce años pudieron comprobar que el macho ya estaba presente. A partir de ese momento, lo llevaron por el sendero del placer. Cada una de las pupilas de Chez Charlotte se esmeró por transformarlo en un varón capaz de conducir a cualquier mujer a la exaltación del mayor gozo.

Cuando la Robespierre descubrió hacia dónde sus pupilas habían encaminado al púber, su enojo trascendió las paredes de la casa, trastocó la calma cotidiana de Chez Charlotte y, finalmente, dejó a la pobre mujer postrada durante días, a causa de una severa inflamación del hígado. Aceptar que el niño se había transformado en un hombre capaz de mantener en celo a todas las mujeres de su casa la obligó a ordenar desde su lecho que el jovencito se apartara de *les demoiselles* durante toda una semana hasta que se le confeccionara una vaina de lino a su medida. A partir de entonces debería utilizarla siempre y cuando compartiera hembra con otros varones. La última etapa de su aprendizaje cayó bajo la jurisdicción de la Madama. Nunca debería olvidar que en caso de apremio y de no tener a mano su vaina particular, debía forrar con cáscaras de naranja las partes íntimas de la hembra antes de penetrarla. De hallarse en situación extrema, al no disponer de naranjas, la cocinera le enseñaría a preparar un cocido de hierbas con el cual Juan bañaría su verga durante varios días. La Robespierre fue clara y precisa: ninguna precaución era excesiva para ahuyentar la podredumbre de la carne; además esperaba que Juan evitara dejar regados bastardos por doquier. El niño juró seguir al pie de la letra las instrucciones de la Madama. Su buen comportamiento no relajó el disgusto de la Robespierre, pues tan pronto consideró que Mathilde jamás regresaría a hacerse cargo de su hijo, lo mandó lejos del puerto a trabajar en un potrero que pertenecía al licenciado Rodulfo Martínez. Ni los lamentos ni las súplicas de sus pupilas, ni la mirada recelosa de Juan, la hicieron dudar un instante sobre su decisión. No podía tolerar que el desorden de las pasiones se instalara en su casa.

Juan se fue en silencio, con el dolor callado. Se hizo hombre en el campo, bajo la tutela de un capataz implacable que sólo guardaba una férrea lealtad a su patrón. En Juan nació una sed de venganza hacia cualquiera que atentara contra su persona. Su cuerpo se volvió recio, su voluntad se fortaleció en la soledad.

Con el paso de los años, el licenciado lo mandó llamar al puerto decidido a utilizar, para su beneficio, las singulares cualidades del muchacho. Nadie reconocía en el joven imberbe al pequeño bastardo de Chez Charlotte, de manera que pudo confiarle los asuntos delicados que se cruzaban por su camino. Juan puso al servicio de su oficio sus habilidades como amante. Tuvo a su disposición a un número importante de informantes que, al calor del lecho, le obsequiaban toda clase de revelaciones íntimas que le permitieron atrapar a infractores de la ley o a enemigos de los jefes políticos. Eso sí, Juan se abstuvo de revelar la identidad de las féminas, como solía llamarlas su padrino; éstas le filtraban cuanto secreto familiar hubiera. Tampoco hizo alarde de sus conquistas; su discreción aumentó el aprecio que las elegidas sentían por él.

Capítulo 11

Terminada la siesta, pidió hablar con Levet. Impaciente, aguardaba en el patio. La quietud de la tarde se interrumpía con el trinar de los pájaros en jaulas dispersas en torno al patio. Las buganvillas se arroscaban en las pilastras de piedra que sostenían la techumbre de tejas que protegía de la lluvia al corredor. Su desazón se apaciguaba ante el asalto a sus sentidos: el color encendido de las flores y su aroma, lo variado del plumaje de las aves como de su canto, además del calor que la hacía sudar en pleno invierno. La dominaba la ansiedad; quería partir de inmediato a cumplir el compromiso contraído con un tal Prigadà, para quedar lo más pronto posible en libertad y dar con Rhodakanaty.

Recorrió el corredor que bordeaba el patio. Caminaba de puntas para evitar que sus zapatillas resonaran sobre las baldosas ocres del suelo. Se detuvo frente a cada jaula; tenía el impulso de abrir las rejillas y dejar que las aves volaran en libertad. Era la segunda vez que rodeaba el patio. Le había llamado la atención que sólo por el corredor se tuviera acceso a las habitaciones; como si les despreocupara enfriarse. Quizás el frío no fuera un problema, debía admitir que, desde su llegada, de lo único que había sufrido era del calor húmedo. Se apoyó contra un muro. De pronto se mareaba, como si su cuerpo extrañara el bamboleo del mar. Jacques le había dicho que no se preocupara, que en breve su cuerpo se adaptaría a tierra firme.

Esa mañana acompañó a *madame* Levet a cumplir unas diligencias, quien aprovechó para enseñarle el puerto desde el landó. La mirada ávida de Minie devoraba sin hartazgo los contrastes entre la gente, entre las construcciones. Tanto la opulencia como la pobreza convivían en enorme cercanía. Por un lado, la gente elegante se desplazaba en sus coches saludándose. Muchos eran rubios; otros, de cabellos oscuros y ensortijados, se los imaginó españoles. Pero la gente de a pie eran todos de tez oscura, cabellos negros y lacios; muchos iban descalzos. Las mujeres se cubrían de la cabeza a los hombros con una tela oscura que *madame* Paulette le informó que se llamaba re-bo-zo. Esta prenda servía también para cargar a un niño amarrado a sus espaldas; lo cual les permitía cargar bultos o llevar tomados de la mano a otros niños. No dejaba de sorprenderla que varios de los hombres, vestidos de pantalón y camisa blanca, se sujetaban una correa alrededor de la frente para llevar una pesada carga de varias cajas que recargaban sobre su espalda y que a menudo sobresalían un par de metros sobre su cabeza. Nunca había visto algo semejante: hombres usados como animales de carga. Cuando le preguntó a su anfitriona, ésta le informó que los naturales de esas tierras tenían la costumbre de cargar ellos mismos sus cosas.

Los olores penetrantes y los colores encendidos de las flores la aturdieron. Las plantas parecían germinar por doquier. Por más intentos que hizo por hallar alguna semejanza con su tierra o con Francia, no logró establecerla. Era un mundo desconocido y exótico que escapaba a su comprensión.

El landó recorría la vía que bordeaba el puerto. A lo lejos, entre varios navíos, se encontraba anclado el Orizava. Minie sintió emoción; parecía un castillo inerme y sus mástiles, espigadas torrecillas que desafiaban la inmensidad del océano. El calor desmentía la época invernal. Incómoda por el sudor que le pegaba la ropa al cuerpo, a pesar de llevar desabotonada la chaqueta, intentaba disimular el bochorno. *Madame* Paulette platicaba sin interrupción, al tiempo que saludaba a conocidos, le mostraba los lugares de interés y se abanicaba sin cesar para despejar el aire caliente. De pronto cayó en cuenta de que la tez de su acompañante estaba encendida como un jitomate.

—*Mademoiselle*, los hombres no piensan más que en sus negocios. Por lo que veo, mi marido nunca se molestó en explicarle que aquí se necesita vestir ligero, quizás *une jaquette* delgada, para cuando hay norte. En cuanto estemos en casa, le daré un par de mis vestidos; usted podrá meter las costuras, subir el dobladillo, sin problema. Estará mucho más a gusto con ellos.

Antes de la comida, *madame* Paulette le entregó un vestido blanco de algodón y otro amarillo pálido de muselina. Se sintió cohibida ante el regalo y lo agradeció profusamente. *Madame* Levet sonrió y le dijo que era lo menos que podía hacer por alguien que estaba dispuesta a hacerle tamaño favor a su marido.

A Minie le llamó la atención el comentario, pero lo atribuyó a las maneras rebuscadas de hablar de *madame* Paulette. Tan pronto terminaron la comida, aprovechó la calma que la hora de la siesta imponía en la casa y empezó a arreglar los vestidos, pero la impaciencia la obligó a salir al patio y recorrerlo de un lado a otro.

—Veo que aprecia mi colección de aves —dijo Jacques mientras se acercaba a ella—. Tengo un pajarero que viene a verme de tiempo en tiempo y me trae los pájaros más bonitos que atrapa en la selva o en el bosque. Éste es uno de mis favoritos. Aquí lo llaman jilguero.

Minie repitió el nombre mientras trataba de reconocer el ave de alas negras, pecho claro y rostro rojo. Como si imaginara que hablaban de ella, empezó a cantar con una variedad de silbidos melodiosos a los que se unían las demás aves en una especie de competencia.

Jacques sonrió complacido al comprobar que Minie escuchaba con atención. Desde lejos le mostró los canarios amarillos y verdes; la calandria de plumaje austero.

—Uno puede olvidar sus preocupaciones al escuchar este regalo de Dios, *n'est pas, mademoiselle*? Pero hoy, cuando oscurezca, ponga atención: este pequeñito que ahora guarda silencio, es un verdadero deleite. ¿Sabe cómo se llama?

111

Minie negó con la cabeza.

—Pronto podrá reconocerlos, Prigadà también tiene varios ejemplares en su casa. Suelo comprárselos y se los mando. Éste es un ruiseñor; al verlo, es difícil creer que es un formidable cantor.

El nombre de Prigadà le recordó a Minie su preocupación y frunció el ceño. Jacques, que la observaba divertido, la tomó del brazo y la llevó al despacho.

—Yo quería saber cuán pronto podré abocarme a la búsqueda que me trajo tan lejos —dijo Minie, presurosa de que el francés fuera acallar su inquietud con su plática sobre las maravillas de ese país.

Levet soltó la carcajada ante la manera tan directa de abordar los problemas.

—Veo, mi querida *mademoiselle*, que le gusta ir directo a las cosas. No sé si sea una costumbre de su país, pero aquí aprenderá pronto que, para recibir una respuesta, es necesario darle vueltas al asunto, si no la gente mostrará su molestia ignorando su pregunta.

—Pero usted no es de este país, *monsieur* Levet.

—Ciertamente, pero tampoco consideramos de buena educación abordar los asuntos de manera tan brusca —dijo Levet sonriendo con ironía.

—Me disculpo si no me comporté con la debida cortesía —contestó Minie con la mirada acerada por el enojo contenido.

Jacques disfrutaba ver cómo el enojo cambiaba de tonalidad el azul de sus pupilas y la hacía sonrojar. Un carácter fuerte sin duda, pero parecía tenerlo bajo control. Satisfecho de haberla indispuesto, sin preámbulos, le informó que al día siguiente saldría para la finca de la familia Prigadà, en el mismo viaje en que trasladaban la mercancía que había llegado en el Orizava.

—¿Está lejos esa finca? —preguntó inquieta.

—Un poco, nada en especial para el tamaño de este país.

—¿Y cómo podré localizar a Rhodakanaty?

Jacques tomó un puro y lo encendió antes de informarle que por el momento eso resultaría difícil, desde la finca no era posible hacer indagaciones.

—Sabe, *mademoiselle*, éste es un país muy grande. Imagínese, el Imperio Austrohúngaro no sería más que una parcela dentro de su territorio.

Las lágrimas brotaron sin que pudiera contenerlas.

—¿Cómo? Pero usted me dijo…

—Sí, yo le dije que podría venir a buscarlo. Podrá hacerlo, sin duda alguna, después de que termine su contrato con los Prigadà, quienes, por cierto, le entregarán una buena retribución que le permitirá viajar a la Ciudad de México. Seguramente allí se encuentra la persona que busca. Y no olvide, gracias a ese contrato no tuvo que pagar su pasaje de venida. Al término de la fecha acordada, Prigadà le entregará el dinero y su boleto de regreso a Francia.

Desolada, Minie miraba a su alrededor.

—Pero no se preocupe, *mademoiselle* Szabó, felizmente el tiempo pasa más rápido de lo que uno piensa. Es una experiencia invaluable que podrá contarle hasta a sus nietos. —Levet escondía la sonrisa tras la mano que acariciaba sus largos bigotes rubios—. Mientras tanto, intentaré localizar al señor Rhodakanaty a través de algunos conocidos que tengo en la capital. Así, tan pronto quede liberada de su compromiso, podrá ir directamente hacia donde se encuentre. Le prometo que la mantendré informada.

Minie se sentó en el filo de la ventana de su habitación. El huerto se encendía lentamente con la puesta del sol, los árboles asemejaban meras sombras en espera de trasponer los gruesos muros encalados de la casa. Su mirada, perdida entre los púrpuras y morados del cielo, se guardaba del estruendo agitado de cientos de aves en busca de abrigo ante el arribo de la noche. Intentaba reducir la distancia que la separaba de Győr. Un océano de aguas turbulentas había ahogado su audacia entre náuseas y vómitos. Presa en la goleta, se había sentido un mero juguete a la merced de una voluntad extraña que la hundía en una orfandad tan ilimitada como el mar.

Ahora mismo, con las pupilas fijas en los destellos rabiosos de un cielo desconocido, soñaba con su tierra. Tarareaba una rima infantil, como si el sonido de su lengua materna pudiera transportarla a través de la distancia. Olvidaba su rebelión ante el silencio mentiroso en torno a su nacimiento y añoraba estar de nuevo en casa, lejos de la finca Prigadà que la restringía a un cautiverio jamás soñado ni en sus peores pesadillas. Anhelaba escapar, aunque fuera por un instante, de la cólera y la impotencia que la gobernaban desde que descubrió los manejos de Jacques Levet.

La voz incisiva de Gízela parecía colarse entre el alboroto ensordecedor de los pájaros; exaltada, le recriminaba su enojo y su silencio. Ellos, como sus padres y sus guardianes, habían asumido la responsabilidad de protegerla desde el momento en que nació, y ella había correspondido a su afecto con actos de rebeldía y rechazo.

Se tapó los oídos en un intento por borrar de su recuerdo los gritos de Gízela. Acalló los sollozos que amenazaban con brotar sin control. Tantas ausencias la habían sumido en una orfandad sin respuesta. La muerte de la abuela Sylvia la privó de sus mimos; se le dificultaba aceptar que su querida *nagyanya* la hubiera engañado, al punto de llevarse su secreto a la tumba. Jamás había permitido que permaneciera a solas con Lenke *néni*, no fuera a revelarle que era su madre y no su tía. Ahora comprendía la mirada triste y amorosa con la que Lenke *néni* la seguía mientras estaban en la misma habitación. Minie siempre había supuesto que ese silencio y la sonrisa tenue, como si pidiera permanentemente perdón, eran consecuencia de su melancolía crónica. Ahora sólo le quedaba de su madre un diario y la posibilidad de confrontar al hombre que las había abandonado. Por eso estaba allí, atrapada en medio de la selva, en un continente extraño, apartada de la civilización, con la esperanza de hablar con él y averiguar si en verdad era el hombre pundonoroso y valiente que Lenke describía en su diario.

Minie se tapó la boca con el puño para ahogar sus gemidos; pero sus mejillas húmedas delataban las lágrimas que resbalaban sin freno por su rostro. Había sido una loca al salir de Györ y no volver después de no localizar a Rhodakanaty en Baden; partir a París sin medir las consecuencias, impulsada por el afán de recomponer su historia, y ahora, sólo le quedaba lamentarse por estar perdida en tierras desconocidas, a merced de la voluntad de Prigadà. Presa de impotencia y alejada de cualquier lugar que ella pudiera llamar civilización, se sentía incapaz de localizar a Plotino. Levet había prometido ayudarla, pero no sabía si creerle. No le quedaba más que aguardar que las semanas, los meses transcurrieran para salir de allí, encontrar a Rhodakanaty y regresar a Europa. Quizás su orgullo y su terquedad habían provocado un castigo divino.

Se vio parada la primera vez sobre la cubierta del Orizava cuando la nave aún no zarpaba del puerto de Burdeos. Recordó cómo buscaba con la mirada la embocadura del río. Jamás había visto el mar. Se sentía libre, invencible, capaz de enfrentar cualquier reto con tal de alcanzar su meta. A sus espaldas, Levet le describía la inmensidad del océano, la belleza de las tierras mexicanas: el paraíso terrenal. Escuchándolo, comprendió por qué Plotino había surcado los mares para llegar hasta allá: un hombre con su visión sabría ser audaz y ella era su hija. Las palabras de Levet se amontonaban en su oído, se entremezclaban con los golpes secos de martillo sobre el casco de fierro, las voces de los cargadores que subían mercancía al barco y los gritos de los mercaderes. Levet le había ofrecido la oportunidad de viajar en el Orizava a cambio de que le diera clases de francés y música a los niños de un buen amigo suyo, sólo sería cuestión de unos meses. Le pagarían el pasaje de regreso a Francia, además de una suma de dinero que le permitiría localizar a Rhodakanaty sin ninguna presión económica.

No lo pensó dos veces; tan pronto aceptó, la risa le recorrió el cuerpo y le hubiera dado un beso a Jacques si no considerara esa conducta inadecuada para una señorita de su condición. Después, el vasto mar ahogó su audacia entre vómitos y nauseas; exhausta, se hundió en una nebulosa que disolvía su temor y su aflicción.

Habían transcurrido cinco semanas desde que descendió del Orizava. Llevaba la cuenta precisa del tiempo: cada noche anotaba en su pequeño cuaderno una raya por día; temía perder conciencia sobre el paso real del tiempo. Algo dentro de ella se había detenido; temía derrumbarse y quedar atrapada en la nebulosa que amalgamaba sus recuerdos, sin poder ubicarlos en su memoria. Tan pronto Jacques le informó de que viajaría de nuevo en una embarcación, sucumbió a la sensación de impotencia que la había hundido en una atonía durante todo el cruce del Atlántico. Le resultaba difícil precisar si el recorrido en la barcaza había durado dos, tres o más días. Tan pronto amanecía, abandonaba el camarote para permanecer en cubierta hasta que la penumbra se adueñaba del horizonte. No apartaba su vista de la costa, temerosa de que la embarcación se alejara de tierra firme y quedara expuesta otra vez a la inmensidad del océano. Se sentaba durante horas bajo un toldo improvisado dispuesto para ella; las horas se deslizaban imperceptibles. Le llevaban hasta allí agua y alimento, que apenas probaba a pesar de la insistencia del capitán. Ante sus ojos atónitos desfilaban tierras inhóspitas, salvajes, de una exuberancia que pasmaba su razón. Al principio se le hizo difícil asimilar si aquello que veían sus ojos era real, o bien un artificio de su imaginación. Abatida por el intenso calor, quizás deformaba la realidad. De tiempo en tiempo, aparecían hombres y mujeres de piel oscura, con una que otra prenda de vestir, descalzos sobre la arena; avistaban la barcaza sin inmutarse. Le resultaba difícil asimilar las dimensiones de un país inigualable a los que conocía.

Cuando atracaron en Nautla, ya los aguardaban. El capitán le señaló a un hombre en camisola blanca y sombrero de palma que esperaba en la arena con los brazos cruzados. Una lancha la llevó a la playa. El hombre entró en el agua, la tomó en brazos y la llevó hasta tierra firme. Incómoda, observó su rostro de granito escarpado por el sol; los ojos azules, entrecerrados, se perdían ante la prominencia de su nariz. Al depositarla sobre la arena húmeda, se presentó.

Prigadà. *Mademoiselle Szabó, n'est pas?*

Ella asintió. Después, sin mediar palabra ni sonrisa alguna, ordenó a uno de sus criados que la acompañara hasta una techumbre de palma, donde un par de sillas desvencijadas y una mesa endeble eran el único mobiliario. Éste le entregó una vasija de barro. Miró en su interior, vio un líquido que le recordó su sed. Le sorprendió la frescura del agua, a pesar del calor. Se sentó a aguardar bajo la sombra. Escuchaba las voces de mando, los hombres descargaban el bote que iba y venía de la barcaza, los torsos desnudos, oscuros, ajenos al inclemente sol. Vio su maleta llegar a tierra; luego la llevaron con las demás cajas a la embocadura del río, donde la carga desaparecía dentro de largos troncos atados a unas estacas. Tuvo la impresión de que estos troncos flotantes se tragaban todo, como si fueran árboles ahuecados. Supuso que era un espejismo creado por la intensa luz solar. Se figuraba suspendida en un espacio donde sus sentidos distorsionaban objetos y el paso del tiempo se esfumaba, sin que pudiera afirmar si habían transcurrido minutos, horas o días.

Prigadà se aproximó a la choza y unas mujeres silenciosas, de cabellos negros trenzados con listones de colores y piel oscura, les sirvieron de comer: arroz, unos huevos y frijol negro. Minie probó la comida con reticencia, hasta comprobar que el sabor la satisfacía. Comieron en silencio, Prigadà sólo levantaba la vista del plato para inspeccionar que los cargadores hicieran bien su trabajo. Terminado el refrigerio, Prigadà le extendió la mano y la llevó hacia los troncos, ordenándole subir. Ella lo miró desconcertada, pero el hombre aguardaba con impaciencia que obedeciera. Pudo constatar que había un hueco profundo dentro de los troncos, unos maderos burdos se extendían a lo ancho de esta aparente barca. A punto de negarse a subir, sintió como Prigadà la levantaba en el aire y la pasaba a un hombre con el torso desnudo que la depositó suavemente ayudándola a sentarse. De un salto, Prigadà estuvo dentro, se acomodó frente a ella. Hizo una señal con el brazo y la frágil barca se apartó de la orilla y un par de hombres remaron río arriba.

No se atrevió a mirar hacia atrás; el perder de vista las casuchas y a la gente confirmaba su temor de estar deslizándose hacia el abismo. En ambas orillas del río se alzaban matorrales espesos, árboles gigantescos que impedían ver qué ocasionaba el ruido intenso que rara vez disminuía al paso de los maderos sobre las aguas tranquilas del río. Por momentos, Prigadà la observaba con esa mirada dura e incisiva que la incomodó desde el principio.

—Tendrá que acostumbrarse; en estos lugares la presencia de bestias, bichos y aves se escucha a toda hora; no siempre se les ve, pero por allí andan.

Su voz áspera cortaba el pesado ambiente húmedo. Minie asintió con una leve sonrisa. Se mantuvo erguida con la espalda tiesa y temerosa de moverse un ápice; no fuera a zozobrar la embarcación. Se mordía los labios para acallar cualquier exclamación de susto o sorpresa ante el desfile de imágenes que le evocaban las pinturas que había visto en un libro que describía el Edén.

De pronto, Prigadà se dio la vuelta. Le mostró cerca de ellos a una serpiente de color café rojizo, con las fauces abiertas, que se deslizaba sobre una rama que pendía sobre el agua. Minie sintió un escalofrío recorrer su cuerpo.

—Es una nauyaca; hay que tener cuidado, es muy venenosa. Una mordida suya y el cuerpo se ennegrece hasta quedar sin vida. Por eso, debemos dejar de movernos mientras pasamos cerca.

El espanto le quitó el aire a Minie, no le quitó los ojos de encima a la víbora hasta que se alejaron del paraje. El sólo pensar que ésta, si quería, podía lanzarse por el aire hasta caer sobre ella, la paralizó. Su corazón latía con tal fuerza que parecía traspasar la blusa; se le resecó la garganta. Por primera vez cruzó por su mente la posibilidad de que podría morir en esta aventura alocada. Sintió la desesperación a punto de desbocarse y cerró a presión la quijada. Se obligó a suprimir toda idea aciaga que buscara cobijo en su mente.

Miró a Prigadà que permanecía tranquilo ante ese mundo desmedido y se preguntó cuánto tiempo le llevó habituarse a estas tierras tan apartadas, distintas a Francia, a Hungría.

Capítulo 12

Minie buscaba una razón de fondo que explicara por qué se sentía tan desvalida, hundida en un agujero oscuro e incierto; era sensación que jamás había experimentado en su vida. Había enfrentado cualquier problema o dificultad con la certeza de que podía superarlo y, si no, su padre vendría en su auxilio. Ahora se sentía presa de impotencia y, por más vueltas que le diera al asunto en su cabeza, no hallaba una salida. Un peso inesperado retenía su aliento y ahogaba el llanto que amenazaba con brotar a cada instante. Le resultaba difícil distinguir un día de otro, una conversación de otra, un rostro de otro. Todo su empeño se centraba en borrar cuanto pensamiento la lanzara hacia un precipicio incierto que la acechaba. Cada noche, antes de acostarse, anotaba una raya más en su cuaderno para llevar el registro del paso de los días como vínculo con la realidad.

Despachaba sus obligaciones de institutriz con esmero: la sonrisa pintada en el rostro, con paciencia y con una dulzura innata enseñaba a Pierre y a Jeanne sus letras en francés, sumas, restas y el placer de la música con ejercicios sencillos al piano. La compañía de los niños desvanecía por momentos su malestar. Eran aplicados, educados bajo el manto de la obediencia que el temor a su padre exigía. Sólo durante su ausencia, surgían las bromas y el buen humor que irían lentamente agotándose ante la inminente llegada de Prigadà para repasar las lecciones. Con ello, se presentaba la posibilidad de recibir un coscorrón, perderse la cena o el postre durante una semana. Con esta certeza, los pequeños se transformaban en autómatas que cumplían sin chistar todas las instrucciones sin el menor asomo de una sonrisa.

Convencida de que esta actitud sólo inhibía el aprendizaje, Minie decidió remediar la situación. Una noche, antes de que Prigadà ordenara apagar las candelas del salón familiar para la hora de dormir, Minie intentó explicarle que los castigos eran contraproducentes, pues reprimían la imaginación y la curiosidad, elementos que los métodos modernos de enseñanza privilegiaban sobre el aprendizaje sustentado en la memoria y la repetición. Una de sus maestras más queridas de la escuela en Györ daba su clase así: era una invitación a conocer, descubrir y resolver. Impaciente, Prigadà apartó la mirada de su libro de cuentas y, con voz fría e incisiva, le respondió que como padre su obligación era inculcarle a sus hijos la clara noción de que para sobrevivir en este lugar la imaginación y la curiosidad eran inaceptables. Ésa era una lección que a ella le convendría aprender con la mayor rapidez.

—Por lo tanto, si puede abstenerse de compartir sus métodos modernos con nosotros, se lo voy a agradecer; dedique sus esfuerzos en cumplir aceptablemente con su labor.

Minie sintió el rubor subir por su rostro. Jamás nadie le había hablado con tal dureza, con tal superioridad que la reducía a la condición de un mero bicho.

Alcanzó a balbucear una disculpa y corrió a encerrarse en su cuarto. Sofocada, tardó varios minutos en recuperar la respiración. Después, sacó su cuaderno del cajón y agregó otra raya. Las contó; sólo habían transcurrido cuarenta y tres días desde su llegada a Buenaventura. Por más que quisiera no tenía manera de huir del lugar.

Para regocijo de los niños, que la imitaban muertos de risa, ella decía *Boinaventurra*. Tenía que hacer un verdadero esfuerzo para pronunciarlo correctamente. De no ser por las bromas y las risas de los niños, su vida hubiera sido intolerable en la finca. En esos momentos, olvidaba recriminarse por haberse comportado como una tonta inocente al creer ciegamente en las palabras de Jacques Levet, quien la había engañado al utilizar como señuelo la posibilidad de localizar a Rhodakanaty cuando llegara a México. Nada en ella estuvo preparado para enfrentar la sorpresa de hallarse encerrada en un lugar donde la naturaleza se excedía en colores y olores; desentendido del frío, donde el calor y la humedad penetraban todos los rincones, las telas, los cuerpos; donde los pájaros se adueñaban del lugar espantando el silencio. Quizás era un lugar más próximo al paraíso, pero ella se sentía atrapada, alejada de aquello que conocía como civilización. Desde allí, era imposible encontrar a Rhodakanaty. Por eso, en su desesperación, cada noche escribía en su cuaderno las mismas palabras, línea tras línea, que repetía a manera de plegaria: *mañana será otro día, no debo perder la esperanza.*

Unos golpes a la puerta la sobresaltaron. La señora Prigadà entró, la miraba con desconfianza.

—¿Hablaba usted con alguien, *mademoiselle*?

Minie, incómoda, explicó que leía en voz alta: en húngaro.

—Qué extraño idioma. Le suplicaría que se abstuviera de hacerlo ante mis hijos. Podría confundirlos.

Minie se mordió los labios y asintió.

—En todo caso, vine a pedirle que no tome a pecho las palabras de mi marido. Aunque haya sido algo brusco, él tiene razón. Ha tenido que aprender a hablar así; la gente de aquí dice a todo sí y hace justo lo contrario. No se puede confiar en ellos. Por eso la hemos contratado, a pesar del gasto que nos significó pagar su pasaje. En fin, lo que no hace uno por los hijos, *voilà. Vous comprenez, n'est pas?*

Minie volvió a asentir y pensó en Lenke, su madre, que la había regalado. Tan pronto escuchó la puerta cerrarse, sus labios retomaron las palabras escritas: *Mañana será otro día, no debo perder la esperanza.* Su repetición apaciguaba su ansiedad. Cerró los ojos y escuchó resonar las palabras en su interior, como si el susurrarlas en húngaro le asegurara que, al final del túnel oscuro y hostil, descubriría una luz para guiarla hasta Plotino Rhodakanaty.

Juan llegó a la finca con cuatro de sus hombres. Pidió ser recibido por el patrón de Buenaventura. Llevaba una semana recorriendo la zona; desde Misantla, la tierra de los totonacas, hasta Jicaltepec. Por todas partes rastreaba información sobre los franceses, en particular de Prigadà. Cuando cruzó la cerca de la finca, ya tenía pleno conocimiento sobre el estado que guardaban sus finanzas, la dimensión de sus tierras y de sus deudas. Sabía que exportaba a Francia sus cosechas de vainilla y tabaco; el ganado, el frijol, el trigo y el maíz eran para consumo de la finca y para efectuar trueques en la comarca.

Cuando decidió partir hacia la Ciudad de México, supo que no podría irse sin antes buscar a la extranjera. La imagen de esa mujer lo acompañaba a toda hora. Por más que intentara olvidarla en otros cuerpos, lo perseguía en sueños. Le despertó una añoranza inconfesable que anhelaba ahogar en el cuerpo desnudo de ella. Su mirada profunda, color mar lo había calado, dejándolo expuesto a un vacío ignorado, postergado desde su niñez. No hallaba respuesta a su obsesión con la extranjera, pero supuso que el único remedio para librarse del embrujo sería encontrarla y robársela.

Cuando Levet le solicitó que investigara el paradero de un tal Rhodakanaty a quien la extranjera deseaba localizar, de inmediato dirigió sus pesquisas a la Ciudad de México. Envió un telegrama a Betancourt, adscrito al cuerpo policiaco encargado de vigilar el orden social y político de la capital. Cinco meses antes, Betancourt había aparecido por el puerto en persecución de un enemigo del régimen. Juan colaboró en su localización y luego coadyuvó a desaparecerlo sin ruido alguno. Betancourt supo valorar las cualidades de Juan y lo invitó a irse a la capital e integrarse a su equipo. Juan aceptó la invitación, pero antepuso su necesidad de arreglar algunos asuntos pendientes antes de partir. Le entusiasmaba la idea de abandonar el puerto y abrirse camino en el centro del poder. Sus ambiciones superaban lo que el puerto podía ofrecerle.

123

Se hallaría en un lugar donde nadie conocía sus orígenes; se terminarían las miradas malintencionadas, veladas sólo por el miedo que su persona inspiraba. En la capital sabrían valorar su astucia y su capacidad de exprimir la verdad al criminal más taimado.

La respuesta inmediata de Betancourt lo convenció de que el momento de su partida había llegado. El telegrama era explícito: *Tipo peligroso. Sedicioso. Escondido. Buscado. Mándenos información paradero.* De inmediato inició los preparativos para ir en busca de la extranjera. Se preguntaba cuál sería la razón por la que ella quería localizar a un enemigo del régimen. Lo importante era que esta mujer lo ayudaría a dar con él; una vez en sus manos, se lo entregaría en bandeja a Betancourt. Ésa sería una buena recomendación con los jefes de la policía capitalina.

Cada día le resultaba más apremiante dar con esa mujer. Desde que la había visto por primera vez sobre la cubierta del barco, le despertó una inquietud que no se calmaba a pesar de la posibilidad de que fuera la puta de Levet. Pero, cuando éste la llevó a casa a convivir con su familia, sintió un alivio al pensar que era un familiar del francés que había venido en busca de marido. Sin embargo, su obsesión por ella aumentó cuando desapareció a los pocos días. Al enterarse de que estaba en Jicaltepec como institutriz de unos escuincles pretenciosos, tomó la decisión de robársela. Su intuición le decía que esa mujer no era lo que aparentaba, no si estaba ligada a un sedicioso. La satisfacción de matar dos pájaros de una pedrada lo llenaba de júbilo. Su ofuscación ante ella desaparecería tan pronto la hiciera suya, además detendría al mentado Rhodakanaty para entregarlo a sus futuros colegas.

Había conocido a Prigadà cuando éste sacó de la cárcel a Jacques Levet. Hombre atrabancado, burdo que intentaba imponerse con aires de superioridad por el sólo hecho de ser francés. Juan sentía un resquemor particular ante personajes así e invariablemente desquitaba su rabia ante actitudes semejantes. Cuando Prigadà intentó amenazarlo para que liberara de inmediato a Levet, Juan lo escuchó impávido y, tan pronto éste terminó su perorata, se dio la media vuelta sin mediar palabra. Se ausentó durante varias horas. Prigadà fue con uno de sus subalternos y exigió que liberaran a Levet. Éste le explicó que sólo Pelegrino podría dar las órdenes pertinentes, desafortunadamente había salido a cumplir con una misión; habría que aguardar su regreso. A las veinticuatro horas de su primera reunión, cuando la actitud de Prigadà cambió las amenazas por ofrecimientos económicos, Juan giró instrucciones para que la vida en la cárcel fuera soportable para el socio del francés mientras lograban llegar a un arreglo.

Ante el temor que causó la noticia por la llegada de hombres armados a la finca, *madame* Prigadà ordenó de inmediato que las criadas se escondieran en la despensa principal, en silencio; luego les echó llave. En cuanto a Minie y a sus hijos, los mandó al costurero en la planta alta donde ella misma entró y cerró la puerta con llave por dentro. Entornó las celosías de madera para no ser vista desde fuera mientras se asomaba al patio principal. Sólo Petra, que ya pasaba del medio siglo, se quedó en la cocina preparando la merienda.

Hortense Prigadà sentó a sus hijos en unos bancos alejados de la ventana; con gesto severo, les exigió silencio. Caminó de puntillas y se asomó por entre las celosías. Minie no se atrevió a acercarse a los niños, que se tragaban sus lágrimas y mocos sin emitir ningún sonido, por temor a sollozar y provocar el enojo de la madre. La señora Prigadà, siempre tan severa y puntillosa en las cuestiones de la casa, ahora se secaba el sudor del labio superior apañuscando su blanco pañuelo almidonado.

Minie se deslizó hasta la ventana y vio a cinco hombres cruzar el patio a paso lento, sin armas en las manos. Prigadà, rodeado de peones con machetes al aire, entregó su escopeta a uno de sus hombres. Aguardó que los jinetes hicieran un alto.

—*Mon Dieu, mon Dieu,* ¿qué querrán estos hombres? Hizo mal, *mon mari,* de entregar su arma; espero que no se haya equivocado.

Minie se sorprendió de reconocer en Hortense Prigadà la posibilidad de perder el control. Su rostro contraído, sudoroso, las mejillas encendidas y las manos, presas de una temblorina desacostumbrada, contrastaban con la figura austera y mesurada de todos los días. Minie no entendía su reacción, al ver que afuera los hombres se comportaban de manera pacífica. Tampoco comprendía las medidas drásticas que la señora de la casa había impuesto; pero reconocía que demasiadas cosas escapaban de su comprensión. Quizás el no dominar aún el español era la causa de que ciertas situaciones la eludieran. Hablaba en francés con los Prigadà, a veces en español con los niños que, divertidos, la corregían. Cuando quería hablar con los nativos, algunos hablaban español, otros guardaban un mutismo absoluto sin levantar la mirada. Entre ellos se dirigían con sonidos suaves, rítmicos en una lengua incomprensible incluso para los Prigadà.

Recordó que momentos antes de encerrarse en el costurero, ignorante de que hombres desconocidos se aproximaban a la finca, había estado en la cocina. El ruido de las cazuelas, el hervor en las ollas, las risas tenues de las indias, el sonido acompasado de las manos dando forma al pan de maíz, los aromas de las salsas enchiladas, la llenaban momentáneamente de paz. Petra dominaba la cocina, era la encargada de transmitir las órdenes de la señora a las otras criadas; fue ella quien le dio a probar las salsas que maceraban con tomates verdes o rojos y chiles. Se habían reído discretamente de ella cuando el picor le quemó boca y garganta y corrió a beberse de un trago un vaso de agua. Después le dio un pedazo de pan, le dijo que se lo comiera, era mejor que el agua para calmar el ardor de su lengua y paladar.

No recordaba en su tierra una estufa de esas dimensiones, aunque sí el sonido de voces femeninas y las risas entre el borboteo de las ollas y los olores de las sopas y los *gulyás*. Pero, el bracero en una esquina, con su enorme platón de barro llamado comal, era lo que más la atraía. Detrás de él, una joven india preparaba tortillas durante todo el día. A su lado, otra molía sobre una piedra rectangular la masa que se necesitaba. Esa masa húmeda, que la india tomaba entre sus manos y dividía en pequeñas bolas, le recordaba a su abuela Sylvia cuando hacía *lángos* y tomaba las bolas de masa de harina y las extendía. Casi podía saborearlos, recién salidos del fuego con mantequilla derretida, espolvoreados de azúcar mientras la abuela le contaba una historia de la familia. Por eso, cada que podía, le gustaba quedarse viendo a la india palmear las bolas hasta dejarlas redondas, delgadas y colocarlas sobre el comal caliente. Eso se llamaba echar tortillas, como le enseñó Petra. No había vez que no le ofrecieran una recién hecha, con un poco de sal, enrollada, para comérsela con la mano. Aun los Prigadà, que exigían a sus hijos que comieran con propiedad, comían esta tortilla sin cubiertos, a pesar de que la rellenaran de comida. Su curiosidad por sentir la masa entre sus manos, la hizo tomar ese día una bola e imitar el palmeo de la india. Ante la hilaridad de las mujeres que la veían intentar hacer una y otra vez una tortilla ovalada, convirtió su frustración en carcajada. Se dio por vencida y puso su tortilla deforme sobre el comal para que se cociera.

En ese momento entró Hortense Prigadà a la cocina a girar órdenes. Todas a encerrarse en la despensa. Al percatarse de que Minie se encontraba allí, riéndose con las criadas, se dirigió a ella en francés.

—*Mademoiselle*, déjese de tonterías, ya hablaremos después. Ahora busque a los niños, váyanse de inmediato a mi costurero; guarden absoluto silencio hasta que yo llegue, es un momento de gran peligro.

Juan apareció en Buenaventura al anochecer para obligar a Prigadá a darle alojamiento. Llegó acompañado con cuatro de sus hombres, armados hasta los dientes. A ellos les había dicho que una solicitud de búsqueda y arresto en contra de un extranjero sedicioso había llegado desde la capital y se sospechaba que se había escondido por la zona de Jicaltepec. Cuando a caballo franquearon el portón, Prigadà los aguardaba inquieto frente a la casa. Antes, un peón corrió con la noticia de que unos forasteros armados buscaban al patrón. Al reconocer a Pelegrino, bajó la escopeta. La experiencia le había enseñado a contener su impaciencia ante el policía, pues recordaba su peligrosidad. Juan actuó como si nunca hubieran cruzado palabra. Serio, con cierto despliegue de cortesía, disfrutó descubrir en el francés la misma zozobra con la que acostumbraban recibirlo *les gens du bien*, como solía decir su madre o la Madama cuando intentaban educarlo. Prigadà ordenó a sus criados llevarse los caballos al establo y darles a los hombres comida y alojamiento. Incómodo, invitó a Pelegrino a entrar a la casa. Se dirigieron hacia una pequeña sala donde, con obligada cortesía, le ofreció una copa de coñac y un puro. Moderó su natural impaciencia y se sentó a aguardar a que el policía le informara los motivos de su visita. Pelegrino alargó el silencio para degustar el alcohol, estiró las piernas y recorrió la habitación con la mirada, levantaba un minucioso inventario del mobiliario. Si bien esto servía a sus propósitos de conocer a fondo su entorno antes de actuar y poner en situación límite a su interlocutor, estaba cansado de las largas jornadas a caballo de los últimos días. Se preguntaba en dónde estaba la mujer, ya le urgía verla otra vez. Se mordió los labios para disimular la sonrisa. Era consciente de que la curiosidad y el temor mantenían en ascuas al francés.

Le llamó la atención una vitrina donde estaba expuesta una colección de figurillas de porcelana que desentonaban con los muebles sólidos y pesados de la habitación. La familia quería darse aires de elegancia, pero bastaba con ver a Prigadà para saber que no era más que un burdo hombre de campo. Tendría presente que le ofreció un coñac de segunda, como si él, Juan, no supiera distinguir un buen alcohol. Sentía la mirada pegajosa del francés adherida a su persona.

—Mi mujer insiste en aumentar su colección de porcelanas. Una pasión que heredó de mi suegra. Por más que me parezca una tontería, no hay manera de convencerla de que eso es tanto como tirar el dinero por la ventana. Cada que voy al puerto, me encarga que le consiga más.

Pelegrino lo observó con la sonrisa reflejada en las pupilas, aunque su rostro guardara la esperada compostura. Empezaba a comprender la necesidad de traer una institutriz de Francia para los hijos. Debían cubrir sus humildes orígenes; no eran más que viles campesinos franceses que aprovecharon la oferta del gobierno mexicano de dotarlos de tierras a cambio de trabajarlas. Entre tanto indio, cualquiera se sentía rey. Juan decidió interrumpir su silencio.

—Entiendo, mi padrino solía decirme que es prudente mantener a las mujeres contentas para que la paz reine en el hogar.

Confundido, Prigadà lo observó: ¿hablaba en serio o se burlaba de él?

—Aquí, la vida no es fácil, hay que hacer un esfuerzo para mantener un ambiente civilizado dentro de la casa.

—Lo felicito, señor Prigadà.

Juan disimuló la ironía al sorber el coñac. Quería despejar muchas incógnitas antes de actuar: la principal era averiguar si Jacques Levet le informó con anticipación a la extranjera del lugar inhóspito en que iba a trabajar. Eso determinaría la forma de sacarla de allí.

Prigadà, temeroso del policía, no pudo atajar su inquietud por más tiempo.

—Me sorprende que se haya usted desplazado tan lejos. ¿A qué debemos el honor de su visita?

Pelegrino dejó que el silencio se prolongara unos instantes más. Sabedor de que tenía la partida ganada de antemano, pretendió buscar el apoyo del finquero. Elaboró una historia sobre unos forajidos a los que perseguía; hombres violentos que ya debían varias vidas. La persecución se había iniciado en el puerto y en Misantla casi había logrado atraparlos, pero alguien les dio el pitazo y escaparon rumbo a Jicaltepec. Por eso estaban allí, peinando la zona y dando voz de alerta a todos los finqueros.

Prigadà parpadeaba con nerviosismo. Juan midió la tensión y decidió alarmarlo otro poco.

—Hemos descubierto rastros de estos malhechores cerca de aquí. ¿Qué le ha dicho su gente?

—Nadie los ha visto subir por el río.

—Sospechamos que se escondieron entre los arrieros que llegaron hace poco de Campeche. No se preocupe, en breve los atraparemos. Por cierto, le recomiendo que las mujeres no salgan al campo, les gusta robárselas. En cuanto a las de la casa, para mayor seguridad, que no traspasen el portón.

Con la quijada trabada, Prigadà solo alcanzó a asentir mientras digería la información. A Juan, que lo acechaba, nada le causaba mayor deleite que constatar cómo cada palabra suya derrumbaba, sílaba por sílaba, su altivez. El temor tornó acuosa su mirada dura y su tosca complexión desdibujó su actitud pretenciosa.

—Para eso estamos aquí, para protegerlos y terminar con estos maleantes. Sus vecinos ya nos ofrecieron una recompensa si los eliminamos, no sé si guste unirse a ellos.

Prigadà asintió. Juan sonrió, consciente de la fama de tacaño de éste. Solicitó su anuencia para quedarse con sus hombres un par de días en la finca. Prigadà se esforzó por responder con tranquilidad.

—No faltaba más, quédense el tiempo necesario para cumplir su encomienda.

—Le agradezo, don José. Adviértale a su gente que, si aparece algún forastero sospechoso, nos lo haga saber de inmediato.

Prigadà salió a dar las órdenes pertinentes. Juan se levantó, quería verla; abrió una puerta que se hallaba al costado y se asomó, era el comedor, vacío. Luego se acercó a la ventana que daba a un patio interior con una fuente en el centro, una banca bajo una higuera y algunos macetones con buganvilias. Escuchó la voz de Prigadà a sus espaldas. Giró y lo vio parado en el quicio de la puerta.

—Venga, por favor, le mostrarán su cuarto. Usted sabrá comprender que gozamos de pocas comodidades; pero espero que sea de su agrado. Podrá descansar un poco y refrescarse antes de acompañarnos a merendar.

Pelegrino sonrió; la balanza se empezaba a equilibrar. El francés guardaba sus aires de grandeza para mejores circunstancias.

—Le agradezco, don José, y por eso mismo no quisiera dejar de advertirle que en el puerto están inquietos por una francesa que, recién desembarcada, vino a alojarse en su casa.

Prigadà, inquieto, indagó.

—¿Hay algún problema?

—Resulta que nos llegó una petición de búsqueda por parte de unos parientes de ella que radican en la Ciudad de México. Dicen que debía venir a bordo del Orizava, pero que no habían recibido noticias suyas. Mis averiguaciones me confirman que la persona en cuestión llegó acompañada del señor Jacques Levet y que de inmediato partió a trabajar con ustedes.

—Nunca nos informó que tenía familia en la capital —contestó alarmado Prigadà—. Llegó a encargarse de la educación de mis hijos.

131

—Le enviaron una carta para que se la entregara en caso de localizarla.

—Con mucho gusto se la haré llegar.

—Por desgracia, debo hacerlo personalmente y que ella confirme que está bien de salud. Tan pronto regrese al puerto, haremos llegar a la familia un oficio con la información pertinente.

Prigadà parpadeaba incesantemente, contenía su irritación.

—*La demoiselle est comme de la famille*, ¿comprende? Mañana podrá entrevistarse con ella, se dará cuenta de que todo está en orden.

Capítulo 13

Después del almuerzo, Prigadà la mandó llamar a su despacho. Acudió con un nudo en el estómago; tenía la sensación de que le aguardaba un fuerte regaño. Algo en la mirada de *madame* Prigadà, cuando le pasó el recado e insistió en que acudiera de inmediato, la previno de que su marido estaba molesto. Quizás uno de los niños había desobedecido alguna orden del padre. De ser así, el culpable sería castigado y ella recibiría una reprimenda. Le resultaba insoportable el desprecio y la altanería con que Prigadà acostumbraba a tratarla. Minie lo resentía doblemente al recordar que su permanencia en Buenaventura le había sido impuesta.

Tocó a la puerta con discreción. La voz, ordenándole pasar, sonaba más irritada e imperativa que de costumbre. Al entrar se encontró con la mirada acusadora de Prigadà que la aguardaba sentado frente a su escritorio. Le indicó que cerrara la puerta tras de ella y se aproximara. Se abstuvo de invitarla a sentarse. Su sensación de culpabilidad aumentó. Minie hizo un esfuerzo por mantenerse serena y no morderse los labios.

Impaciente, Prigadà, le informó de la llegada a la finca de un policía del puerto. Había hecho indagaciones sobre ella. El rostro severo de Prigadà la juzgaba con la certeza de que ella cometió una fechoría, por lo tanto, había traicionado la confianza que ellos habían depositado en ella.

—¿Por qué? —preguntó atemorizada.

Irritable, Prigadà la confrontó.

—*Mademoiselle*, es usted la que tendría que decírnoslo. Por lo que insinuó, parece ser que usted nos ha ocultado cierta información.

—¿Yo? Pero…

—Ya hablaremos en otro momento. El hombre exigió entrevistarse a solas con usted. Hubiera preferido evitárselo, *mademoiselle*, pero me ha sido imposible. En breve la interrogará. Sólo espero, por el bien de usted y de la familia Prigadà, que todo esté en orden.

Minie lo escuchaba paralizada, no lograba comprender esta nueva amenaza. ¿De qué la acusaban?

—Ahora puede retirarse. Aguarde, le daré un consejo. Sea precavida con lo que diga. Le sugiero que insista en que mi esposa o yo estemos presentes para traducirle. Mida sus palabras. En este país, la policía suele tergiversar todo lo que se dice para luego usarlo en contra de uno. Suelen preguntar algo, pero en realidad quieren información sobre otra cosa y tramposamente provocan que uno diga lo que no quería decir, *¿vous comprenez?*

Minie asintió a pesar de no haber entendido cabalmente las palabras de Prigadà. Se dirigió a la habitación de los niños para continuar con su clase de ortografía.

Si de algo presumía Hortense Prigadà, era de su pequeño jardín tapiado en la parte trasera de la casa. Allí había sembrado claveles, begonias y rosas a manera de rombos entrecruzados por veredas de piedras de río; quería recrear un jardín francés. Al fondo, bajo una higuera, había una banca de madera para tomar el fresco de la tarde y apaciguar la añoranza por su tierra. Los niños no tenían permiso de jugar allí: acudía cada tarde a descansar y refrescarse. Hortense a veces se hacía acompañar de Minie, quien leía en voz alta algún cuento o novela que ella hubiese escogido. Nadie tenía permiso de interrumpir estos momentos de recogimiento. Tan pronto el horizonte se teñía de rojos, púrpuras y las aves se desgañitaban en su vuelo presuroso a refugiarse de la noche, la señora Prigadà recogía su bordado y, al compás de profundos suspiros, se alistaba para retomar sus obligaciones.

Los Prigadà habían decidido que el encuentro con el policía fuera allí; sin ser vistos, podrían ver y escuchar a través de una ventana que daba al jardín tapiado. Al poco tiempo de reanudar la clase de ortografía, la mandaron llamar. Inquieta, Minie acudió a la cita. Temblaba de agitación, el oficial de la policía había exigido hablar con ella. El desasosiego gobernaba sus pasos. Absorta en sus pensamientos, recorría las veredas sin detenerse a mirar las flores. El chocolate caliente que había bebido le subía y bajaba del estómago a la garganta. La noche anterior no había podido cenar. Esa mañana sólo aceptó una taza de chocolate. Su estómago se negaba a recibir alimento alguno. Se levantó al despuntar el día. Aunque era demasiado temprano, se vistió y peinó; luego se sentó a aguardar la hora para presentarse ante el policía. Repasaba todas las probables causas que éste podría tener para incriminarla. A menos que Jacques Levet hubiera inventado una mentira para perjudicarla otra vez, ella no había cometido ningún acto reprobable. Nerviosa, temía las posibles consecuencias desagradables que tendría que enfrentar sola porque nadie la ayudaría. Los Prigadà se aprovecharían aún más de su indefensión. Sin duda se vería obligada a permanecer un tiempo más largo en este lugar tan alejado. Como diría su madre Gízela, se lo tenía bien merecido por abandonar la casa paterna y correr como loca tras una idea.

Se sobresaltó al descubrir al policía a unos pasos de ella; éste la observaba con una sonrisa displicente. Se sorprendió de no haberlo oído llegar. Algo en su mirada, en la sonrisa velada detrás de unos bigotes rojizos que resaltaban en contraste con su cabellera castaña y su rostro curtido por el sol, le resultó familiar. No podía precisar si éste era un personaje de sus sueños, o bien lo había visto en el puerto. La duda la incomodó aún más. No quiso verlo a la cara, no fuera el hombre a descubrir su inquietud. El policía se acercó a ella, golpeó con elegancia los talones de sus botas e inclinó brevemente la cabeza.

—A sus pies, señorita: Juan Pelegrino, oficial de la Policía del Estado de Veracruz, adscrito a la alcaldía del puerto, para servir a usted.

Desconcertada, Minie apenas logró balbucear un saludo en español. El policía, a pesar de su extrema cortesía, parecía divertirse ante su incomodidad.

—Tengo información que usted solicitó. ¿Me comprende?

Perpleja, Minie escuchaba las palabras del oficial sin entender a qué se refería.

—Intentaré hablar lentamente, si no me entiende, trataré de explicárselo en mi pobre francés.

Minie asintió. Juan la invitó a caminar hacia la banca, consciente de que los Prigadà intentarían escuchar la conversación escondidos tras las ventanas de la casa. Le explicó que Jacques Levet le pidió averiguar el paradero de un tal señor Rhodakanaty. Sus averiguaciones le permitieron localizarlo en la capital del país. Minie se dejaba conducir del brazo, aturdida ante sus palabras. Justo cuando había perdido toda esperanza de localizar a Plotino, de manera inesperada, este hombre le informaba que era posible dar con él. Jacques Levet había cumplido su palabra. Sin embargo, le resultaba imposible salir en busca de Rhodakanaty, anclada en una finca perdida en medio de la nada.

—*Mais je ne peux pas y aller* —murmuró apesadumbrada.

—¿Por qué? —preguntó Juan sin darle tiempo a traducir. Se habían detenido. Tomó la precaución de protegerla con su cuerpo de las miradas inquisitivas.

—No poder ir ciudad. Yo vine aquí buscarlo, muy importante. —Minie miró hacia el suelo para disimular las lágrimas que se le habían escapado.

Juan sacó un pañuelo y caballerosamente sacudió la banca para que se sentara.

—¿No tiene manera de ir a la capital? ¿O no la dejan salir de aquí?

Impotente, Minie levantó la mirada húmeda. Juan se sintió atrapado en el azul de sus pupilas como si se hundiera en el mar. Aspiró con fuerza hasta que el aire volvió a fluir en sus pulmones. Un movimiento detrás de la cortina de una ventana le recordó sus planes. La situación se presentaba inmejorable.

—Quizás yo pueda ayudarla.

—*Monsieur* Prigadà no dejar ir por muchos meses.

—Debo ir a la capital en estos días a atender una encomienda. Si está de acuerdo, podría llevarla conmigo y ayudarla a localizar a la persona que busca.

—Pero, *Monsieur*…

—No se preocupe, yo me encargaré de sacarla de aquí. Es imperdonable que la retengan en contra de su voluntad, ¿me comprende?

Minie asintió. Presa de múltiples emociones, se levantó. El policía la tomó suavemente del brazo y la invitó a sentarse de nuevo.

—Debemos disimular, nos están observando.

La incredulidad la dominaba. Minie lo miró largamente, con el llanto a punto de brotar entre sus labios sonrientes. Juan sintió como si su pecho se desfondara y dejara su alma al desnudo, vulnerable. Cerró momentáneamente los ojos, necesitaba recuperar el control, sustraerse al hechizo. Era cosa de paciencia; en breve, esa mujer sería suya. Sonrió y se alisó los bigotes.

—¿Está dispuesta a partir hoy por la noche?

—¿Hoy mismo?

Juan asintió. La premura obedecía a que necesitaban sorprender a los Prigadà para que no pudieran retenerla. Minie guardó silencio. En su cabeza se agolpaban dudas y preguntas que no acertaba aclarar. No conocía a este hombre. ¿Podría confiar en él? Pero si no aprovechaba la oportunidad de huir con él, quizás nunca saldría de Buenaventura. Además, ofreció ayudarla a localizar a Rhodakanaty. Desde que descubrió la verdad sobre su origen, una sola idea la había gobernado: conocerlo y confrontarlo con la verdad. Sólo así podría regresar a Györ. Quizás él la reconocería como hija suya y podría rogarle que se quedara a vivir con él.

Juan intentó adivinar los pensamientos de la extranjera; era indispensable que confiara en él.

—Le aseguro que podemos sacarla de aquí sin problemas. Sólo es necesario que siga mis instrucciones al pie de la letra.

—¿Y me llevaría con Rhodakanaty?

—La llevaré conmigo hasta la capital y allí lo buscaré hasta dar con él. Le doy mi palabra de oficial.

Minie aceptó sin pensarlo más. Juan le entregó un sobre y le pidió que no lo abriera hasta llegar a su habitación. Era fundamental que nadie más lo leyera. Juan se despidió y salió del patio. Minie lo vio alejarse. Algo en su forma de andar, le recordó a un gran felino temible que, por la elegancia y la agilidad en sus movimientos, era atractivo y a la vez peligroso. ¿Podría confiar en él? Se percató de un leve movimiento detrás de las cortinas de una ventana. Dobló el sobre y lo guardó dentro de un bolsillo de su falda. Cuando entró en la casa, se cruzó con *madame* Prigadà. A sus preguntas, sólo sonrió y murmuró que todo estaba en orden. Tras echar llave a la puerta de su cuarto, abrió el sobre.

Amanecía. Petra le ofreció un pocillo con atole y unas tortillas recién hechas. Juan, sin sentarse, tomó el plato: roció la salsa de chile guajillo sobre las tortillas, las enrolló y se las comió en unas cuantas mordidas. Sorbió el atole a pequeños tragos por temor a quemarse la garganta. El chile y el champurrado le despejaron la mente. No pudo conciliar el sueño durante la noche. La imagen de la extranjera le revoloteaba en la mente: sus ojos azules, perdidos en el temor, traspasaban sus corazas; sus labios al intentar hablar español invitaban a morderlos; su olor impregnado de lavanda alebrestaba sus sentidos como si cientos de pájaros agitaran sus alas en su interior; su mirada azul gris, profunda y vulnerable a la vez, demolía cualquier barrera que él hubiese levantado para proteger su integridad. El saberla cerca alimentaba aún más su obsesión.

Escuchó ruidos en las habitaciones de arriba; pronto aparecería Prigadà.

—¿Ya desayunaron mis hombres?

—Ya —contestó Petra lacónica.

—Dígale al patrón que ya nos fuimos, que muchas gracias por su hospitalidad; le dejo recado con el capataz.

—Espérese tantito, ya no tarda en bajar y se lo dice usté mesmo.

—Qué más quisiera, pero esos forajidos ya nos llevan la delantera, no puedo permitir que se nos pierdan.

—Siendo así, que la Virgencita lo proteja en el camino.

Juan sonrió y dio un último trago al champurrado. Se relamió los bigotes y salió al patio en busca de sus hombres, quienes lo esperaban con los caballos ensillados cerca del portón. Junto a ellos, el capataz, con el sombrero en la mano.

—Qué pasó, jefecito; ora sí se desmañanaron. ¿Regresan por la tarde?

—No. Dígale al patrón que ya localizamos a los malditos bandoleros y esta vez no se nos escapan. Le encargo que le dé las gracias por su hospitalidad. Ya no tendrán razón para preocuparse.

—¿Qué rumbo cogieron los bandidos? —preguntó con suspicacia el capataz.

—Rumbo a Papantla —contestó Juan, al tiempo que daba la orden de montar los caballos.

—¿Y no falta uno? —dijo con insistencia el capataz—. Ayer eran cinco y ahora sólo son cuatro.

—Uno anda siguiéndoles la pista, no se nos vayan a perder. Ayer usted mismo lo vio partir.

—No, pus sí; ayer se fueron tres y hasta me pidieron una yegua prestada.

—¿Y no se la devolvieron?

—Sí, no me quejo, aquél me la trajo —dijo el capataz señalando a uno de sus hombres—. Yo lo que digo es que se fueron tres, no regresó uno y ahora ustedes son cuatro.

Pelegrino y sus hombres soltaron la carcajada.

—Se me hace que se atolondró con los números, bueno, en vista de que no quedamos a deber nada y ya dimos las gracias, nos vamos.

Juan cruzó el portón y partieron al galope.

Acostada, sentía el retumbar de las ruedas de la carreta golpetear su cabeza. Las voces se amortiguaban entre las pacas de paja y los costales de frijol y arroz. Tendida cuan larga era sobre un jergón, se sentía presa en un espacio limitado y oscuro que apenas permitía mover brazos y piernas. Las instrucciones recibidas habían sido precisas: silencio absoluto hasta que hubiese pasado el peligro.

Minie respiraba profundamente por temor a asfixiarse. La techaban unos cestos de mimbre cuyas minúsculas perforaciones filtraban el tenue paso de la luz. Prefirió cerrar los ojos; aunque de tiempo en tiempo los abría para cerciorarse de que no estaba presa de una pesadilla, sino en su nueva realidad.

Recordó la ocasión en que se había escondido dentro del armario de su madre. Acababa de cumplir siete años. Gízela le había ordenado lavarse manos, cara, mudar de vestido y volver a trenzarse el cabello. En breve llegarían unas visitas. Nada le molestaba más que, como siempre, le hicieran mil preguntas tontas, además de pellizcarle incesantemente las mejillas. Ese día optó por desobedecer. Al primer descuido de su madre, se escondió entre la ropa. Cerró con fuerza la puerta del armario. Detrás de los vestidos, se sentó abrazada a sus rodillas, el olor a naftalina la envolvía. Cuando se hartó de la inmovilidad y de la penumbra, intentó salir sin hacer ruido, pero la puerta se había trabado y, por más esfuerzos que hizo, no logró abrirla. Gritó y golpeó la puerta con los nudillos, pero nadie acudió en su ayuda. Tuvo la certeza de que el aire empezaría a escasear y que en breve se ahogaría. El miedo y la desesperanza le provocaron una mezcla de hipo, lágrimas y mocos. Varias horas después, cuando Gízela la descubrió, Minie dormía profundamente. Los regaños de su madre la despertaron y se aferró a la cintura de Gízela a pesar de que ésta la zarandeara con fuerza. A partir de ese día se juró evitar permanecer en espacios cerrados y oscuros.

Minie abrió los ojos, su respiración agitada era un síntoma claro de que estaba a un milímetro de perder el control y ponerse a gritar para pedir ayuda. Sintió el sudor bañarle el rostro. Respiró profundamente. Se repitió en silencio las instrucciones recibidas de guardar absoluto silencio. Hizo un esfuerzo por pensar en Rhodakanaty. La posibilidad de hallarlo se había esfumado en Buenaventura y, de la nada, una nueva oportunidad se le apareció. Su respiración se tranquilizó. Enumeró las preguntas que pensaba formularle. Además, quería corroborar si había heredado alguno de sus rasgos. Minie se preguntó si él se sentiría halagado al saber que Lenke la había nombrado Minerva en su honor, en abierto desafío a su madre y a su hermana mayor. Éstas, con la excusa de que ese nombre no era húngaro, insistían que seguramente provocaría la burla de los demás niños. Por única vez en su vida, Lenke logró imponer su voluntad. Minie también quería verificar si realmente Rhodakanaty había ignorado que Lenke esperaba un bebé, como el diario mencionaba, o si las había abandonado. De inmediato, Minie se contestó que un hombre así, dispuesto a sacrificar su vida en la lucha por la independencia de un pueblo extranjero, no podría abandonar a un hijo. Sin embargo, nunca regresó por Lenke como lo había prometido y tampoco le escribió; por lo menos que ella supiera. Quizás sí lo hizo, pero su abuela Sylvia evitó que Lenke recibiera las cartas. Impotente para hallar respuestas, se aseguró que le era necesario conocer la verdad. Pensar en la posibilidad de que podría hacerlo pronto le hizo más llevadero el encierro.

La carreta se detuvo. Minie se despabiló e hizo un esfuerzo por descifrar los ruidos del exterior. Le sorprendió la intensidad de la luz que se colaba por el entramado de mimbre. El calor empapaba su rostro. Sintió el sudor resbalar entre sus piernas desacostumbradas a cubrirse con pantalones. Su garganta seca exigía agua para calmar la sed. ¿Habría Prigadà descubierto su huida? Le era intolerable pensar en volver a Buenaventura. Después de su plática con el oficial, renació en ella la esperanza, pero en cualquier momento podría extinguirse. No volvió a cruzar palabra con el policía desde su encuentro en el jardín de la higuera; éste sólo le entregó la carta.

Alguien se acercó y movió uno de los cestos. Dejó de respirar; un escalofrío recorrió su cuerpo. Por el hueco, apareció una mano tosca ofreciéndole un pequeño jarro de barro con líquido. Lo alcanzó y lo acercó a su boca. El olor le resultó desagradable, sin pensarlo, lo bebió de un trago. Era una bebida dulce, de sabor extraño que mitigó de inmediato su sed. La mano aguardaba el jarro. Se lo regresó. Volvieron a acomodar los cestos y una tela cayó sobre la cestería. Los rayos de sol se tornaron menos intensos. La carreta retomó la marcha y Minie se rindió ante la modorra.

Recordó la carta que el oficial le dio; sólo decía que a la hora de la siesta, sin hacer ruido, debía acudir al huerto. Cuando el silencio aletargado se esparció por la casa, ella abandonó el fresco de los muros para internarse en el bochorno húmedo de la tarde. Corrió al huerto. Nada ni nadie parecía estar desafiando el calor denso e irrespirable de la tarde. La tierra le quemaba la planta de los pies a través de las suelas de sus zapatos. Se guareció bajo la espesa fronda de un árbol de mango. De pronto sintió un golpe en el hombro. Un pequeño mango verde yacía a sus pies. Alguien le lanzó el fruto. Buscó a su alrededor, miró hacia arriba; a unos metros descubrió a un hombre sentado sobre una rama. Éste le hizo señales para que se aproximara. Luego le lanzó un paquete envuelto en papel de estraza.

—El jefe le manda esto —susurró antes de desaparecer sin permitir ninguna pregunta.

Recogió el paquete y se apresuró a regresar a su cuarto. La casa permanecía sumergida en una calma imperturbable; sus espesos muros cancelaban el irrespirable aire sofocante. En la tranquilidad de su habitación, se descalzó y desabrochó algunos botones de su blusa. Abrió el paquete, encontró ropa de hombre y una carta con una serie de instrucciones. Debía empacar sus pertenencias esa misma noche. Al retirarse, debía cerrar su puerta con llave, vestir la ropa de hombre y dejar la ventana abierta. Cuando todos en la casa durmieran, sus hombres irían a buscarla. Debía seguirlos, ellos la sacarían de la finca. Para evitar despertar sospechas en los Prigadà, él partiría en otro momento, hacia otra dirección. Después, sus hombres la conducirían al punto de encuentro donde ambos reanudarían su viaje a la Ciudad de México. Todo saldría bien, siempre y cuando siguiera las instrucciones al pie de la letra.

Esa noche, durante la cena, Hortense Prigadà aprovechó la ausencia del policía para preguntarle a su marido cuánto tiempo más estarían los policías en la finca.

—No lo sé; me dijeron que hoy irían río arriba. Espero que en un par de días se vayan de aquí; o por lo menos que busquen alojamiento en otra finca.

—Me siento inquieta desde que llegaron; tienen esa manía de aparecerse de repente sin hacer ruido, como si nos estuvieran vigilando.

—Hay que tener paciencia. Pelegrino es un hombre peligroso, a pesar de que se presenta como un hombre educado; contrariarlo puede acarrearnos problemas. Además, mientras él y sus hombres estén aquí, esos forajidos no pondrán un pie en la finca.

—Pero si sólo son cinco hombres.

—Pelegrino es conocido por su fiereza; si es posible, hay que evitarlo como la peste. Pasado mañana iré a ver a Mahé. Quiero saber cuánto acordaron pagar las otras fincas. Creo que a nosotros nos debe corresponder menos, puesto que les hemos dado alojamiento.

Prigadà miraba con recelo a Minie; quería saber sobre sus familiares y el contenido de la carta.

—*Mademoiselle,* quizá pueda ilustrarnos más sobre lo que habló con el oficial.

Minie intentaba aparentar desinterés en la conversación; la sobresaltó la pregunta directa.

—Sólo quería saber si estaba bien, dije que sí y me entregó la carta.

Sin apartar la mirada del plato, se entretenía pinchando la carne y las papas sin comérselas. Aguardaba el instante de retirarse de la mesa bajo el pretexto de sufrir un fuerte dolor de cabeza. Ya había empacado su valija; la ropa de hombre aguardaba escondida bajo el colchón. Ese día le pareció que las horas transcurrieron intolerablemente lentas. Su corazón se aceleraba tan sólo de pensar que pronto ya no estaría en esa casa.

Los comentarios que vertían los Prigadà sobre el policía eran poco halagüeños; pero ella simpatizaba más con el desconocido que ofrecía ayudarla que con la dureza y la prepotencia de los dueños de Buenaventura. Quizás Levet había recapacitado después de haber abusado de su confianza y le envió ayuda en la persona del policía; era natural que esto se llevara a cabo sin que Prigadà sospechara para evitar que se enojara con su amigo y socio.

—*Mademoiselle*, no ha probado un sólo bocado —dijo Hortense Prigadà.

Minie se disculpó: no tenía apetito, le dolía la cabeza; agradecería que le permitieran retirarse a su habitación. Hortense asintió.

Tan pronto Minie salió, Prigadà mostró su disgusto.

—Estas mujeres de ciudad son demasiado delicadas, ayer fue lo mismo.

—No te preocupes, *chérie*, son cosas de mujeres; estos malestares sólo duran unos cuantos días.

La espera transcurría con pasmosa lentitud. Una y otra vez había revisado los cajones del armario; temía olvidar alguna prenda. La valija aguardaba cerca de la ventana. Sobre la cama había extendido el pantalón, la camisa, un saco corto y un lazo. Cuando escuchó a los Prigadà retirarse a sus habitaciones, se vistió de hombre, se recogió el cabello detrás de la nuca, guardó sus últimas pertenencias y cerró su valija. Pensó en los pequeños Prigadà, los extrañaría. Apagó las candelas. Se sentó en una silla y aguardó.

La luna menguante apenas rasgaba la impenetrable negrura de la noche. Con los ojos fijos en la ventana abierta, evitaba parpadear, decidida a estar despierta cuando llegaran por ella; pero, con el paso del tiempo, el silencio doblegó su voluntad. La agitación, disimulada durante el día, caía como pesado fardo sobre sus párpados. Intentó canturrear melodías de su tierra y susurrar historias infantiles para sacudirse el cansancio, pero el sueño la venció.

Sentada, con la cabeza apoyada sobre el pecho, dormía profundamente. No advirtió los silbidos ni el movimiento frente a su ventana; no se enteró cuando apareció un hombre en su habitación. No fue sino hasta que éste le rozó suavemente el hombro, que despertó atolondrada, a punto de gritar del susto. El hombre la previno a tiempo; ella se contuvo. Reconoció al hombre de la huerta. Éste tomó su valija y la lanzó hacia abajo. Le pidió que lo siguiera y lo vio bajar por una escalera de madera adosada al muro. Descendió detrás de él. Otro hombre aguardaba abajo con su valija en la mano. Al tocar suelo, uno de ellos le acomodó un sombrero de ala ancha en la cabeza, semejante al de ellos. Los hombres cargaron la escalera. Minie los siguió de cerca, temerosa de perderlos en la oscuridad. En algún momento, los hombres se deshicieron de la escalera. Llegaron a un paraje desierto; entre los arbustos aguardaban tres caballos. La ayudaron a subir a su montura, sujetándola con una reata a la silla. Uno de los hombres tomó la rienda de su caballo y partieron a galope.

La oscuridad disimulaba su entorno y de vez en cuando una rama rozaba su cuerpo. Con las dos manos se aferraba a la silla; temía que la reata no fuera suficiente para sostenerla sobre la montura. La noche parecía tragárselos; el viento sobre su rostro le provocaba una sensación de libertad que la llenaba de alegría a pesar del temor de caer de su montura. Al despuntar el día, se detuvieron en un cruce de caminos ante una carreta tirada por cuatro mulas.

Le pareció escuchar una voz masculina llamarla por su nombre. Abrió los ojos y se encontró sola en la penumbra. Recordó que estaba escondida entre pacas de algodón y cestos de frijol y arroz. La carreta se había detenido. Se sacudió el letargo. Estaba bañada en sudor. Desmontaban los cestos. Quizás Prigadà le había dado alcance. El sol la deslumbró. Se protegió con las manos. Alcanzó a distinguir unas sombras asomarse a su escondite. Escuchó con claridad su nombre; pero el miedo le impidió responder. Unas manos la sujetaron con fuerza y la obligaron a enderezarse. Entre dos hombres la bajaron de la carreta y la pusieron de pie sobre el camino terregoso. Trató de recogerse el cabello que caía en desorden sobre su espalda. Fijó la vista en el par de botas frente a ella. Escuchó una carcajada y levantó la mirada. Frente a ella apareció el rostro divertido de Pelegrino.

PARTE TRES

Veracruz-Puebla-Ciudad de México
1870-1871

Capítulo 14

«Banderillas», decía el letrero burdamente escrito sobre un trozo de madera que se alzaba sobre el camino de arrieros. Al fondo se distinguían unas cuantas barracas; algunas sillas desvencijadas bajo una techumbre endeble ofrecían una tregua frente a la inclemencia del sol. La carreta se detuvo. Se acercaron unos peones a llevarse las mulas a descansar al establo. Minie sentía la boca llena de polvo. Nadie se acercó a ayudarla a bajar. Recordó que vestía pantalones. Pegó un salto y se encaminó hacia la sombra.

Pelegrino se había adelantado y ya se mecía sobre una silla; le señaló la silla contigua para que se sentara. El patrón apareció con una jarra y les sirvió aguamiel en jícaras. Al acercárselo a los labios, Minie reconoció el olor amargo de la bebida que había probado cuando viajaba escondida en la carreta. Sin respirar, tomó un sorbo.

—No hay nada mejor para calmar la sed —dijo Pelegrino.

Minie asintió. Tomó una bocanada de aire y dio un par de tragos más. Pelegrino le señaló unos magueyes.

—Los raspan mañana y tarde para sacarles su jugo.

El arriero acercó la maleta de Minie. El patrón les informó que el carricoche a Jalapa no pasaría hasta el mediodía siguiente; por lo tanto, tendrían que pernoctar allí. La colación estaría lista en media hora.

Alrededor de un largo tablón de madera, todos los presentes se sentaron a comer en silencio. Hambrienta, Minie no discriminó los frijoles, las tortillas ni el tasajo, hasta que se enchiló con la carne. Pelegrino le susurró que, en vez de beber agua, mejor comiera tortilla. El ardor en su boca disminuyó de inmediato. De tiempo en tiempo, dando la espalda a los demás, Pelegrino le hablaba en voz baja. Le explicó que era necesario mantenerse vestida de hombre. Pocas mujeres aparecían en Banderillas y, desde luego, no eran decentes.

Al levantarse de la mesa, Pelegrino ordenó a sus hombres regresar de inmediato al puerto; él tenía que llevar a cabo una encomienda en Jalapa. Las miradas retobadas de éstos provocaron que les ordenara guardar silencio sobre lo acontecido durante los últimos días, hasta que, a su regreso, él presentara un informe.

—Cuente con nosotros, jefe —dijo el más parco y enjuto.

Por temor a sus represalias, les quedaba claro que había que obedecerlo ciegamente, pero de allí a creerse el cuento de los bandidos que asolaban Jilotepec, era otra cosa. No eran tan mensos como para no saber que se había robado a la mujer para darse gusto. Se cuadraron y partieron de inmediato a ensillar sus caballos.

Al declinar la tarde, Pelegrino pidió a Minie que lo acompañara a dar un paseo. Cuando se internaron entre los arbustos, le sugirió que se escondiera detrás de unos matorrales para hacer sus necesidades, ya que en breve oscurecería. En esa posta sólo habían dos barracas: una era la cocina y el merendero, la otra, el dormitorio. Todos los que pernoctaban allí se acomodaban en los pocos camastros disponibles, a menudo compartiéndolos. Ella no debía preocuparse, él la protegería. Tan pronto pisaran la ciudad de Jalapa, se alojarían en un hostal y ella podría volver a usar ropa de mujer.

A pesar de que Pelegrino hablaba con suavidad y que en su sonrisa no había ningún asomo de ironía, Minie lo escuchaba intranquila. Sus ojos verdes ejercían una extraña fascinación sobre ella invitándola a confiar en él, a la vez que emanaba de su cuerpo una extraña energía que la inquietaba. Desvió la mirada; se soltó la cabellera.

Pelegrino miró hacia las barracas, algunos hombres habían salido a fumar, a tomar el fresco. Le ordenó que se escondiera entre los árboles. Minie obedeció. Agitó su cabello oscuro de un lado a otro. Cautivado, Juan quiso hundir su rostro en la maraña espesa, aspirar su olor a hembra, robarle a besos el alma, tumbarla sobre la hierba y finalmente hacerla suya.

Inhaló y exhaló sin prisa. Desvió la mirada; no podía darse el lujo de que ella descubriera sus intenciones. Era como un potrillo salvaje; habría que domarla con mano firme, solita se entregaría por su propio gusto. La vio recogerse el cabello, enrollarlo. Al sentirse observada, le sonrió con timidez. Juan se sorprendió ante el impacto que resintió, como si hubiese recibido un golpe en el vientre y lo privara de aire. Cerró los ojos, no podría contenerse, debía alejarse de inmediato. Le informó que se adelantaría a fumar un cigarro con los hombres.

Frente a las barracas había unos maderos donde unos sentados, otros acuclillados, fumaban mientras tomaban el fresco. Le ofrecieron un cigarro; Juan aceptó. Al inhalar el humo pudo calmarse, sintió la mirada curiosa de todos, pero se hizo el desentendido.

—Oiga, jefecito, ¿dónde quedó su muchachito bonito? —dijo el más atrevido.

Juan decidió ignorar la malicia en las palabras y la intención encubierta.

—Está bonito el francesito, ¿verdad? Me lo mandó mi hermana para que lo haga hombre. Por eso lo traje, para que se acostumbre a los caminos y a la mala vida mientras aprende a hablar español.

—Yo que usted no le quitaba el ojo de encima; de tan finito, cualquiera lo confunde con una hembra y, a falta de mujer… —Las carcajadas confirmaron la opinión general.

Juan los miró largamente, con una leve sonrisa.

—Yo no se los aconsejaría, eso me encabronaría.

—Mire, allí viene. Dígale, por Dios, que camine como macho.

Juan se dio la vuelta para ver a Minie quien caminaba elegantemente, con el sombrero coquetamente ladeado sobre la frente. Se aproximó a ella.

—Es mejor entrar, hay mucho mosco afuera —le dijo Pelegrino al tiempo que le puso la mano en el hombro. Sintió el temblor que recorrió el cuerpo de la joven—. Usted perdone, pero es imposible que la tome del brazo, ¿comprende?

Tan pronto cayó la noche, los hombres entraron al dormitorio; se acomodaron en los camastros de a dos, de a tres. En la penumbra, Pelegrino escogió uno junto a una pared. Le dijo a Minie que se quitara los botines y se acostara bien pegada a la pared. Ella obedeció. Él acomodó ambos sombreros sobre una silla; debajo guardó su pistola. Luego extendió una cobija sobre ella, se quitó las botas y se recostó a su lado. Minie tensó el cuerpo, sorprendida. Juan le susurró que, si él no lo hacía, otro hombre vendría a ocupar su lugar.

Minie se encogió, sin poder aumentar la distancia entre los dos. La cercanía de Pelegrino la quemaba a través de la ropa. Juan le dio la espalda. En poco tiempo el concierto de ronquidos retumbaba de un lado otro de la barraca. A pesar del calor, Minie sentía escalofríos de pies a cabeza que la hacían temblar sin poder evitar que Juan se enterara.

Pelegrino se puso las manos en el sexo, al tiempo que repetía en silencio un texto de un tal Musset que la Madama lo obligó a memorizar, cuando lo castigaba de niño y lo tenía parado durante horas contra la pared:

J'aime touts les vins francs, parce qu'ils font aimer.
Mais je hais les cafards, et la race hypocrite
des tartufes de moeurs, comédiens insolents
Qui mettent leurs vertus en mettant leurs gants blancs.

Jamás comprendió por qué las mujeres de Chez Charlotte se morían de risa cada vez que lo escuchaban repetirlo durante su castigo. La Madama invirtió muchas horas obligándolo a repetir el texto, hasta que estuvo satisfecha con su acento en francés. Era importante que lo repitiera bien, pues esos versos habían sido escritos por un gran poeta francés. Su madre, Mathilde, intentó varias veces explicarle el significado: algo sobre la necesidad de ser prudente y evitar que la pasión y sus apetitos gobernaran al hombre. Justo en ese lugar, le ganaba la risa y, entre carcajadas, agregaba que, a pesar de lo anterior, el poeta sugería que era mejor no ser hipócrita. No entendía del todo esa parte, pero siempre le había servido para controlar cualquier impulso desgobernado de su cerebro.

Sentada frente a la ventana, Minie contemplaba la tenue luz que provenía del corredor mientras escuchaba las voces y los ruidos del vecindario. A sus espaldas, una sola candela encendida atenuaba la penumbra del cuarto, recreando su sombra sobre una de las paredes. En Buenaventura se había acostumbrado a la intensidad del sol que obligaba a refugiarse tras gruesos cortinajes. Aquí, sólo en la calle podía disipar la melancolía que esa media luz le provocaba. El patio del vecindario se mantenía húmedo y oscuro aun de día. Aguardaba la llegada de Pelegrino, deseosa de que al fin trajera noticias de Rhodakanaty. Desde su llegada a la ciudad, él partía temprano y regresaba ya entrada la noche, a veces hasta el día siguiente, sin dar explicaciones. En realidad, casi no cruzaban palabra. Durante su ausencia, flotaba en el ambiente su olor acidulado de tabaco y musgo.

La pequeña habitación le creaba una sensación de encierro a pesar de los escasos muebles: cama, mesa y dos sillas. Una sábana colgaba a lo largo de una pared a otra, entre la cama y la hamaca. De día, Minie recorría la tela y colgaba la hamaca en un solo clavo. Si el tiempo transcurría lentamente durante el día, de noche las horas se volvían interminables. Cualquier ruido la despertaba y se mantenía alerta ante el menor movimiento del hombre.

Pelegrino también dormía poco. El continuo rasgueo de las cuerdas que sujetaban la hamaca a las alcayatas, acompasaba el balanceo de su hamaca. A menudo, Pelegrino se levantaba, abría la puerta y salía al pequeño patio a fumar un cigarro. Por la puerta entreabierta, Minie lo escuchaba reso-

155

plar; el olor a tabaco, así como el frescor de la noche se colaban hasta su cama.

Había algo en ese hombre que la confundía; era como estar ante un animal salvaje que atrae por su belleza, pero que a la vez inspira terror. Su presencia provocaba en Minie el deseo de tocarlo. Aquella noche en Banderillas, cuando no pudo evitar que su cuerpo se recargara contra él, quedó grabada en su mente como hierro candente. A pesar de la ropa y la cobija, había sentido un extraño despertar de su cuerpo que exigía que las manos de él recorrieran su piel. Una necesidad imperiosa, desconocida e inexplicable la sumía en una confusión vergonzosa, cada que ese hombre estaba cerca de ella. Tan pronto él se aproximaba, ella tomaba distancia entre ambos, en un intento por no sucumbir a su hechizo. El viaje en carricoche a la ciudad de Jalapa la había dejado hecha un manojo de nervios. Disfrazada, tuvo que soportar que la tratara como jovencito ante los otros dos pasajeros; de pronto le daba pequeños golpes en las rodillas o en el hombro en señal de camaradería, y su pierna se apoyaba descaradamente en la suya, sin que ella pudiera evitarlo. Tan pronto llegaron al hostal, subió a su habitación a refrescarse y vestir ropa de mujer; mientras él había ido a conseguir lugares en la diligencia para viajar a la ciudad de Puebla de los Ángeles.

Cuando se reencontraron, algo en la sonrisa de Pelegrino la desconcertó; o quizás fue su mirada que la recorrió de pies a cabeza. Se acercó a ella y le besó la mano.

—Es usted muy hermosa, señorita. —La voz ronca de Pelegrino la acarició—. Tendremos que permanecer aquí un par días antes de partir. Creo que le vendrá bien descansar; aprovecharé para mostrarle la ciudad. Si le parece, ahora podríamos salir a pasear y sentarnos después a tomar un café.

Minie asintió. La tarde había refrescado tras una leve llovizna. Pelegrino la tomó del brazo. Minie se relajó. Disfrutaba caminar de nuevo por una calle como persona civilizada.

La guiaba con suavidad. Recuperó la certeza de encontrar a Rhodakanaty con la ayuda del oficial. Se percató de que, a su paso, atraían la mirada de la gente y se sintió bella, elegante y protegida.

Pelegrino la cuidaba de los charcos, le mostraba algún edificio, contaba alguna anécdota y se interesaba por su bienestar. Le preguntó si la habitación del hostal era de su agrado. Minie le agradeció la atención y ofreció darle el poco dinero que tenía para pagar sus gastos. Pelegrino le aseguró que no era cosa de mujeres preocuparse por cuestiones de dinero. Ya arreglaría todos esos pendientes cuando localizaran al señor Rhodakanaty.

Minie sonrió agradecida. La mano de Pelegrino presionó levemente su antebrazo; un escalofrío la recorrió desde la nuca hasta la cintura.

—¿Y su habitación es *boina* también?

Pelegrino soltó la carcajada.

—Muy *boina*, quiero decir bue-na. Me temo que vamos a tener que compartirla.

Minie se detuvo y lo miró con severidad.

—Eso no ser posible…; usted y yo juntos pasar las noches en misma habitación, no es correcto. Soy mujer decente —replicó Minie indignada.

Juan se la comió con la mirada y con leve ironía se inclinó ante ella.

—Era el único cuarto disponible en el hostal, no esperará que duerma en la calle, ¿o sí?

Los ojos de Minie centellearon de enojo; el hombre se burlaba como si tuviera derechos sobre ella. Podría estar sola y lejos de su tierra, pero ella no era una cualquiera. No permitiría que él pusiera en entredicho su integridad.

—No quedarme allí ningún noche, regresemos para que lleve mis cosas.

—No sea insensata. ¿Qué haría sola? ¿Adónde cree que encontrará alojamiento?

Minie se soltó del brazo; dio la media vuelta rumbo al hostal. La reacción inesperada de la mujer sorprendió a Juan. Justo cuando todo parecía marchar bien, la mujer se encorajinaba. Él ya se había percatado de que le gustaba, que temblaba al menor contacto, era un fruto a punto de caer en sus manos. Tendría que ir tras ella, sujetarla entre sus brazos, hacerla entrar en razón y taparle la boca a besos. Corrió hasta alcanzarla y le cortó el paso. Le bastó cruzar miradas para entender que, si la tocaba, la extranjera se pondría a vociferar en la calle.

—Espere. Tengo una idea, necesita estar en un lugar seguro. Aquí cerca hay un convento. Iré a hablar con las monjas para que la alojen hasta la partida de la diligencia. Seguramente, durante ese tiempo no le permitirán salir a la calle ni hablar conmigo. ¿Está de acuerdo?

Minie asintió. Regresaron al hostal sin cruzar palabra. El disgusto de Pelegrino era obvio. Minie evitaba verlo a la cara y sólo contestaba con monosílabos; había decidido no cruzar palabra con él. La dejó sola para que alistara sus pertenencias. Una hora más tarde regresó y le informó que la madre superiora accedió a recibirla después de que él explicara que ella era una pariente pobre venida de Francia, que no hablaba español, y que él quería poner su honor a buen resguardo. La vocación del monasterio era la pobreza; sólo podrían ofrecerle una pequeña celda desprovista de cualquier comodidad y dos alimentos al día. Minie resintió el tono frío, duro del hombre. Aceptó, sin objetar.

El guarda rural, armado con carabina, iba sentado al lado del conductor. Su caballo y el de Pelegrino iban amarrados junto al tiro de mulas. Pelegrino estaba sentado junto a la portezuela de la diligencia, Minie iba en medio y, junto a ella, un jovencito de trece años que no dejaba de mirarla de reojo. Frente a ellos, un hombre entrado en carnes, su esposa y su pequeña hija. De inmediato, éste les comunicó que era comerciante y su mercería era de las más prestigiosas de la ciudad de Puebla. Su mujer, que era de Jalapa, había insistido en que visitaran a su madre para que conociera a sus dos nietos menores.

—Si uno quiere paz en el hogar, a las mujeres hay que cumplirles el gusto, estará usted de acuerdo conmigo, caballero.

Pelegrino sonrió cortésmente. La esposa indagó de inmediato si Minie era su esposa y Pelegrino se vio obligado a explicar que era una pariente recién llegada de Francia, a quien debía acompañar a la Ciudad de México y dejarla en casa de un familiar. Tan pronto la diligencia se internó en los bosques aledaños a Jalapa, María del Pilar, madre y esposa, de inmediato abrió un bolso a sus pies; repartió entre los presentes unas gorditas, aún tibias, que traía envueltas en paños. Minie miró a Pelegrino sin saber si debía aceptarlo.

—Por favor, caballero, cómanse unas, son especialidad de la Pili, o harán sentir mal a mi señora esposa.

—No se preocupe, señorita, estas gorditas están rellenas de requesón y frijol —dijo doña Pilar pronunciando lentamente—, están muy sabrosas, yo misma las preparé esta mañana. Hay suficiente para todos. No se puede viajar con el estómago vacío.

Sus mejillas redondas, sonrosadas le otorgaban un aire de bienestar, que se asemejaba al rostro bonachón y sonriente de su marido.

—En eso tiene razón mi mujer. Con tanto bamboleo en el camino, uno se marea. El polvo y el estómago vacío son los peores enemigos de los viajeros.

Entre bocados, la conversación no decayó. Marido y mujer se turnaban o se arrebataban, entre sonrisas, la palabra. Minie se perdió entre tanta palabrería; se dejó deslizar en una somnolencia disimulada tras una sonrisa y los ojos levemente entornados. Pelegrino, acostumbrado a dejar hablar a la gente y así recopilar información, escuchaba asintiendo de tiempo en tiempo. A insistencia de la pareja, tuvo que explicarles que era oficial en el cuerpo de policía del puerto de Veracruz.

—Viera que me tranquiliza saber que, además del guarda, nos acompaña un oficial de policía. Ante tanto bandolero que anda suelto por estos rumbos, uno viaja con el Jesús en la boca.

—Calla, hombre, vas a asustar a los niños y a la señorita.

—Mamá, ¿por qué no le dices nada a Tito? —susurró la pequeña Pilarica.

—¿De qué hablas, hijita?

—¿No dices que es mala educación quedarse viendo a la gente? Míralo, no le quita los ojos de encima a la señorita.

Doña Pilar le lanzó a su hijo una mirada severa y, con un gesto, le ordenó que mirara hacia afuera. Éste, ruborizado, obedeció de inmediato, no sin antes tirarle una patada a su hermana, que de inmediato soltó un quejido.

—Hijos, ni un ruido más, compórtense —espetó la madre.

Don Anselmo García Palacios retomó con bríos la conversación. Detallaba las complejidades de su negocio. A su vez, doña Pilar presumió a sus cuatro hijos mayores; dos de ellos ya trabajaban en el negocio familiar.

—Si no le importa, caballero, todos le vamos a agradecer que cierre la ventana de la portezuela; de lo contrario en breve estaremos mascando granitos de arena —pidió don Anselmo sin dejar de saborear las golosinas que su mujer le ofrecía continuamente.

El movimiento del carruaje y el continuo parloteo habían terminado por adormecer a Minie. Inconscientemente, apoyó su cabeza en el hombro de Pelegrino. Éste oía sin escuchar, perdido en sus pensamientos. Mascullaba su rabia en contra de la extranjera que lo forzó en Jalapa a desahogarse con otras mujeres. Sin embargo, ninguna le devolvió la calma. No tenía costumbre de ver contrariada su voluntad; pero ya la haría pagar su altivez. Le resultaba delicioso, pero intolerable sentir su cuerpo junto al de él. Aprovechó un alto en el camino para que los pasajeros atendieran sus necesidades y ensilló su caballo. Necesitaba alejarse de la extranjera y de la verborrea inagotable de los esposos.

No habían recorrido ni media legua cuando el conductor detuvo la diligencia. Pelegrino se acercó para conocer la razón. El guarda le mostró unas banderitas amarillas en las ramas altas de los árboles. Era la señal que advertía a diligencias y arrieros que ingresaban a un territorio asolado por asaltantes. El guarda se bajó del pescante con su carabina y montó su caballo. Pelegrino le propuso que ambos se adelantaran. Internándose entre los árboles quizás podrían detectar a los bandidos sin ser sorprendidos.

Ambos se perdieron entre la maleza. La diligencia retomó el camino a paso más lento. La incertidumbre creó un silencio inesperado dentro del coche. Doña Pili ordenó a sus hijos apartarse de las ventanas, cerró las cortinillas creando una penumbra inquietante. Su marido no soportó la curiosidad y, al poco tiempo, se asomó: prefería estar acechando el peligro en vez de que éste lo tomara desprevenido.

En el silencio, escucharon con claridad la voz del conductor que, al compás del tronido de los latigazos, azuzaba a las mulas. La velocidad aumentó. La diligencia se zarandeaba peligrosamente. Los pasajeros intentaban protegerse. Escucharon el galopar de una caballada. Doña Pilar, con el miedo atorado en la garganta, miraba a su esposo asomado tras la cortinilla. Se puso a rezar con fervor e insistió en que los demás siguieran su ejemplo. Los caballos alcanzaron la diligencia, acompañados de balazos. Don Anselmo maldijo la hora en que Pelegrino y el guarda habían decidido alejarse. La diligencia se detuvo en seco. La pequeña Pili rebotó contra el piso y se golpeó el rostro. Antes de que soltara el llanto, su madre le cubrió la boca y le suplicó que guardara silencio: afuera había hombres malos.

Cinco hombres a caballo, con los rostros cubiertos con paliacates, rodearon la diligencia y obligaron al conductor a descender. Dos de ellos subieron al techo y empezaron a lanzar al suelo cajas, baúles, maletas. Otro abrió una de las portezuelas y ordenó salir a los pasajeros. El primero en bajar fue don Anselmo, luego su hijo; su esposa salió gimiendo abrazada a su hija. Minie se hundió en el asiento. Un hombre con el rostro cubierto la tomó del brazo y la jaló hacia afuera. Don Anselmo intervino para explicar que la dama era extranjera y no hablaba español.

—¡Cállese! —le dijo el asaltante, al tiempo que le propinaba un golpe en el pecho que le sacó el aire.

—¡Pero no sea animal! —gritó doña Pilar—. Si sólo le estaba dando una explicación.

—Calle a su vieja, antes de que le rompa el hocico por argüendera —ordenó el que parecía ser el cabecilla.

Don Anselmo se acercó a su familia y la abrazó. Madre e hija lloraban copiosamente. Minie caminó hacia su maleta abierta. Uno de los asaltantes revolvía su ropa en busca de objetos de valor. Encontró el diario de Lenke, lo sacudió; al no tener valor, lo tiró al suelo y siguió removiendo la ropa. Minie intentó recoger el diario, pero el jefe le gritó.

—Quédese quieta. A ver tú, deja eso por el momento y revísala, quítale sus joyitas.

Minie se vio obligada a entregar la pulsera que heredó de su abuela Sylvia y el pequeño collar de oro trenzado con tres diminutos rubíes en el centro que sus padres le regalaron al cumplir quince años. Otro de los hombres arrancó a don Anselmo la cadena con el reloj de oro. Hizo esfuerzos por quitarle la argolla matrimonial, pero ésta se atoraba en su dedo regordete.

—No sale, jefe, ¿le cortamos el dedo?

—Espérate, primero revisa a su vieja y a los escuincles.

Una bala inesperada cruzó vertiginosamente el aire y dio en la frente del asaltante que despojaba de sus joyas a Minie: cayó fulminado a sus pies. Sus compañeros empezaron a disparar en respuesta. Don Anselmo empujó a su familia hacia la carreta para protegerse de las balas. Desde allí, hizo señales a Minie de que se escondiera detrás de una roca cercana. Alebrestadas, las mulas se esforzaban por huir, pero el cochero las sujetaba con fuerza de las riendas y les hablaba recio.

De inmediato, los asaltantes intentaron montar en sus caballos. Escondido detrás del tronco de un árbol, el guarda disparaba su carabina; hirió a uno en la pierna. Pelegrino los cercó por el lado contrario, disparó; una bala perforó la espalda del jefe. El fuego cruzado arrasó en minutos a los asaltantes que yacían muertos sobre la hierba. Despavoridos, sus caballos se perdieron entre los matorrales. Pelegrino se acercó trotando.

—¿Están todos bien?

El conductor asintió. Doña Pili se había desmayado del susto y su marido intentaba reanimarla. El guarda recogió los objetos esparcidos por la tierra. Pelegrino bajó de su caballo. Minie, pálida, se sostenía con dificultad apoyada en una piedra. Juan se acercó a preguntar si estaba bien. Ella musitó que sí y, sin pensarlo, se abrazó a él con fuerza. Juan, sorprendido, la sostuvo un largo rato; ella, entre sollozos, temblaba como una hoja a punto de quebrarse. Pelegrino la ayudó a recoger sus pertenencias y guardarlas en la maleta.

Don Anselmo, sonrojado por la emoción, se aproximó. Conmovido, le agradeció a Pelegrino que los hubiera salvado de los forajidos. El guarda, después de entregar las pertenencias a los viajeros, fue a revisar a los asaltantes; les descubrió el rostro.

—Todos muertos, señor.

163

Pelegrino se acercó sin poder soltarse de Minie, que se aferraba a su brazo. Uno de los asaltantes era muy joven. Sus ojos abiertos miraban con asombro.

—¡Es solo niño! —dijo sorprendida Minie. De pronto presa de las náuseas, corrió hacia unos matorrales y vomitó.

Capítulo 15

La luz blanquecina del alba se colaba por la rejilla, apenas diluía la oscuridad de la celda. Taciturno, Juan levantó el rostro; constató que la noche empezaba a esfumarse. Suspiró apesadumbrado; otro día más. Rumiaba su resentimiento. Repasaba uno a uno los acontecimientos, no quería olvidar ningún detalle. Desde el primer momento en que descubrió a la extranjera sobre la cubierta del Orizava, su figura, su rostro lo perseguían sin concederle ningún reposo. La traía clavada en el cerebro como la obsesión que no le concedía tregua, incitaba su instinto de macho por poseerla. Por más esfuerzos que hiciera, no lograba sacársela de la cabeza, no hallaba satisfacción con otras hembras, lo perseguían las imágenes de la extranjera: vestida de hombre, agitando su larga cabellera; escuchándolo con una intensidad perturbadora; sonriéndole con un dejo de coquetería o su mirada, reprobatoria y altiva, acompañada de un silencio hostil; o el temblor que recorría su cuerpo cuando él la tocaba. Incontables veces se había dicho que era necesario poner distancia entre los dos. No aceptaba que una mujer ejerciera tal poder sobre él, obligándolo en todo momento a hacer acopio de mesura y control para no someterse a su seducción. Dejarse gobernar por sus deseos, era un lujo que rara vez se autorizaba. Se aseguraba que aquello era un momento de desenfreno que superaría tan pronto la hiciera suya; después podría retomar las riendas de su vida con mayor brío. No cesaba de repetirse que, cuando diera con Rhodakanaty se alejaría de ella. Le quedaba claro que la importancia de esa mujer radicaba en que era el instrumento para apresar a un revoltoso y entregarlo en bandeja de plata a sus superiores. Si ellos querían desaparecerlo, él cumpliría sus deseos sin chistar.

—¿Se le ofrece algo, jefe?

Apareció un guardia en la celda abierta. Juan miró la silueta recortada en la penumbra. Nada le fastidiaba más que lo sacaran de sus cavilaciones. Apenas contestó con la cabeza.

—En todo caso, mejor le traigo un cafecito caliente pa ahuyentarle el frío húmedo de este lugar.

El guardia se retiró de inmediato. El poco tiempo que tenía Pelegrino en la demarcación había sido suficiente para inspirar temor entre sus subalternos y respeto entre el mando superior. Su frialdad y eficacia para cumplir cualquier orden a cabalidad; sus interrogatorios, con la medida precisa de astucia y violencia, obtenían respuestas inesperadas. Era respetuoso de la autoridad e implacable con cualquiera que rompiera el orden establecido. No cuestionaba las horas de servicio; aceptaba relevar a un compañero en las guardias nocturnas. En esas pocas semanas que llevaba en la comisaría, ya se había distinguido por la experiencia que aportaba.

Volvió el guardia con una jarra humeante.

—Aquí tiene, jefecito, pa que se acabe de calentar. Ni se preocupe, nadie lo va a molestar en las próximas horas. Si algo se le ofrece, na más pégueme un grito.

Juan encendió un cigarrillo y aspiró el aroma del café. De inmediato supo que era un café mediocre, con demasiado piloncillo para disimular su mala calidad. Desde que había llegado a la capital, no había probado un buen café. Cerró los ojos y pensó en La Parroquia, donde solía tomar café varias veces al día, acompañado de un pan dulce o de algo más sabroso y picosito. Sin querer, empezó a salivar a la vez que recordaba el calor del puerto. Siempre escogía la misma mesa; desde allí observaba la entrada y salida de la gente sin llamar la atención. Conocía los horarios de casi todos los parroquianos; si necesitaba vigilar a alguno o bien cruzar palabra con otro, ése era un buen lugar. El Pajarito era su mesero; el mentado jarocho tenía la habilidad de silbar como canario. Quien no lo conociera, podría pensar que en el local había una jaula

166

con una de esas avecillas; pero su clientela ya sabía que ésa era su forma de avisar que traía las jarras de café y leche para servirlas al gusto del cliente. El Pajarito lo mantenía al día en cuanto a chismes, rumores, pleitos y amenazas.

Juan se ajustó la cobija sobre la espalda. No estaba acostumbrado a este frío. En el puerto, sólo refrescaba cuando entraba un norte. En días como éstos, en que el desasosiego rabioso lo mantenía despabilado, añoraba el calor y el mar de su tierra. El ruido de las olas lograba acallar los agravios que rumiaba por dentro y que habían hecho del insomnio su fiel compañero. Desde la aparición de la extranjera, a pesar del cansancio, no lograba dormir más de un par de horas. El sueño se le escapaba ante tanta idea atrabancada que le cruzaba por la cabeza.

No lograba descifrarla; a menudo sus reacciones lo tomaban desprevenido. Era una mujer contradictoria: oscilaba entre sus aires de gran duquesa indignada o de jovencita candorosa que manifestaba sus emociones sin el menor recato. Después del asalto, presa del miedo, se había abrazado a él: llorosa, le rogaba que viajara a su lado dentro de la diligencia; permitió que la tomara de la mano para calmar su angustia. Desde ese momento, lo miraba sin resquemor y le sonreía agradecida. Eso le permitió suponer que durante su estadía en Puebla no se opondría a tener una relación amorosa con él. Decidió quedarse en el hostal un par de días en esa ciudad antes de tomar el tren para la capital. Ya se había percatado de que ella se turbaba ante su presencia; tenía la certeza de que le gustaba como varón. Se saboreaba por anticipado los días que se tomaría para satisfacerse con esta mujer. En la diligencia, ante el constante roce de sus cuerpos, se entretuvo imaginándola desnuda, tendida sobre la cama, con una sábana que cubría su sexo y dejó de escuchar el interminable cacareo de la pareja poblana.

Sin embargo, de un tiempo para acá estaba atrapado en una situación que escapaba a su juicio. Le disgustaba admitirlo, pero no era capaz de calmar la creciente inquietud que le provocaba la extranjera al evadir sus avances con la certeza de que la respetaría como a una duquesa. Su padrino, hombre astuto como pocos, solía repetir la frase: «Hombre precavido vale por dos». Pelegrino presumía de serlo. Preparaba sus asuntos con antelación; razón por la cual, a menudo obtenía excelentes resultados. En las pesquisas, las detenciones e incluso en sus lances mujeriegos, consideraba todas las variantes probables. No dejaba de sorprenderle que eso no funcionara con la extranjera; debía modificar continuamente todas sus estratagemas. Bastaba con lo acontecido en la ciudad de Puebla.

La familia García Palacio, necios como ellos solos, impidieron que Pelegrino y su joven prima se hospedaran en otro lugar que no fuera su casa. Los argumentos de Pelegrino de que debía presentarse a la mayor brevedad en la comisaría central de la Ciudad de México no modificaron la decisión de don Anselmo de festejarlos durante cinco días. En nombre del agradecimiento por haberles salvado la vida, ofrecieron en su honor comidas y tertulias; le presentaron a cuanto familiar y amigo tenían; incluso prometieron conseguirle una entrevista, por medio de unos compadres, con el señor alcalde. Sin duda podría obtener una plaza como oficial en el cuerpo de seguridad de Puebla.

Doña Pili se encargó de acomodar a la joven prima en el ala femenina y a Pelegrino en la habitación del mayor de sus hijos. En esa familia se resguardaba el honor de las niñas, al vetar el ingreso de los varones a las habitaciones de sus hermanas. Para evitar cualquier anomalía, la habitación de los padres estaba justo en medio y, desde allí, vigilaban el paso de unas y otros. Por ello, Pelegrino y la extranjera no pudieron cruzar palabra a solas, ya que siempre estuvieron acompañados por varios miembros de la familia García Palacios.

Pelegrino se tragó su impaciencia; decidió aprovechar el tiempo en anotar en un pequeño cuaderno nombres, ocupaciones, nexos familiares y bienes de la gente que conoció que pudieran servirle en el futuro. Uno de sus talentos era almacenar datos sobre las personas para utilizarlos en el momento adecuado. Al término de su estancia, contaba con un esquema claro sobre las diferentes relaciones políticas, económicas y familiares de la gente pudiente de Puebla. Además, no faltaron las viudas y las solteras que se acercaron a demostrar su interés en su persona con veladas indirectas de que reconsiderara la posibilidad de quedarse a radicar en esa ciudad.

Finalmente llegó el momento de partir. La familia García Palacio los acompañó a la estación. Entre abrazos, buenos deseos, risas y lágrimas lograron subirse al vagón; no sin antes recibir una canasta debidamente preparada por doña Pili, repleta de bollos, tamales, pastitas y agua de lima. El tren partió. En el andén numerosos pañuelos blancos se agitaban en su honor.

Era una mañana soleada. Una nubosidad blanca se desprendía del cielo para arremolinarse a los pies de los volcanes, dejando expuestas sus cimas cubiertas de nieve. Juan agradeció el silencio dentro del compartimento. Sentados frente a frente, podían disfrutar el espectáculo sin el bullicio incesante de los últimos días.

—En mi tierra no tener volcanes, montañas altas con nieve, al mismo tiempo hacer mucho calor; aquí yo visto tres, son tan…, no sé cómo explicar.

—Imponentes…, hermosos…

Minie asintió; su sonrisa franca expresaba admiración, y era sólo para él. Sopesó si era el momento indicado para cambiarse de lugar, sentarse a su lado y tomarla de la mano. Quizás era mejor esperar hasta el momento de compartir alimentos. Mientras, prefería permanecer frente a ella y disfrutar del azul profundo de sus ojos, de sus dientes blancos y parejitos que asomaban entre sus labios delicadamente delineados, aun así carnosos, que invitaban a comérselos entre besos y suaves mordidas. Era un deleite verla y escucharla. El tono melodioso de su voz, modulada por un extraño acento que en nada se asemejaba al de su madre o al de las otras mujeres de Chez Charlotte, penetraba por sus oídos hasta alojarse directamente en su verga, alebrestándola. Juan cruzó la pierna y se consoló con la idea de que sólo era cuestión de horas; hasta entonces debía mantener a fuego lento su calentura. Se concentró en el paisaje.

De improviso, recordó la mañana en que la Madama lo mandó llamar para informarle sobre la huida de Mathilde con su amante, dejándolo huérfano y desamparado. Juan no había podido evitar el llanto. La Madama le ordenó callar: «Un hombre, aunque niño, no llora, no muestra su dolor ni su vergüenza, cuida que sus ojos no lo delaten, y menos ante las mujeres porque éstas sabrán sacarle provecho».

—¿Se siente mal?

Juan abrió los ojos y se encontró con la mirada profunda de la extranjera. Se sintió desnudo ante ella. Consciente de sus pensamientos, desvió la mirada. Esa forma inesperada que tenía esta mujer de colarse en su interior y sembrar el desorden, lo volvía vulnerable.

Juan disimuló su incomodidad con una carraspera.

—No, para nada, pensaba en que, a estos dos volcanes, el Popo y el Izta, sólo los conocía en un grabado; jamás se me ocurrió que podrían ser tan imponentes en la realidad.

—Este país diferente, todo diferente, nada es igual.

—¿Diferente a su país?

—Sí, eso también, pero digo, diferente mismo país; lugares diferentes, tierras diferentes, personas no se parecen, ¿me entiende?

—¿Y en su tierra todo es igual?

—Igual no, pero tampoco tan diferente. Las personas parecidas, todos parecemos húngaros, ¿me entiende?

—¿Usted es húngara? —dijo azorado—. Pensé que era alemana, no parece húngara.

170

—¿Usted conoce húngaros? —preguntó Minie emocionada.

Juan asintió; la observaba con recelo. Empezaba a comprender la razón por la cual esta mujer ejercía esos extraños poderes sobre él. Quizás lo había embrujado.

—¿Son diferentes a mí? —dijo Minie asombrada de que él la mirara con recelo.

—Jamás hubiera creído que usted era uno de ellos —dijo Juan con marcado disgusto.

—No entiendo, ¿alguno hizo algo malo a usted?

—No; nunca he permitido que se me acerquen, no fueran a echarme el mal de ojo o robar…

—¿Mal de ojo? Robar…, ¿los húngaros?

Pelegrino asintió.

—Ahora entiendo, el mentado Rhodakanaty es el jefe de ustedes…

Minie buscó en su bolso y sacó sus documentos que la identificaban como súbdita del Imperio Austrohúngaro. La información venía en tres idiomas: alemán, húngaro y francés. Indignada, se los mostró a Pelegrino.

—No soy *cigány*. En todo el Imperio hay muchos *gitanes,* o como se diga en español; pero húngaros no son y Rhodakanaty no es jefe de tribu ni húngaro, es griego. No entiendo por qué me insulta así.

La respuesta sorprendió a Pelegrino, se disculpó al tiempo que le devolvía sus documentos. Le explicó que en México a los gitanos se les decía húngaros. Por tanto, le aconsejaba no presentarse como húngara; podrían maltratarla. Tampoco debería hacerlo como austriaca, pues la mayoría de la gente todavía resentía la llegada del usurpador Maximiliano, aunque éste hubiese sido ejecutado en el Cerro de las Campanas. Le recomendaba presentarse como francesa. Nadie lo pondría en duda: dado su donaire, su elegancia y su forma de hablar francés tan correctamente.

—Hablo mejor húngaro y alemán. —Se coló una indignación contenida en la voz de Minie.

Pelegrino intentó suavizar la situación.

—Y no se diga; ya domina bastante bien el español.

Minie le clavó una mirada helada y altiva. Después, sólo se dignó a contestarle con monosílabos. Esa actitud irritó profundamente a Juan. La mujer era demasiado quisquillosa para su gusto. En vez de agradecer que le explicara las cosas y así evitarle problemas en el país, se pavoneaba con aires de grandeza. Además, él ya se había disculpado. Actuaba como niña rica, consentida. No era su obligación cuidarla, protegerla; no era su sirviente. El callar su irritación le escocía el estómago. Por las buenas o por las malas, le enseñaría a respetarlo. Tan pronto localizaran a Rhodakanaty, ella tendría que rogar para salvarle el pellejo. Ya se tomaría su tiempo para sopesar lo que le convenía: torturarlo, entregarlo a sus superiores o bien matarlo. Su razón principal para venir a la capital era labrarse un mejor porvenir, donde nadie conociera sus orígenes y se sintiera con derecho a humillarlo. En el puerto, su mejor arma para inspirar respeto había sido el miedo; aun así, presentía que a sus espaldas se secreteaban insinuaciones y burlas. En la ciudad capital todo sería distinto, podría darse a respetar por sus cualidades. La estirpe se heredaba, aunque no pudiera acompañarla del apellido, eso había dicho su padrino. No por nada era hijo del general más poderoso del país. No importaba que fuera hijo natural; los bastardos de reyes europeos llegaron a ser grandes señores. Su padre era un hombre valiente, temido y admirado a todo lo largo del territorio mexicano. Las mujeres de Chez Charlotte le habían contado cómo, siendo un oficial joven, llegó como parte de un destacamento del ejército a Veracruz a defender a la patria de los invasores yanquis. Una noche conoció a Mathilde. No tuvo ojos para nadie más; prendado de su madre olvidó por varios días su deber como soldado. Cuando el ejército partió tras el enemigo, se unió a sus camaradas y no volvió a poner un pie dentro de Chez Charlotte ni a comunicarse con Mathilde.

Primero sólo fue una leve llovizna. La tarde se había nublado inesperadamente. Minie veía a la gente correr a guarecerse bajo un portal o dentro de una accesoria. La reacción le pareció desmedida ante las pocas gotas que salpicaban a su alrededor. Agradecía algo de humedad después de semanas de un ambiente seco y polvoroso. Conocía el frío, la nieve y el calor húmedo, pero era la primera vez que convivía en un ambiente seco que le provocaba molestias en la nariz y en la garganta. Le explicaron que en cuestión de semanas iniciaría la temporada de aguas que mantendría un clima fresco y húmedo durante todo el verano.

Tronó a la distancia. Minie levantó el rostro; el cielo se había ennegrecido. Sin mayor advertencia, la llovizna se tornó en un verdadero diluvio. Sorprendida, buscó un techo donde guarecerse. Corrió a resguardarse bajo un pórtico. En cuestión de segundos, un río cubría el empedrado. Sobre el vidrio esmerilado leyó «Café de la Gran Sociedad». Pegó la nariz al ventanal. Adentro, ajenos al temporal en la calle, charlaban damas y caballeros elegantemente vestidos, degustando bebidas calientes y exquisitos postres.

El aroma del café le recordó los pasteles recién horneados que comía con sus amigas o su familia. Cerró los ojos por un instante y se imaginó en algún café de Györ o Budapest: un café caliente con crema batida, un trozo de rollo de nuez o una bola rellena de queso o una rebanada de *kuglof* recién horneado se volcaron en su paladar y la invadió una sensación de bienestar que casi había olvidado. Decidió entrar, ordenar café y pastel. Buscó en su bolso; sólo encontró un par de monedas. Recordó que salió con la intención de ir al Portal de Magdalena. Doña Tencha le recomendó el lugar para empeñar la pulsera de oro que heredó de su abuela Sylvia, necesitaba conseguir algo de dinero. Protegida por el velo de su sombrero que caía sobre su rostro y disimulaba su malestar, no pudo detener las lágrimas que se deslizaban sobre sus mejillas. Volteó a mirar hacia la calle. La lluvia no cedía de intensidad. Por más que buscó protegerse bajo el toldo del café, el dobladillo de su falda se había mojado.

Habían pasado tres semanas desde su llegada a la Ciudad de México. Pelegrino rentó una habitación en un vecindario. Minie, sin otra alternativa, tuvo que compartir el mismo techo; dependía por completo de la buena voluntad de ese hombre. En breve localizarían a Rhodakanaty y podría solicitar su protección. De lo contrario, regresaría a Hungría de inmediato. Intuía que Levet no cumpliría su palabra de pagarle el pasaje de regreso; no después de su huida de Buenaventura. Podría enviar un telegrama a Györ pidiendo dinero, pero tan sólo pensar en Gízela y sus comentarios se le encogía el alma. La embargaba un sentimiento de soledad, no podía culpar a nadie más que a su propia obstinación.

En cuestión de minutos, la tormenta se tornó en una lluvia ligera. Echó andar calle arriba. Caminaba sumergida entre sensaciones de rabia y desconsuelo. La llovizna impregnaba su cabello y su ropa. Se detuvo en una esquina; atolondrada miró a su alrededor. Tuvo la certeza de haberse extraviado. Localizó unos letreros adosados a los muros: estaba en la esquina de la Calle del Espíritu y San Juan el Mayor. Perpleja, no supo si debía doblar a la izquierda, a la derecha o seguir de frente para llegar al Portal de Magdalena.

Juan abrió la puerta; se sorprendió al hallar la habitación en penumbra y vacía. Salió al corredor y se asomó al patio; ni rastro de la extranjera. Volvió a entrar y corrió hacia la cama, buscó por debajo. Allí seguía su maleta; al menos no se había ido. En esta ocasión se ausentó durante tres días; no quiso avisarle, para no malacostumbrarla. Tuvo la certeza de que, a su regreso, ella estaría allí, esperándolo. Encendió una candela. En cualquier momento volvería. Quizás bajó a pedirle un favor a la portera; pero no indagaría con Tencha para no dar pie a que ésta se entrometiera en sus asuntos. Sin embargo, si salió a pasear, la tarde no estaba para andar en la calle. Después de la tromba de hacía un rato, el cielo continuaba encapotado y persistía una llovizna. Anocheció antes de tiempo; ninguna mujer decente andaría sola por la calle a esas horas. De un tablón empotrado en la pared tomó un vaso y se sirvió un mezcal para calentarse. Se sentó a aguardar, encendió un cigarro.

Fue Betancourt quien le recomendó rentar en esta vecindad, ya que la comisaría quedaba cerca. Si bien era un alojamiento modesto, estaba bien ventilado; fácil de mantener limpio. Con el tiempo, tan pronto hicieran oficial su nombramiento, se mudaría a un departamento amplio y cómodo, quizás hasta a una casa. Betancourt le había dicho que podría conseguir una ganga, tan pronto algún detenido que estuviera bajo su custodia, necesitara un favor especial. Mientras tanto, habría que conformarse con esta habitación. El inquilino anterior había dejado algunos muebles: una mesa, dos sillas desvencijadas y una cama con un colchón en bastante buen estado. La extranjera por lo menos cuidaba que estuviera ordenado.

Recordó su cara de sorpresa al mostrarle el anafre y la llave del agua que se encontraban en el minúsculo traspatio, detrás de la pequeña puerta de hierro en una esquina del cuarto. Le explicó que ese lugar se destinaba para cocinar y lavar trastes; tuvo que hacer un esfuerzo para no soltar la carcajada ante su incredulidad. Nada mejor para bajarle los aires de duquesa indignada que tanto lo sacaban de quicio. Después, sin comentárselo, se apalabró con la portera para que les cocinara, les lavara la ropa y restregara las paredes y el piso del cuarto, cuando ellos se ausentaran. La extranjera lo había acompañado al mercado a conseguir sábanas, cobijas, platos de peltre, un par de cacerolas. En ningún momento pidió su opinión a la mujer, no se le fuera a meter ideas en la cabeza en relación a él. Apenas si cruzaron palabra. Ella lo seguía de cerca, miraba a su alrededor fascinada, pero sin osar preguntar nada.

Juan recorrió la habitación con la mirada; estaba impecable. La mujer era pulcra en su persona y el cuarto siempre estaba limpio y ordenado: ninguna prenda o cacharro fuera de lugar. Se lo agradecía, nada lo fastidiaba más que el desorden y la mugre. Inquieto, se levantó y salió a asomarse por la barandilla del corredor. Desde allí podía ver el zaguán, solían dejarlo abierto hasta las nueve de la noche. Quizá la sorprendió la lluvia y tuvo que guarecerse hasta que pasara el temporal; no tardaría en llegar. No quería que lo encontrara esperándola asomado al patio. Regresó al cuarto y cerró la puerta. Encendió otro cigarro y se sentó a esperar, lanzaba espirales de humo por la boca para entretenerse.

Tan pronto se detuvo el tren en el andén, Pelegrino descendió. Impaciente, contrató a un cargador para que bajara las cajas y las maletas. Ayudó a Minerva a descender y, sin soltarla del brazo, se encaminaron hacia la salida. Ordenó al cargador que los llevara hasta su alojamiento.

—Uy, patrón, qué más quisiera, pero eso queda hasta el centro y desde Buenavista hay que tomar una carreta o un coche, lo que sea más de su agrado.

Pelegrino comprendió que debía ser más cuidadoso o lo tomarían por un tonto provinciano recién llegado. Optó por alquilar un coche, como una persona de bien, para llevarlos a su nuevo domicilio en la Casa de los Patos. Se mantuvo atento durante todo el trayecto con el fin de ubicarse en la ciudad. Le sorprendió el trazo recto de las calles: amplias, repletas de personas, coches, caballos, mulas, carretas. Miraba de reojo a la extranjera. Ella parecía gratamente sorprendida ante las dimensiones de la ciudad.

—No sabía de calles de agua que no fuera Venecia —dijo maravillada Minie.

—¿Se parece a Venecia?

—No sé, he visto Venecia sólo en pintura; es primera vez veo calle de agua —contestó emocionada Minie.

Pelegrino sintió un orgullo difícil de disimular. Empezó a hablarle de los aztecas y del inmenso lago donde construyeron su ciudad, como si él ya estuviera familiarizado con la red de canales que permitían el tránsito de canoas y barcazas que transportaban gente y mercancía por la ciudad.

—¿En tan gran ciudad cómo vamos encontrar Rhodakanaty?

—Tengo amigos que nos ayudarán a localizarlo. Tan pronto nos instalemos, iré a presentarme con mis superiores e iniciaré la búsqueda.

Pelegrino se percató de que el malhumor y el disgusto provocado por su comentario sobre los húngaros, que los mantuvo en silencio durante horas, se habían disipado por arte de magia. Las sonrisas y los comentarios fluían nuevamente con facilidad. Agradeció que la hostilidad de la extranjera, dirigida hacia su persona, hubiese desaparecido; nada lo irritaba más que una mujer fuera voluble e incomprensible.

Aun en la penumbra, tan pronto entraron al cuarto recién rentado, ella descubrió la cama. De inmediato exigió saber dónde dormiría él. El cambio de tono lo sorprendió de manera desagradable y de inmediato le respondió con ironía.

—Ésta es mi modesta casa que pongo a su disposición hasta que pueda encontrar usted un alojamiento que considere adecuado, o bien se instale con su pariente que intentaremos localizar. En cuanto a la cama, no se preocupe, se la cedo con mucho gusto. Yo tengo por costumbre dormir en hamaca y siempre viajo con una.

Abrió una de sus cajas y la mostró.

—Sólo se necesitan un par de alcayatas en la pared y ya está.

—No es correcto compartir cuarto con un desconocido —insistió Minie consternada.

—Yo ya no soy un desconocido, ¿estará usted de acuerdo? Y cuando las circunstancias nos obligaron, no sólo compartimos cuarto sino también el lecho. —Pelegrino disfrutó verla sonrojarse.

—Sabe bien qué digo, no somos familia.

—Cierto, aunque por todas partes la presente como mi prima.

—No veo gracia, no veo razón burla…

Pelegrino, molesto por sus aires de niña recatada, retomó la dureza acostumbrada en su tono.

—No se preocupe, pondremos a buen resguardo su honor y su intimidad; improvisaré un biombo con algunas telas.

Juan, inquieto, caminaba de un lado a otro de la habitación. Miró las manecillas de su reloj: ocho menos cuarto. Esperaría hasta la hora antes de salir a buscarla. ¿Dónde diablos se había metido esa mujer? ¿Se habría perdido? No concebía que mujeres decentes anduvieran solas por la calle, menos de noche; eran presas fáciles de cualquier malintencionado. Si bien era cierto que él no había regresado a casa durante varios días, ni enviado un propio con un recado, no era razón para que ella estuviera en la calle a esas horas. Llevaba un largo rato aguardándola; eso era inaceptable, tendría que reprenderla con severidad. A las hembras, como a los caballos, había que educarlos con mano de hierro, para que aprendieran a dejarse guiar con docilidad. Él no podía tolerar a una hembra respondona, engreída, que lo tratara como si fuera su perrito faldero. Por las buenas o por las malas, esta hembra aprendería a respetarlo.

Quizás se le ocurrió ir a misa, aunque no parecía muy devota. En Puebla, cuando los Gómez Palacio se ufanaron por llevarlos todos los días a diferentes iglesias, la extranjera parecía más interesada en la construcción y las pinturas que en la devoción a los santos.

Escuchó unos pasos por el corredor. Sintió el impulso de abrir la puerta, pero se contuvo. Oyó el rechinar de la puerta a sus espaldas. Miró hacia atrás. Minie entró sin percatarse de su presencia. Se levantaba el velo del sombrero cuando lo descubrió. Sin disculparse, se quitó el sombrero. Juan se acercó con el rostro adusto. Exigió que le dijera de dónde venía. Sin darle oportunidad de responder, le quitó la bolsa del pan, que dejó caer sobre la mesa. La tomó de los brazos y la sacudió con fuerza.

—No son horas para que una mujer de su clase ande sola por la calle. —Sólo entonces se percató de su rostro lloroso, de su ropa empapada—. Es el colmo, además viene mojada de pies a cabeza. ¿Adónde ha estado?

La dureza de su voz la traspasó como el filo de un cuchillo. Sorprendida por semejante recibimiento, Minie balbuceó sin poder contener el llanto.

—Fui a empeñar mi pulsera, Portal de Magdalena.

—¿Por qué hizo tamaña estupidez? —preguntó Juan con suspicacia, con la intención de verificar si ella le decía la verdad.

Entre sollozos, Minie intentó explicar que necesitaba dinero para comprar algo de comer. Pelegrino explotó; sus dedos ejercieron mayor fuerza en los brazos de ella mientras mascullaba entre dientes que cualquiera sabía que no se pagaba, se fiaba: en el estanquillo, en la panadería, en la tienda de abarrotes, con el repartidor de leche y en la tortillería. Sólo a los muertos de hambre no se les fiaba. Ahora serían el hazmerreír del barrio. Desconsolada, Minie lloraba con la mirada perdida.

Juan sintió el cuerpo tembloroso de la mujer, a punto de desfallecer. La sostuvo con firmeza. Olvidó su ira ante el abatimiento de la joven. En ese momento, su único deseo fue protegerla de todo infortunio. La levantó en sus brazos y la llevó a la cama. La acomodó sobre sus piernas; le quitó las zapatillas, la chaqueta. La sentía temblar como un animalito herido. La abrazó, le susurró al oído palabras tiernas en un intento por reconfortarla. Pero ella sólo lloraba cada vez con mayor intensidad. Juan la recostó sobre la cama. El rostro de la joven tenía una palidez transparente: los párpados caídos, los labios azulados y el cuerpo inerte, parecía el de una muerta. Le quitó la falda mojada y la blusa húmeda, ella no ofreció resistencia. La arropó con la cobija. Juan se quitó las botas y el saco, se tendió a su lado. Sus manos recorrieron con suavidad el cuerpo de la joven en un intento por espantarle el frío y el desconsuelo.

Capítulo 16

Minie caminaba entre los puestos de frutas y verduras. La criadilla iba tras ella cargando una canasta grande de mimbre. Ahora vivían en un lugar con varias habitaciones, una cocina amplia, una pequeña sala y comedor aparte. János traía muebles que volvían su vida más agradable. Ahora sólo faltaba que él diera con Plotino y lo trajera a casa. Llevaba ausente cinco días, a pesar de asegurarle que no tardaría más de tres. Le envió una escueta nota para informarle que esa noche ya estaría en casa y con noticias. Lo aguardaba impaciente; su presencia era necesaria para no sentirse ajena y perdida en esta ciudad. Desde esa noche en que le quitó la falda, el corpiño, las enaguas, las medias y el calzón humedecidos por la lluvia; cuando sus manos fuertes le devolvieron con ternura el calor a su cuerpo aterido, ella lo llamó por primera vez János. No supo cuándo esa ternura se transformó en un sentimiento feroz que recorría su piel entera con sus dedos, su lengua, haciéndola temblar, gritar, perder la razón, la bañaba de sudor y, entre sus piernas, se vaciaba un río que desconocía. El dolor rápidamente se convirtió en calor, en un afán por perderse en sentimientos de placer, de inexplicable alegría acompañada de un llanto imparable.

No debía pensar en eso. Fijó la mirada en el costal lleno de papas; se le antojaba comer papas, como se preparaban en casa, cocidas con rebanadas de huevo duro y tocino, cubiertas de crema y al horno. Le ordenó a Agustina que comprara tres kilos de papa.

No permitía que sus pensamientos se detuvieran demasiado en esas noches en que se desconocía y se hundía en un mar de sensaciones confusas que la avergonzaban; además, de tan sólo recordarlas, de pronto sus partes íntimas se humedecían reclamándole la presencia del varón.

János nunca la había dejado sola tanto tiempo. Le dijo que iría a un pueblo cercano llamado Chalco porque allí había información sobre Rhodakanaty; parecía que se había establecido allá. Le agradecía desde lo más profundo de su ser que hiciera lo imposible por localizar a Plotino, con el único fin de que ella pudiera conocerlo y hablar con él.

Desde que despertó, tuvo el presentimiento de que esa noche János regresaría a casa, quizás acompañado. Se sentía presa de ansiedad. Cualquier ruido en la casa la sobresaltaba. Optó por salir a la calle e ir al mercado a comprar la comida preferida de János. La criada la acompañaba. Le resultaba incomprensible que él le prohibiera salir sola a la calle. No se acostumbraba a estar encerrada o «cuidada», como él exigía. Empero, esa noche le prepararía una buena cena. Ya habían comprado el pescado, las verduras y papas. Agustina escogía las frutas favoritas de János; a ella no le gustaba tocarlas, y menos sentirlas en su paladar, eran demasiado exóticas. Algunas le provocaban náuseas, cuando él insistía que las probara y que no escupiera el bocado. Eran frutas de intensos olores y sabores raros que no le recordaban ninguna fruta que hubiese probado en su tierra, además con nombres que jamás había escuchado, como papaya, piña, chirimoya, guayaba y mamey. En cambio, las naranjas, que en Hungría eran consideradas un lujo, aquí cualquiera podía comerlas en la cantidad que se le antojara. A ella le gustaba su jugo, entre dulce y ácido que le calmaba su estómago indispuesto de estos últimos días.

Sólo pensar que esa misma noche podría tener noticias precisas de Rhodakanaty, o tal vez hasta conocerlo, le provocaba una sensación de mareo. Se prendió del hombro de Agustina, temerosa de perder el equilibrio. La criada, que discutía con el marchante de la fruta, la miró sorprendida. Minie le sonrió, dándole a entender que se encontraba bien. Le pagó al marchante y, con la canasta repleta, se encaminaron hacia la salida evitando chocar con los cargadores doblados bajo el peso de los costales.

Si Plotino llegara, ¿qué le diría al verlo? ¿Cómo debería llamarlo? ¿Señor Rhodakanaty, Plotino o papá? Tomó una bocanada de aire fresco al apartarse de los puestos: los olores, la mugre del mercado la indisponían. ¿Recordaría él los meses que vivió en Budapest? ¿Y a Lenke? ¿Acaso ella había heredado algún rasgo físico de él? El corazón le latía con fuerza, puso su mano en el pecho para serenarlo. Le mostraría su fotografía en Budapest y el diario de Lenke para que no dudara de sus palabras. Pensó en su mirada dura y penetrante que la había impactado cuando vio por primera vez su rostro en el daguerrotipo. Le contaría su larga aventura desde que partió de Györ en su búsqueda. Era importante que comprendiera que ella abandonó la seguridad de su hogar, partió al extranjero, cruzó el inmenso mar hasta llegar a tierras lejanas, sólo para conocerlo y hablar con él. Lo único que le resultaría difícil sería contarle lo ocurrido con János; podría juzgarla como una cualquiera, indigna de su cariño y respeto.

Era difícil poner en palabras aquello que János despertaba en ella. De sólo pensarlo, sentía que el rubor encendía su rostro. Bastaba que sus ojos verdes se posaran en ella para que un escalofrío le recorriera la espalda. Prefería cerrar los ojos hasta lograr borrar cualquier sensación o imagen que ofendiera a su pudor. Ni en húngaro hubiera podido expresar sus sentimientos desordenados e inquietantes. No guardaba registro de haber escuchado a alguna otra mujer mencionar, ni levemente, lo que la estremecía por dentro. Su llegada a un nuevo continente parecía haberla lanzado a una vorágine de emociones que eludían su comprensión. En todo momento, su cuerpo tiritaba de placer o de angustia. Sus esfuerzos se encaminaban a olvidar los hechos que la conducían a semejante estado hasta que, de improviso, las imágenes la atrapaban; inexplicablemente se descubría temblando y sus partes íntimas alborotadas; un alud de sensaciones que recién había aprendido a conocer, la obligaban a confrontar una realidad que la asustaba, como si estuviera frente a un abismo a punto de despeñarse. Sola, sin poder compartir el vértigo interior, sentía ahogarse en un mar embravecido. Él, János, le resultaba inexplicable; bastaba que él deslizara la yema de sus dedos sobre su piel o que la mirara como si fuera su dueño, o que su sonrisa sardónica apareciera como una premonición de que sus labios recorrerían cada recoveco de su cuerpo para rendirla incapaz de oponerse a sus deseos. Se hundía en un remolino de emociones sin poder pedir ayuda. ¿Acaso eso se podría llamar amor? No lo creía. Cuando en su tierra había soñado con el amor se lo imaginaba completamente distinto, algo que llenaba el alma, no volvía a una persona en animal salvaje, presa de emociones incontrolables que anulaban el tiempo, el decoro, el pensamiento y la moral. Si tan solo tuviera a su lado a una amiga, alguien que la escuchara, con quien compartir todo ese mar de pensamientos y emociones que se adueñaban de su persona, que la aconsejara.

Anhelaba alejarse de János, a la vez que añoraba su presencia. Su cercanía la trastornaba al punto de que temía perderse en un desenfreno incontrolable. A veces era suficiente que pescara su olor en alguna prenda para que sintiera su lengua deslizarse por su nuca, su boca, por su vientre hasta penetrarla, demandante, y robarle su voluntad. En esos momentos se desconocía; no quería reconocer como suyos los gemidos ni la mojadura que se escurría entre los muslos. Ella no era eso, un animal en celo; no se perdonaba carecer de fuerza para sobreponerse al influjo misterioso que János ejercía sobre ella.

Su única esperanza era que Rhodakanaty la reconociera y le brindara su protección; sólo así podría recobrar su dignidad. Aunque existía la posibilidad de que hubiese olvidado a Lenke por considerarla sólo una aventura en su vida. No debía ignorar esa posibilidad. Quizás estaba casado, con hijos, y se negara a interesarse en su historia. De ser así, tendría que regresar a Hungría; pero no contaba con la suma necesaria para embarcarse de regreso a Europa. Jacques Levet no le daría un céntimo, aunque le hubiera prometido el pasaje de regreso; mucho menos después de haber huido del infierno a donde la envió. Podría escribirle a Arpad, rogándole que la perdonara y la ayudara a retornar a casa. La pregunta la asaltó, ¿tendría la fuerza para alejarse de János?

Sufría durante las horas que aguardaba a János. Su cabeza se llenaba de ideas que la atormentaban. Los minutos le parecían eternos. Intentaba bordar o platicar con las vecinas; sobre todo con la esposa del maestro de piano, con quien charlaba en francés. Todos los días dedicaba al menos una hora a estudiar el español; aun así, se le dificultaba sostener una conversación que no tratara de trivialidades. A menudo, sentía la necesidad de recorrer el barrio. Se inventaba pretextos para salir a la calle; quería orientarse mejor en la ciudad. Siempre se encaminaba hacia la gran plaza central con su catedral, su palacio y, desde allí, recorría lentamente los escaparates como si fuera a comprar algo. En esos momentos retomaba, por unos instantes, su vida en Hungría y ponía a dormir sus constantes tribulaciones. A pesar de todo, se mantenía atenta a las campanas de la catedral que daban la hora. Intentaba siempre regresar a casa antes que Juan, si no éste la sometería a un interrogatorio.

Esos paseos servían para pensarse en Győr, con su abuela Sylvia, sus padres, sus amigas; sobre todo con Jolanda, su mejor amiga desde niña. Con ella, elaboraba largas conversaciones, le contaba al detalle sus aventuras desde que había partido, le hablaba de János y los extraños sentimientos que éste había despertado en ella, como si buscara saber si acaso Joli habría experimentado algo parecido. A veces se la imaginaba escuchándola desconcertada, con sus grandes ojos cafés llenos de lágrimas, desaprobándola.

A veces prefería recordar los largos paseos con la abuela Sylvia por Buda. Cuando se detenían en algún café con la vista del Danubio y de Pest a sus pies, mientras la abuela le contaba viejas historias de familia. Casi lograba aprehender una sensación de bienestar y de seguridad. Las veces que la abuela Sylvia le mencionó que deseaba verla el día de su boda, tomada del brazo de un hombre de bien que le brindaría cariño y una vida llena de comodidades. Le prometió que ese día, a pesar de su edad, bailaría un *csárdás* para festejar la ocasión.

Sin embargo, todo cambió cuando conoció la verdad sobre su nacimiento, sin tener la posibilidad de confrontar a la abuela o a Lenke. Su mundo se desmoronó ante las respuestas de sus padres. Comprendió que Gízela se había aprovechado del infortunio de su hermana para satisfacer su imposibilidad de procrear hijos. Arpad había accedido a todos los caprichos de su mujer; era un hombre bueno, pero débil. Por eso guardó silencio. Desde el momento de la revelación, se apoderó de ella una rabia que la llevó a enfrentarse a sus supuestos padres con resentimiento y ensordecer ante cualquier explicación. Desdeñó sus razonamientos sobre las posibles repercusiones de sus actos. Rechazó continuar con una vida asentada sobre mentiras y partió, sin temor, en busca de Rhodakanaty. La alimentaba una rebeldía que no toleraba la vacuidad de las enseñanzas morales que le inculcaron desde pequeña; siempre hablar con la verdad, jamás denigrarse con una mentira. Esas palabras disfrazaban el engaño, la deslealtad que habían tenido con ella. Sólo quería conocer a Plotino y escucharlo hablar, reconocer el amor entre Lenke y él. Necesitaba conocer la razón por la cual nunca regresó por ella y, que le informara, si había ignorado que dejó encinta a Lenke.

Ni en sus más enloquecidos sueños imaginó que cruzaría el océano y llegaría a tierras desconocidas, a veces inhóspitas, con tal de conocerlo. No sabía si confesarle que se había introducido en casa de su madre, aprovechando un malentendido, con el fin de dar con su paradero. Le contaría todo lo que había vivido desde que partió de Baden, aunque lo sucedido con János era inconfesable.

Acaso Lenke la hubiera comprendido. En su diario mencionaba una y otra vez la palabra amor de diversas maneras. Hasta aquélla en que escribió que, escondidos en una cueva, hicieron el amor entre balas y cañonazos, temerosos de ser descubiertos por el enemigo.

János nunca había mencionado la palabra amor y ella no podía aceptar que lo que ocurría entre ellos se pudiera nombrar con una palabra tan sacrosanta. Al contrario, asemejaba más a un acto entre dos bestias que se guiaban únicamente por el instinto. El remolino que la gobernaba no podía ser amor, ni la humedad constante entre sus muslos ni los gemidos que se le escapaban como si estuviera a punto de perder su alma cuando él la poseía. De pronto, sintió que un calor insoportable la ahogaba. Por un momento sus pensamientos la trasladaron a otro lugar. El sudor perlaba la piel de su rostro; se sintió mareada. Se acercó al aguamanil y vertió agua en sus manos, mojó una pequeña toalla y se la pasó por la nuca, por la cara. De nuevo se sentía indispuesta; Agustina tendría que prepararle un caldo de pollo. El sólo pensar en el pescado bañado en salsa picante le provocaba náuseas.

Septiembre de 1871. Desde su llegada a la capital, su vida había dado un giro insospechado. Atrás quedaron las miradas desdeñosas encubiertas de temor y la chismería, manantial efervescente de envidia e hipocresía.

Juan saboreaba la nueva sensación de ser alguien, un hombre de respeto. Su porte, sus buenas maneras, le otorgaban la presencia natural entre la gente de bien. Ahora agradecía a la Madama haberlo educado con mano de hierro. Podría abrirse camino como gente decente, ya que nadie conocía su pasado.

Aunque en la capital sólo le pagaban un poco más que en el puerto, las posibilidades de incrementar sus ingresos, como recompensa a ciertos favores, habían aumentado. En poco tiempo pudo hacerse de una suma de dinero que le permitió mudarse a una vivienda más amplia. A veces lo recompensaban en especie, como la cadena de oro que ahora colgaba de su chaleco, de la cual pendía un reloj de oro. Lo sacó del bolsillo, abrió la carátula y leyó la inscripción grabada en el interior de la tapa de oro: «A mi querido hijo, Francisco, con mi bendición y mi cariño, Papá-20 de octubre de 1865. Se imaginó el rostro adusto y orgulloso del padre al entregar el reloj a su hijo en un día importante.

Juan sonrió al imaginarse como el hijo. Un manto de respetabilidad pareció cubrir sus hombros a partir del momento en que empezó a llevar la cadena con el reloj. Empezó a llamarse Juan Francisco Pelegrino. Le gustaba el sonido de ambos nombres unidos a su apellido, lo alejaban de su origen. Si los dioses se habían desentendido de él al hundirlo en un pantano incierto de aguas turbias, él había logrado surgir gracias a su empeño. Ahora, las circunstancias lo favorecían. Su anhelo de abandonar su pasado y abrirse camino en la ciudad capital había rendido frutos inimaginables. En poco tiempo se ganó la confianza de sus superiores; cumplía toda orden con presteza, sin errores, sin pretextos. No toleraba la manía de la gente por encontrar excusas para encubrir sus limitaciones, su flojera; anteponiendo un razonamiento que condonaba sus equivocaciones o sus incapacidades. Para él, eso era inaceptable y, con el tiempo, lo benefició. Había sido adscrito a un cuerpo especial, de reciente creación, encargado de detectar y detener a cualquier revoltoso, bajo la consigna del sigilo. La próxima reelección del presidente Juárez había levantado voces de inconformidad, y con debida razón, pensaba Juan. Era su cuarta reelección; la Constitución prohibía la reelección. Sin embargo, se cuidaba de expresar su pensamiento. Se mostraba fiel a la causa del presidente Juárez, pero para él la figura del general Díaz se alzaba como el prohombre que salvaría a México de tantísimo desagravio. Tenía la certeza de que el tiempo le daría la razón y su gallo gobernaría el destino del país. Cuando eso sucediera, estaría listo para unirse al general, aunque le juró a su padrino jamás mencionar los lazos filiales que lo unían a este gran hombre; le entregaría su valor y su lealtad cuando las circunstancias lo permitieran.

Desde su llegada a la capital, a menudo le venía a la mente la tarde en que su padrino, frente a una copa de mezcal, le confesó la verdad. Antes había tenido que jurar que jamás hablaría del asunto. A pesar de sólo tener doce años, dejó de sorber su agua de horchata ante la solemnidad de su padrino y lo juró por su madre. Se tragó la incomodidad de estar sentado en una cantina. Allí lo había llevado su padrino para hablar seriamente, ante la amenaza de la Madama de echarlo a la calle. Su padrino intervino, abogó por él y, antes de comprometerlo a modificar su conducta dentro de Chez Charlotte, le contó la verdad sobre su origen. Ese día se enteró que por sus venas corría sangre brava y valiente; conoció el nombre del joven oficial que preñó a su madre. Ser el vástago de un hombre tan singular lo obligaba a honrarlo con denuedo, aunque jamás pudiera nombrarlo como su padre. Eso en algo aliviaba la ofensa de ser un bastardo, hijo de una puta, que además lo había abandonado siendo todavía niño.

Desde ese día jamás lo defraudó. A partir de ese momento, se abstuvo de ser intermediario entre las pupilas de la Madama y algunos pretendientes, siempre por una módica suma. Además, no volvió a acostarse con ninguna sin que mediara el permiso expreso de la Madama, cosa que sucedió pocas veces. Poco tiempo después de la plática con su padrino, éste lo mandó a su rancho para que el capataz lo curtiera en el trabajo y se hiciera hombre en un ambiente más exigido y saludable. Juan recordó su partida de Chez Charlotte, el único hogar que había conocido: el llanto de las mujeres al despedirse, la mirada dura, penetrante de la Madama, que le advirtió que llorar no era de hombres. Con una mueca que intentó suavizar con una sonrisa, le pellizcó levemente el cachete y le recalcó dos cosas: una, que era huérfano y sin familia; otra, que jamás le faltarían mujeres para saciar sus necesidades.

Juan se atusó los bigotes, alisó el paño de su chaqueta, tomó el sombrero y salió de la comisaría. Ese día se hizo hombre al comprender que podía desaparecer de la faz de la tierra y nadie lloraría su muerte. En vez de quebrarse, se tornó duro e intransigente. Con los años, eso dejó de molestarlo hasta que vio por primera vez a la extranjera y supo que esa mujer sería suya, sólo suya.

Había estado ausente suficientes días, era hora de regresar a casa; pero antes daría una vuelta por las calles aledañas para hablar con algunos de sus soplones y corroborar si los vigilantes se mantenían atentos. Se imaginó a Minerva en casa, leyendo, como acostumbraba esperarlo; así disimulaba su impaciencia por verlo. Era la única mujer que había conocido con gustos tan extraños, tan varoniles; aunque era delicada y femenina. Con tal de mantenerla contenta, expropió unos volúmenes de la biblioteca del caballero que le cedió la cadena y el reloj de oro a cambio de evitar, por deudas de juego, una mazmorra de la cárcel de Belén. El caballero en cuestión, agradecido por evitar sufrir una estancia entre gentuza de la peor ralea, pulgas y ratas, hizo una selección variada de libros que podrían interesar a una dama culta y lectora asidua. Minerva tenía clase, educación, elegancia; podría codearse con cualquier dama de la mejor sociedad y brillar. La otra noche ella le preguntó si era posible comprar un piano. Extrañado por tan inusual petición, impensable en una casa decente, no pudo regañarla; su mirada tierna lo conmovió, masculló que intentaría conseguir uno. Esta mujer había hecho de su vivienda un remanso de paz y orden, como la de cualquier catrín. Antes de Minerva, no podía alternar socialmente con mujeres de buenas familias. Todo trato se había limitado a miradas de desprecio o temor que sólo perdían cuando él les arrebataba, prenda por prenda, su pudorosa compostura y, mansas, se entregaban a él.

Pasear con Minerva solía provocar miradas de admiración por parte de la gente de bien; a menudo acompañadas por sonrisas amables y un saludo cortés. Juan sonrió. Nadie podría imaginar que en la intimidad esa distinguida dama olvidaba su natural pundonor y respondía a sus caricias como una hembra en celo, como una cualquiera. Sintió su sexo endurecerse y soltó una risilla.

Esa mujer lo tenía embelesado. Era la primera vez que no apareció su natural hartazgo; ella le despertaba una necesidad constante por olerla, lamerla, morderla, cogerla, domarla. Debía reconocer que hasta su plática lo deleitaba; algo en su acento extraño, en la modulación musical de su voz, en las ideas que expresaba, lo invitaban a escucharla sin impaciencia. Soltó una carcajada. Miró a la gente a su alrededor, que lo observaban con desconfianza. Juan hizo caso omiso del desconcierto que provocaba y continuó su rondín.

A lo único que no podía acceder era a llamarla de la manera en que ella insistía, Minie. Si llevaba el nombre de una diosa, Minerva, era de mal gusto querer que la nombraran como si fuera un perro faldero. Varias veces había hablado con ella al respecto, pero era terca, de temperamento orgulloso. Él sabría jalarle bien las bridas. Ahora sólo le faltaba localizar al mentado Rhodakanaty, conseguir un encuentro entre ambos. Le había dado su palabra, aunque después lo desapareciera del mundo de los vivos. El país no necesitaba extranjeros sediciosos que alteraran la paz social; además podría redituarle ante sus jefes.

Era domingo y el sol reverberaba entre el espeso follaje que protegía los senderos de la Alameda. Por el parque paseaban familias enteras, parejas tomadas del brazo; algunas damas se cubrían con parasoles que hacían juego con sus vaporosos vestidos de colores claros; los caballeros a menudo levantaban su sombrero para saludar a sus conocidos. El paseo dominical era una sólida tradición disfrutada por la sociedad capitalina. Una pareja en especial atraía las miradas por su natural elegancia y belleza. Si bien ambos eran guapos, el varón de porte viril, de cabello castaño, piel apiñonada y ojos de un intenso verde contrastaba con la delicadeza de su dama, de una piel blanca amarfilada, ojos azules y cabellera oscura. Caminaban absortos en su plática, ajenos a los demás paseantes. La dama le pidió a su acompañante que se detuvieran y se sentaran en una banca a escuchar al organillero que tocaba un vals de su tierra. Incómodo, él aceptó. Ella sonrió, lo miró con una dulzura que se alojó en sus partes más indómitas. Confundido, Juan guardó silencio. Ella, ladeando un poco la cabeza explicó que ese vals se tocaba en Györ, Budapest, Viena. Tradujo el nombre de la pieza al español, era «El Danubio Azul» mientras sus manos enguantadas recorrían la tela de su falda. Molesto, miró a su alrededor, nadie parecía haberse dado cuenta. De inmediato aprisionó los inquietos dedos con su mano. Minerva lo miró sorprendida. Juan se levantó, la invitó a continuar el paseo y dejó caer unas monedas en el sombrero del organillero.

Juan, consciente de las miradas de admiración hacia ellos, sonrió y retomó con firmeza el brazo de Minerva, para continuar el paseo. A media voz, prosiguió con la conversación que se había interrumpido.

—¿Quién es realmente Rhodakanaty?

—¿Por qué me pregunta en ese tono?

—¿A qué se refiere?

—Ya dije yo quién es. Su pregunta me dice que usted cree que yo no digo verdad.

—Me da la impresión de que no me ha dicho toda la verdad.

—Toda…; no sabía que la verdad se mide. Yo no decir mentiras. Me habla como si fuera criminala.

—Para nada, digamos que no miente; pero tampoco dice la verdad completa.

—Llevamos más de un mes aquí, usted no me cumple promesa, no ha encontrado a Rhodakanaty todavía; yo me pregunto razón.

—Primero debo cumplir con mis obligaciones; además el mentado señor ha desaparecido, tanto en Chalco como en la capital.

—Excusas, siempre excusas para no cumplir palabra.

—Cálmese, no se exalte tanto. Yo le aseguro, estimada Minerva, que jamás olvido mi palabra empeñada; le agradecería que se abstenga de ponerlo en duda. Si esta persona desaparece de pronto sin dejar huella, habrá alguna razón para ello. En mucho me ayudaría si me dijera por qué es tan importante para usted hablar con este señor.

—Yo vine desde mi tierra sólo para hablar con él. *Monsieur* Levet me prometió ayudarme a encontrarlo, fue la única razón que yo subí a barco y crucé mar. Eso usted ya lo sabe.

—La verdad, no entiendo que una dama abandone su país en Europa, sola, en una situación comprometida, para hablar con un fulano acá.

—Porque es muy importante que hable con él.

—No entiendo la razón, explíquemela.

—Debería ser suficiente yo decir es importante, ¿no? A veces ciertas cosas son difíciles para contar a otro.

—Entiendo, se trata de confianza y usted desconfía de mí.

—No enojarse, se lo ruego. Siento…, cómo decirlo…, *honte, ¿vous comprenez?*

—¿Vergüenza? Le aseguro, Minerva, que sigo sin comprender.

—Trataré de explicar: mi tía y Rhodakanaty se conocieron en Budapest en un momento difícil para los húngaros; queríamos nuestra independencia. Él ayudó a pelear.

—¿Y?

—Un hombre…, una mujer, se amaron en secreto. De pronto él tuvo que huir de Hungría para no ser capturado por austriacos.

—Sigo sin comprender sus razones por cruzar el Atlántico para hablar con él.

—Veo que no entiende. Él nunca más regresó a Hungría. Yo prometí a Lenke *néni*, en su lecho de muerte, buscarlo y entregarle su diario y otras cosas.

—¿Se ha embarcado en esta aventura sólo para entregar a un desconocido un diario?

—¿Le parece una locura? Veo que usted no comprende lo que significa amor entre hombre y mujer, ni tampoco una palabra jurada a una muerta.

—Le suplico que no se moleste, no ha sido mi intención ofenderla. Ya no hablaremos más sobre este asunto; tan pronto tenga alguna información de este señor, se lo haré saber, le he dado mi palabra.

Juan tuvo la sensación de que allí había gato encerrado. Esa historia del gran amor sólo eran cuentos de mujeres para entretenerse en su ocio. Como muestra bastaba lo que había entre ellos dos: apetitos necesitados de satisfacer, de despertar los sentidos, de darle al cuerpo lo que el cuerpo pedía; para él, ella solo era una hembra y él, para ella, el macho que… le constaba que llegó a él virgen, no tenía pinta de guerrillera, le daba sentido a su vida. ¿Estaría prendada del tal fulano? Esta conversación había servido para confirmar que el tal Rhodakanaty era un alborotador peligroso que huyó de Europa para refugiarse en México y continuar su labor de sedición. Cuando fue a Chalco a buscarlo, ya se había pelado. Así se enteró de que, con la excusa de alfabetizar a niños y adultos, fundó la Escuela del Rayo e hizo una labor proselitista en favor del socialismo. Como buena rata de campo, cuando un alumno suyo, Julio López Chávez, armó una revuelta y fue muerto por las tropas, éste curiosamente desapareció. Corrían rumores de que había huido al estado de Morelos. Solicitaría autorización para irlo a buscar allá. El jefe de la gendarmería de Chalco le había entregado unas hojas maltrechas que habían decomisado; formaban parte de un impreso conocido como la *Cartilla Socialista* que servía para alebrestar a los obreros. Las guardaría como evidencia; mientras, dejaría de presionar a Minerva con preguntas, no fuera a sospechar de su intención de capturarlo.

Dentro de la habitación, Minie caminaba de un extremo al otro en un intento de calmar las emociones que la asaltaban con violencia. Su rabia la hacía chocar con la cama, la mecedora, el aguamanil y el ropero de nogal de tres puertas con el espejo de cuerpo entero en la puerta central. Cada vez que sus ojos se encontraban con su imagen, se desconcertaba ante la mujer de cabellos revueltos y mirada enajenada, que parecía a punto de lanzarse al vacío o bien linchar al primero que se le pusiera por delante. Por eso echó llave a la puerta de su habitación. Ya habían transcurrido varias horas desde que Pelegrino renunció a golpear la madera, enfurecido porque no le abría. Ella hizo caso omiso de sus amenazas de tumbar la puerta. Sentía que la sangre se agolpaba con furia en su cabeza. Respiraba con agitación, maldecía una y otra vez el momento en que Pelegrino le presumió el ropero alemán, incautado a un comerciante que había evadido el pago de impuestos sobre una mercancía importada. ¡Incautado! Qué demonios quería decir esa palabra se preguntó Minie mientras resolvía si hacía añicos el espejo. Se contuvo. ¿Cuál era la necesidad de tener un espejo delante de la cama? Con cualquier descuido éste reflejaba sus cuerpos desnudos, impúdicos. Se lo había preguntado, pero con su sonrisita acostumbrada, le acarició el cabello para decirle que era un pequeño capricho de él.

Maldecía el momento en que lo conoció, en que aceptó seguirlo para salir de esa prisión llamada Buenaventura. Nunca se había atrevido a oponerse a sus exigencias hasta ese día. Los golpes en la puerta y la rabia en su voz le advirtieron que, si bien no era prudente contradecirlo, era demasiado peligroso abrir la puerta, podría matarla a golpes. Sólo le respondió dos veces para decirle que no recorrería el cerrojo; después optó por el silencio. Temerosa, aguardó que la puerta no se venciera y ella quedara a merced de su cólera.

Recordó esa mañana, antes de que János se fuera. Tenía que darle una noticia, pero él traía prisa así que sólo se quejó con él por obligar a la sirvienta a seguirla por todas partes, ésta no tenía la menor idea de cómo sacudir y mantener limpia la casa. Él había contestado que era su deber enseñarla; en todo caso la chamaca tenía buena sazón en la cocina, lo cual era importante. Le recomendaba no pasear tanto para que la criadilla pudiera limpiar bien la casa. Pero de ninguna manera iba a permitir que saliera sola a la calle; menos ahora, con tanto revoltoso enardecido. Después de las elecciones, la situación se calmaría y podría andar a su gusto por las tiendas en horas convenientes. Sin permitirle responder, se despidió y se fue a trabajar.

En ese momento, Minie decidió que la criada y ella limpiarían a fondo las habitaciones, con el esmero y la pulcritud que le enseñaron su madre y su abuela. Puso a Agustina a restregar los pisos, a mover los muebles, a sacudir cada objeto y volver a ponerlo en su lugar preciso. Minie revisaba su trabajo; en cuanto le parecía insuficiente, le exigía que lo repitiera. La mirada lastimosa de Agustina que acompañaba sus movimientos no la conmovieron. Por su parte, decidió abrir cada cajón, sacudir, acomodar la ropa, los libros, los papeles.

Satisfecha de que se empezaba a respirar orden y limpieza dentro de la vivienda, dejó para el final el *secrétaire* de János, a pesar de que a él no le gustaba que movieran sus papeles. Debajo de algunas libretas encontró un *dossier*. Al moverlo para sacudir, se cayeron unos impresos. Al recogerlos para ponerlos en su lugar, encontró una carta firmada por el jefe de la gendarmería de Chalco que mencionaba a Rhodakanaty. De inmediato se puso a leerla con atención. En ella se decía que el revoltoso había logrado evadir el cerco policíaco. No se le había visto por la región desde la muerte de un tal Julio López Chávez. Recomendaba atraparlo a la mayor brevedad y aplicarle la ley fuga. ¿Qué ley sería ésa? Sonaba a algo terrible.

Minie decidió revisar las hojas sueltas impresas en papel burdo. Se sentó a leerlas, algunos rayones a lápiz resaltaban algunas frases: El poder gubernamental y la libertad democrática no pueden ser compatibles porque toda forma de gobierno positivo tiene que matar necesariamente la idea de igualdad perfecta. Escrito a lápiz, al margen, aparecían las siguientes palabras: Es un loco, alebresta a las masas con su verborrea, es peligroso. Reconoció la letra de Juan. Minie leyó otra frase subrayada: A esa raza despreciable de los políticos que engañan al pueblo por medio de planes embusteros, que no tienen dignidad de cumplir cuando encumbran al poder, sino que antes bien se congratulan con la ignorancia y el sufrimiento de las masas, eludiendo las esperanzas de la conciencia pública. Al margen apareció otro comentario a lápiz: A éste hay que atraparlo lo más pronto posible, no creo que los de arriba objeten que, después de hacerlo hablar, lo despachemos al inframundo.

Minie empezó a temblar presa de un frío inesperado que le caló hasta los huesos. János le había mentido. Todo este tiempo le había mentido, sin que ella se diera cuenta. No tenía ninguna intención de ayudarla, sólo quería encontrar a Rhodakanaty para apresarlo como a un criminal. Otra vez una mentira que la fracturaba en mil pedazos. Lo que había pasado entre ellos no era cierto, se aprovechó de ella para capturar a Plotino. Era una tonta, una estúpida por creer que él le hablaba con la verdad, cuando en realidad traicionó su confianza. No podría vivir con eso. Sólo quería capturar a Plotino. Matarlo. Ella era culpable de ponerlo en peligro al pedirle ayuda. Dobló los papeles y los guardó.

Pelegrino llegó al mediodía, se acercó a darle un beso. Minie lo esquivó. Juan, sorprendido, la observó.

—¿Ahora qué le sucede? —preguntó impaciente.

—¿Qué quiere decir ley fuga?

—¿Ley fuga? ¿Para qué necesita su cabecita saber eso?

Minie mostró los papeles que traía en su mano. Desconcertado, Pelegrino los revisó y, molesto, exigió una respuesta.

—¿Dónde los encontró?

—En su *secrétaire* —contestó Minie con un hilo de voz que amenazaba en romperse.

—¿Quién le dio permiso de meterse entre mis cosas? —dijo Pelegrino con dureza.

—Limpiaba, ordenaba…

—Nadie puede meter mano en mi escritorio sin mi permiso y menos en mi ausencia…; estos papeles son confidenciales.

—Esos papeles dicen que usted me miente, mire lo que allí está escrito de su puño y letra —le espetó Minie, reprochándole con la mirada húmeda y la voz entrecortada—. Usted me dio palabra…, usted mintió…, usted traicionó su palabra…

—Yo no miento y menos empeño mi palabra en falso. No es mi culpa que el hombre que usted busca sea un delincuente al que buscan todas las fuerzas del orden de este país. Es un hombre peligroso, alborotador. Por la misma razón que lo persiguieron en su tierra, andan tras de él aquí. —Su mordacidad se volvió más incisiva—. Alebresta a las masas, como le gusta llamarlas y luego desaparece; no da la cara ni expone su vida. Aquí, al igual que allá, deja a su paso muchos cadáveres que murieron por su causa; pero él siempre huye a tiempo. En todo caso, no son asuntos que deban preocupar a las féminas.

Se aproximó a Minie para abrazarla, con la seguridad de que ella abandonaría su actitud desafiante al sentir su cercanía. Era necesario que comprendiera que quien la había engañado era el mentado Rhodakanaty y no él. Minie le marcó el alto con las manos y se alejó. Estaba pálida y temblaba como una hoja al viento. Juan respiró profundamente y le habló con suavidad.

—Yo le prometí encontrarlo para que pueda conocerlo y platicar el tiempo que necesite con él.

Minie lo traspasó con la mirada encendida de indignación.

—Luego ley fuga, ¿no? —Se dio la media vuelta y corrió a encerrarse en la recámara.

Con la espalda contra la puerta, Minie sentía la violencia de los golpes de Juan traspasar la madera, retumbando con la misma fuerza que sus sentimientos violentados, que repercutían en su interior como chispas de lava ardiente. Deseaba huir de ese lugar sin mirar hacia atrás; erigir un muro infranqueable, una distancia insuperable entre ella y ese hombre. Se había aprovechado de su buena voluntad, de su confianza; le había mentido con el mayor descaro. No tenía ninguna intención de ayudarla, ella era el anzuelo para atrapar a Rhodakanaty y asesinarlo.

Sintió una furia desmedida contra él, pero también contra sí misma. Una y otra vez sucumbía a las palabras de otros que sólo la utilizaban; como sus padres, como Jacques Levet, y ahora Pelegrino. Carecía de malicia, iba por el mundo como una niña tonta, sin reconocer la doblez, sin sospechar que le mentían unos y otros. Gízela le había gritado que era una niña tonta cuando le informó que partía a Viena en busca de su verdadero padre. Tanta mentira la asqueaba, era una estúpida por creer en las personas, en su buena fe, en su honestidad. Quería huir de esa casa, no volver a ver ese hombre en toda su vida, pero ¿adónde iría? La realidad la golpeó. No tenía dinero para regresar a Györ, tampoco para ir a vivir a otro lugar. Podría escribirle a su padre, a Arpad, para que le enviara dinero. De seguro la ayudaría, pero pasarían varios meses antes de que su repuesta llegara. Mientras, no tenía lugar adonde ir. Presa de impotencia cerró los ojos, se mordió los labios para acallar el grito que la desgarraba por dentro.

Tendría que renunciar a hablar con Plotino, a buscarlo para evitar que lo detuvieran. Toda su larga travesía había sido en vano. Se desplomó en la cama, inerte; sólo un llanto silencioso mojaba su rostro y el cubrecama, sin moverse. Escribiría a casa, reconocería que había sido tonta, imprudente por partir de esa manera, pediría la suma necesaria para regresar a Györ. Enviaría un telegrama. ¿Podría mandarse un telegrama desde acá hasta Györ? Lo ignoraba, mejor una carta. Arpad, su padre, no se lo negaría. La distancia pondría fin a la locura de su cuerpo que ese hombre le provocaba.

PARTE CUATRO

Ciudad de México
1873-1879

Capítulo 17

Eran días difíciles. En todo el país reinaba la incertidumbre; la capital parecía un hervidero de grillos. Lerdo de Tejada había logrado reelegirse. En tiempos de la Gran Tenochtitlán, los antiguos la consideraban el ombligo del mundo. Esto no era menos cierto en el presente: los cimientos de la nación se cimbraban con mayor fuerza en la ciudad capital. Juan, asomado por la ventana de su despacho, observaba el hormiguero de gente que deambulaba por la calle. Desentendida, esa masa era incapaz de cuidar el destino de la nación, presa de la ambición de hombres sedientos de poder que se la disputaban, sin importarles el caudal de muertos que sembraban a su paso. Ya era 1873; más de medio siglo había transcurrido desde el final de la guerra de Independencia y los mexicanos no habían podido enderezar el timón. Mentiras, corrupción, violencia, ignorancia y pobreza se entreveraban entre los cimientos de la joven nación desde los albores de la Independencia. No importaba que Juárez y Lerdo de Tejada hubieran jurado respetar y defender la Constitución del 57. Una vez atrincherados en el poder, perdían la memoria: su meta era reelegirse hasta el cansancio. Afortunadamente, tras su cuarta reelección, la muerte se cargó a don Benito. Con ayuda del general Díaz, quizás Lerdito no lograría completar la segunda. Lástima que el levantamiento de La Noria no hubiese prosperado y el general se pelara para el norte. Juan estaba dispuesto a poner las manos en el fuego por ese hombre, valiente como él solo; sin duda, sabría imponer orden y respeto a las leyes. Su nombre andaba en boca de todos los descontentos.

Una voz lo sacó de sus cavilaciones.

—¿Por qué tan pensativo, mi sub? —preguntó Arnulfo Rojas—. Véngase, vamos al Mexicanito a echarnos un trago.

El jefe de la segunda demarcación sonrió para suavizar la orden que el subinspector Pelegrino no podría desobedecer.

—Las cosas andan muy revueltas, ¿no le parece, mi jefe?

—¿Y de cuándo acá eso nos ha molestado, Juanito? Entre más revuelto el río, mayor será nuestra ganancia, ¿o no?

Pelegrino esbozó una sonrisa a manera de respuesta, tomó su sombrero y salió tras el inspector. Ya en la calle, caminaron un par de cuadras hasta la cantina; allí encontraron al licenciado Salas, conocido como Salitroso porque, al discutir, una especie de babaza le emergía continuamente por entre los labios; y a Ramírez Cueto, capitán de gendarmería. Se sentaron en su mesa. De inmediato, Rojas ordenó tragos para todos y que trajeran el dominó; nada mejor para distender la tensión de esos días.

—Ya ni puede uno salir a comer tranquilo, con tanto relajo —comentó Rojas—. Esta mañana tenía al prefecto Roldán advirtiéndome que esto se va a poner más caliente; es sólo cuestión de horas para que manden a acuartelar al ejército y a la policía.

—Todos esperan que el general Díaz se aparezca en cualquier momento y le quite la silla al señor presidente.

—A ver mi capitán, todos saben que desde hace un año el general anda refugiado con nuestros vecinos del norte —respondió burlón Arnulfo Rojas—. Dicen que el miedo no anda en burro.

—Usted perdonará, jefe, pero mi general Díaz no le tiene miedo ni al diablo; es un militar distinguido, valiente —masculló Pelegrino, en un intento por controlar la rabia que le provocaba el menosprecio de Rojas.

—Ahora resulta que usted es partidario de los enemigos del presidente Lerdo —dijo Rojas con sorna.

—Yo no soy enemigo de nadie.

—Bien dicho, subinspector —escupió el licenciado Salas—, hay que mantenerse al margen. —Bajó la voz—. No sea que nuestro próximo presidente sea el general Díaz. Cuentan por allí que el hombre ya cruzó el Bravo y anda de regreso arreando a los gobernadores del norte para su causa.

—¿Y usted cómo sabe tanto, Salitroso? —inquirió Rojas con desconfianza—, ¿no estará involucrado en algún complot?

—Ya me conoce, don Arnulfo. Yo sólo tengo oídos para recoger a tiempo los rumores. Hay que estar preparado, no nos vayan a tomar desprevenidos.

—¿Le consta entonces que mi general vendrá a poner orden? —preguntó Pelegrino.

—Antes de lo que suponen. —A pesar de susurrar, la saliva se le escapaba por las comisuras de los delgados labios—. Cuentan que hasta el clero anda incitando a sus feligreses; con eso de que el presidente Lerdo impone las leyes de Reforma.

—Las que le conviene —interrumpió Pelegrino.

Rojas le sonrió con ironía.

—Cálmese, mi sub, no vaya a ser que lo acusen de sedicioso.

Antes de que Juan respondiera, el licenciado Salas buscó calmar los ánimos.

—Supe que la Guardia Nacional de Veracruz sólo espera el llamado del general.

—¿Ya estará al tanto el presidente? —dijo preocupado Ramírez Cueto.

—Rumores y chismes son los que abundan en esta ciudad. Acuérdese, capitán, que en boca cerrada no entran moscas —le advirtió Arnulfo Rojas socarronamente.

El capitán Ramírez Cueto se atusó el bigote. Detrás de las bromas del inspector Rojas, sus amenazas solían ser serias. Tomó una ficha. Cinco-cuatro. Dubitativo, no supo en qué extremo colocarla; faltaba el doble cinco, el cuatro-seis y el cuatro-dos. Trató de repasar las jugadas en su mente. La impaciencia de Rojas no se hizo esperar; golpeaba la mesa con los nudillos. Ramírez Cueto se decidió, extendió el brazo y acomodó la ficha.

—Habrá que ser pendejo para cerrar el juego a nuestro favor. Gracias Ramírez. —Soltó la carcajada Arnulfo Rojas. Ordenó al mesero otra ronda para celebrar—. Ya les tocó pagar, Salitroso.

—Qué se le va a hacer, inspector, todo fuera como eso. —Salivó el licenciado y dio un buen trago a su copa, relamiéndose los labios—. Yo sólo digo a los aquí presentes que muchas son las obligaciones con nuestra patria y poco el margen para maniobrar. Los exhorto a no tomar partido a destiempo. Es cosa de días, señores, ténganlo por seguro. Pronto veremos con más claridad hacia dónde pinta el futuro.

Minie caminaba lentamente, entretenida con los aparadores. Había salido a comprar hilos para bordar. A pesar de los empellones, disfrutaba estar sola entre la gente. Le resultaba incómoda esa forma particular de los mexicanos de no rehuir el contacto físico entre desconocidos. Se empujaban o se detenían de improviso sin importar que el de atrás chocara con ellos. Lo comentó una vez con János; se ganó un fuerte regaño por desobedecerlo. Según él, las mujeres decentes salían a la calle en coche, o bien acompañadas por un varón o su criadilla quienes evitarían que la dama fuese manoseada por cualquier peladito.

Aun así, Minie necesitaba perderse entre la multitud para espantar la melancolía. Los ruidos de la calle invitaban a sus pensamientos a correr libremente. En el silencio de sus habitaciones se teñían de añoranza. Su paso acompasado diluía su desaliento ante su incapacidad de tomar decisiones. Sólo se mostraba firme ante lo que no quería; pero sus anhelos quedaban flotando en un mar de indecisión. Más de cinco años habían transcurrido desde que partió de Györ con la urgencia de esclarecer su nacimiento. Ese día, estaba tan lejos de su meta como cuando había iniciado su insensata búsqueda. Jamás imaginó que su vida tomaría los cauces que había seguido. Ver, hablar con Rhodakanaty se había vuelto una pretensión inalcanzable. Las mismas preguntas de entonces permanecían sin respuesta. Dentro de ella se había instalado la incertidumbre. En medio de extraños que la rozaban o la empujaban sin detenerse, sus recuerdos acudían desordenados, al azar, sin hacer daño; quizás porque aparecían y desaparecían sin cesar, al compás de sus pasos. Le gustaba recorrer las calles de Palma y Plateros, asomarse a los aparadores con lo último de la moda parisina, pasear entre los kioscos de la Plaza de Armas o recorrer con la mirada los muros de piedra de la catedral y de Palacio Nacional que le recordaban a su añorada Budapest.

No estaba dispuesta a mudarse a Santa María la Ribera. János no la iba a convencer; su necedad por alejarla del barrio, de los pocos conocidos que hacían su vida menos solitaria, era inaceptable.

La había herido profundamente descubrir las intenciones de Juan por apresar a Plotino, pero no tuvo manera de huir de él; carecía de los medios para regresar a su tierra. Acalló su esfuerzo por confrontar con la verdad todas las mentiras que la habían rodeado. Aceptó con dificultad las circunstancias que la obligaron a permanecer junto a él. A menudo se recriminaba su incapacidad de detectar las mentiras de otros; la atrapaban como la araña a una mosca. La enojaba su ingenuidad y se repetía que Pelegrino era peligroso. Intuía que a él no le importaban sus juramentos; siempre antepondría su ambición. Era un hombre que utilizaba la seducción para reducirla en un instante en una bestia sedienta de sus caricias. Pensaba que así la controlaría mejor. Desde el momento en que lo comprendió, trató de mantener una prudente distancia física entre ambos; eso le permitía controlar sus emociones.

A veces la abrumaba sentirse perdida, sola, como si fuera una planta que existía suspendida en el aire, sin raíces que la sostuvieran, como caminar por aguas fangosas con el inminente peligro de hundirse. Con el paso del tiempo, retornar a Hungría, a su casa en Györ, se tornó en un sueño inalcanzable, tan imposible como acercarse y conocer a Rhodakanaty. Su impotencia la enfurecía. De nada servía gritar o golpear las paredes con sus puños hasta hacerlos sangrar, en nada cambiaría su situación. Su rebeldía ante sus padres resultó en un fracaso que sólo la exilió en tierras extrañas; la dejó dependiente de un hombre ajeno a su mundo y que la había despojado de toda posibilidad de enmendar sus errores. Gízela jamás la perdonaría, no después de lo de Juan. Ninguna explicación sería válida, no podría esperar su comprensión; quizás tampoco la de su padre. De pronto, entre los sombreros de dama expuestos en el aparador, Minie descubrió su reflejo. Recordó su imagen reflejada en el espejo del armario la tarde que descubrió los papeles en el *secrétaire* de János. Esa vez, la sorprendió no reconocer el rostro descompuesto de la mujer hundida en la desesperación, su mirada teñida de ira y dolor.

Esa noche conoció el pavor. Se había encerrado en su recámara. Cuando Juan regresó a casa y no pudo entrar, montó en cólera. Estaba dispuesto a tirar la puerta. Sus gritos le confirmaron que, si entraba a la habitación, la mataría a golpes. No abrió; recordó que, debajo de las camisas, él guardaba un arma. Movió las camisas, los cuellos almidonados. Allí estaba la pistola, lista para usarse. Una vez, János había insistido en que ella aprendiera a usarla en caso de que entrara un ratero y él estuviera ausente; pero ella se había negado siquiera a tocarla. En ese momento, comprendió que no podía acudir en busca de ayuda con nadie, estaba sola en el mundo, sola para resolver todas las dificultades, los oprobios que se abrían a su paso.

Todo había iniciado esa mañana, cuando despertó decidida a contarle, ya no podía guardar silencio, pero él traía prisa. Nunca había resentido tan intensamente la ausencia de una presencia femenina que pudiera orientarla. Si Lenke estuviera viva, habría sabido comprenderla, apoyarla. Hecha un manojo de nervios, en espera de hablar con János y conocer su reacción, decidió limpiar el armario, el aparador, los cajones con los cubiertos y la vajilla. A pesar del trabajo, las horas transcurrieron lentamente. Por un momento pensó en salir a la calle a caminar; pero no quiso correr el riesgo de que él llegara antes que ella, se fuera a molestar y ya no tuviera la paciencia de escucharla. Optó por mejor limpiar el despacho de János, su *secrétaire* y su mundo se derrumbó.

Una voz la sobresaltó. Una dependiente había salido de la tienda.

—Señora, pase por favor a que le muestre el sombrero. Es muy hermoso, es lo último que nos ha llegado de Francia. Pruébeselo, estoy segura de que le encantará.

Minie, extrañada, miró el sombrero de pajilla y ala ancha, adornado con un listón blanco y un par de plumas blancas. En verdad era hermoso. Su mirada retomó el reflejo de su silueta, pero se abstuvo de mirar su rostro. A lo lejos oyó las campanadas de la catedral. Había perdido la noción del tiempo. Lo único que faltaba era que ese día János llegara temprano a casa y que ella no estuviera presente; la sometería a un intenso interrogatorio como si hubiese cometido un crimen. Con él nunca se sabía; cualquier hora era buena para llegar. A veces pensaba que él quería sorprenderla *in fraganti*, cometiendo algún acto censurable. Alcanzó a mascullar una respuesta a la dependiente y se alejó presurosa.

Juan cerró la puerta. Le sorprendió el silencio. Dada la hora, esa calma era poco habitual. Extrañaba las voces, el ruido. Fue a la cocina. Agustina levantó la cabeza. Estaba echando tortillas.

—¿La señora?

—Nostá, patrón. Dijo que no tardaba, que tenía algunos mandados que hacer. —La voz se le cascó. La figura de Pelegrino la atemorizaba. De seguro se desquitaría con ella a la menor provocación—. ¿Se le ofrece algo? Acabo de hacer agua de tamarindo.

Juan salió sin responder; se encaminó hacia la recámara. Venía acalorado. Aventó el saco sobre la cama. Se desabotonó el chaleco; del bolsillo sacó el reloj de oro, abrió la carátula. No eran horas de que Minerva anduviera en la calle; el sol fundía sin piedad. Ningún argumento servía para hacerla entrar en razón. Abrió la ventana, se acomodó en la mecedora y cerró los ojos para serenarse. Esa mujer lo sacaba a menudo de sus casillas, como si no tuviera suficiente con la olla de grillos que se cocinaba en la demarcación.

Jamás sospechó que tendría que lidiar con una mujer arisca y necia. Sin embargo, por alguna razón que no lograba descifrar, era la única persona en la que podía confiar. Le quedaba claro que ella no le correspondía con la misma moneda. A menudo sus ojos lo acechaban cargados de resentimiento y suspicacia. Eso lo hería profundamente.

Todo a causa del mentado Rhodakanaty. Él era la causa de tanta desavenencia entre ellos. Por más que juró ya no buscarlo ni entregarlo a la justicia, ella hizo caso omiso de sus palabras. Desdeñó su ofrecimiento de ayudarla a dar con él. Minerva llegó el extremo de renunciar a buscarlo con tal de evitar su posible captura. Él intentó explicarle varias veces que ya a nadie le interesaba Rhodakanaty, eran demasiados los alborotadores que en ese momento amenazaban la paz social; todos más importantes que ese extranjero. Pero, necia, le entraba por un oído y le salía por el otro, sólo lo miraba con desconfianza. Ni manera de convencerla de que por el momento tenía asuntos más importantes que atender.

No dejaba de sorprenderle el cambio en ella a partir de la tarde en que se le ocurrió esculcar sus cajones. No contenta con meterse en sus papeles privados, tuvo el atrevimiento de franquearle el paso de la recámara. Eso lo enfureció al grado de estar dispuesto a derribar la puerta a golpes. De no haber sido por la criada, aterrada, que se asomó ante tanto grito, hubiera tumbado la puerta y golpeado a Minerva. La presencia muda de Agustina lo hizo recapacitar y huir de allí.

Había caminado sin rumbo durante horas hasta que recuperó el control sobre sí mismo. Le sorprendió la osadía de esa mujer. Ni siquiera se había dignado a responder a sus interpelaciones. Había entrado en una cantina, después de un par de mezcales, pudo reflexionar sobre el intempestivo cambio de los acontecimientos. Le quedó claro que lo único que no podía permitirse era perder los estribos. Su fuerza radicaba justamente en su capacidad de analizar con frialdad todos los aspectos de una situación antes de actuar.

En esa ocasión regresó a casa pasada la medianoche. La puerta de la recámara permanecía bajo llave. Sintió la rabia remontarle la cabeza. Se contuvo, decidió aguardar en su despacho hasta que fuera de día. Se recostó en el sillón. El cansancio lo venció; se quedó dormido.

Despertó con el sol en la cara. De inmediato fue a la recámara. Sorprendido, encontró la puerta abierta. La habitación estaba vacía, la cama impecable, como si nadie hubiera dormido allí esa noche. Buscó a Minerva por toda la casa. En la cocina, Agustina le informó que la señora había salido tan pronto amaneció y se había negado a que la acompañara.

Instintivamente, Juan corrió a la recámara, buscó debajo de la cama. Allí estaba su maleta. Abrió el armario: los vestidos colgaban ordenadamente, en los cajones todo estaba doblado en orden. Eso significaba que regresaría. Más tranquilo, fue a lavarse y a cambiarse de ropa. Esperaría hasta terminar de desayunar, si para entonces Minerva no aparecía, iría a la demarcación y mandaría a algunos de sus hombres a buscarla. La imprudencia de esa mujer no conocía límites; era una tontería salir a tales horas de la mañana a la calle, sola. Cualquier trasnochado sabría que ella era presa fácil.

Recordó que no fue sino hasta que olió los huevos con chorizo que Agustina le había preparado, que se enteró de que estaba hambriento. El coraje le quitó el apetito, no había probado alimento desde el mediodía anterior. Mientras desayunaba, revisó *El Imparcial* del día anterior. En primera plana aparecía el recuento de los detenidos de los últimos días. Varios de ellos habían pasado por sus manos. Gracias a su técnica de interrogatorio, todos confesaron y nombraron a sus cómplices. Serían acusados de conspirar en contra de la nación. Se entretuvo con el periódico y el café, sin dejar de estar atento a cualquier ruido que proviniera del corredor exterior. De pronto, escuchó que la puerta de la entrada se abría. Minerva entró sin detenerse a saludar y se fue directo a la recámara. De inmediato, la siguió para impedir que se encerrara otra vez. La encontró parada frente a la ventana.

—¿Adónde fuiste a estas horas y sola? —controló el enojo en su voz.

Minerva lo ignoró, como si estuviera sola en la habitación. La rabia volvió a llenar de amargura su paladar. Se aproximó, decidido a obligarla a renunciar a sus poses de reina ofendida. Antes de que pudiera tocarla, ella giró y lo retó con la mirada.

—Tenemos que hablar —masculló.

Juan se detuvo sorprendido. Sin alterar un músculo de su cara, le respondió con frialdad.

—Será hasta que regrese. Me esperan asuntos urgentes en la comisaría. Me haz hecho perder el tiempo, esperándote, preocupado. —Sin permitir una respuesta, se fue. Se ocupó a propósito hasta la medianoche, quería que Minerva sufriera de impaciencia, él no era varón para que una hembra le cerrara la puerta; la metería en cintura.

De eso habían pasado más de tres años y otra vez ella no estaba esperándolo, como era su obligación. ¿Dónde andaría metida esta mujer? Juan, nervioso, volvió a sacar su reloj del bolsillo. Nada lo irritaba más que llegar a casa y no encontrarla. Se levantó de la mecedora, fue hacia la ventana y se asomó. Entre tanta piedra y ladrillo, se sentía acorralado. Extrañaba el mar, los paseos por el malecón, la brisa marina. Por eso quería mudarse a la casa por el rumbo de la Santa María, al menos tendría un pequeño jardín. Comprar tierra era una buena inversión; la podía conseguir a buen precio. Era necesario llevársela lejos del centro, del barullo, de los conocidos. Allí le resultaría más difícil a Minerva salir de casa.

—Patrón, le traje un vaso con agua fresca, cae bien con la calor —murmuró Agustina; se apresuró a dejar la charola en una mesa y salió rápidamente.

Juan dio un par de sorbos al agua de tamarindo. Retomó su lugar en la mecedora. Cerró los ojos. No estaría mal poder largarse y unirse a las fuerzas del general Díaz. Desentenderse de los problemas: Minerva, la grilla en la comisaría; empezar de nuevo. Era la oportunidad que anhelaba, acercarse al hombre y mostrarle su lealtad. El caudillo y él, Pelegrino, unidos en la lucha por salvar a la patria; aunque jamás pudiera nombrar a su madre, ni la relación que los unía. Ya su padrino le había dicho que los rasgos se heredan, aunque no se reconozcan. Al menos podría conocerlo personalmente; quizás el general le brindaría su confianza al reconocer su fidelidad. Juan sonrió. Tan sólo de pensarlo, se llenaba de orgullo.

Recordó las palabras del mentado Salitroso, cuando le insinuó la posibilidad de unirse a la causa porfirista. Éste, ni tardo ni perezoso, lo salpicó con su respuesta.

—Mire, mi querido Pelegrino, yo le recomiendo que se deje de chiquilladas. En primer lugar, no le van a respetar el rango. Tenga por cierto que, dado su cargo, van a desconfiar de su persona; creerán que es un espía. ¿Sabe lo que harán con usted? Lo van a refundir entre los muertos de hambre que les sirven de carne de cañón. Este caldo está a punto de cocerse. Paciencia. No por ir de prisa se vaya a despeñar.

Tenía razón el astuto Salitroso. Era de crédulos partir en busca del general, cuando en breve estaría en Palacio Nacional. Necesitaría de la gendarmería y de sus oficiales para mantener el orden en la capital. Juan se levantó, dejó el vaso en la charola. Demonios, ¿por dónde andaría la Minerva a estas horas? ¿Con quién, metida en qué asunto? Ni manera de hablar con ella por las buenas. Aunque por las malas se volvía más terca que una mula.

Tan sólo por eso debería desaparecer una larga temporada. Así aprendería la Minerva a valorarlo y olvidar su recelo. Alejarse podría ser la medicina que habría que recetarle para que dejara de imponer la distancia física entre ellos a pesar del placer que él le despertaba. Jugar a la frígida nada más para indisponerlo. Nada lo encorajinaba más que cogerse a una hembra displicente. Bastantitas se morían porque él se fijara en ellas y les hiciera el favor.

Pero esa hembra lo provocaba como ninguna. Era una yegua salvaje que se resistía a ser domada. No cualquiera tenía una mujer así: elegante, educada, blanquita, bonita, de ojos azules. Ni quien se atreviera a verlo con arrogancia cuando andaba del brazo con ella. Tenía que admitirlo, la Minerva le dio un nuevo sentido a su vida. A pesar de los cuatro años juntos, todavía no se había hartado de ella. Le gustaba sorprenderla, obligarla a reconocer que, al más leve contacto físico, su frialdad rencorosa se desmoronaba; empezaba a tiritar como si un pedazo de hielo descendiera por su espalda. Juan no perdía la esperanza de que Minerva comprendiera que sólo había actuado en cumplimiento de su deber, sin ningún rencor ni intención de perjudicarla. Pero era una hembra ofuscada. Ganas no le faltaban de darle una tunda para hacerla entrar en razón.

Por eso, cuando en esa ocasión dijo que necesitaba hablar con él, decidió posponer su regreso hasta pasada la medianoche, para enseñarle a respetarlo como varón. Eso de cerrarle la puerta de su propia recámara era inadmisible. Supuso que la hallaría dormida. Se sorprendió al encontrarla de pie frente a la ventana, como la había dejado. Una sola candela ahuyentaba la penumbra. Sobre el cubrecama azul pavonado resaltaba el marfil de la mantilla de seda que le había regalado hacía un par de semanas. A pesar de su espalda erguida, algo en su cabeza inclinada sobre un hombro delataba a una criatura vulnerable y malherida. Juan olvidó su rabia. Quiso tomarla entre sus brazos, consolarla. Se acercó para abrazarla por la espalda. Ella giró; sus ojos, hundidos, parecían haber mudado el azul de sus pupilas por un negro intenso. Con la voz acalambrada, apenas audible, se lo dijo.

—Estoy con niño.

Juan se apartó; la noticia le cayó como un balde de agua helada. Se quedó sin palabras. Cuando decidió hacerla suya, la tomó sin ninguna precaución, quería saborear a una virgen, disfrutar la cópula sin resquemor alguno. Como embrujado, sólo pensaba en el placer que ella le despertaba; se olvidó de la posibilidad de preñarla.

En Chez Charlotte había aprendido a protegerse y a conocer ciertas hierbas preparadas en brebajes que libraban a las mujeres de encarguitos no deseados. ¿Acaso querría ella deshacerse de esa cosa? Debía estar en las primeras semanas; no había notado ningún cambio en su cuerpo. Hizo un esfuerzo para que su voz no lo traicionara.

—¿Y qué has pensado?

Ella lo miró largamente, con resentimiento.

—Puedo matarme.

—¿Por qué cometerías semejante locura? —preguntó incrédulo. Quiso acercarse, pero ella lo eludió—. Sentémonos a hablar con cordura, por favor.

Esa noche conoció el lado obstinado de Minerva; fiel a sus ideas, dispuesta a rebelarse ante cualquier situación que le pareciera insostenible. Mostró un carácter insospechable en una mujer tan delicada y frágil. Juan tuvo que reconocer que sus palabras no eran simples amenazas. De no hallar una salida aceptable, era capaz de quitarse la vida. Su firmeza lo sorprendió. Ella esperaba una respuesta. Juan necesitaba pensar. Bajo pretexto de que tenía sed, se escapó a la cocina por un vaso de agua. Era fundamental que ordenara sus ideas. Comprendió que la sola idea de perderla le resultaba intolerable. Su presencia tenía la facultad de restañar agravios del pasado. No permitiría que nadie se la arrebatara, ni ella misma. Volvió a la habitación. La encontró sentada sobre la cama, el mentón casi adherido al pecho; era la imagen del desamparo. Quiso abrazarla, besarla, jurarle que siempre cuidaría de ella. Pero Minerva no se lo permitió. Tan pronto escuchó sus pasos, se levantó y lo encaró, ofendida, con la mirada altiva.

—Nos podemos casar, si quieres —le dijo afectuoso.

—Si tú quieres —susurró resentida.

—Aunque no soporto a los curitas, podemos hacerlo por la Iglesia.

—No soy católica —contestó retándolo.

—Ahora entiendo por qué nunca quieres ir a misa. ¿Qué eres?

—Dices admirar masones…; mi padre ser masón. Su familia ser reformista. Nosotros no creer en religión, sólo Dios.

—¿Rhodakanaty es masón? —preguntó Juan, estupefacto.

—No sé. Hablo de mi familia en Hungría. ¿Acá hay leyes para casar gente?

—Por supuesto. Si eso quieres, nos casará un juez. Eso sí, el niño deberá llamarse Francisco.

—¿Francisco? Bueno. Se llamará Francisco José —musitó Minie desafiándolo.

—¿Por qué Francisco José? —preguntó intrigado.

—Por Ferenc József o Franz Joseph, el emperador austrohúngaro.

——El hermano de Maximiliano, ¿no? Hum…, me gusta. Francisco José Pelegrino; suena importante.

—¿Qué vas a hacer si es niña?

Juan se quedó pensativo. ¿Para qué querría él a una hembrita? Sólo causaban preocupaciones. Ese bebé tendría que ser varón. Cuando se hiciera hombre, le regalaría el reloj de oro que guardaba en su bolsillo; la inscripción le quedaba al centavo.

—Si no es varón, le pones el nombre que se te antoje —respondió irritado.

De eso ya habían pasado más de tres años. Volvió a revisar el reloj. Intranquilo, miró la hora. En la habitación contigua se escuchaba al niño llorar y la voz de Agustina tratar de calmarlo. ¿Dónde carajos estaba Minerva? Esa mujer lo sacaba de quicio. Volvería hablar con ella, le pondría un límite. Su obligación era estar en casa cuando él llegara. Toda mujer decente permanecía dentro de la paz de su hogar. Nervioso, frotó con su pañuelo la inscripción en la carátula: «A mi querido hijo, Francisco, con mi bendición y mi cariño, Papá…».

Capítulo 18

Minie bordaba. Una sonrisa jugueteaba entre sus labios al ver a Feri resolver unas sumas con ayuda de sus dedos. Le había improvisado una pequeña mesa de trabajo junto a la ventana de su habitación. Todos los días ocupaban tres horas de la mañana para sus clases. No sólo era hermoso, sino muy inteligente. El orgullo desnudó sus dientes aperlados al sonreír con ternura hacia su hijo.

Gracias a Feri, logró poco a poco diluir la amargura insistente que remarcaba los sinsabores de su situación. Con Feri su vida recuperó algún sentido. Cuando el desconsuelo y el resentimiento se apoderaban de ella, bastaba con tomar al pequeño entre sus brazos y besarlo para que su vida recuperara la esperanza. Quizás en un futuro no muy lejano su vida podría ser distinta.

Aunque sus reclamos internos hacia Juan acapararan sus pensamientos, solía ser más severa con ella misma. Si tan sólo no hubiera partido como caballo desbocado de Györ, no estaría atrapada en un país tan lejano, presa de los deseos de un hombre que continuamente escapaba a su entendimiento, con el cual no se podía razonar. Su sola presencia la hería profundamente con la falsedad de su palabra. No podía aceptar que él le despertara actitudes insospechadas, indignas de una mujer decente. Bastaba un beso tras el oído, o el recorrido de su mano por la espalda, o su sonrisa irónica cuando sus ojos verdes la desnudaban sin pudor para que sintiera la humedad escurrirse entre sus muslos y su piel se erizara, a pesar de su esfuerzo por no caer en esa hondonada profunda donde se desconocía. Hacía esfuerzos por marcar la distancia física entre ambos, al desviar la mirada o impedir que su cercanía la amagara para devolverle una imagen que ella no podía aceptar. En algunas ocasiones lograba obligarse a repetir mentalmente las frases escritas en los papeles sobre Rhodakanaty que había memorizado y así evitar que su cuerpo se incendiara, mientras él deslizaba sus manos por toda su piel y la penetraba. Era lo único que podía hacer para enfrentar su traición detrás de sus mentiras.

Observó a su pequeño hijo morderse los labios, señal de que se encontraba ante un problema difícil de resolver. Minie sonrió. Juan tuvo que reconocer que, a pesar de su corta edad, el niño conocía las letras y los números. Sin embargo, le irritaba que el niño tartamudeara cuando respondía a sus preguntas. No se percataba de que su presencia intimidaba al pequeño. Cuando se ausentaba, el tartamudeo de Feri no era perceptible. Lo que para Minie era tan transparente como el agua, para Pelegrino era incomprensible. Entre más se enojaba ante la incapacidad del niño de hablar sin tropezarse, más se atoraban las palabras entre los labios del pequeño. Se le rompía el corazón verlo mirar el suelo, comerse las lágrimas; no fuera su padre a regañarlo al verlo llorar. Quería sacudir a Juan y hacerlo entrar en razón, pero debía callar y evitar tomar entre sus brazos al niño, porque la respuesta de Juan sería más fuerte. Hubo momentos en que intentó explicarle, pero Juan perdía la paciencia y la culpaba de consentir al pequeño al grado de volverlo un hombrecito miedoso. El sentirse incapaz de proteger a su hijo ante la dureza del padre recrudecía su sensación de hallarse atada de manos. Insistía en repetirse que algún día Juan la escucharía.

Minie no se hartaba de mirar a su pequeño Ferenc; era tan dulce su sonrisa. Todo el mundo la felicitaba por tener un niño tan guapo. Del papá había heredado el color castaño rojizo de los cabellos, de ella los ojos azules y dedos largos; manos hechas para tocar el piano. En casa de la familia Cortina, el profesor Rafael lo dejaba tocar el piano y el niño se entretenía con el teclado; según él, inventaba canciones. El profesor había sugerido que ella le diera clases; podrían ir a su casa todos los días a practicar. Minie insistió en que Juan comprara un piano para la casa; ella podría tocarle en sus días de asueto bellas piezas de Mozart, Haydn, Liszt; además de que Feri podría aprender a tocarlo. La sorprendió su respuesta furiosa, como si lo hubiera insultado, que no permitía réplica: sólo en los burdeles se tocaba esa cosa llamada piano. Sin dejarla decir otra palabra, salió de casa dando un portazo. Minie no entendió eso de los burdeles, quería explicarle que, en Hungría, la gente de bien tenía un piano o un clavecín; hombres y mujeres hacían música para su familia y amigos. Tenía cinco años en el país, y aun así le resultaba difícil entender muchas cosas, entre ellas las respuestas contundentes de Juan, que parecían decir mucho y en el fondo no decían nada. ¿Qué tenía que ver un instrumento musical con un burdel?

Se recriminaba que, para evitar las respuestas violentas de Juan, callara. Sentía que se había deslizado en su nueva vida sin oponer demasiada resistencia. Todo el tiempo debía acallar los cuestionamientos que la asaltaban. Sin poder eludir que, en el fondo, ella era responsable por tomar decisiones arrebatadas y salir de Hungría a Viena en persecución del hombre que se suponía era su verdadero padre, con el afán de confrontarlo. Tampoco supo parar y continuó su búsqueda en París, sin detenerse a pensar por un segundo en las consecuencias que sus actos podrían desencadenar. Desde ese momento, su vida pareció una bola de nieve que descendía a gran velocidad por la ladera de una montaña, lanzándola indefensa al abismo. El descubrir la verdadera intención de Pelegrino en relación a Rhodakanaty fue un golpe certero a su alma. La obligó a renunciar a su búsqueda, por más que muy dentro de ella se repitiera que el destino podría ofrecerle la oportunidad de conocerlo.

Por momentos, su soledad la abrumaba. Contaba con pocas amistades. Juan desechaba cualquier vida social donde él no obtuviera un beneficio directo. Sus horarios eran impredecibles. Cuando llegaba a casa, difícilmente aceptaba acudir a una cena, al teatro o a un paseo. No quería ver a nadie; sólo quería estar a solas con su mujer. Tampoco permitía que ella acudiera sin él a ninguna tertulia. Minie intentaba acallar las palabras que destrababan las compuertas de su rabia, de su desamparo para evitar hundirse en la melancolía. Justo en esos momentos, añoraba un piano para perderse en la música.

Dejó de luchar, de enfrentar su destino en el momento que supo que iba a ser madre. Ya no se atrevió a escribirle a Arpad que le enviara el pasaje para retornar a Györ. Su vida parecía una larga renuncia. A su manera, János la cuidaba y protegía, también a Feri. Por eso ella decidió acomodarse a la situación; trató de entender lo que a veces le resultaba incomprensible. Se repetía varias veces al día que János era bueno, aunque exigente con ambos; ella era incapaz de modificar nada. Ahora, su única preocupación era cuidar al pequeño Ferenc.

Evitaba toda discusión con Juan, pero a menudo Feri era la causa por la cual ella expresaba su desacuerdo. A él se le había metido en la cabeza mandar a Feri a un internado. Afirmaba que se debía apartar a los varones de sus madres para impedir que se volvieran maricas. Indignada, preguntó si eso había hecho su madre con él. Ante la mención de su madre, Pelegrino montó en cólera. Su mirada la atravesó con dureza y cerró los puños. Minie tuvo miedo y levantó los brazos para protegerse el rostro, temerosa de que fuera a golpearla. Nunca lo había visto tan enojado con ella. Juan tomó un florero en una repisa cercana, lo lanzó al suelo con fiereza. Flores, agua, los cristales del florero, quedaron hechos añicos a centímetros de sus zapatillas. Entre dientes, masculló que no volviera a mencionar a su madre y, en su forma acostumbrada, salió de la casa dando un portazo. Minie, incrédula ante la inesperada violencia, se tragó su miedo; de una cosa tenía certeza, no permitiría que la apartaran de Feri. No soportaría vivir alejada del pequeño; perdería toda razón de ser, se hundiría sin remedio en la melancolía. Lucharía por él como una leona sin importarle lo que Juan fuera capaz de hacer. De eso, no le quedaba la menor duda.

—Ferikam, ¿quieres que te ayude? —Minie resistió el impulso de dejar su bordado y abrazar con fuerza al chiquillo, al verlo retirarse algunos cabellos ensortijados que caían sobre uno de sus ojos azules y decirle, como si ya fuera grande, que no.

El reloj de la sala dio la hora.

—Basta por hoy. Deja tus útiles. Vamos al parque y luego a casa del profesor Rafael.

—Cinco minutos más, *anyukám*, me falta poquito.

A escondidas de Juan, le había enseñado palabras en húngaro; intuía que él lo desaprobaría. Ciertos temas eran inabordables. En vez de hablar como personas civilizadas, la violencia latente en Juan era suficiente para que ella evitara expresar el menor desacuerdo. Él jamás aceptaría que ella tuviera razón. Por eso le había pedido a Feri que no mencionara que conocía palabras en húngaro y en francés. Afortunadamente, por el momento, Minie contaba con un argumento sólido en contra de los internados: todos estaban en manos de sacerdotes y podrían inducir al niño a tomar los hábitos. Juan era tan anticlerical que tendría que aceptar la validez de ese argumento.

—Ya terminé, mamá. ¿Podré jugar con Isabel y Jaime?

—Yo creo que sí. El profesor Rafael me pidió que dé clases de piano a Isabel mientras tú juegas con Jaime.

—Yo también quiero una clase, dámela.

—Si te portas bien, te enseño una canción.

—¿La misma que tocas con el profesor a cuatro manos?

Minie soltó la carcajada.

—No, una más fácil. Ahora vete lavar manos, nosotros poder irnos.

Los Cortina, sus antiguos vecinos, la invitaban por las tardes a su casa. Con ellos, por momentos recuperaba una sensación de bienestar que sólo la música le infundía. Desaparecían aquellas palabras que le dolían, que la asustaban y la hundían en la confusión; en su lugar, la música la arrullaba con su sonoridad. Con el profesor Rafael tocaban a cuatro manos piezas de Haydn y Mozart. Amparito siempre tenía dispuesta una mesa con galletas y pastelillos para reanimar a los pianistas y a los niños. El profesor Rafael ofreció prestarle su casa para que empezara a dar clases, mientras conseguía un piano. Minie soñaba con tener el instrumento en la sala. Estaba segura de que Juan no aceptaría que ella diera clases; lo consideraba un insulto a su persona. Él presumía a menudo que ganaba suficiente dinero, no escatimaba en la manutención de la casa ni en ropa para ella o el niño, y vivían holgadamente, no era necesario que ella trabajara. Eso era otra cosa que no entendía, que Juan viviera como una ofensa que ella diera una que otra clase de piano. Se preguntaba si algún día podría razonar con él. Sabía que él nunca le daría el dinero para llevar a Feri a conocer a su familia en Hungría. Lo que ganara dando clases podría ahorrarlo para comprar los pasajes. A la mejor, Gízela y Arpad podrían perdonarla si conocían a su hermoso hijo.

—Mamá, no se te olvide, no me digas Feri fuera de casa. Dime Paco.

Minie asintió. Fue al vestíbulo y se puso su sombrero frente al pequeño espejo. Era su favorito, el fieltro de color azul hacía juego con el color de sus ojos. Tomó un ala y ladeó ligeramente el sombrero, las dos pequeñas plumas blancas quedaron de un costado. Sonrió, a Pelegrino le gustaba verla con ese sombrero. Lástima que no entendiera que Feri era el diminutivo de Ferenc, que Minie lo era de Minerva. Perdía la cordura si la escuchaba llamar al pequeño así, decía que sonaba a nombre de perro. Si tan sólo Juan no fuera tan inflexible, podría llamarlo a su cara János, hablar con él de otra manera y dejar de sentirse dolida.

Capítulo 19

Juan releyó la orden que lo citaba en la oficina del coronel Gómez a la mañana siguiente. Decidió regresar a casa, apartarse del bullicio para sopesar las posibles repercusiones a las acciones que había llevado a cabo. Absorto en sus pensamientos, repasaba los acontecimientos sucedidos durante su recorrido por la cuenca del Atoyac. Aún se sentía impregnado del olor a tierra seca, sedienta, que por momentos retrocedía ante las escasas manchas de verdor, una endeble huella de la época de aguas. Él y sus hombres cabalgaron a través de la región, a menudo resguardándose de la inclemencia del polvo y el sol bajo la sombra de pirules y eucaliptos. De vez en cuando, se vieron obligados a rodear algunas ciénegas para evitar accidentes. Conoció la región como a la palma de su mano: rancherías, pueblos, talleres, haciendas y factorías. Sólo así pudo valorar el problema y resolverlo de tajo. Quizás fue demasiado severo al ejercer los correctivos, pero resultaba difícil medir la frontera entre el exceso y lo justo necesario. Era posible que recibiera una reprimenda del coronel Gómez.

Caminaba sin prestarle atención al ruido de los cascos de caballos y mulas, las voces o las carretas. Sumido en sus pensamientos, tenía la sensación de que había transcurrido mucho tiempo desde el día, a principios de enero, en que recibió la orden de presentarse en la presidencia a primera hora. En realidad, sólo habían pasado escasos tres meses desde que el coronel Gómez lo recibió por primera vez en su despacho. Era uno de los hombres de confianza del general Díaz. Al citarlo, la orden había sido clara: guardar absoluto silencio sobre la reunión. De inmediato, Juan asumió que su jefe superior, el inspector Arnulfo Rojas, estaba metido en problemas y querían que su subordinado rindiera una declaración.

Llegó a esa cita diez minutos antes de la hora. Desde algún tiempo, había hecho correr el rumor de su interés por integrarse al cuerpo de guardias presidenciales. Quizás era un buen momento para promover su deseo de formar parte del destacamento oficial que cuidaba personalmente al señor presidente. Si le pedían fundir a Rojas, no se tocaría el corazón. Quería estar cerca de don Porfirio, que lo conociera y distinguiera de los demás que lo rodeaban. Pensó en el dicho «la sangre llama a la sangre» y quizás eso que debía callar hasta la muerte, la madre naturaleza se encargaría de develar.

En más de una ocasión, Juan había comentado que el señor presidente debería contar con un cuerpo especial, una especie de policía política. El licenciado Salas, al menos, lo escuchaba con interés, pero Arnulfo Rojas solía burlarse porque osaba mostrar su ignorancia. Según él, era sabido por todos que el ejército o los rurales eran los indicados para sofocar cualquier intento de rebeldía; tenían los hombres y la preparación para resolver el problema.

Un sargento lo introdujo al despacho del coronel y cerró la puerta de inmediato. El sillón detrás del pesado escritorio estaba vacío. Desconcertado, se sintió atrapado por la mirada severa del general Díaz que colgaba sobre la pared. Una voz le ordenó que se sentara. Miró hacia la ventana. El coronel Gómez, tras el cortinaje, observaba el movimiento en el patio del cuartel. Juan obedeció de inmediato y aguardó en silencio.

—Espero que lo que aquí se acuerde no trascienda estas paredes.

—Tiene usted mi palabra, coronel.

El coronel sonrió, se acercó a Juan. Éste sintió su mirada recorrer su espalda; la enderezó aún más, revisar su cabello, su rostro —vestía de civil—, sus manos pulcras apoyadas sobre las rodillas. Gómez se sentó frente a él y sonrió con aprobación.

—Subinspector, mantener la paz y el orden en el país es la máxima preocupación del señor presidente, quien ha decidido poner fin a las continuas revueltas que han azotado a esta nación desde su nacimiento. Está convencido de que ese es el camino para formar parte de las naciones civilizadas.

Juan asintió. Alerta, escuchaba con detenimiento para poder descifrar las intenciones detrás de las palabras del coronel. El coronel ocupó su sillón, guardó silencio por un momento, parecía dudar de la capacidad de Pelegrino para realizar la misión.

—Hemos recibido noticias preocupantes provenientes de la región del Atoyac. Parece que gente ajena a la zona fabril intenta alebrestar a los trabajadores en contra de los patrones, justo cuando estos señores invierten grandes sumas en modernizar su maquinaria y crear una industria competitiva, capaz hasta de exportar más allá de nuestras fronteras. El señor presidente no puede tolerar estos focos de rebeldía que podrían hundirnos otra vez en el caos y el desorden. Es lo último que este país necesita. ¿Me entiende?

—Sí, mi coronel.

—Tampoco podemos enviar al ejército para aplacar estos brotes; sería mal visto en el extranjero. En cuanto a los rurales, son puro músculo y poco seso. ¿Me entiende, Pelegrino?

—Sí, mi coronel.

—¿Qué se le ocurre, subinspector, que deberíamos hacer?

—No sé, mi coronel…

—No se pierda en tarugadas. Tengo información precisa sobre su persona. Dicen, quienes lo conocen, que trae la cabeza atiborrada de sugerencias.

Juan sintió un sudor frío recorrerle la nuca. Esto podría ser una trampa del cabrón de Arnulfo. No soltaría prenda, no se pondría la soga al cuello.

—Si me permite, mi coronel, es difícil que yo opine sin tener información al respecto; por otra parte, a la gente le gusta hablar del otro sólo para entretenerse.

El coronel soltó una carcajada.

—Veo que es desconfiado por naturaleza, eso habla bien de usted. Es de incautos soltar prenda sin saber si alguien quiere acomodarle una zancadilla.

Juan sonrió levemente e insistió en el silencio.

—Creo que ha llegado el momento de tomarnos una copita de coñac, ¿no le parece? —El coronel sirvió dos copas, e invitó a Juan a brindar con él. Cerró los ojos y aspiró el aroma del licor—. Excelente. Es un obsequio de mi buen amigo el licenciado Salas, un amigo en común, por lo que tengo entendido. ¿Qué le parece?

—Excelente, mi coronel, tiene usted toda la razón —dijo Juan saboreando lentamente el coñac; así que Salitroso lo había recomendado—. Por lo que me ha referido, coronel, quizás lo prudente sería enviar un pequeño grupo de hombres a recorrer la cuenca, hacer averiguaciones sin llamar la atención; descubrir a los cabecillas y evaluar la dimensión del problema antes de tomar las medidas pertinentes para sofocar los disturbios.

El coronel saboreaba lentamente su copa mientras lo observaba divertido. Después de unos momentos, asintió sin decir palabra. Abrió un cajón y sacó una pequeña canasta con dulces de leche. Le ofreció uno a Juan.

—Tome uno, están muy sabrosos; me los traen del rancho de mi mujer. —Él mismo escogió uno y se lo zampó de un bocado—. Son mi pasión, ¿sabe? Están sabrosos, ¿verdad?

Juan asintió. No era afecto al dulce, menos combinado con alcohol y menos cuando tenía la sensación de que el coronel buscaba pescarlo en una impericia. Quizás su percepción sobre el licenciado era equivocada y Salitroso le había puesto un cuatro.

—Le diré lo que pienso, Pelegrino: usted me parece el hombre indicado para cumplir esta delicada misión. ¿Cómo la ve?

Juan tragó saliva y contuvo la sonrisa.

—Me honra usted con su apreciación, coronel. Disponga de mí.

—Bien, escoja a algunos hombres de su confianza y lleve a cabo su sugerencia —dijo el coronel mientras se atusaba el bigote por ambos lados.

Juan asintió. Supo que debía partir de inmediato. Solicitó un par de días para arreglar sus asuntos.

—Supongo que el inspector Rojas está al tanto.

—No. Por el momento, guardará usted silencio absoluto sobre esta misión. Mañana a primera hora Rojas recibirá una orden por escrito de la oficina de la presidencia donde se solicita su presencia con el apoyo de algunos hombres. Lo espero a temprana hora pasado mañana. Le entregaré cartas de presentación para los dueños de las fábricas, la jefatura militar de la zona y el apoyo de los rurales. No regrese hasta que haya resuelto el problema, ¿me entiende?

—Sí, mi coronel.

—Bien, subinspector. Recuerde que el señor presidente ha decidido depositar en usted su confianza. Haga lo necesario para restaurar el orden; pero actúe con total discreción. ¿Comprendido?

—Sí, mi coronel.

Juan se levantó, se cuadró y salió del despacho. El señor presidente había puesto sus ojos en él. Tenía ganas de gritar a los cuatro vientos: «de tal palo tal astilla», aunque el silencio jurado sellara para siempre sus labios. Con el tiempo, el general sabría reconocer su lealtad y la absoluta entrega de su parte. Esta encomienda sería el primer paso para lograrlo. Una sonrisa se coló en su rostro severo al recordar el momento en que recibió el reconocimiento a su entrega y disciplina.

De camino a la segunda demarcación, decidió sacar todos los documentos que guardaba en el escritorio de su casa y esconderlos; no fuera Rojas, durante su ausencia, a catear su domicilio. Allí guardaba testimonios, declaraciones que comprometían a Rojas y a otros jefes policíacos. Desde hacía tiempo, como medida preventiva, había hecho un hueco en el piso de madera de la recámara, debajo del canapé. El momento de guardar allí dentro dinero y documentos comprometedores había llegado. Se preguntó si debía mostrarle el escondite a Minerva. Por un lado, le disgustaba que alguien ajeno metiera mano en sus asuntos, pero si lo retenían, ella podría tener acceso al dinero y a los documentos para utilizarlos en caso de que hubiera necesidad de liberarlo. Había llegado el momento de hacerlo, quizás al día siguiente sería demasiado tarde.

Al entrar al vestíbulo, le llamó la atención una cierta quietud desacostumbrada. Fue a la cocina, la puerta de servicio estaba abierta, se asomó, vio a Agustina que planchaba unas camisas.

—¿Dónde está la señora?

Agustina pegó un brinco, casi tira la plancha y se le quedó viendo como si fuera un fantasma. Irritado, Pelegrino volvió a repetir su pregunta.

—Perdón, señor, no escuché que entró y…

—¿La señora?

—Salió con Paquito…; no me dijo donde…, no ha de tardar.

Pelegrino regresó a la cocina, se sirvió un vaso de agua, se lo bebió de un trago y fue a la recámara. Necesitaba repasar bien los acontecimientos, antes de presentarse con el coronel Gómez.

Desde su llegada a la región, Juan tuvo la precaución de presentarse ante los jefes militares y políticos de la zona, haciendo siempre hincapié en que su misión debía mantenerse dentro de la mayor secrecía. La carta de presentación de don Porfirio le abrió todas las puertas. Acordó con ellos que enviarían tropas al pueblo, a la hacienda o a la fábrica tan pronto Pelegrino lo solicitara. Con la certeza de contar con este respaldo, Pelegrino y sus hombres recorrieron la zona para conocerla y recabar datos. Levantaron un registro de las factorías que mostraban mayor descontento.

Después se dirigieron a La Concepción, una de las fábricas más pujantes de la región. Su dueño, Casimiro Paniagua Rendón, había enviado una carta al general Díaz donde solicitaba ayuda para evitar que su fábrica, al igual que las de sus competidores, fueran inutilizadas por un semillero de inconformes. Exponía que había desembolsado importantes sumas de su patrimonio con el fin de modernizar la producción, acatando la invitación del señor presidente de conducir a la nación a ocupar su lugar entre los países civilizados. Sabía del gran esfuerzo que don Porfirio realizaba por mantener la paz y el orden a lo ancho y largo del país y, por eso, se tomaba la libertad de exponerle el caso de la cuenca del Atoyac.

Pelegrino y sus hombres irrumpieron a galope en el patio central de La Concepción a media mañana. Las mulas de las carretas se alebrestaron; temerosos, los hombres interrumpieron su labor. Don Casimiro salió con pistola en mano para enfrentar a los supuestos forajidos. Sin descender del caballo, Juan le extendió la carta del general Díaz. Éste la leyó, al tiempo que su rostro regordete se encendía de vergüenza. De inmediato, guardó la pistola en el cinto, se deshizo en disculpas e invitó al oficial a pasar a su despacho. Juan entregó las riendas de su caballo a Evaristo y se presentó formalmente.

—Subinspector Juan Francisco Pelegrino, a sus órdenes.

—Inspector, perdone mi torpeza y mi confusión —dijo don Casimiro restregándose el burdo rostro con un pañuelo blanco que ya lucía grisáceo y húmedo.

De inmediato dispuso que se llevaran los caballos al establo y que atendieran a los hombres del inspector. Invitó a Pelegrino a acompañarlo a la casa, ubicada en un predio contiguo separado por un muro de piedra. Caminaba delante de Juan, disculpándose continuamente por darle la espalda, pero debía mostrarle el camino. Mantenía el equilibrio de su torso corpulento sobre sus cortas piernas al desplazarse en un bamboleo acompasado, con los brazos alejados del cuerpo y los puños cerrados. Pelegrino lo seguía sin modificar su paso, con una leve sonrisa en los labios, sin la menor intención de disminuir la mortificación de Casimiro por el grosero recibimiento que le había otorgado. Una vez que se instalaron en el recibidor, mandó informar a su mujer que preparara un buen almuerzo para su invitado. Después de girar órdenes a gritos, se sentó frente a Pelegrino; de sus cejas tupidas desapareció el gesto amenazante y entre sus gruesos labios afloró un remedo de sonrisa.

Don Casimiro se sentía profundamente halagado de que el señor presidente hubiera atendido su súplica y agradecía sin cesar que hubiese enviado al inspector. Pelegrino, sin advertirle que ya había recorrido la región y que conocía al detalle la problemática, lo escuchó en silencio. Cuando don Casimiro terminó de explicar minuciosamente las razones de su carta al general, Juan descruzó las piernas y aceptó el habano que el patrón le ofreció.

—Seño Paniagua, es un hecho que al señor presidente le interesa resolver el problema en toda la región, para lo cual, es necesario que al menos los dueños de las factorías más importantes se pongan de acuerdo, sin que llegue a oídos de los revoltosos.

—Estoy totalmente de acuerdo, mi subinspector. Lo resolveré de inmediato. Pronto será el onomástico de mi esposa y podríamos invitar a todos los distinguidos señores con sus familias a que vengan a festejar con nosotros.

Pelegrino aprobó la idea. Don Casimiro era un hombre de acción inmediata. Acordaron que la fiesta se celebraría en una semana.

—Mientras tanto, estos días aprovecharía para mostrarle mi fábrica para que se familiarice a fondo con el problema. Será para mí un honor recibirlo a usted y a sus hombres como mis huéspedes. —De inmediato salió a girar órdenes para que se prepararan las invitaciones y partieran los mensajeros de inmediato.

Pelegrino aceptó permanecer unos días en su casa. No mencionó que ya conocía la versión de la gente de los pueblos, de los talleres y de las fábricas sobre el descontento que se esparcía por la cuenca. Él ya había detectado las factorías donde existía mayor desasosiego. La Concepción era una de ellas, particularmente por el carácter áspero y exigente del patrón. Don Casimiro y Pelegrino acordaron ocultar que su presencia obedecía a una orden presidencial. Don Casimiro sugirió presentarlo como dueño de una fábrica de telas de Orizaba que venía a conocer la maquinaria de La Concepción con el objetivo de hacer una inversión similar. Nadie, ni su mujer, debía conocer la verdadera razón de la visita del subinspector.

Durante el almuerzo, don Casimiro presentó a Pelegrino como ahijado de un buen amigo suyo. Magdalena, mucho más joven que su marido, y bastante más agraciada, sonrió complacida cuando éste le informó que Pelegrino sería su huésped durante los próximos días. Los ojos negros de Magdalena brillaron con mayor intensidad; sin un asomo de pudor, desnudó una sonrisa que insinuaba una promesa.

Cada vez que don Casimiro se ausentaba de la habitación, ella rompía con todo recato y se acercaba, como si un imán la impeliera, a rozar un brazo, una mano, el pecho del invitado. En los momentos más inesperados, liberaba su cabellera negra, recogida con una peineta de carey, para que cayera frondosa sobre su espalda.

Tan pronto Juan pudo reunirse con sus hombres, les informó que permanecerían en La Concepción durante varios días. Les pidió que hicieran correr el rumor de que venían de Orizaba, que su patrón era dueño de una pequeña fábrica de hilados. Sus instrucciones fueron precisas: que intentaran intimar tanto con maestros hiladores como con aprendices; que se quejaran de su patrón para incitar a que los obreros hablaran abiertamente de don Casimiro; que bajo ningún pretexto se metieran con ninguna de las mujeres; no quería líos de faldas.

—Pos yo le recomiendo que se cuide de la doña de la casa, que ya corre la voz de que tan pronto le puso los ojos encima se le culebrearon las piernas, jefe —dijo Pata de Mula, que era el más deslenguado de sus hombres.

Ante la risa contenida de sus hombres, Juan se abstuvo de reconvenirlo.

—Gracias por la advertencia, Patita; haré lo que pueda para salvaguardar mi honra —bromeó Juan.

Durante los siguientes días, don Casimiro lo tomó bajo su ala protectora y, tan pronto amanecía, iba por él para llevarlo a recorrer La Concepción. Orgulloso, le mostró las bodegas, la maquinaria nueva. Todo estaba dividido por zonas: al fondo, la sección de apertura, hilado y cardado del algodón; enseguida los rollos de pabilos pasaban a las máquinas hiladoras; por último, la sección de blanqueo y estampado. De allí, los géneros pasaban a la bodega que abría su portón al patio donde se cargaba la mercancía en carretas. Don Casimiro tenía contemplado instalar turbinas para optimizar el uso del agua como fuente de energía, pero no haría esa inversión hasta que las cosas se calmaran. Había recibido amenazas de que su maquinaria podría sufrir un accidente. Por ese motivo optó por contratar capataces que vigilaran continuamente a los trabajadores. A pesar de que era un gasto adicional, logró impedir que la gente comiera, se sentara o platicara durante el horario de trabajo. Don Casimiro presumía de dirigir una fábrica moderna.

—Aquí pagamos muy bien, mejor que a cualquier peón de hacienda, empleado de ferrocarril o maestro de escuela. Aun así, protestan. Les damos casa, les fiamos en la tienda de raya y hasta les puse una escuelita con maestro para que sus escuincles no sean tan brutos. Sin embargo, repelan. Aquí, sus chamacos tienen su futuro asegurado, pueden aprender el oficio de sus padres. De la escuela pasan a ser aprendices, sólo los más ineptos se quedan de peones. Y, aun así, nada les parece.

Después de esas largas jornadas con el patrón de La Concepción, que empezaban muy temprano, Juan aprovechaba para refugiarse en el silencio de su cuarto. La siesta para don Casimiro era sagrada; pobre de aquel que se atreviera a despertarlo. De las dos treinta hasta las cuatro, el buen hombre se entregaba al sueño reparador. La casona se sumía en un espeso silencio. A las cuatro en punto, un criado entraba a despertarlo con una taza de café hirviente que dejaba sobre la mesilla de noche, descorría los gruesos cortinajes para que la luz y el aroma del café despertaran al patrón. Nada ponía de peor humor a don Casimiro que alguien le hablara hasta que estuviera del todo despierto.

Pata de Mula le vino a Juan con el chisme de que la doña convenció al patrón de que la dejara permanecer en su costurero y bordar, ya que prefería no dormir la siesta.

—Ya'stá usté advertido, jefe. —Y se alejó conteniendo su risa socarrona.

Magdalena decidió sugerirle a Pelegrino pasear, platicar sin la intervención constante de su marido. Pelegrino antepuso la excusa de que él también era un fanático de la siesta, que debía respetar o estaría de pésimo humor durante la tarde.

Magdalena lo miró como si no le creyera, supuso que Pelegrino temía encolerizar a su marido. En realidad, lo acechaba constantemente. Aparecía detrás de una puerta o bien se le cruzaba en el momento más inesperado. Si nadie estaba presente, se le acercaba hasta rozarlo con un seno.

Una tarde, a la hora de la siesta, sentado en un sillón, Juan revisaba unos papeles. Magdalena abrió rápidamente la puerta y entró. Juan levantó la mirada sin mostrar sorpresa, sólo sonrió. Ella miraba su torso desnudo como gata en celo mientras se acercaba a él.

—La calor me cala la piel, como a usted —le dijo coqueta, pasando delicadamente los dedos sobre el hombro—. Se me vuelve intolerable la tela sobre mi piel.

—Si usted lo dice, señora, así debe de ser —dijo irónico Juan sin mover un músculo del cuerpo.

La mujer soltó una carcajada desbordada por el deseo.

—¿Por qué tan formal, mi querido señor? Permítame mostrarle a lo que me refiero —Se levantó lentamente las enaguas, dejando al desnudo las pantorrillas, luego las rodillas carnosas; más aún, los muslos levemente separados—. Me permite su mano, mi querido amigo.

Juan sintió la humedad de la entrepierna. Dejó correr sus dedos con libertad. La mujer ronroneaba como gata en celo. Juan la observaba divertido; jugueteaba con el vello sin penetrar su sexo húmedo hasta que ella le imploró que la hiciera suya.

La mujer era insaciable, se entregaba para después recorrer, voraz, el cuerpo de Juan, sin despegar los labios de su piel. Quiso que Juan la montara una y otra vez. Éste, más que satisfecho, se negó. La hora de la siesta estaba por terminar y su marido acostumbraba mandarlo llamar, o bien se presentaba en su habitación sin previo aviso. Ella, al compás de un bisbiseo, estiró un brazo con desenfado, luego el otro, las piernas; finalmente se vistió lentamente sin quitarle los ojos de encima.

—Sin duda ya lo sabe: sus ojos verdes le enchinan el cuerpo a cualquier mujer.

—No lo creo, doña; pero si prefiere los cierro para que pueda usted arreglarse y marcharse antes de que la encuentren aquí —Juan respondió con ese dejo de sarcasmo que lo caracterizaba.

—Entonces, hasta mañana —dijo Magdalena y con indolencia se recogió el cabello. Salió sin cerrar la puerta.

De inmediato Juan se incorporó, cerró la puerta con llave. Echó agua a la jofaina, se restregó el cuerpo con zacate y jabón hasta desprenderse del olor a hembra. No era la primera vez, ni sería la última, que le diera rienda suelta a su apetito. Sin el menor esfuerzo, las mujeres le rogaban que las hiciera suyas; todas, menos la Minerva. Con esa mujer siempre estaba en pugna. La Minerva, con su mirada cargada de rencor, guardaba distancia; él, al acecho para sorprenderla, la rozaba con los labios o su mano, lo cual era suficiente para hacerla temblar. Después, todo era más fácil; había que provocarle el deseo hasta dejarla gimiendo, desfallecida entre sus brazos, con el orgullo arrinconado y sus aires de reina destronados. No era fácil vencer su defensa; era terca como una mula, orgullosa como una emperatriz, pero cuando lograba vencer su desapego y sentirla titilar, agitada por el placer, él podía perderse en la profundidad de sus ojos azules, como si se sumergiera en el mar. Era un hecho que esa hembra no lo aburría. Con tan sólo confrontar su mirada retadora o aspirar su aroma a frutilla del bosque, o deslizar sus dedos sobre su piel, blanca como la nieve, sentía la presencia de su virilidad despertar con brío.

Mientras se vestía, intentó explicarse, una vez más, la brecha que se había interpuesto entre ellos. Una primera causa fue cuando ella revisó sus papeles y se enteró de su intento de atrapar a Rhodakanaty. Otra, el nacimiento de Paco. Tan pronto Juan entró a verla, lo primero que le dijo fue que entre ellos nunca más habría una relación carnal, como si él fuera el culpable de su sufrimiento a la hora de parir. Juan siempre pensó que con el tiempo esa fijación desaparecería. Sobre todo porque le había dado su palabra de no aprehender a Rhodakanaty; aunque curiosamente ella jamás le había creído. No volvió a mencionarlo ni intentó buscarlo, pero quedó como un machete filoso entre ambos. En cuanto a quedar encinta, le aseguró que él sabía cómo evitarlo y si acaso sucediera un accidente, él conocía remedios hechos de hierbas que resolvían el problema. Ese argumento tampoco pareció convencerla, por más que aseverara su desinterés por tener más hijos. Juan deseaba una Minerva bella, elegante, no gorda o deformada por la maternidad. Nada le ocasionaba más placer que caminar a su lado y lucirla como una joya, para después sorprenderla, provocar sus deseos, sentirla indefensa ante su acometida y escucharla jadear como animal en celo.

Refrescado, salió de su habitación y, antes de que don Casimiro reclamara su presencia, Pelegrino ordenó a sus hombres que ensillaran los caballos para alejarse de La Concepción. Se detuvieron en un paraje apartado, a la sombra de unos pirules; se sentaron sobre la hierba. Evaristo le presentó toda la información que habían recabado en los últimos días. Parecía que el disgusto se había acrecentado con la llegada de los nuevos telares. Para instalarlos llegaron dos hombres de la capital. Enseñaron a la gente de don Casimiro a trabajar los telares mecanizados y de paso les hablaron de los derechos del trabajador, les mostraron artículos de *El Socialista* y de *El Hijo del Trabajador.* Les aconsejaron luchar. Algunos se unieron para hablar con don Casimiro, la gente no quería aceptar las veladas ni los turnos del domingo. La respuesta del patrón fue contratar a extraños para que los vigilaran y, a la menor excusa, los azotaran a latigazos.

—Sus jornadas empiezan a las cuatro de la mañana y terminan cerca de la medianoche. Por si fuera poco, ahora quieren que trabajen los domingos —dijo Pata de Mula.

—¿Eso a ti no te parece, Patita? —le recriminó Pelegrino.

—¿Yo? Yo no tengo vela en ese entierro, jefe.

—Eso digo yo —afirmó Pelegrino.

—Nomás decía…

—No seas pendejo; en boca cerrada no entran moscas, ¿verdad, jefe?

—Tú, Romeo, mejor chitón, que aquí el jefe dijo no entrometerse con las viejas y tú…

—Ya cállense, que cacarean como gallinas argüenderas. —Evaristo los calló.

—¿Qué tienes que decir al respecto, Romeo? —preguntó Pelegrino.

Romeo decidió callarse. Cruzó una mirada con Pata de Mula, advirtiéndole que después se las cobraría por andar de chismoso. Evaristo, que tenía cierto ascendiente sobre los otros dos, explicó a Pelegrino que Romeo enamoraba a una de las criadas de la casa y, por si fuera poco, ésta era hija de uno de los maestros hiladores.

—Ándele, por eso le informo, que entre el viejerío corre el chisme de que la patrona anda de cabeza por usté, patrón, que come ansias, ¿me entiende, jefe? —bromeó Romeo.

—Jefe, debería andarse con más cuidado, no se vaya a enterar don Casimiro, que ese hombre tiene el genio atravesado y podría darle un susto —dijo Pata de Mula.

—Ya, Patita, para qué estamos nosotros, sino para cuidarle la espalda al jefe —se jactó Romeo.

—Yo sólo digo que las lenguas sueltas no conocen lindero —insistió Pata de Mula—. El otro día, el tal señor mandó a azotar a un chamaco por haber manchado una manta, todo porque se tropezó y se detuvo con las manotas sucias sobre unos lienzos.

Pelegrino los escuchaba pensativo. Les dijo que a la mañana siguiente partirían rumbo a Atlixco a ponerse en contacto con los rurales. Regresarían un día antes del festejo que don Casimiro preparaba para su esposa.

—¿De cuándo acá le gustan las tertulias de los emperifollados, jefe? Se me hace que la doña ya le tendió una trampa —dijo socarrón Romeo.

La mirada punzante como cuchillo de Pelegrino le borró la sonrisa a Romeo.

—No fue mi intención faltarle al respeto, jefe…

—Entonces, cierra el hocico antes de que te hunda en estiércol, cabrón —lo amenazó Evaristo.

—Nos iremos tan pronto resuelva unos asuntos con don Casimiro; prepárense para retirarse la tarde del festejo. Nos iremos sin hacer ruido; yo informaré al patrón de La Concepción unos minutos antes de partir. ¿Entendido?

Sus hombres asintieron.

Después de varios días de ausencia, Pelegrino y sus hombres regresaron a La Concepción. En vez de carretas con arrieros, en el patio central hallaron peones destazando marranos y guajolotes. El ruido y la peste era infernal. La tierra compacta estaba humedecida con la sangre de los animales. Algunas mujeres desplumaban gallinas y guajolotes. Sobre leños encendidos, ollas inmensas de barro con aceite hirviente recibían los cueritos de cerdo para el chicharrón; unas chamacas molían en metate los chiles para el adobo y el mole. Las dos cocineras de la casa probaban las masas pastosas, antes de darles su visto bueno.

Los hombres de Pelegrino llevaron los caballos al establo y Juan entró a buscar a don Casimiro a su despacho. Éste lo abrazó con gusto y le informó que los invitados empezarían a llegar desde el mediodía. Mientras las mujeres se entretenían en el arreglo de sus prendas y sus peinados para la fiesta, los hombres se reunirían a discutir los asuntos pendientes.

—Lo mejor sería que esta reunión pasara desapercibida para criados y obreros, don Casimiro. No queremos esparcir la noticia de que la autoridad está a punto de tomar cartas en el asunto.

—Tiene toda la razón, mi querido amigo. Podemos utilizar mi pequeño pabellón de caza. Allí está vedada la presencia de cualquier fémina. Será un convivio entre hombres. Una pequeña colación con algo de alcohol nos permitirá arreglar el asunto sin contratiempos. ¿No le parece, inspector?

—Subinspector, don Casimiro.

—No dudo que en breve será inspector, querido amigo. Lo único que lamento es que esta noche tengamos que merendar sin la presencia de mi mujer, porque anda enloquecida con los vestidos y los arreglos de la casa.

—No se preocupe, pensaba tomar un bocadillo y retirarme temprano a descansar.

—Pues así lo haremos, que nos espera un gran día. He pensado que usted podría utilizar La Concepción como centro de operaciones; con gusto lo auxiliaría.

Pelegrino agradeció el ofrecimiento, pero prefería tomar las cosas con calma. La discreción sería su máximo aliado.

Al día siguiente, desde temprano empezaron a llegar los carruajes de los invitados, seguidos de carretas con baúles y regalos. En el patio de la casona, un remolino de sirvientes, semejante a un hormiguero, cargaban el equipaje de sus patrones. Don Casimiro y su esposa Magdalena recibían con gran ceremonia a sus invitados. Se conducía a las damas a sus aposentos con el equipaje y los caballeros pasaban a un salón a tomar un refrigerio. En cada habitación aguardaban jarras de aguas frescas, de jamaica y sandía; jofainas con agua templada, perfumadas con pétalos de rosa. Entre los gruesos muros encalados, podrían las señoras recuperar la lozanía de su rostro y borrar toda huella de su viaje por caminos terregosos, asolados por la inclemencia del sol. Su presencia no se requeriría hasta la hora de la comida.

Después de la colación, don Casimiro dividió a los varones. Discretamente, algunos fueron invitados a visitar el pabellón de caza; los otros fueron encaminados al huerto a descansar en hamacas. El pequeño pabellón de caza estaba cercado por arbustos tras el muro del huerto. Don Casimiro entró satisfecho de su capacidad de organización. Se percató de que varios de los presentes admiraban sus trofeos de caza que colgaban en los muros de piedra. Cabezas de puma, oso negro y lobo rompían la monotonía de las paredes con sus amenazantes fauces. Ordenó salir a los dos criados que atendían a sus invitados. Rápidamente se aseguró de que todos tuvieran sus copas llenas y puros a la mano. Pelegrino se mantenía a distancia del pequeño grupo de patrones que charlaban animadamente.

Don Casimiro los invitó a sentarse y de inmediato planteó la situación. Las sonrisas desaparecieron y la preocupación se hizo presente al tiempo que éste recapitulaba sobre los problemas que aquejaban a la comarca y que habían obligado al señor presidente tomar cartas en el asunto. De inmediato presentó a Pelegrino como el representante personal del general Díaz. Ésa era la razón de fondo de la tertulia. Debían actuar sin que corriera el rumor de que el Gobierno Federal tomaría cartas en el asunto.

Era fundamental que se pusiera fin a la inconformidad que amenazaba con dañar la zona fabril de la cuenca del Atoyac. Por eso, los presentes, los dueños de las factorías más importantes, estaban reunidos allí. Algunos dejaron sus copas sobre las mesas; otros, de inmediato apagaron sus puros, no fuera a considerarse una falta de respeto a la figura de don Porfirio. Miraban con recelo a Pelegrino. Éste tomó la palabra, y les aseguró que antes de esa reunión había tenido la precaución de establecer contacto con los jefes militares y los rurales.

El silencio que permeaba por el pabellón estalló de pronto en voces que se sobreponían. Unos coincidían en que las cosas habían llegado a un punto peligroso; otros, que la situación no exigía la participación del ejército.

—Quizás no se hayan percatado de que la inconformidad va en aumento, provocada por gente extraña llegada de Tlaxcala, Puebla y la capital. Incitan a sus trabajadores a que se unan para exigir mayor paga y suspender las veladas y el trabajo dominical; quieren trabajar menos horas —recalcó Pelegrino con severidad.

—Es cierto, hasta exigen que las campanas dejen de tocar para marcar los turnos; yo mismo leí uno de esos pasquines donde escriben que las campanas sólo deberían sonar para llamar a misa —dijo don Casimiro.

Diferentes voces se sumaron. Unos exponían que ellos pagaban los mejores sueldos; otros, que habían adquirido deudas para modernizar sus fábricas; otros más pensaban que era posible calmar la situación hablando con sus maestros tejedores, al hacerlos comprender las necesidades de las fábricas para solventar sus gastos; el resto guardaba silencio, temerosos de expresar una opinión.

—Permítanme insistir, caballeros. En La Purísima la situación no requiere que la fuerza pública entre a poner orden —dijo un hombre alto, de porte distinguido que intentaba mantenerse al margen de las voces exaltadas.

—Don Severiano, no se puede tapar el sol con el dedo. Que usted se niegue a ver la amenaza que entraña para todos nosotros que la región caiga otra vez en una revuelta es imperdonable —rugió don Casimiro con el rostro descompuesto.

Le resultaba intolerable que alguien intentara interferir después de que el señor presidente se había dignado en responder a su carta. Pelegrino observó cómo el rostro del patrón de La Purísima se encendía y los demás callaron, atentos al desenlace.

—Yo sólo dije que un puñado de inconformes que no quieren aceptar las nuevas medidas no amerita usar la fuerza pública, cuando quizás podamos resolverlo platicando con ellos —dijo gravemente el dueño de La Purísima.

—Cuando incendien las fábricas, destruyan la maquinaria y ataquen a nuestras familias será demasiado tarde —insistió don Casimiro conteniendo su rabia con dificultad.

Voces encontradas discutían, acaloradas, sin escucharse. Pelegrino pegó un grito, ordenó silencio. Todos miraron sorprendidos al forastero que, con arrogancia e impertinencia, los callaba.

—Les suplico que vuelvan a sus asientos y platiquemos con civilidad. Es un hecho, porque así me consta, que que este problema no ha alcanzado un punto álgido en todas las fábricas. Por otra parte, no es la intención del señor presidente utilizar la fuerza para aplacar los ánimos —aclaró Pelegrino con severidad—. Sin embargo, el señor presidente ha hecho hincapié en que sólo la paz social conducirá al progreso que tanto anhela esta nación. Señores, ya no se tolerarán a los revoltosos ni a quienes los solapen. He recibido instrucciones precisas de que en la cuenca del Atoyac debe reinar la tranquilidad para que el trabajo y el orden traigan prosperidad a la región y al país. Espero contar con su colaboración.

El silencio y las miradas inquietas acompañaron las palabras de Pelegrino. Poco a poco, y en silencio, volvieron a sus asientos. Don Casimiro tomó la palabra. Sugirió que todos los patrones acordaran implementar las mismas condiciones a sus trabajadores, con el fin de asegurar la fortaleza del sector fabril.

—De ser así, no dudo que en breve estaremos en condición no sólo de atender la demanda nacional, sino también de competir en los mercados internacionales.

Varios de los presentes asintieron. Don Casimiro, complacido, sacó un papel del bolsillo de su casaca, donde había hecho algunas anotaciones a lápiz.

—No pagar arriba de treinta y cinco centavos diarios a aprendices y peones; setenta y cinco centavos a hilanderos; a los tejedores se les pagará por pieza de manta. No menos de quince horas por turno y algunos domingos, cuando sea necesario. Dentro del lugar de trabajo, no tolerar comer, descansar o hablar, para eso existe el horario de descanso.

—¿Y cómo vamos a evitar que hablen y coman mientras laboran? —preguntó uno de los presentes.

—Como se hace en los centros fabriles modernos, como se hace aquí en La Concepción, contratar hombres para que vigilen y castiguen a los infractores —dijo satisfecho don Casimiro.

Juan observaba a cada uno de los dueños, ordenaba la información: rostros, actitudes, palabras. Don Casimiro quería asumir un liderazgo, inconveniente para Pelegrino, por lo que decidió poner punto final a la discusión. Interrumpió los alegatos y les recordó que estaban reunidos para enterarse de la decisión del señor presidente de poner fin al problema. Para eso era necesario que llegaran a un acuerdo y evitaran que los obreros aprovecharan sus desavenencias. Él, en calidad de enviado del señor presidente, les informaría sobre los pormenores de la acción para restablecer la paz en la región. Su misión era localizar a los infiltrados en las fábricas que alborotaban a los trabajadores y restaurar el orden antes de que los disturbios se extendieran a lo largo del Atoyac.

—Ahora los dejo, caballeros, para que lleguen a un acuerdo. Les pido, es más, les exijo, guardar silencio absoluto sobre lo aquí tratado. No debemos poner sobre aviso a los enemigos de la paz social. ¿De acuerdo?

Todos los presentes dieron su palabra de mantener la más absoluta reserva.

—Bien, caballeros, me despido. Cuando la ocasión lo requiera me presentaré de nuevo ante ustedes; mientras tanto, debo ausentarme de inmediato para organizar las estrategias que habremos de ejecutar.

—Inspector, ¿no se queda a la tertulia? —preguntó sorprendido don Casimiro—. Mi esposa se sentirá desairada por su ausencia, pensará que no lo hemos atendido como se merece.

—Le ruego que me disculpe con su señora esposa, pero el deber me llama y estoy obligado a prescindir del placer que me significaría participar en tan feliz festejo.

Salió del pabellón sin esperar respuesta. Sus hombres lo aguardaban con los caballos ensillados en el potrero, alejados de la mirada aguda de la dueña de la casa.

Su impaciencia iba en aumento. Minerva tardaba en llegar a casa y a él le urgía hablar con ella, exponerle los peligros que quizás lo acechaban y, en caso de ser necesario, qué documentos debería utilizar para lograr su libertad. La cita con el coronel Gómez lo había sumido en la preocupación. Decidió servirse un mezcal recién llegado de Oaxaca que un comerciante le había regalado cuando entró a cobrar la tajada prometida con tal de hacer perdidiza una orden de arresto.

Pelegrino se presentó en La Purísima en plena hora de la siesta, acompañado de sus hombres de confianza: Evaristo, Romeo y Pata de Mula. De habilidades diferentes, ellos reunían tres cualidades fundamentales para Juan: callados, cabrones y carentes de escrúpulos. El respeto que le profesaban obedecía a la certeza de que Pelegrino los cercenaría en pedacitos al menor desliz. Los hombres tuvieron la encomienda de dispersarse por los corrales, el patio de carga y la tienda de raya, y entablar conversación con los lugareños, mientras él lo hacía con el patrón. En una veintena de días habían visitado pueblos, caseríos y fábricas de la cuenca del Atoyac. La información recabada en pulquerías, mercados y entre los arrieros le había permitido evaluar con precisión el sentimiento general de la población.

Juan aguardaba en el despacho del patrón, instalado plácidamente en un sillón de cuero con respaldo de madera tallada. Había llegado en plena hora de la siesta, cuando todo parecía sumergirse en una calma chicha que adormecía cualquier inquietud en un letargo contagioso. A la entrada de la hacienda aparecía un escudo tallado en piedra. Probable petulancia de un español muerto de hambre que se embarcó hacia la Nueva España para hacer fortuna, pensó Juan. Ahora, su heredero presumía ser descendiente de un noble hidalgo. Sin duda alguna, su abuelo aprovechó la guerra de Independencia para reclamar su mexicanidad y tomar posesión de una hacienda pulquera. Ahora el nieto ostentaba un escudo de hidalgo español a la entrada de su hacienda donde había instalado telares para fabricar hilados. Pese a ser la tercera generación nacida en el país, el nieto diferenciaba sutilmente la s de la z. Quizás por eso, para espantarle sus buenas costumbres revestidas de inmodesta petulancia, Juan decidió presentarse ante el patrón de La Purísima a la hora de la siesta e informarle sobre sus intenciones.

Desde el sillón podría ver el rostro del patrón cuando entrara. No le cabía la menor duda de que, ante su insistencia, la negativa de los criados por interrumpir el sacro sueño del patrón sería inútil. Su nombre, susurrado en la penumbra de la recámara, bastaría para alterar la calma de don Severiano Castro Real. Saboreaba de antemano la incomodidad que su presencia, en hora tan inoportuna, le causaría al patrón. De inmediato éste ordenó que lo invitaran a pasar al despacho, que le ofrecieran agua fresca y que le presentaran sus disculpas por la espera, ya que las circunstancias lo obligaban a arreglarse para recibirlo.

Juan sabía que el buen hombre no podría negarse a verlo ni exigiría que aguardara hasta que la hora de la siesta se cumpliera. Divertido por haber interrumpido la rutina de la casa, revisaba con detenimiento el lugar. Sentía que el calor se le despegaba lentamente de la piel mientras saboreaba el agua de lima. Los gruesos muros encalados mantenían fresca la habitación. Los muebles, pesados y sólidos, seguramente importados de España por el abuelo, emitían un olor a viejo. Irónico, Juan se preguntó si los innumerables libros que decoraban el librero servían para dar mayor realce a la familia o si alguno de los varones era en verdad aficionado a la lectura.

Después de haber recorrido la región de sur a norte, había elegido a La Purísima como el lugar donde concentraría su acción. Allí la inconformidad era escasa; su dueño era un hombre recto que gozaba del respeto de su gente. Para Juan, el resultado óptimo en un plan de ataque dependía de escoger dónde y cuándo iniciar la acción, para sorprender y causar el mayor daño al enemigo. Cortaría de tajo el descontento en ese lugar para que sirviera de advertencia a los demás centros fabriles de hasta dónde estaba dispuesto el gobierno a llegar con tal de imponer la paz. Era necesario que los renuentes, los desobligados y los sediciosos comprendieran que el general Díaz no toleraría que los desórdenes detuvieran el progreso del país. Cuando él, Juan Pelegrino, regresara a la capital con la misión cumplida, quizás el señor presidente lo recibiría en persona para agradecerle el esfuerzo y la valentía. Al fin podría conocerlo.

Don Severiano entró al despacho. Alto, delgado, de caminar parsimonioso, no pudo disimular el disgusto ante la exigencia de interrumpir su siesta. Extendió su larga mano para saludar, pero al primer contacto, la retiró. Sus cejas pobladas, negras, se fruncían sobre la frente; se retorció los bigotes largos y encerados. Resaltaban las canas entre su cabello ondulado y oscuro. Se sentó detrás del escritorio. Pelegrino retomó su lugar en el sillón, frente a él.

—Señor subinspector Pelegrino, debe tratarse de algo muy urgente para que haya usted acudido en horas de asueto e insistiera en hablar conmigo —dijo, pronunciando con pulcritud cada palabra.

—Usted perdonará, don Severiano, pero el deber me obliga. La insistencia por parte del señor presidente de poner remedio inmediato a la situación, me ha llevado a atender esta orden sin demora.

—No entiendo. ¿Ha sucedido algo?

Juan guardó silencio por un momento, como si meditara hasta qué punto debería compartir la información restringida.

—Como usted sabe, durante varias semanas hemos recorrido la región; los rurales y las fuerzas federales nos mantienen al día de cuanto acontece. Usted disculpará, pero es información delicada que no estoy en libertad de compartir.

Don Severiano olvidó su disgusto. Sin duda la situación había empeorado, aunque en la hacienda no se percibiera nada.

—Comprendo, subinspector. Quizá pueda ofrecerle una copa de coñac o un café antes de que platiquemos al respecto.

—Agradezco su atención, señor, un café estaría bien. Por cierto, el retrato en la pared tiene un enorme parecido con usted.

—Es mi abuelo, Severiano Castro de la Peña, fundador de esta hacienda. Fue un hombre decente, trabajador —dijo el dueño de La Purísima sin disimular el orgullo de sentirse heredero de esa estirpe. Desde la puerta de su despacho, ordenó el café a un criado que aguardaba cerca de allí.

Juan recibió como una afrenta personal que el hombre se jactara de su linaje. Por si le faltara alguna razón, esto aumentaba su intención de hacer caer allí, sin misericordia, el brazo de la autoridad. Don Severiano retomó su lugar detrás del escritorio. Juan aprovechó para levantarse y pasear por el despacho a sus anchas, como si meditara la mejor forma de abordar la situación. Sabía que este ir y venir inquietaría aún más al patrón. Se asomó por la ventana, como si sospechara que alguien podría escuchar la conversación. Permitió que el silencio pesara sin el menor intento por llevar a cabo una charla superflua. No abrió la boca hasta que el criado dejó sobre el escritorio una charola con un par de tazas de café y un platón de pastitas, enviado por la señora de la casa. Esperó a que el criado se retirara. Juan cerró la puerta. La preocupación se fue apoderando del rostro del patrón; el asunto debía de ser muy grave. El subinspector se sentó frente a don Severiano y agregó azúcar al café con una cucharita de plata. Pensativo, Juan dio un sorbo a su café.

—Como les expliqué en aquella reunión a la que convocó don Casimiro, es necesario unir esfuerzos. Nosotros vamos a iniciar un plan para acabar con el descontento que en ciertos puntos está a punto de tomar un cariz violento.

Don Severiano palideció.

—¡No me diga! Acá por fortuna la inconformidad no es muy grave. Claro, la voz corre, el descontento se escucha por toda la cuenca, sobre todo lo relacionado con los posibles turnos en domingo. Los cambios nunca son bien vistos, pero he hablado con ellos, mi gente es buena.

—Nuestra experiencia nos dice que los revoltosos son como el fuego: o se apaga antes de que crezca o se transforma en una conflagración.

Don Severiano guardó silencio. Sacó un pañuelo blanco, bordado con sus iniciales, se lo pasó por la frente; exudaba miedo. A Juan le divertía la falta de malicia del patrón de La Purísima. Sin duda acataría sus órdenes al tiempo que se abstendría de intervenir directamente. Esa fue una razón de peso, de hecho, la segunda por la cual había escogido a esta fábrica. Con esto, podría obtener un resultado inmejorable.

—Supongo que usted necesitará pasar la noche acá, con sus hombres, subinspector.

—Me temo que las circunstancias nos obligan a imponerle nuestra presencia durante varios días. Debemos actuar con cautela, cerciorarnos de que en La Purísima no se hayan mezclado revoltosos entre su gente.

—Soy muy afortunado, mis trabajadores son hijos y nietos de aquellos que trabajaron con mi abuelo en la hacienda, no atentarían contra nosotros.

Juan lo escuchaba atentamente, sin quitarle la mirada de encima, como si sopesara sus palabras. Don Severiano sintió temor ante esta actitud, quizás el subinspector contaba con información secreta que contradecía lo que él afirmaba.

—Es posible —dijo Juan dando a entender que no compartía la misma opinión—. Lo único que me parece claro es que usted es un hombre serio y decente, un buen patrón para sus trabajadores.

Don Severiano asintió. Cada minuto que transcurría lo hundía más en la inseguridad. Quizás el oficial venía a prevenirlo de un peligro inminente para su familia y su fábrica.

—Ordenaré que les preparen habitaciones.

—Agradezco la atención. Soy consciente de que interrumpimos la tranquilidad de su hogar. Le pediría que se abstenga de informar, ni siquiera a su señora esposa, la verdadera razón de nuestra visita. Sugiero que les diga que vine a conocer la fábrica con la intención de vender unos telares alemanes de nueva tecnología. Si mis hombres pudieran aposentarse dentro de los caseríos, quizás podrían confundirse entre su gente, escuchar y ver lo que allí acontece, sin causar alarma.

—Así se hará.

Don Severiano salió dejando la puerta entreabierta. Pelegrino sonrió satisfecho, el juego se iniciaba, había movido el alfil.

Era un hecho que la situación en La Purísima se había desbordado; quizás permitió que los hechos tomaran un cariz violento, pero cumplió su cometido, cortó de tajo cualquier intento, por leve que fuese, de sedición. Es cierto, podrían acusarlo de haberse excedido, sobre todo en La Purísima. Ante eso, sólo podría decir que la amenaza de revuelta en la cuenca del Atoyac había quedado resuelta.

A su regreso a la capital, algunos compañeros le habían susurrado que el jefe, Arnulfo Rojas, andaba encabronado con su subalterno por el favoritismo que le había mostrado el coronel Gómez al enviarlo a cumplir una encomienda del señor presidente; consideraba esto una traición a su persona. Desde ese momento, Rojas había iniciado una búsqueda de información para perjudicar a su subalterno. Juan no dudaba que ya estuviera al tanto de los hechos: la noticia se había esparcido como lumbre por toda la zona, era una advertencia precisa para los inconformes. La autoridad no mostraría clemencia; los fundiría por años en un calabozo, de no encontrar antes la muerte.

La impaciencia de Juan lo llevaba a revisar continuamente la hora en su reloj de bolsillo. Al menos, desde su regreso, ella había comentado que durante su ausencia aceptó dar algunas clases de piano para suplir a un maestro que enfermó gravemente. Aunque, eso sí, se abstuvo de mencionar una sola palabra sobre su asistencia a los conciertos privados de la Sociedad Filarmónica con el profesor Cortina y su esposa. Ignoraba que Juan había dejado a un par de hombres de su confianza para que la siguieran a una distancia prudente y lo mantuvieran al tanto de sus actos. Tocó el timbre, la Agustina no soltaba prenda; ésta se presentó de inmediato.

—Tráeme un café. ¿Paco siempre termina tarde su clase de piano?

Agustina asintió, retirándose; no fuera Pelegrino a desquitar con ella su malhumor. Juan revisó otra vez su reloj. Debía reconocer que la orden del coronel Gómez de que se presentara a primera hora de la mañana lo inquietaba de sobremanera. Necesitaba hablar con Minerva y explicarle bien las cosas por si lo refundían.

Tan pronto puso pie en la capital, presentó un informe por escrito sin entrar en demasiados detalles. Quizás ahora tendría que explicar algunas situaciones. Repasó minuciosamente los acontecimientos en La Purísima. Después de sopesarlo, tomó la decisión: era necesario golpear con severidad justamente una de las fábricas más tranquilas, con un patrón sensato que se abstendría de inmiscuirse en las acciones.

Lo que allí aconteciera, incendiaría toda la comarca; los inconformes que no se plegaran a los nuevos ordenamientos, serían detenidos por los rurales, acusados de sedición y refundidos en las cárceles de Puebla y Tlaxcala o, de ser necesario, se les aplicaría la ley fuga.

En La Purísima, Pelegrino encontró el lugar ideal para enfrentar el problema. Tal como lo había contemplado, el patrón era un hombre tranquilo y timorato. Desde el principio, éste se mantuvo al margen de las acciones; nunca quiso conocer las razones ni influir en la toma de decisiones de Pelegrino. Medroso, acató cuanta disposición se quisiera implementar; defendió a su gente con dubitación. Pelegrino se aprovechó de sus miedos y de su indecisión.

Instalados en la hacienda, Pelegrino designó distintas tareas a sus hombres. Evaristo se presentaría como su capataz, con un marcado respeto hacia Pelegrino, mientras Romeo y Pata de Mula expresarían su inconformidad ante el trato despótico de su patrón. Los tres debían infiltrarse dentro de la estructura laboral de La Purísima y establecer lazos de confianza entre los maestros y trabajadores. Don Severiano aceptó que la presencia de Pelegrino y sus hombres se explicara como si éste fuese representante de una fábrica alemana que deseaba vender maquinaria.

A partir de esto, los hombres salpicaban sus pláticas de chismes sobre la región, sobre la intención de que las máquinas suplieran a los obreros, el aumento general de los turnos de trabajo, el vigilar a los trabajadores con hombres armados y violentos, castigar a los trabajadores por cualquier nimiedad. No dejaron de ponderar el mal carácter de Pelegrino ni sus sugerencias a los dueños de las fábricas de tomar medidas drásticas para modernizar su industria. De los tres, Evaristo era quien siempre tomaba una actitud más prudente y exigía que cuidaran lo que dijeran de su patrón. Romeo y Pata de Mula aprovechaban cualquier ausencia de Evaristo para mostrar, sobre todo a los jóvenes, ejemplares de los periódicos *El Hijo del Trabajo* y *El Socialista,* con la instrucción de que los circularan en secreto entre todos los trabajadores. Se los leían o resaltaban los artículos que mencionaban cómo debían combatir la voracidad de los patrones. Los invitaban a unirse y luchar por mejorar su situación. En pocos días lograron que, al término de la jornada de trabajo, durante altas horas de la noche, se reunieran cada vez más hombres a discutir el problema.

Evaristo, en cambio, al mostrarse precavido, estableció una relación más estrecha con uno de los maestros tejedores de mayor confianza de Severiano. Rosendo era un hombre respetado y solía intervenir cuando surgía algún problema entre los obreros o los peones. Evaristo aprovechó el lazo de confianza que le brindó, para contarle sobre las reuniones secretas. Rosendo quiso asistir a una y Evaristo lo llevó al lugar donde se reunían los hombres jóvenes de La Purísima con Romeo y Pata de Mula. Allí los escuchó con paciencia, pero insistió en que debían terminar con esas reuniones clandestinas, antes de que perjudicaran a todos. Don Severiano había sido un patrón que velaba por su gente. Lázaro, su hijo, por primera vez discutió con su padre. Le mostró los periódicos y señaló a Romeo y Pata de Mula como testigos del acuerdo entre patrones para endurecer los castigos, alargar las jornadas, sin respetar el domingo como día de asueto.

—Verá, escuché a mi patrón decírselo al suyo —dijo respetuoso Pata de Mula.

—¿A usted le consta? —preguntó Rosendo a Evaristo.

—Así que me conste, no, pero ya me lo habían comentado estos dos —dijo Evaristo señalando a Pata de Mula y Romeo.

Lázaro y su primo Chema insistieron en que debían reunir a todos y ponerse de acuerdo; exigir mejores condiciones de trabajo, menos horas. De no aceptar su reclamo, como medida de fuerza, podían dejar de trabajar.

—No sean necios, muchachos, párenle al alboroto. Aquí no ha pasado nada. Yo hablaré con el patrón cuando algo suceda. Mientras, me parece que andan poniendo la carreta por delante de las mulas. Si perjudicamos al patrón, razones tendrá para perjudicarnos a todos. Así que se me calman, no armen tamaño revuelo sólo por unos cuantos chismes.

Pelegrino giró instrucciones a sus hombres de que no continuaran con las reuniones, pues no debían provocar habladurías que advirtieran antes de tiempo a don Severiano. Sin embargo, para mantener el caldo de cultivo de la disconformidad, ordenó a Romeo que permaneciera cerca de Lázaro; que le entregara un artículo de Rhodakanaty, publicado en el *Hijo del Trabajo*, donde hablaba de la incapacidad del gobierno para atender las necesidades de los pobres y pedía que el pueblo mismo efectuara una revolución social. Romeo llenó de ideas a Lázaro: debían quitarle la estafeta a los más viejos y conducir a los trabajadores a que se unieran en su defensa ante las futuras medidas que introduciría el patrón de La Purísima.

A Pata de Mula le ordenó que entrenara a Chema en el uso de un arma de fuego y que aprovechara el domingo para llevárselo a una cañada a disparar. Además, lo haría responsable de que todos los hombres de la hacienda tuvieran bien afilados sus machetes.

Evaristo recibió la orden de mantenerse al margen de estas maniobras. Sin embargo, éste se sintió obligado a comentarle a Pata de Mula y Romeo que algún día el gobierno y los patrones lamentarían que se hubiese soliviantado la resignación de esta gente.

—¿Ahora pones en duda una orden del jefe? —comentó sardónico Pata de Mula.

—Yo que tú, mejor chitón; no sea que alguien le vaya con el chisme —agregó Romeo sin aguantar la risa.

—Como que le paran, eh; no soy afecto a las bromas —les contestó Evaristo cerrando los puños.

—No te la tomes a pecho, compadre; estamos bromeando para bajarte los humos porque andas como gallo encrestado sólo porque el jefe dice que aparentes ser nuestro capataz. —Le tendió la mano Pata de Mula.

Durante ese tiempo, Pelegrino aprovechó para informarle a don Severiano que corrían rumores de que parte de su gente se estaba alebrestando ante los cambios que se avecinaban.

—Verá, a mí los argumentos de traer vigilantes no me convencen del todo y menos hacerlos trabajar los domingos —dijo con firmeza el patrón de La Purísima.

Pelegrino lo observó con ironía como si meditara sus palabras.

—Es decir, usted me está informando que no acatará las resoluciones tomadas por los patrones...

Don Severiano contestó dubitativamente.

—No quise decir eso, sólo que me parece innecesario aplicar aquí esas medidas.

—Que no le sorprenda cuando los demás patrones no acudan en su auxilio y, está de más decirlo, la autoridad tampoco.

Juan lo escudriñaba con largueza hasta incomodar aún más al patrón.

—Conozco a mi gente desde niños; jamás hemos tenido problemas —dijo don Severiano molesto.

—Yo cumplo con informarle.

—Voy hablar con Rosendo, él sabrá aplacarlos.

—Sugiero que no lo haga; sería tanto como advertirles que nos hemos enterado de sus intenciones y podrían adelantar acciones que no estaríamos en condición de contrarrestar.

Don Severiano lo escuchaba intranquilo. Parpadeaba incesantemente mientras se retorcía el bigote con la mano izquierda.

—¿Qué quiere decir con eso?

Pelegrino no le quitaba la mirada dura de encima y con gravedad le soltó la amenaza.

—Su familia, sus bienes, estarían a merced de cualquier insensato...

—¿Cree eso posible?

—Mire, le aconsejo que mantenga la calma, no comente con nadie lo que aquí hemos hablado. Avisaré al cuerpo de rurales y a los jefes militares que se mantengan en alerta, prestos para intervenir, no nada más acá, sino en toda la cuenca.

Don Severiano se sentó lentamente en un sillón como si sus piernas no pudieran sostenerlo. Juan disimuló la satisfacción que lo invadía al constatar que sus palabras habían provocado tal incertidumbre en ese hombre que lo habían hecho olvidar su orgullo y su parsimonia.

—Necesito pedirle un favor. Voy a mandar a Evaristo rumbo a Tlaxcala a entregar el mensaje; pero no puedo confiar en los otros dos. Présteme a Rosendo, necesitamos a un hombre de suma confianza para llevar los mensajes por el rumbo de Puebla.

Inquieto, Juan aguardaba sentado frente al escritorio del coronel Gómez. Ni el café ni la mañana asoleada lo habían calentado. Presentía el peligro. Era del conocimiento de todos que el señor presidente no se tocaba el corazón si algo no le parecía. El coronel lo había saludado e invitado a tomar asiento mientras revisaba minuciosamente unos papeles. Juan se mantenía erguido sin apartar la mirada del rostro del coronel. Intentaba descifrar cuál sería el interrogatorio al que lo sometería. ¿Por dónde empezaría el ataque? Ya tenía preparados suficientes argumentos para hacer una defensa de sus actos. Afortunadamente, la noche anterior había instruido a Minerva en caso de no recibir noticias suyas en las próximas horas. Le mostró los documentos que tenía que llevarle al licenciado Salas y las monedas de oro que debía entregarle para que éste interviniera para su liberación.

El coronel levantó la mirada y lo observó detenidamente; sin mediar palabra, retomó la lectura. Juan hizo verdaderos esfuerzos para no delatar su inquietud.

—Esta información me acaba de llegar del cuartel de Tlaxcala, es el último reporte que hemos recibido. Dos muertos, cinco revoltosos heridos de bala, otros veinte detenidos. Entre sus pertenencias, encontraron algunos pasquines invitando a la insurrección, un arma de fuego, cuchillos y machetes. Muertos, heridos y hombres refundidos en los calabozos. No se tocaron el corazón, ¿verdad, Pelegrino? —dijo Gómez calándolo con la mirada.

—Mi coronel, mis órdenes fueron claras: limpiar de insurrectos a la región del Atoyac. Las cumplí sin escatimar esfuerzo.

—Así aparece en los reportes. —Gómez tamborileaba los dedos sobre los documentos, como si sopesara lo que allí estaba escrito.

—Aprendí que dejar herida a la bestia la vuelve más peligrosa, mi coronel. Era fundamental acabar con el semillero de inconformes antes de que se fortaleciera la bestia.

—Pareciera que se ensañó con La Purísima, o quizás allí se concentraron los cabecillas —dijo Gómez atusándose los largos y tiesos bigotes, sin quitarle la mirada de encima.

—Dos de mis hombres se infiltraron entre la peonada. Gracias a eso pudimos identificar a los involucrados. Dejamos un mensaje claro y contundente en la región: este gobierno no va a tolerar acciones que pongan en peligro la paz social.

—Entiendo. Por eso ordenó que se aplicara la ley fuga a los cabecillas, ¿no es así, Pelegrino? De hecho, los dueños de las fábricas y los alcaldes han escrito al señor presidente para informarle que en la región ahora se respira tranquilidad, que los trabajadores han acatado sin problema los cambios que se han efectuado y, ante esta situación, se comprometen a continuar modernizando la industria.

Un sargento entró a la oficina y se cuadró frente al coronel. Le entregó una nota, éste la leyó y se levantó. Ordenó a Pelegrino que lo esperara, debía atender un asunto. Inquieto, Juan lo vio salir. La intención detrás de las palabras del coronel no era clara. Se levantó para desentumecerse. Caminó hacia la ventana. Se entretuvo observando el continuo paso de soldados, caballos y carros por la calle.

Pensativo, sopesó los detalles de lo ocurrido en La Purísima. Una hora antes de la primera campanada que anunciaba el alba, Pata de Mula y Romeo llevaron el cuchillo de Lázaro y lo dejaron caer dentro de una de las nuevas máquinas tejedoras. Tan pronto inició la jornada de trabajo, un crujido cimbró el taller. La aprensión se instaló entre los obreros ante la insinuación de Evaristo de que olía a sabotaje. Don Severiano ordenó que desmantelaran la máquina. Cuando le mostraron el cuchillo, cruzó miradas con Pelegrino.

—Será fácil saber quién es el dueño —dijo Juan.

—¿Qué debo hacer? —preguntó apesadumbrado el patrón.

—Mantener la calma. Tenemos suerte. Ayer recibí un recado de que un destacamento de rurales llegará acá hoy mismo. Ellos se harán cargo de hacer las indagaciones, detener al culpable y a cualquier otro que traiga malas ideas.

Don Severiano asintió. Juan le informó que, tan pronto los rurales pisaran la hacienda, él y sus hombres partirían a prevenir a los demás dueños de las factorías que las fuerzas del orden se desplazaban hacia sus negocios con la intención de detener a los sospechosos de instigar a los trabajadores.

—¿Rosendo vendrá con ellos? Sería bueno que fuera él quien hable con mi gente.

—Quizás; pero no se preocupe, no tardará en estar de regreso.

Romeo y Pata de Mula cumplieron cabalmente con su encomienda: entre las pertenencias de Chema escondieron una pistola; en las de Lázaro, pasquines y periódicos que incitaban a la lucha por los derechos de los trabajadores. Los machetes perfectamente afilados vendrían a corroborar que la violencia estaba a punto de irrumpir en la hacienda.

Con lujo de violencia, los rurales se llevaron detenidos a varios hombres de La Purísima. A Pata de Mula y a Romeo los apartaron con la amenaza de que los torturarían para que confesaran el nombre su líder. Más tarde, cuando la fila de prisioneros abandonó el lugar, aprovecharon para entregárselos a Pelegrino. A Lázaro y a Chema los amenazaron con que, tan pronto llegaran al cuartel, los colgarían de los pies hasta que confesaran ser los cabecillas de un movimiento que buscaba incendiar a toda la cuenca del Atoyac. En un alto para descansar, un uniformado se compadeció de ellos; los desamarró para que fueran a hacer sus necesidades. Caminaron lentamente hacia unos arbustos, tan pronto se sintieron protegidos por los matorrales, echaron a correr. Cuatro rurales a caballo los aguardaban. Sin la menor advertencia, los mataron a balazos. Los cuerpos destrozados de Lázaro y Chema fueron devueltos a La Purísima para que su familia les diera sepultura. El terror se esparció por la región y apagó la disconformidad.

Juan escuchó pasos, retomó su lugar ante el escritorio de Gómez.

El coronel entró y se sentó frente a Pelegrino; guardó silencio como si meditara las palabras que iba a formular.

—Usted y yo sabemos, subinspector, que hay algunos interesados en hacernos llegar información relacionada sobre su persona con el fin de perjudicarlo.

Juan guardó silencio, no le gustaba que lo tiraran de la lengua; podía caer en predicamentos. El coronel sacó una cigarrera de plata y le ofreció un cigarro. Éste prefirió no aceptarlo, pero se levantó de inmediato a encender el del coronel.

Pensativo, el militar dio un par de bocanadas, jugando con el humo mientras contemplaba a Pelegrino.

—Subinspector, como usted sabe, el año próximo será vital para la incipiente democracia mexicana. El señor presidente quiere llevar a cabo las elecciones con un país en calma. Mi general Díaz será el primer gobernante de esta nación que respetará el mandato de la no reelección. 1880 será un parteaguas en nuestra historia. Es por eso que hace hincapié en que el progreso de nuestro país está ligado a la paz social. Las circunstancias a veces exigen mano dura para imponer el orden; los mexicanos somos un pueblo hambriento de violencia y desorden. Me parece que usted lo ha entendido perfectamente. El señor presidente reconoce su labor eficaz por resolver de manera satisfactoria la revuelta que se cocinaba en la región del Atoyac.

Juan sintió alivio, como si la pesada losa que le oprimía el pecho hubiera desaparecido. Mientras escuchaba al coronel, repasaba velozmente los probables caminos que podrían tomar esas palabras. Sabía que el silencio era la mejor arma para no caer en ninguna trampa.

—El señor presidente me ha encargado enviarlo a la ciudad de Veracruz para apoyar al gobernador Mier y Terán. Existe una situación difícil ante las próximas elecciones en ese estado. No se puede tolerar el bandolerismo ni el contrabando, y menos a opositores que no dudan en herir a nuestra joven nación. El general Díaz quiere que su mandato concluya en un ambiente de paz y civilidad. Por eso, durante 1879 no se tolerará ningún brote de insurrección. —Juan asintió, esforzándose por disimular su sonrisa. El canalla de Rojas había perdido la partida. En el momento oportuno, le cobraría el fallido intento por dañarlo—. Usted nació en el puerto, ¿no es así? Debe saber cómo se cuecen habas allá.

—Hace varios años que salí de allí. Formaba parte de la policía del puerto, lo que me permitió conocer a mucha gente y sus asuntos personales.

—Bien. Necesito que parta hacia allá en cinco días y se ponga al servicio del gobernador.

—Mi superior, el inspector Rojas no verá con buenos ojos esta nueva comisión.

—No lo dudo, pero no creo que se atreva a cuestionar una orden directa del general Díaz. Si cumple con la misma eficacia e inteligencia este asunto, dejará de preocuparse de Rojas y sus ganas por perjudicarlo; será ascendido a inspector y tendrá su propia demarcación.

Pelegrino se levantó y se cuadró frente al coronel antes de salir. Ya en la calle, suspiró profundamente. No tenía nada que temer, al contrario: el señor presidente se había fijado en él y le daba una nueva encomienda. Henchido de orgullo, caminó entre la gente como si hubiera recibido la medalla al mérito que lo redimía por completo de su nacimiento: hijo de tigre, pintito.

Capítulo 20

Cada vez que cruzaba el umbral del portón, la sorprendía la media luz dentro de la catedral. Afuera, la luminosidad descarada de la plaza desnudaba hasta los más apartados resquicios de los antiguos muros de los edificios. Adentro, la penumbra se expandía con el murmullo de voces que flotaba sobre el denso ambiente de cirios e incienso. Se sentía extraña y ajena. Era como franquear un espacio que, por su naturaleza, la aislaba de su cotidianidad e inesperadamente descorría el velo de sus sentimientos. Allí, cobijada por el susurro de plegarias que no reconocía, Minie cotejaba el caos instalado en su espíritu. Acudía al recinto en un intento por aislarse del mundo que la rodeaba. Solía deslizarse por una nave lateral, replegarse en alguna banca solitaria entre el coro y el altar mayor, donde, protegida por un pilar, se dejaba sumir en el silencio. A pesar de la distancia real, Minie tenía la certeza de que su padre desaprobaría su presencia en un templo católico. Arpad la había educado en el desprecio a la ostentación, a la edificación de un pináculo de poder indigno de ministros de culto, promovida solamente por intereses personales, económicos o políticos. Veía su imagen, irritado, frente a la chimenea de la sala, con el periódico en la mano, que mostraba el tumulto de gente ante una iglesia donde un arzobispo acababa de realizar una ceremonia. Dios no requería de santuarios ni sacerdotes para manifestarse ante el hombre común. Su indignación aumentaba cuando usaban el nombre de Dios para afirmar su preferencia por ciertos pueblos o ciertas religiones, para amparar guerras y odio entre los hombres. Ni manera de explicarle que, en este recinto extraño y exótico, ella se reencontraba con su origen, su lengua, su vida pasada y ello le permitía confrontar el mundo ajeno, incierto, a menudo amenazante, que la hundía en un marasmo de melancolía.

Habían pasado dos semanas desde que Juan partió hacia el puerto de Veracruz. Minie se sorprendía de que en esta ocasión no la dominara la intranquilidad; la sensación de desamparo que la abrumó cuando Juan se ausentó al ir Puebla, a pesar de que esta vez su ausencia sería más larga. Antes de salir, Juan la desconcertó. Insistió en mostrarle un escondite justo debajo del tapetillo donde estaba la *chaise longue*; había una rejilla disimulada en el parqué. Dentro del espacio, había guardado una caja con documentos, monedas de oro y plata y algunos billetes. Dijo que, en caso de que se presentaran posibles situaciones desagradables, Minie debía tomar lo necesario de allí. Asustada, quiso saber a qué situaciones se refería. Juan sólo sonrió. Insistente, exigió una respuesta; parecía como si él estuviese a punto de partir a la guerra. Sin entrar en detalles, Juan hizo hincapié en que, si algo inesperado sucedía, ella debía presentarse sin dilación ante el licenciado Salas para entregarle los documentos amarrados con un listón rojo. Además, si solicitaba dinero para resolver el problema, ella debía disponer de lo allí guardado. Con inusual terquedad, Minie demandó una explicación comprensible. Obligado, Juan explicó el hecho de que mucha gente envidiosa podía aprovechar su ausencia para perjudicarlo; uno de ellos podría ser su jefe. Rojas temía que estas misiones especiales permitirían a su subalterno ascender de grado. Después de ese comentario, Pelegrino se negó a volver a tocar el tema. Aclaró que era poco probable que algo sucediera; pero él estaba obligado a tomar esta medida como precaución.

Con el paso de los días, Minie se sorprendió de percibir en su interior una calma desconocida. Habían desaparecido los sobresaltos, la tensión. La ausencia de Juan permitía que la tranquilidad y el buen humor reinara en la casa. Tuvo una sensación de libertad que había olvidado desde que se embarcó en el Orizava. Ya en altamar, con el navío perdido en la inmensidad del océano, un temor inexplicable de caer en un abismo insondable se adueñó de ella.

Durante las semanas en que Juan estuvo ausente cumpliendo su anterior misión, tuvo la certeza de no poder sobrevivir sin él. Sólo la responsabilidad de cuidar a Feri la obligó a superar su miedo y cuando aparecieron las clases de piano recuperó la certeza de poder resolver su vida sin que Juan interviniera.

Curiosamente, en esta ocasión agradeció su ausencia. El saber que estaría lejos por más tiempo, la llenaba de una extraña tranquilidad. Suponía que, en el futuro, Juan recibiría muchas encomiendas que lo obligarían alejarse de la ciudad. Ella y el niño podrían respirar sin sentir su desaprobación o su necesidad de saber hora por hora lo que hacían. Feri se había vuelto travieso, sus risas, sus continuas preguntas reinaban libremente por la casa.

Minie comprendió que su vida tomó un giro inesperado. Fortalecida, empezó a reconciliarse con sus decisiones impetuosas. Su afán de expulsar las mentiras de su vida la lanzó por caminos insospechados. Hasta ese momento, sólo había perseguido una quimera inalcanzable, a la par de quedar atrapada una y otra vez dentro de circunstancias que jamás contempló. Era verse apresada dentro de una telaraña. Ahora, la ausencia prolongada de Juan le permitía entregarse a la música, recuperar la vitalidad y la alegría que quedaron olvidadas en Hungría.

Todo empezó cuando Roberto Cortina la llevó a la academia de la señorita Amelia Fragoso para sustituir a un maestro de piano que había sufrido un accidente. Cuando Juan regresó de Puebla, de inmediato manifestó su desaprobación. Aceptó la explicación de que sólo era cuestión de semanas, mientras el maestro pudiera reintegrarse a la academia. A Minie le sorprendió que las clases con sus pequeños alumnos le provocaran tal alegría y satisfacción. Además, le daba la oportunidad de quedarse un par de horas y tocar algunas de sus piezas favoritas después de la última clase. Inmersa en la música, olvidaba los hechos que alteraron su vida y recobraba la paz interior. Temía que, a su regreso, Juan la obligara a renunciar a estos momentos.

La calma se respiraba entre las paredes de la academia y parecía como si las pisadas, de tan silenciosas, flotaran por los pasillos al entrar y salir de los salones de clase. Quizás por eso no se enteró de las veces que la señorita Amelia entró a su salón para escucharla y salió antes de que ella terminara de tocar. Supo de su presencia una tarde, cuando al cerrar el piano y recoger las partituras, la descubrió sentada a sus espaldas, con una sonrisa insospechada en su rostro adusto. La señorita Amelia se levantó, le pidió que la aguardara allí. Le sorprendió verla sonreír. Recordó lo que Roberto Cortina contó sobre la directora. En su juventud, estuvo profundamente enamorada de un joven pianista, iban a casarse y juntos pensaban abrir una academia de música. La vida o el azar, dispuso otra cosa; su prometido murió a causa de una bala perdida durante los festejos del quince de septiembre. Desde entonces, en señal de duelo, la señorita Amelia vestía de negro y la severidad dominaba su rostro.

La directora regresó con su violín y unas partituras. Le entregó algunas y de inmediato quiso saber si Minie podría quedarse unos minutos más para tocar juntas. Minie aceptó; Feri estaba en casa de la familia Cortina y estaría feliz de poder jugar un poco más con sus amigos. Al revisar las partituras, Minie se sintió obligada a informarle que quizás cometería muchos errores en el teclado, ya que nunca había tocado esa pieza.

La señorita Amelia la observó como si estuviera inventando una excusa para salvarse del compromiso y, enseguida, asumió su actitud severa y rigurosa.

—Sabe leer a primera vista, ¿no es así? —dijo como si no admitiera una negativa.

Minie asintió; pero era una sonata para violín y piano de Mozart,

—Así es, he escogido el segundo movimiento de la *Sonata K 34*, porque es lento.

Minie se sentó de inmediato al piano. Sin esperar a que se acomodara, la señorita Amelia le pidió que tocara un la para afinar el violín. Las manos de Minie sudaban mientras revisaba la primera hoja. Con el violín afinado, la señorita Amelia dio la señal de entrada con la cabeza. Sin permitir que la belleza de la música la apartara de la técnica, Minie tocó sin tropiezos.

—Bien, ya aprenderá a no estar tensa y dejarse llevar por la música, como cuando estudia y piensa que nadie la escucha.

—¿Yo? Esto fue sorpresa; hubiera hecho mejor si estudio antes partitura.

La risa de la señorita Amelia la desconcertó. No le veía la gracia al asunto.

—No era un examen, sólo quise ver si también le gusta tocar con otro músico; me consta que goza del don de la musicalidad, hace música con el alma.

Minie sintió el rubor subir por las mejillas. La música le permitía expresar con libertad sus sentimientos, sus estados de ánimo. Le conmovió que alguien ajeno a ella lo hubiera descubierto. Sin mayor explicación, la señorita Amelia la invitó a participar en un trío que quería formar; se reunían los sábados por la tarde para tocar juntos. El chelista era un músico exigente, alemán.

—Yo no ser músico —dijo Minie a manera de disculpa.

—Gustav Müller tampoco, en el estricto sentido de la palabra; es el representante de la Liga Hanseática, pero al igual que usted, él es un buen chelista, originario de Hannover. Desde pequeño solía hacer música en familia con sus padres y hermanos. Por eso estudiamos los sábados por la tarde, a menos que deba ir al puerto de Veracruz cuando llega uno de sus barcos. Supongo, que usted también ha tocado desde pequeña durante veladas musicales.

—Sí —susurró Minie.

—¿Y no lo extraña? —preguntó la señorita Amelia.

Minie asintió a la vez que contenía las lágrimas que acudían presurosas a delatar su destierro. La señorita Amelia le tendió la mano como si sellara un pacto. De pronto, recuperaba un tesoro de manera inesperada, algo que dejó olvidado en su tierra. La risa le atoró el llanto en la garganta al brotar como gemido dilatado. Se cubrió la boca con el puño. Durante unas semanas podría disfrutar de esta experiencia sin tener que rendir explicaciones ni enfrentar la desaprobación de Juan. A su regreso, intentaría hacerle comprender que en nada lo perjudicaba a él si ella daba clases o tocaba entre amigos o cantaba en un coro.

Después de contarle al profesor Cortina y a su mujer que en su tierra había cantado en el coro de la escuela, la invitaron a integrarse al Orfeón Popular, un coro de aficionados al que asistían un par de veces a la semana. Amparito insistió en que los acompañara, el coro necesitaba voces graves femeninas y ella era una contralto. Preparaban la *Missa Brevis* de Mozart, para cantarla en el Patio de los Naranjos de la Escuela de Medicina. Minie no se hizo de rogar; la ausencia de Juan le permitía participar. Los ensayos eran lunes y miércoles temprano en la noche. Ellos se ofrecieron recogerla y regresarla a casa. Le resultaba incomprensible que Pelegrino tuviera una idea equivocada sobre los músicos; parecía no comprender que hacer música en casa llenaba de alegría la vida familiar. No había podido hacerlo mudar de opinión; pero no perdía la esperanza de lograrlo.

Sin percatarse, la melancolía se apartó de su vida. Las horas del día ya no languidecían, sino que se multiplicaban a una velocidad vertiginosa. Estudiaba piano tres o cuatro veces a la semana, tanto en la academia como en casa de los Cortina. En cualquier momento del día se pescaba tarareando alguna línea musical de la *Missa*: cuando revisaba la ropa recién planchada o bordaba o peinaba a Feri. Era como si un largo y oscuro invierno hubiese terminado y una diáfana luz anunciase la primavera.

La noche anterior, asistió al ensayo del coro en compañía de los Cortina. A pesar de sólo ser su cuarto ensayo, su voz ya se amalgamaba con el resto de su cuerda. El director la colocó de manera que, a su izquierda estaba una soprano, justo atrás un bajo y junto a él, un tenor. El escuchar cómo su voz se fundía dentro de las armonías de las otras cuerdas le creaba una sensación de libertad. Nada la ataba, desaparecían los muros que simulaban aprisionarla y detener su existencia. Su voz como instrumento la fortalecía, casi sentía sus pies correr sin ataduras. Era un hecho que, desde el primer día, la recibieron con cordialidad, entusiasmados de que otra contralto hubiera llegado. Solían hacer un breve descanso a mitad del ensayo, donde platicaban mientras bebían aguas frescas y pastitas. Esa noche, ella aprovechó ir al *boudoir*. De regreso al salón, pasó junto a dos hombres de la cuerda de los bajos; los escuchó mencionar el nombre de Rhodakanaty. Se detuvo sin osar interrumpirlos, aunque difícilmente pudo contener su emoción. Quizás conocían a Plotino y podían informarle sobre su paradero. Justo cuando había decidido acercarse a ellos, se reanudó el ensayo. Por primera vez le urgió que terminaran para ir a hablar con ellos.

Tan pronto el director bajó los brazos y el pianista acompañante cerró el piano, se apresuró a alcanzar a uno de los bajos. Se disculpó por abordarlo precipitadamente, pero lo había escuchado nombrar a Rhodakanaty, ella necesitaba hablar con él; era importantísimo verlo. Incómodo, el hombre guardó silencio. Desconcertada, Minie aseguró que no fue su intención escuchar su conversación. Le aseguró que ella había cruzado

el Atlántico con la única intención de conocer personalmente a Rhodakanaty, era muy importante para ella. El hombre
se disculpó por verse obligado a partir de inmediato, pero le
aseguró que platicarían con más calma en el siguiente ensayo.

Perpleja de verlo alejarse de prisa, Minie se preguntó si no
había sido imprudente preguntarle a bocajarro por Plotino.
Nada parecía molestar más a un mexicano que el que se le hablara de frente sin florituras. Roberto Cortina se acercó para
avisarle que partían a casa. Minie quiso saber el nombre del
bajo. Cortina le informó que se llamaba Cristóbal Gómez. Durante todo el trayecto de regreso, Minie guardó silencio, con la
sonrisa en los labios, simulaba escuchar la charla continua de
Amparito. Si este hombre en verdad podía darle informes sobre
Rhodakanaty, no perdería un segundo hasta dar con él; aprovecharía la ausencia prolongada de Juan para intentar verlo.

A la tarde siguiente, antes de entrar a dar su clase, la detuvo el profesor Cortina. Le mostró una partitura que acababa
de conseguir. Minie se emocionó al revisarla. Era una pieza a
cuatro manos de Mosonyi Mihály.

—Podríamos, si usted está de acuerdo, tocar juntos esta
pieza de su paisano Mihály, maestra —sugirió Cortina.

—Encantada. En realidad, Mosonyi es su apellido, húngaros decimos primero apellido, luego nombre.

Cortina soltó la carcajada.

—Entonces yo sería Cortina Roberto y usted Pelegrino
Minerva, ¿es así?

Minie asintió, leía la partitura.

—Ya he tocado esta música en mi tierra —contestó sin
poder contener la emoción.

—Podría traducirme el título, por favor.

—*Az égö szerelem hármas színe*. Quiere decir: Del amor
apasionado, tres colores.

—Qué extraña lengua, no se parece a ninguna, pero me-
lodiosa al fin, nunca había escuchado a nadie hablarla.

—Cierto, no parecerse a ninguna. A extranjero resulta difícil aprender. Lo bueno es que, en Hungría, la gente educada habla también alemán y francés.

—Me encantaría conocer su tierra, debe de ser muy bonita. Supongo que la extraña, ¿verdad?

—Sí —susurró Minie, disimulando su emoción.

—¿Qué le parece si nos juntamos a ensayar la pieza y aprovechamos para presentarla durante la próxima velada musical de la academia, cuando ustedes toquen el trío de Schumann?

Minie asintió.

—Tendré que estudiar mucho para tocarla bien.

—No tengo la menor duda de que lo hará muy bien y me enseñará a interpretarla correctamente. No creo que conozcan esta obra por acá. Podremos presumir que es un estreno en esta ciudad. —Cortina soltó una carcajada, sus cabellos negros, lacios cayeron sobre su frente y Minie vio su figura robusta de corta estatura girar y entrar a su salón de clase.

Una mañana, Minie despertó con una sonrisa en el rostro, con la certeza de que ese sería un bonito día. Se estiró como si sus extremidades fueran interminables y casi ronroneó como un gato. Sintió antojo de comer algún platillo de su tierra, algo que le confirmara que la vida era hermosa. La risa resonó por su garganta y por sus mejillas hasta alojarse en su cabeza. Allí no había lugar alguno donde pudiera ir a degustarlos. Debía recordar las recetas, sobre todo las de la abuela Sylvia. Cerró los ojos. Pensó en sus platillos favoritos: una sopa fría de cereza, un hígado de ganso guisado en su grasa con paprika. Se vio en la cocina de la abuela ayudándola a cocinar; se le hizo agua la boca. Lástima que no pudiera encontrar en este país cerezas o hígados de ganso.

Hacía unos días Amparito le regaló pimentón español en polvo, podría servir en lugar de la paprika, aunque el sabor fuera algo distinto. Abrió los ojos; por entre las cortinas se colaba un delgado rayo de sol. Estiró el brazo, rozó el buró al lado de la cama y sintió caer la carta al suelo. La recogió sin levantarse. Era una carta de Juan entregada el día anterior. En ella, contaba que todo iba viento en popa gracias a su estrecha colaboración con el gobernador Mier y Terán. Habían logrado poner un alto al contrabando y a la continua amenaza de malhechores que pululaban por el puerto. Esa tarea exigía que quizás tendría que permanecer más tiempo de lo previsto, sobre todo ante las elecciones estatales, cuando el ambiente se cargaba de violencia. No dejaba de preocuparse por ella y el niño, pero ante todo estaba obligado a cumplir con la encomienda del presidente Díaz. Por eso era importante que ella acatara todas sus recomendaciones. En espera de su respuesta, pedía que le escribiera ampliamente para calmar su intranquilidad. Le recordaba que, como siempre, en un par de días su enviado pasaría a recoger su respuesta.

Minie sonrió. Agradecía que el tiempo de la ausencia se prolongara más, podría disfrutar de su vida sin sentirse violentada por la reprobación de Juan. No perdía la esperanza de que, a su regreso, ella lograría hacerlo entrar en razón al mostrarle que ninguna de sus actividades atentaba contra las buenas costumbres; tampoco desatendía a Feri, ni la casa. Él estaba enterado de las clases de piano, pero se abstuvo de contarle lo demás; prefería hacerlo a su regreso. No quería correr el riesgo de que malinterpretara sus palabras, se disgustara y le prohibiera participar en el coro o en el trío.

Contenta, saltó de la cama, corrió a abrir las cortinas y recibió en pleno rostro los rayos del sol. Se rio al constatar que se había quedado dormida hasta tarde. Sobre su camisón de batista blanco, se puso un tápalo color palo de rosa que le había regalado Juan. Sus pies y tobillos desnudos resaltaban entre la blancura del camisón y la oscura duela de madera. Le gustaba andar descalza por la casa cuando no hacía frío, algo impensable en Györ y mal visto por Juan. Sonrió ante su diablura y salió en busca de Feri; lo encontró en la cocina con Agustina. Al verla entrar, el chiquillo le sonrió al mostrarle un plato con una rebanada de panqué de nata y una naranja en gajos. Al verla, Agustina sirvió el café con leche en un tazón.

—Te quedaste dormida, te iba a llevar el desayuno a la cama.

—¿Y tú ya desayunaste, *az édes fiam*?

—*Igen, anyukam*, Agusti me preparó un huevo con chorizo riquísimo. El pan de nata todavía está tibio, así que, rápido, vete a la cama y te llevamos el desayuno.

Minie soltó la carcajada, tomó entre sus brazos a su pequeño hijo y le dio un beso en la mejilla.

—No ser necesario. Ya es tarde, soy dormilona; aquí mismo desayuno y aprovecho para disponer comida.

Minie se sentó en uno de los bancos que estaban junto a la mesa. Agustina, escandalizada, se preguntaba qué diría el señor si se enterara del comportamiento de su esposa; eso de sentarse a comer en la cocina y descalza, era el colmo.

—Agustina, por favor, poco más café y menos leche. Gracias, ahora informo que hoy voy a cocinar comida de mi tierra.

Feri se subió al banco de enfrente.

—*Anyu*, me dejas ayudarte, ¿verdad?

Minie asintió. Terminó el panqué y le dio un último sorbo al café.

—¿No quieres otro pedazo, *anyukam*?

—No, hijito, no hay tiempo, nos espera mucho trabajo. Agustina, veo que tienes listo pollo para comida. Hoy haremos distinta manera.

—Señora, pensaba hacerlo adobado, como le gusta al señor.

—Es cierto, pero hoy señor no come aquí y a mí se me antoja *paprikás csirke*; tengo muchos años de no comerlo y quiero que Feri lo pruebe.

—Mamita, habrá pastel, ¿verdad?

—Claro, prepararé uno de mis favoritos, *túrós lepény*. Me lo hacía abuela Sylvia, tu bisabuela, querido. Agustina necesito salgas comprar medio kilo de requesón y un cuarto crema ácida, tenemos huevos y harina.

—¿Te puedo ayudar con el pastel? Di que sí, *anyu*.

—Por supuesto que ayudarás, mi dulce niño.

Feri brincó del banco y se puso a correr dando de gritos por la cocina. A sus seis años, su voz rebotaba contra los azulejos de las paredes. Con una mueca de preocupación, Agustina se acercó a Minie y susurró.

—Acuérdese, señora, de que el señor no quiere que Paquito ande en la cocina, y menos que meta mano. Se va a enojar muchísimo.

Minie se levantó y atrapó a Feri para que dejara de brincar e impedir que tirara ollas y platos. Sonrió con picardía.

—El señor no está, no tiene por qué enterarse, nadie contarle, ¿cierto? Ahora vete, Agustina, no entretenerte, tenemos que preparar mucho antes de cocinar.

Minie pidió a Feri que hiciera las sumas que le dejó de tarea mientras ella se vestía. El niño se fue corriendo a cumplir con sus deberes. Minie sonriente se deslizó sobre la punta de sus pies hasta su recámara.

Agustina tomó su rebozo y una canasta; al cerrar la puerta y salir al corredor, se persignó. ¡Lo que les esperaba si el señor se enteraba de lo que venía ocurriendo desde su partida! La señora a menudo salía sola o sólo llevaba al niño; a veces no regresaban a comer *túrós lepény*, aparecían cuando caía la noche para merendar. En otras ocasiones, la señora volvía a salir al anochecer con los señores Cortina y no regresaba hasta pasadas las diez. El día anterior, cuando un propio trajo la carta del señor, éste le dijo que el jefe mandaba preguntar cómo andaban las cosas por la casa. Ella no lo pensó ni tres segundos, de inmediato respondió que como siempre. Recordó que, antes de partir, el patrón le indicó que le mandara decir con su mensajero si algo raro pasaba en casa. Ahora que, si alguien iba con el chisme, el patrón de seguro la iba agarrar a palos por no haberle dicho nada; era bien cabroncito. No sabía qué hacer: si le contaba, capaz que medio mataba a golpes a la señora y al chamaco también. A veces, de la angustia, no dormía bien. Antes de pasar a comprar el requesón y la crema, entraría a Santo Tomás de la Palma a rezar y se encomendaría al buen Santo y a la Virgen para que la aconsejaran.

Sentada frente a una hoja en blanco, Minie quiso ordenar sus pensamientos, escoger las palabras adecuadas para escribir el diario transcurrir de la casa sin suscitar ninguna inquietud en Juan. Feri dormía y el silencio de la noche sólo se interrumpía por el silbato y la voz del sereno que alertaba a los vecinos de que todo estaba en paz. Dentro de la casa reinaba la quietud, que contrastaba con la agitación interna de Minie. Se moría de ganas de compartir con Juan su efervescencia, sus ganas de correr y hacer mil cosas, de cantar por la casa, de dejarse caer de risa cuando Feri imitaba a los pollitos de una vecina; el día no era suficiente para estudiar en el piano, repasar su voz del coro, revisar las partituras del trío y, lo mejor de todo, la posibilidad de dar con Rhodakanaty. Sin embargo, la experiencia le había enseñado que no debía mencionar nada de eso si no quería provocar la ira o la desconfianza de Juan. Tampoco mencionaría la comida húngara que había preparado; él no era afecto a probar platillos desconocidos. Quizás a su regreso le haría un pastel de queso para darle la bienvenida. Recordó la receta de la abuela Sylvia e hizo dos pasteles, uno para ellos y otro para la familia Cortina en agradecimiento por sus atenciones, por cuidar a Feri cuando ella se quedaba en la academia estudiando. Todos dijeron que le quedó delicioso. Si tan sólo János accediera a que hubiera un piano en casa, podría estudiar sin molestar a terceros.

Minie se quedó ensimismada en sus pensamientos. Desde que llegó a la Ciudad de México, su vida se asentó; nada ni nadie alteraba el orden y la calma. Todo se llevaba a cabo exactamente como Juan determinaba. No debía tomar decisiones, mostrar dudas o cuestionar, sino dejar que los días transcurrieran tranquilamente y acatar los deseos de él. Era necesario tragarse su rebeldía, su resentimiento, aunque la melancolía la hundiera en la más oscura de las profundidades.

De pronto, su vida dio un giro de manera inesperada. Jamás contempló que esa posibilidad se presentaría por el sólo hecho de suplir a un maestro de piano. Le espantaba el desánimo que le restaba fuerzas y la dejaba incapaz de resistir, como si su vida pendiera de un hilo a punto de reventarse y, de la nada, en vez de estar sumergida en esa grisura melancólica, ahora corría por sus venas una sangre henchida de vida que la hacía suponer que en cualquier momento podría volar.

Todo empezó el día en que Amparito sugirió que sustituyera a un profesor de piano en la academia de la señorita Amelia Fragoso; eso la ayudaría a sobrellevar la ausencia de Pelegrino. La dueña de la academia le pidió a Roberto que la ayudara a buscar a alguien por unas semanas. Amparito pensaba que trabajar con niños la reanimaría. Cuando el profesor Cortina aseguró que los alumnos eran principiantes, Minie se dejó convencer. A pesar de tener la certeza de que Juan lo desaprobaría, pensó que en nada le afectaría, puesto que él estaría ausente la mayor parte de esas semanas.

Al día siguiente, Cortina la llevó a presentar con la señorita Fragoso. Aguardaban frente a la oficina de la directora, sentados en la recepción. Minie buscaba dominar sus nervios, Roberto había comentado que era una mujer estricta: demandaba absoluta disciplina y entrega tanto de sus maestros como de los alumnos. Minie temía que quisiera escucharla tocar y que, presa de pánico, sus dedos no respondieran. Roberto Cortina sonrió; su risa bonachona, que invitaba a confiar en él, le aseguró que no debía preocuparse, ella era una excelente pianista, además de tener un trato amable con los niños. La espera la impacientaba, quería mudar de opinión e irse a casa, sobre todo al escuchar, a pesar de la puerta cerrada, el regaño que la directora le dirigía a un alumno, exigiéndole una y otra vez repetir los mismos compases sin desafinar. Minie escuchaba cómo el violín desafinaba cada vez más; se imaginaba los dedos sudorosos del alumno atorarse torpemente sobre las cuerdas. De seguro, algo parecido le sucedería a ella. Roberto sonrió dándole entender que no debía preocuparse.

Minie recordó que Amparito mencionó que la señorita Amelia no era antes una mujer severa y dura. Las circunstancias desafortunadas de su vida la cambiaron. En un abrir y cerrar de ojos perdió al amor de su vida, las ilusiones y la alegría; pero en vez de caer en lamentos, estableció la academia que ella y su amado habían soñado. Fiel a su recuerdo, jamás quiso rehacer su vida al lado de otro hombre ni levantó el duelo. Minie se sobresaltó cuando la puerta de enfrente se abrió. Presuroso, un jovencito salió del salón, llevaba el húmedo rostro encendido y, sin despegar los ojos de su calzado, cargaba su estuche como si fuera una pesada piedra.

La señorita Amelia salió y los invitó a pasar. Toda ella destilaba severidad: su vestimenta, su rostro, el cabello recogido en la nuca. Minie quiso huir sin cruzar palabra alguna. El profesor Cortina la tomó del brazo, hizo las presentaciones y la invitó a sentarse en una de las sillas frente al escritorio. Detrás de la mesa, la señorita Amelia, sin el menor asomo de cordialidad, la interrogó.

—¿Es usted húngara o súbdita del Imperio Austrohúngaro?

Minie se quedó confundida ante semejante pregunta.

—Soy ambas cosas, húngaros somos parte del Imperio.

—Sus manos enguantadas se negaban a permanecer quietas.

—Me refiero a que si es de esos húngaros que van por la calle o por los pueblos cometiendo fechorías, o no.

Minie se mordió el labio para acallar el insulto e intentó hablar sin exaltarse.

—No todos húngaros somos *cigány*, digo gitanos.

—Si usted lo afirma, así debe ser, de otra manera el profesor Cortina no la tendría en tan alta estima ni la recomendaría. Es necesario que comprenda que debo tener mucho cuidado, la reputación de la academia me obliga a hacer preguntas que pueden parecer groseras. No perdamos más tiempo, necesito escucharla tocar.

La forma brusca con la que exigió que tocara, borró de su memoria la pieza que traía preparada. Se levantó indecisa, se alisó la falda, sin poder dar un paso. El profesor Cortina se apresuró a sacar de su portafolio una partitura y se la entregó a Minie.

—Usted ha estudiado esta obra en mi casa, creo que servirá.

Minie se quitó el sombrero y los guantes, y se sentó ante un hermoso piano de cola negro. Acomodó la música. Se frotó las manos como si las tuviera frías, pero en realidad necesitaba que dejaran de temblar. A sus espaldas, escuchó la voz de la señorita Fragoso que quería saber el nombre de la pieza. Nerviosa, sus manos se agitaban sin control por más que intentaba controlarlas, era como estar frente a un jurado en un examen; tosió para que su voz, ahogada en la garganta, saliera con claridad.

—*Adagio en re mayor*, de Haydn.

Acomodó el banco, otra vez se frotó las manos, clavó la mirada en las notas. Resonó la música en su cabeza antes de siquiera posar los dedos sobre el teclado. Olvidó el temor a equivocarse y se entregó a la belleza de la armonía. No supo cuándo, pero la directora de la academia se levantó y se acercó al piano a pasar las hojas. Al sonar el último acorde, despegó lentamente los dedos y dejó caer sus manos sobre las piernas.

Escuchó un susurro, como si la dueña de la voz tratara de evitar rasgar la estela de acordes que aún resonaban en el salón.

—Bien, bien…; podrá empezar pasado mañana. Ahora vaya a hablar con Serafina; es mi mano derecha, ella le dará sus horarios.

Minie se levantó. Se encontró con la mano extendida de la señorita Fragoso. Le sorprendió la calidez con la que tomó su mano y el fulgor de sus pupilas negras que eclipsaban la severidad de su mirada.

Minie sonrió, apenas había escrito unas cuantas líneas. Se había quedado perdida en sus pensamientos. Decidió agregar en su carta, que sus clases iban bien, el enseñar a los pequeños a descubrir la música le causaba una honda satisfacción lo cual la ayudaba a sobrellevar mejor la ausencia de Juan. Al menos podía tocar el tema de las clases con él. Si bien a su regreso de Puebla, Juan mostró su desaprobación, ella le aseguró que sólo era cuestión de semanas para que el antiguo maestro retomara sus clases; Juan aceptó a regañadientes. Los preparativos intempestivos para viajar a Veracruz lo disuadieron de discutir con ella.

Minie recordaba con afecto a Gabor *bacsi,* su viejo maestro, quien desde los seis años le dio clases de piano. Con él aprendió el valor de la disciplina y el trabajo, pero también que la exigencia no estaba peleada con el afecto y la paciencia. Gabor *bacsi* solía repetir que el talento era poca cosa si no se acompañaba de trabajo y entrega. Desde pequeña participó en las veladas musicales que organizaban sus padres y sus amigos durante los largos inviernos, cuando la familia y las amistades se reunían a hacer música. A menudo tocó piezas a cuatro manos con su amiga Joli y años más tarde, cuando ambas ya eran señoritas, ésta le pidió que acompañara a su novio. Imre tocaba el violín y la querida Joli perdía la concentración al verlo tocar; por eso prefería que Minie lo acompañara al piano. Reconoció que extrañaba profundamente las horas de estudio, las reuniones musicales donde se declamaban poemas; algunos cantaban, otros se juntaban en tríos o cuartetos. Claro, aquí en este país no había inviernos, no como los de su tierra; quizás por eso no necesitasen la convivencia en la música y en la poesía para olvidar el frío y la oscuridad.

Se preguntaba si Joli e Imre se habrían casado. Desde su partida de Györ, no había escrito a su amiga. Mejor dicho, desde su regreso de Budapest, tras la muerte de la abuela Sylvia, no encontró la oportunidad de hablar a solas con ella. Las cosas sucedieron demasiado rápido. Sólo alcanzó a explicarle que algo terrible aconteció en la familia y que, en la primera ocasión posible, le contaría todo. Pero partió de improviso. Las respuestas inaceptables y la intransigencia de Gízela la empujaron a tomar la decisión. Nunca pensó que todo se complicaría: las situaciones, su vida. Por otra parte, sus padres nunca dieron respuesta a sus innumerables cartas. Un cierto pudor le impidió escribirle a Joli; ¿cómo explicarle lo de János?

Con el paso de los años, Minie se esforzó por olvidar su pasado. La afligía recordar su vida en Györ: las ausencias de sus amigos, de sus padres, sus costumbres, su idioma, la música, los olores, la comida, todo aquello que le había dado sentido a su existencia en Hungría. Siempre sería una extraña en este país, por hermoso que fuera a pesar de sus contrastes.

A menudo pensaba que quizá hubiera sido mejor no enterarse sobre la verdad sobre su nacimiento. Hubiera permanecido en su tierra, se hubiera casado con un hombre aprobado por sus padres. Alguien como Lengyel Zoltán, a quien Gízela veía con buenos ojos por ser el hijo único de una familia respetable, dueños de un comercio de lanas y terciopelos. Minie sonrió al repetir en voz alta: «señora Lengyel en vez de señora Pelegrino».

Si Miklos Márta no le hubiera entregado la caja con el diario de Lenke, no se habría enterado de esa verdad que la penetró como un cuchillo ardiente y grabó en su corazón la infame mentira que la ofendía, que la lanzó a corregir la veracidad sobre su origen, sin pensar en las consecuencias que trastocarían su vida y que finalmente la dejaron indefensa ante las circunstancias, donde las personas la usaban a su antojo, sin que pudiera hacer nada al respecto. Jamás hubiera emprendido una travesía de semanas en el mar, ni hubiera llegado a tierras desconocidas, exóticas a la vez que intimidantes. Debía reconocer, con algo de pudor, que Zolátn no hubiera sido capaz de despertar en ella a esa bestia que Juan gozaba en provocar. Era algo que le costaba aceptar, reconocer. Con Juan ausente, su olor y su mirada no podían transfigurarla en una frágil hoja, expuesta al embate de sentimientos incontrolables. Su vida hubiera sido tranquila, organizada, entre su gente, pero sin un hijo tan hermoso y dulce como Feri. Reconoció que su vida recobraba una calma agradable. Se imaginaba largas pláticas con János, exentas de tensión, donde reinaba la confianza, el cariño, el buen humor y desaparecía la necesidad de él por someterla continuamente a su voluntad.

Minie sacudió la cabeza; no quería deslizarse entre pensamientos que no la conducían a ningún lado. Apenas había escrito unas cuantas frases. Retomó la pluma, la metió en el tintero y, con precaución, le quitó el exceso en el secante. Cayó en cuenta de que tarareaba unos compases del trío de Schumann. Esa música la conmovía hasta las lágrimas. Cuando la interpretaba, se sentía completa, feliz. Recordó a Gabor *bacsi;* se preguntó cuáles habrían sido sus indicaciones para interpretar esta pieza. Seguramente hubiera insistido, como siempre, que no permitiera que sus emociones dominaran sus dedos: en primer lugar, la técnica, la música vendría sola. *Felügyelet, felügyelet, csak felügyelet:* control, control, sólo control, solía repetir cuando ella retenía el tiempo o permitía que la fogosidad de sus sentimientos ensuciase el paso de sus dedos sobre el teclado. Tendría que tener eso en mente.

Quedaban pocas semanas antes del recital y no quería defraudar a la señorita Amelia. A pesar de su severidad y exigencia, con ella era cordial y tolerante. No podría agradecerle lo suficiente el permitirle vivir esos momentos, cuando los instrumentos se conjuntaban y un diálogo vigoroso se establecía entre ellos. La señorita Amelia aprobaba que Minie se quedara a estudiar después de sus clases. La felicitaba por su esfuerzo por mejorar su técnica; le informó que deseaba que continuara como maestra de piano de su academia. Ese reconocimiento le infundió ánimo. Si tan sólo hubiera un piano en casa, ella no tendría que preocuparse por la hora ni de olvidar a Feri en casa de los Cortina. Era necesario que estudiara al menos unas tres o cuatro horas al día para estar lista para el recital; no siempre lo lograba. Contaba con la academia y la casa de los Cortina, que le abrieron las puertas de su casa, pero tenía que respetar los horarios. Si tan sólo Juan comprendiera cuán más amable sería la vida en casa con un piano, quizás hasta podrían organizar algunas veladas musicales para sus amigos y sus superiores.

Le quedaba claro que Juan nunca debía enterarse de que hacía dos días perdió toda noción del tiempo, cuando la tarde se volvió noche y olvidó a su pequeño. No sólo estudió la pieza de Schumann, sino también la pieza a cuatro manos de Mosonyi, llena de ritmos y melodías de su tierra que le despertaban una añoranza profunda. En cambio, el *Trío para piano n.° 1* de Schumann la conmovía intensamente. Se imaginaba al músico con su amada esposa, Clara. Esa tarde decidió olvidar las instrucciones de Gabor *bacsi*, y la palabra control se esfumó. Sus sentimientos corrieron libres entre sus dedos y el teclado, resonando libremente la armonía a su alrededor. La música brotaba de su alma y la envolvía. Sus dedos danzaban sin tropezar; era como un ave en vuelo, como un pez en las profundidades del océano. Escuchaba internamente al cello y al violín cruzar sonoridades con el piano. Esa composición era un canto al amor de Schumann para Clara. Las notas se desgranaban al paso de sus dedos, expresaban los sentimientos que ella misma guardaba sin poder expresar.

Se imaginaba a Clara y a Robert sentados ante una chimenea con leños ardientes, comentaban las piezas que él había compuesto para ella y cómo Clara las interpretaba al piano; el amor y la música los envolvía. Minie añoraba que al menos János y ella pudieran decirse todo aquello que la desconfianza los había hecho callar. Le sería tan fácil amarlo sin tan sólo dejara de comportarse con esa rudeza e insensibilidad.

En esta ocasión, Minie tarareaba mientras tocaba, lo cual le provocaba risa a la vez que la conmovía hasta las lágrimas. Se sentía libre, segura. Escuchó la puerta abrirse. Supuso que la señorita Amelia venía a escuchar e hizo un esfuerzo por someter sus emociones durante los últimos compases. Antes de levantarse, miró hacia atrás. Roberto Cortina, con una mirada incierta, se acercó al piano. Minie sonrió.

—¿Ya terminó dar clase, Roberto?

Él asintió, su mirada dubitativa la observaba.

—Veo que estudia en serio para el recital.

—Sí. Quizás podríamos estudiar pieza de Mosonyi; el ritmo es complicado, muy de mi tierra —dijo Minie con una sonrisa, no quería que él se sintiera criticado—. Paco se fue con Amparito. Después podremos ir juntos a su casa para que yo lo recoja.

—Justamente vengo de allá. Hemos saboreado el riquísimo pastel que nos regaló. Paco dice que lo cocinaron ambos y que es una receta de su tierra.

—Sí, una receta de mi abuela, pensé haberme olvidado como prepararlo, pero de repente todo regresó a mi cabeza.

—¿Tiene idea de la hora que es? —preguntó el profesor Cortina—. Veo que no. En realidad, vine a buscarla porque estábamos preocupados. Me dije, seguramente se ha quedado en la academia sin ver la hora.

Minie soltó la carcajada. Cerró el piano, recogió las partituras y las acomodó en el pequeño librero. Miró el modesto reloj que colgaba al lado en la pared.

—Válgame Dios, son más de las nueve —exclamó sorprendida Minie—. ¿Y Paco?

Una sonrisa bonachona cubrió el rostro redondo de Cortina.

—No se preocupe, ya merendó. Se quedó dormido en la sala mientras mi mujer les contaba un cuento a los niños. Afuera nos espera una calesa; iremos a recoger a Paco y la acompaño a casa.

Desconcertada, Minie se cubrió con un chal de lana, se acomodó el sombrero y tomó su bolsón antes de seguir a Roberto Cortina. El coche se detuvo ante el domicilio del profesor quien descendió a buscar a Feri. En pocos minutos, regresó con el niño dormido en sus brazos y siguieron hasta la casa. Frente al zaguán abierto, Minie agradeció que hubiese ido a buscarla, pero no aceptó que la ayudara a subir al pequeño.

Al entrar a casa se encontró a Agustina dormida, sentada en un banco en el recibidor. De ninguna manera quería que despertara y pudiera contarle a Juan la hora en que llegaron a casa. Afortunadamente, el ruido de la puerta y sus pasos no la despertaron. Minie acostó a Feri, le quitó el pantalón, las botitas y lo tapó. Después se dirigió a su habitación, se quitó el chal, el sombrero y se puso su tápalo rosa. De regreso en el vestíbulo, despertó a Agustina y la mandó a la cama. ¿Cómo era posible que no se hubiera ido a dormir cuando ella y el niño llegaron?

A la mañana siguiente, tuvo la precaución de contarle a Agustina que se quedaron a merendar en casa de los Cortina y que, a su regreso, la encontró dormida en el vestíbulo. Pensó que, al escuchar ruido en la casa, se despabilaría solita. Después de un rato, cuando fue por un vaso de leche a la cocina, se dio cuenta de que ella no había despertado; no le quedó más remedio que encaminarla a su cuarto.

Minie esperaba que Juan no se enterara de ese hecho. Era capaz de montar en cólera y después sería imposible hablar razonablemente con él sobre el recital. En caso de que Juan decidiera hacer sus indagaciones acostumbradas con la sirvienta, Agustina no tendría una idea clara de la hora en que regresaron a casa.

En cuanto terminó la carta, la guardó en un sobre, la cerró y la dejó sobre la mesa de la entrada lista para que uno de los hombres de Juan la recogiera.

Minie entró a la catedral. Sin detenerse se dirigió hacia el altar mayor. Dispersos por las bancas, había uno que otro hombre de calzón blanco y sombrero de palma sobre las rodillas, y mujeres con rebozos negros en las cabezas; rezaban ensimismados, en silencio y con la mirada perdida en el altar mayor. En la penumbra le resultaba difícil distinguir sus facciones. Ninguno parecía ser Cristóbal Ramos. Ante su insistencia, finalmente la citó allí a las once de la mañana. La noche anterior, a la hora del receso del coro, se dirigió a ella y, simulando una torpeza, dejó caer unos libros a sus pies. Después de recogerlos, aparentando disculparse, le susurró la hora, pidiéndole que se sentara en la décimosegunda banca a la izquierda, cerca de la balaustrada del coro. Le llamó la atención que la hubiera citado en la catedral, pero él se apartó antes de que pudiera preguntarle.

Minie contó las bancas del altar mayor al coro. La doce estaba a la altura de una gruesa columna, muy cerca de donde ella solía sentarse. Tomó su lugar mientras recorría con la mirada la nave principal. No lograba reconocer la figura maciza, morena, del bajo. Por unos instantes dudó si se había equivocado de hora; su intercambio había sido tan acelerado, a media voz, que quizás entendió mal. Desde la primera vez que solicitó su ayuda para entrar en contacto con Rhodakanaty, el bajo la había rehuido; solía llegar justo en el momento de iniciar el ensayo y de inmediato partía al final. Aprovechaba el receso para rodearse de compañeros y platicar. Siempre evadía cruzar miradas con ella. Minie decidió entregarle una nota escrita que decía: *Necesito hablar con Plotino Rhodakanaty, es asunto de vida o muerte. Por favor ayúdeme.* La dobló en cuatro y la guardó en su mano enguantada. Tan pronto entró con los Cortina al salón de ensayos, descubrió al bajo hablando con dos compañeros. Se dirigió hacia él con determinación, le sonrió y lo saludó por su nombre; le dijo que la familia González le mandaba saludos. Éste, sorprendido, aceptó la mano que ella le tendía con la nota. Incapaz de disimular su sorpresa, Cristóbal tartamudeó un agradecimiento. De sólo recordarlo, Minie sonrió. En ese momento, el director hizo una señal para que los cantantes fueran a sus lugares y Minie se acomodó entre las contraltos.

De pronto a Minie le asaltó la duda: ¿era la décimosegunda banca del altar hacia el coro, o justamente al revés? A punto de levantarse, sintió que alguien a sus espaldas la tocaba levemente. Sobresaltada, miró hacia atrás. Cristóbal Ramos le sonrió y la invitó a sentarse. Entre su terno oscuro y su piel morena, sobresalía la blancura de su camisa. Un sombrero negro de ala corta descansaba entre sus manos.

—Tenemos poco tiempo, por favor aproxímese al pilar. Ahora explíqueme por qué el profesor Rhodakanaty le significa vida o muerte.

Minie no podía contar toda la verdad. Era impensable explicar a un extraño que Plotino era su padre. Decidió mencionar a Lenke, su tía, que en su lecho de muerte la hizo jurar entregar a Plotino Rhodakanaty unos documentos. Ésa era la razón por la cual abandonó su tierra. Lo buscó en casa de su madre en Viena, pero allí se enteró de que estaba en París. En París le informaron que Rhodakanaty había partido hacia México. Ella, en su ignorancia, jamás pensó que este país era tan inmenso y supuso que podría cumplir el juramento sin problemas.

—Usted ya lleva muchos años acá, ¿no es así? ¿No lo ha buscado durante todo este tiempo?

Minie aseguró que desde que llegó a la Ciudad de México lo había intentado, sin ningún éxito. Luego las circunstancias la obligaron a suspender la búsqueda.

—Las circunstancias...; entiendo, usted es la mujer del subinspector Pelegrino.

—¿Cómo lo sabe? —preguntó Minie desconcertada.

—He tenido que hacer mis averiguaciones; no es común que una mujer, y menos la esposa del subinspector Pelegrino, pregunte por el maestro.

—¿Conoce a mi esposo?

—Afortunadamente no, sólo sé de su fama. Espero que no la moleste mi comentario, pero el subinspector es un personaje conocido por su trato poco afable, en ciertas circunstancias. Sin embargo, no vine a hablar de él.

Confundida, Minie dudó si debía levantarse indignada e irse ante el descaro del hombre; optó por guardar silencio antes de perder la única posibilidad de localizar a Rhodakanaty. Debía convencerlo de que ella no tenía ninguna intención de perjudicar a Plotino, por eso se había abstenido de buscarlo.

El hombre la observaba pensativo. Finalmente decidió aclarar una duda.

—Me pregunto si usted está al tanto de que dos hombres de la confianza de su marido la siguen desde el momento en que pone un pie fuera de casa.

—¿Cómo dijo? —preguntó Minie indignada.

—No levante la voz, es importante que no nos descubran juntos. Por su reacción, caigo en cuenta de que no está enterada. Desde la ocasión en que se acercó por primera vez a preguntar por el maestro, me vi obligado a hacer algunas pesquisas. No es que desconfiara particularmente de usted, pero en estos tiempos hay que tener cuidado.

Minie miró hacia atrás, a los lados; Cristóbal siguió su mirada y con un leve movimiento de la cabeza, le hizo saber que ninguno de ellos estaba dentro, observándolos. Minie clavó la mirada en el altar mayor, el sólo pensar que había hombres de Juan siguiéndola la ofendía. Era posible que no fuera cierto.

Cristóbal hablaba en un murmullo que obligaba a Minie a escucharlo con mucha atención. El hombre, con los brazos recargados sobre el respaldo de la banca de Minie, simulaba estar inmerso en una plegaria. Minie, inmóvil, seguía el hilo de la conversación con ansiedad. Cristóbal mencionó que después de aquel ensayo en que inquirió por Rhodakanaty, decidió seguirla cuando partió con los Cortina. Comprobó que no era el único; un hombre enfundado en un gabán negro iba detrás de ellos en la acera de enfrente. Tan pronto llegaron al edificio de Minie y se despidió de los Cortina, el del gabán negro se disimuló tras el quicio de una puerta. Miró su reloj e hizo apuntes en una libreta. Cristóbal se siguió de frente y se detuvo en una cenaduría que estaba a unos metros. Mientras comía cualquier cosa pudo observar al del gabán negro. Éste terminó su vigilia cuando vio que en el segundo piso se apagaron las luces. Hizo unas anotaciones en su libreta y se retiró del lugar. Cristóbal lo siguió hasta verlo entrar a una cantina cercana a la comisaría. Esto se repetía antes y después de cada ensayo del coro: siempre un gabán negro o un gabán azul marino vigilaba a Minie.

—Me llamó mucho la atención que un par de policías vestidos de civil espiaran a la mujer del subinspector Pelegrino.

—¿Cómo sabe que son policías? —preguntó Minie con un temblor en la voz.

—Los he seguido. Entran y salen diariamente de la comisaría. Además, un compañero nuestro acostumbra bolear los zapatos de la gendarmería; conversa con ellos mientras les lustra el calzado. Él me confirmó que ambos gabanes son hombres de toda la confianza de Pelegrino. Parece que corre el chisme de que su jefe es muy celoso y su mujer es hermosa. Cada vez que se ausenta, ellos deben vigilarla y mandarle un reporte cada semana.

Minie, indignada, intentó levantarse, no quería seguir escuchando esas invenciones; pero la mano de Cristóbal se lo impidió.

—Siéntese y trate de serenarse. Ahora mismo uno de ellos está en el atrio en espera de que salga de la catedral. Afortunadamente, no creen que usted pueda cometer un acto reprobable dentro de la iglesia. Por eso la cité aquí. Se lo he contado porque me parece que usted ignora su presencia. No puedo correr el riesgo de que el maestro y otros más sean detenidos por un descuido mío. Con las elecciones presidenciales cercanas, Pelegrino arresta, por decir lo menos, a cualquiera que exprese ideas contrarias al régimen.

Minie recordó los documentos que encontró dentro de la gaveta del *secrétaire* de Juan donde éste escribió que iba a detener y matar a Rhodakanaty. Volvió a sentirse presa de indignación. Comprendió el peso de las palabras de Cristóbal al cotejarlas con su propia renuncia a localizar a Plotino ante la certeza de que Juan lo dañaría.

Con la angustia en la mirada, giró hacia atrás para cruzar miradas con Cristóbal. Éste se había enderezado, como si hubiera terminado de rezar y estuviera a punto de irse. Él sonrió y le sugirió que, al cruzar el atrio, verificara la presencia de un hombre chaparro con un gabán azul. Ambos policías se cubrían los uniformes con un gabán azul o negro, hiciera frío o calor. Solían entretenerse leyendo un periódico o haciendo apuntes en una libreta sobre cualquier hecho o persona que pudiera interesar a su jefe. Lo último que Cristóbal pidió antes de despedirse fue que aguardara antes de salir del recinto unos diez minutos después de que él abandonara el lugar. Minie lo vio partir por una de las puertas laterales. Azorada por saberse vigilada, olvidó insistir en que la llevara con Plotino.

Aprovechó la espera para poner en orden sus ideas. Entre la desesperación que la dejaba indefensa y la rabia que la impulsaba a cometer un acto impulsivo, respiró profundamente varias veces hasta tranquilizarse. Salió por el portón central, se detuvo en el atrio para repartir limosnas, aprovechó para localizar al hombre con el gabán azul. Estaba recargado en las rejas y con disimulo leía un diario. Se alejó lentamente, decidió entretenerse ante los aparadores de las tiendas. Esto le permitió corroborar que el hombre del gabán azul la seguía con discreción por la acera de enfrente.

Cuando cruzó el zaguán de su edificio, Minie subió de prisa las escaleras, corrió por el pasillo hasta su puerta y, sin detenerse para buscar a Feri, fue hasta la ventana de su recámara. Al asomarse, tuvo la precaución de no retirar las cortinas opalinas de cambray. Descubrió al del gabán azul; comía un taco sobre un pedazo de papel estraza para no ensuciarse. Seguramente se lo había comprado a la marchanta que ponía su puesto enfrente, a dos casas de allí. El del gabán azul se lo acabó en un par de mordidas, dobló el papel de estraza y se limpió la boca y los dedos antes de hacerlo bolita y tirarlo al suelo. Después desapareció dentro del zaguán frente al suyo.

Mientras guardaba su sombrero y colgaba su capa, Minie tuvo que aceptar que Cristóbal habló con la verdad, por descabelladas que le hubieran parecido sus palabras. La realidad estaba ante sus ojos; la ofendía que Juan la tuviese vigilada como si fuese una malhechora. Desistió de ir a buscar a Feri; el pequeño era muy sensible, de inmediato se daría cuenta de que algo le sucedía a su mamá y Minie se sentía incapaz de desmentirlo. De nuevo, se aproximó a la ventana. El hombre del gabán azul había salido de su escondite, platicaba con otro hombre de gabán negro. Era extraño verlos vestidos así en una mañana soleada. De pronto, ambos levantaron la mirada hacia su ventana. Asustada de que la hubieran descubierto, Minie pegó un brinco hacia atrás.

No sabía si llorar o gritar; la ira se apoderó de ella, tuvo el impulso de romper el espejo frente a la cama, necesitaba destrozar algo, tomar una pistola y dispararles a esos intrusos que

Juan puso a vigilarla. Recordó que Juan desapareció la pistola del armario a partir del día en que ella amenazó con matarse. Eso era afortunado, o hubiera tomado el arma sin pensarlo dos veces, bajaría corriendo las escaleras y cruzaría la calle para dejar fulminados a esos dos sobre el suelo. Caminaba de un lado a otro, resoplaba furiosa. Finalmente, optó por sentarse en la mecedora y respirar lentamente. Su furia se tornó en desaliento al comprobar que otra vez cayó en una trampa.

No, esa tarde no iría a casa de Amparito, aunque Feri no pudiese jugar con los niños ni ella tocar el piano. Otra vez estaba presa, atrapada por la voluntad de ese hombre; igual que todos, se las arreglaban para usarla a su antojo. No lograba aprender la lección, su candor rayaba en la estupidez. No podría verse al espejo, ni soportar la mirada de su hijo. El hecho de que Juan la mantuviera vigilada la ofendía profundamente. En un abrir y cerrar de ojos, la alegría que la domeñaba estos últimos días se esfumó.

Después de merendar y acostar a Feri, a quien pidió que guardara silencio, ya que sufría de un fuerte dolor de cabeza, se sentó cerca de la ventana. Acurrucada en la mecedora, dejó pasar las largas horas de la noche. Pudo constatar que tan pronto el sereno dio las once, el hombre del gabán negro salió de su escondite y se alejó del lugar. Cuando el cansancio la obligó a cerrar los párpados, cayó en un duermevela teñido de sobresaltos. Los primeros rayos del sol sobre su rostro la obligaron a abrir los ojos. En la calle, unos cuantos trabajadores apuraban el paso y una que otra mujer, con un cazo en la mano, iba a comprar leche. La sorprendió la inesperada llegada del hombre del gabán azul. Éste de inmediato se perdió en la penumbra del zaguán de enfrente. Su presencia certificaba que Juan la mantenía vigilada desde las primeras horas del día hasta casi la medianoche. Eso significaba que él estaba al tanto de todo lo que Minie hacía tan pronto ponía un pie en la calle.

Un sentimiento de injusticia la golpeó. Como un río a punto de desbordarse, que amenazaba con arrasar con cuanto encontrara a su paso, se prometió huir de esa casa, llevarse a su hijo; Pelegrino jamás los volvería a ver. Sacó su valija que estaba debajo de la cama. Empacaría un poco de ropa de ella y de Feri. La abrió sobre la cama. Su vieja valija húngara, vacía, la confrontó con la realidad: no tenía adónde huir, por lo menos en ese momento.

Pensó en regresar a Györ. Le haría tanto bien a Feri crecer en Hungría. Sin embargo, no contaba con el dinero suficiente para comprar los pasajes de barco. Podría pedirle prestado a su padre, prometerle reintegrar la suma a su regreso a Györ. De seguro, Arpad le ofrecería llevar la contabilidad en su vinatería. Desde niña, él la había llevado a su negocio; ante dependientes y clientes había presumido que su hija era muy buena con los números.

Sin embargo, ni él ni Gízela habían contestado a sus cartas. Por eso, cuando Feri cumplió tres años, tomó la decisión de no volver a escribirles. Si el nacimiento del pequeño no los conmovió, su decisión de regresar a casa tampoco recibiría respuesta. Era obvio; ella había muerto para ellos. Si tan sólo conocieran a su pequeño hijo, estaba segura de que se limarían todas las asperezas.

Había logrado juntar con las clases de piano una pequeña suma; pero estaba lejos de ser suficiente. Levet tampoco cumpliría su palabra de pagarle el pasaje de regreso, no después de haber huido de Buenaventura. Derrotada, Minie cerró la valija y la colocó bajo la cama. Se dejó caer sobre el colchón; todo siempre resultaba inútil. Juan haría todo lo posible para obligarla a dejar las clases. De pronto, hizo conciencia de que Juan estaba enterado del coro y del recital. En la entrada de la academia, se había colocado un cartel que anunciaba la presentación; su nombre aparecía allí, al igual que el de Amelia y el de *Herr* Müller. Sin duda uno de los gabanes lo habría visto y apuntado en su cuadernito para informar a su jefe.

Comprendió que tendría que abandonar el coro y suspender otra vez su búsqueda de Plotino. Algo dentro de ella se rebeló; quiso confrontar a Juan con su falsa honestidad. Simulaba ser un hombre de bien, pero sólo era una máscara detrás de la cual acechaba un hombre ambicioso y sin escrúpulos. Los gritos se acumulaban dentro de ella; si dejara salir uno, Feri correría aterrado a su cuarto y Agustina, asustada, iría a la comisaría a mandar un mensaje a Juan: *su mujer se ha vuelto loca*. No le quedaba más remedio que aceptar que debía renunciar también al trío, al recital. Conocía a Juan, tomaría represalias contra cualquiera que participara con ella en esas actividades.

Desde ese momento, desapareció la sensación de ligereza que la hacía flotar alegremente como una nube esponjada. Una pesada loza se asentó sobre ella, sumergiéndola en la melancolía, hundiéndola en la impotencia, en la oscuridad.

Esa tarde llegó temprano a la academia. Se encaminó directamente a la oficina de la señorita Amelia, abrió la puerta y se plantó frente a ella. Sin entrar en pormenores, le informó que lamentaba no poder participar en el recital, se veía obligada a no cumplir con el compromiso adquirido. Sorprendida, la señorita Amelia pidió que se sentara. Minie se sentó erguida, sin mirar a la directora. Se sentía avergonzada de incumplir su palabra. Después de unos segundos de silencio en que Amelia la observó con detenimiento, quiso saber la razón de la decisión. ¿Acaso Minie sufría de pánico escénico? Minie negó con la cabeza. El llanto, atorado en la garganta, le impidió ofrecer las disculpas que había preparado: no tenía tiempo para estudiar, no podría asistir a varios de los ensayos. La mirada escrutadora de la señorita Amelia atravesaba sus endebles defensas.

—¿Ya regresó su marido?

—No, todavía no —murmuró Minie.

—Pero ¿regresa en estos días?

Minie sintió que sus mejillas ardían y apenas balbuceó.

—No, estará ausente unas semanas más.

—Por lo tanto, no podrá asistir al recital…

—No creo que le gustara hacerlo —contestó Minie con las lágrimas nublando su vista.

—Entiendo, no es afecto a la música y menos a los músicos, ¿es eso?

Minie se mordió los labios, asintió mientras sus mejillas se humedecían.

—Sin embargo, usted ama profundamente la música, tiene un talento nada despreciable y una gran musicalidad, algo que yo aprecio mucho.

Sin poder contener las lágrimas Minie, levantó el rostro. Sorprendida de que esta mujer, conocida por su parquedad, su impaciencia ante notas falsas, exigente hasta la perfección, se hubiera expresado así de ella.

—¿Yo?

Amelia esbozó una sonrisa.

—No me gusta hablar en vano. Explíquese. Si su marido no está por llegar a la ciudad, ¿qué le impide tocar en este recital? Por el momento, él ignora que usted forma parte de nuestro trío que, por cierto, he decidido nombrar el Trío Preciado, en honor al joven y talentoso músico muerto en la flor de la edad. —Amelia apretó los labios al sonreír.

Minie recordó la historia de amor que había escuchado. Sin poder contenerse, se puso a llorar ante la crueldad de la vida. Amelia vivía de luto por la muerte de su amado y ella permanecía atrapada sin poder huir.

Ante el llanto incontrolable de la joven mujer, Amelia se acercó a ella, la ayudó a incorporarse y ambas fueron a sentarse a un pequeño sofá a un costado del piano de cola. La tomó de las manos y le pidió que explicara la razón de que estuviera tan mortificada.

Minie sintió que las palabras se agolpaban en su boca y, tan pronto despegó los labios, no pudo detener el impulso de contar todo, tal como lo estaba viviendo. La ofensa, la humillación de que Juan la hiciera vigilar de día y de noche por dos policías disfrazados de civiles: uno de gabán negro y el otro de azul. El temor a las represalias, no sólo en contra de ella, sino en contra de cualquiera que participara con ella en estos actos, además Minie no le había informado del coro ni del recital. No lo hizo porque esperaba el regreso de él para hacerlo en persona y mostrarle que no había razón para señalarlo como un oprobio.

La voz serena e imperiosa de la señorita Amelia la sacudió.

—Cálmese, el mundo no se está desmoronando.

Azorada, Minie levantó la mirada sin dejar de hipar.

—Usted ama la música, con ello no perjudica a nadie, ¿no es así?

Minie, perpleja, asintió mientras se secaba las mejillas.

—No es un acto inmoral, ni ofende a la sociedad, estamos de acuerdo. ¿Sabe adónde radica la inmoralidad?

Minie seguía sin entender el rumbo de la conversación, apenas acertó a encogerse de hombros.

La voz de Amelia se tornó más acerada.

—En que hay varones que se comportan con sus mujeres como si éstas fueran de su propiedad, meros objetos para usar o desechar a su antojo. Estos cabrones no son capaces de vislumbrar el alma de una mujer, ni les interesa conocer si sienten o piensan.

Minie la escuchaba boquiabierta. Jamás había escuchado a una mujer hablar con tal crudeza. Amelia esbozó una sonrisa.

—Que no le pese mi franqueza. En mi tierra, nos gusta nombrar las cosas por su nombre y enfrentarlas. Así somos la gente del norte. Óigame bien, a nosotras no nos regalan ni un metro del espacio que nos corresponde, tenemos que luchar para poder ser y expresarnos con libertad. ¿Comprende?

Minie asintió, luego negó con la cabeza; estaba a punto de soltarse a llorar nuevamente. Amelia le apretó suavemente las manos.

—No es necesario que llore. Yo le aconsejo que hoy mismo le escriba una carta a su marido y lo invite al recital, descríbale toda su emoción por participar y el gusto que le daría que él pudiese estar presente. Recuerde que el subinspector Pelegrino ignora que usted descubrió a sus perros guardianes, por tanto, pensará que usted le cuenta todo de buena fe.

Desde su partida de Győr, Minie nunca, en sus peores momentos, contó con el apoyo sincero de nadie, menos de una mujer. Sola, enfrentó los retos y los problemas, presa de incertidumbre ante su ignorancia y su ingenuidad. Se dejaba engañar al creer en palabras que sólo escondían una intención ajena a su bienestar. Impetuosa, abrazó a Amelia quien, sorprendida, respondió con torpeza. Minie se enderezó, prometió dejar de llorar. Agradeció sus palabras que significaban un gran apoyo para ella.

—Tiene usted razón, hoy mismo escribo carta.

—No tiene nada que agradecer, cuente conmigo. Goza de mi amistad y respeto por su amor y entrega a la música. Recuerde, antes de actuar hay que pensar bien las cosas. Una mujer decente, culta, no puede permitir que atropellen sus más profundos valores.

Minie se sintió incapaz de levantarse de la mecedora. Por encima de su largo camisón blanco, un rebozo negro con filigranas de hilos blancos caía descuidadamente sobre sus hombros. Su cabello oscuro, ensortijado, cubría parcialmente su rostro. Las campanadas de las iglesias ya habían dado el mediodía. Sumida en el desaliento, no hizo el menor intento por arreglarse. Pronto regresarían Feri y Agustina. Le pidió a la sirvienta que llevara al niño a la Alameda a jugar un largo rato, antes de pasar por el mercado a comprar algunos comestibles. Durante unas horas se ahorró la mirada inquisitiva de Feri y su insistencia por saber si estaba enferma. Tuvo que decirle que no se sentía bien, que era necesario que permaneciera en silencio, con las cortinas cerradas, para que él aceptara ir a la calle con Agustina.

En los últimos días, en cuestión de horas, pasó de la alegría y la esperanza a la certeza de que estaba atrapada en una gayola sin salida. Sus sentimientos, tumultuosos, eran incontrolables. Parecía una frágil hoja que revoloteaba a merced de las circunstancias sin oponer ninguna resistencia y se hundía en un mar de confusiones. Incapaz de tomar decisiones, sólo veía el regreso de Juan aproximarse.

Juan tardó en responder a su carta en la que le contó abiertamente sobre sus actividades. Primero, le agradeció su invitación, pero hizo hincapié en que hubiera preferido que ella aguardase hasta su regreso, antes de tomar sola esas decisiones. A pesar de la cortesía, Minie percibió su disgusto. Supo que la esperaba una dura confrontación y se preguntaba si tendría fuerzas para enfrentar tal reto. Juan haría uso de su seducción, su malicia, su poder, para apartarla de la música. Tendría que aprender a luchar o buscar una salida para regresar a su tierra. Aunque lograra conocer a Rhodakanaty, él no podría protegerlos. Pelegrino lo mandaría matar antes.

Sin embargo, después del recital se sintió fortalecida, segura de poder enfrentar la intolerancia de Juan; convencerlo por las buenas de que la vida de ambos se enriquecería si ella pudiera traer a casa la armonía y la belleza que la música proporcionaba. Le hubiera gustado compartir con él la alegría que le significó el aprecio de la concurrencia por la pieza a cuatro manos de Mosonyi, a pesar de que jamás la habían escuchado. Inclusive, al término del recital, entre copas de vino, algunas personas le preguntaron sobre los compositores de su tierra y la tradición musical en Budapest. Fue tal el éxito del Trío Preciado interpretando a Schumann, que no sólo provocó una respuesta entusiasta de los presentes, sino que recibieron una invitación para presentarse el siguiente mes en la sede de la Sociedad Filarmónica.

En pocas semanas de ensayo, la señorita Amelia logró que los tres ejecutantes comulgaran y establecieran un diálogo entre los instrumentos. La señorita Amelia sabía que acudirían músicos y melómanos al recital y le importaba mucho su juicio. Después de la presentación, Amelia ofreció un convite. Esa noche, Minie tuvo la sensación de caminar en el aire al constatar que sus dedos corrían con soltura sobre el teclado sin que la intimidara la presencia de un público y después, las sonrisas, las felicitaciones.

El coro se presentaría en diez días. Al menos durante los ensayos, lograba olvidar su pesadumbre. Cristóbal no había podido acercarla a Plotino, sólo pedía paciencia. Minie se preguntaba si podría enfrentar a Juan en caso de que le exigiera dejar el coro. Eso significaba vivir otra vez en una jaula, rodeada de comodidades, pero coartada, presa, controlada. Todos los días estaba en permanente agitación; cualquier ruido la sobresaltaba. El esfuerzo por mantener la sonrisa y la calma delante de su muchachito era inmenso. Feri no lo mencionaba, pero ella veía en sus ojos el temor de que algo grave amenazaba a su madre.

Después de la plática con la señorita Amelia, se sentó a escribir una larga carta a János. No, a János no, a Juan, a Juan Pelegrino, que de pronto se había vuelto un extraño para ella. No fue fácil escribir sin que las palabras delataran sus verdaderos sentimientos. Varias veces rompió las hojas al percatarse de que su resentimiento y su orgullo la traicionaban. Después de múltiples intentos logró su cometido. Con aparente inocencia, le confesó que la música la colmaba de felicidad y que tuvo la suerte de ser invitada a formar parte de un grupo de músicos: ella era la pianista, la dueña de la academia tocaba el violín y un comerciante alemán, el cello. La intención era ofrecer un pequeño recital para alumnos y amigos de la academia de música. Además, la aceptaron en un coro donde cantarían una hermosa misa de Mozart. Le dijo que la llenaría de inmensa alegría si él pudiera apartarse por unos días de su trabajo y estar presente durante el recital. No le había escrito antes sobre el trío ni el coro porque temía ser incompetente y no quería causarle vergüenza por su falta de aptitud para la música.

A la mañana siguiente, justo antes de salir a la calle a comprar hilos para bordar un mantel, le pidió a Agustina que fuera a la comisaría a entregar la carta al subordinado de Juan, para que éste la enviara de inmediato. Minie sabía que tan pronto ella pisara la acera, el sabueso iría detrás de ella y Agustina podría ir a entregar la carta sin que nadie husmeara sus pasos.

Acudió a la cita, se sentó junto a la columna. Vio a Cristóbal entrar por la puerta lateral. En vez de encaminarse hacia ella, se dirigió al altar de los Reyes, donde se detuvo como si rezara una plegaria. Minie sabía que Cristóbal la había visto, pero quizás estaba siendo vigilada a sus espaldas, no se atrevió a mirar hacia atrás. Se resguardó aún más tras la pilastra. Alerta, seguía los movimientos de Cristóbal. Éste giró y se aproximó hacia ella por el pasillo central; llegó a la banca trasera y se sentó. Al ver su rostro preocupado, le sonrió.

—No se preocupe, su custodio de gabán azul la aguarda en el atrio, aunque ninguna precaución es extrema.

—¿Ya sabe qué día llevarme con Rhodakanaty?

—No, en realidad quería hablar con usted, porque estos son días inciertos. Díaz quiere imponer la paz a cualquier precio. Necesita mostrar que estas elecciones son democráticas y pacíficas, además de que su gallo salga de presidente. Cualquier acto disidente, cualquier demostración a favor de otro candidato, es considerado un acto abierto de rebeldía.

Minie lo escuchaba sin entender qué tenía que ver eso con conocer a Plotino. Cristóbal comprendió que Minie no lograba ver el sentido de sus palabras.

—El subinspector Pelegrino fue enviado a Veracruz, ¿no es así?

Minie asintió.

—Hace poco llegó un compañero del puerto; eludió el cerco policiaco y vino a refugiarse a la capital. En Veracruz las cosas están que arden. El gobernador Mier y Terán ha arremetido con violencia desmedida contra los disidentes de su estado. Supongo que el señor subinspector fue enviado justamente para auxiliarlo en tan delicada misión —comentó, irónico, Cristóbal.

Minie reaccionó ante las palabras incisivas y, molesta, contestó que lo ignoraba. Pelegrino sólo le había dicho que partía en una misión de gran responsabilidad.

—No lo dudo, su fama lo precede, no escatima esfuerzos por cumplir a cabalidad cualquier orden recibida.

—Pero ¿qué tiene ver con mi urgencia por hablar con Rhodakanaty?

—Mucho. El subinspector Pelegrino es su esposo y nadie en su sano juicio expondría al maestro a que sus sabuesos dieran con él. No ahora.

Minie empezó a respirar con dificultad, la emoción se adueñaba de ella; no sabía si enojarse, rogar o exigir.

—Debo cumplir algo que me pidió mi tía en lecho de muerte; debo entregar foto donde están juntos con otros camaradas húngaros, luchan por liberar a húngaros del yugo austriaco, también un diario y decir un secreto que sólo él debe escuchar.

Incrédulo, a Cristóbal se le dificultaba creer en las palabras de Minie.

—Mire, yo salí de mi ciudad, Györ, en Hungría a buscar Rhodakanaty. Llegué con su madre, en Baden, pequeña ciudad cerca de Viena.

—¿Usted conoció a su madre? —dijo asombrado Cristóbal.

—Así es, hablé con ella. Allí me enteré de que Rhodakanaty estaba en París y salí en su búsqueda. Era muy importante hablar con él.

Cristóbal la escuchaba con atención para ver si la pillaba en alguna contradicción. Minie explicó que en París se enteró de que había partido para México. Desilusionada, estuvo a punto de regresar a casa sin haber cumplido su misión. En París, un comerciante francés radicado en el puerto de Veracruz le aseguró que la ayudaría a localizar a Rhodakanaty y se embarcó, sin jamás pensar en las consecuencias de sus actos. A pesar de los años, no había logrado su cometido.

—¿Me quiere decir que Pelegrino jamás dio con él?

—Cuando llegamos a capital, fue buscarlo a Chalco. Allí enterarse que autoridades lo consideraban peligroso; huyó de ese lugar. No decirme nada al respecto a su regreso, pero yo descubrí papeles y comprendí que debía renunciar a búsqueda para no exponerlo. Así han pasado los años.

—Perdone mi pregunta, espero que no la considere grosera e indiscreta. ¿Cómo llegó con Pelegrino? Digo, quiero decir, a casarse. En fin, usted me entiende

Minie, incómoda, no sabía interpretar las palabras de Cristóbal. Su falta de dominio del español aún le impedía descubrir si tras las palabras había una intención oculta.

—El francés traerme a este país, en vez de ayudar, me hizo caer en trampa. Juan, mi marido, me rescató, por eso llegamos a la capital.

Cristóbal se quedó pensativo. Después de unos minutos, dijo que hablaría con sus compañeros para contarles lo que Minie había dicho. Quizás pedirían que ella les mostrara la fotografía y el diario, en señal de buena fe.

—No hay problema con fotografía, pero diario está en húngaro.

—¿Usted me está diciendo que el maestro se comunicaba con esta persona en húngaro? —dijo sorprendido, Cristóbal.

—No sé, para saber tendría que hablar con él. En todo caso, si no hablaron en húngaro, seguramente fue en alemán; yo podría traducir.

Cristóbal aseguró que estarían en contacto después de que les explicara todo a los miembros de su círculo. Mientras, quería dejarle algunos impresos escritos del maestro. Minie los recibió y, antes de que levantara la vista para agradecerle la atención, Cristóbal había desaparecido.

La información sobre la posible misión de Juan en Veracruz le confirmó las pocas probabilidades de que éste la escuchara con apertura. Nada lo indignaba más que alguien intentara ir en contra de su voluntad. Esta última información ensombrecía aún más la visión que tenía de él, era como si hubiera estado viviendo con un desconocido, una bestia sanguinaria.

A partir de la muerte de la abuela Sylvia se había vuelto aprehensiva. Cualquier noticia podría ser algo malo o desagradable. La vida le había enseñado que, justo en los momentos difíciles, se presentaban simultáneamente acontecimientos que la zarandeaban. Hacía dos días, recibió una carta de Hungría. En cuanto Agustina le entregó el sobre y vio los timbres de correo, el corazón le dio un vuelco. Después de tantos años, sus padres decidieron contestarle. Era como si hubieran escuchado sus ruegos. Revisó el sobre antes de abrirlo, pero desconoció la letra. El remitente era un tal Tíhany Elek.

Minie se encerró en su recámara para leer la carta con calma. Por lo que recordaba, el señor Tíhany era un viejo amigo de su padre, aunque Gízela jamás había simpatizado con él ni con su mujer, razón por la cual las familias no se frecuentaban. Le pareció muy extraño que este hombre le escribiera. Minie recordaba haberlo visto algunas veces cuando salía a pasear los domingos por la mañana con su padre a orillas del Rába, justo durante la hora en que la gente acudía a las diferentes iglesias. Gízela casi nunca los acompañaba; no le gustaba caminar más allá de las calles empedradas. Ambos agradecían, sin decirlo en voz alta, que ella se desistiera a hacerles compañía. Así, tenían la libertad de caminar en silencio o platicar sin ser interrumpidos continuamente. Durante esas caminatas, a menudo aparecía Elek *bacsi* y ambos hombres amenizaban el paseo con su charla. Añoraba pasear al lado de un río, escuchar las aves y oler la hierba húmeda bañada por el agua.

El único río que había visto desde que pisó tierras mexicanas fue por el que navegó cuando la llevaron a Buenaventura. Ese río sólo la asustó con sus ruidos, a veces aturdidores, como si sus riberas estuvieran pobladas por seres invisibles que de pronto aparecían como la espantosa serpiente que se columpiaba sobre aquel árbol. Por otro lado, en la ciudad, sólo había acequias, calles de agua por donde pasaban canoas que llevaban mercancía de un barrio a otro.

Extrañaba el río, las veredas que lo bordeaban y el bienestar que le causaban esos paseos. Intranquila, Minie abrió el sobre y extrajo las hojas dobladas sin desdoblarlas. Un presentimiento hizo que su alegría inicial desapareciera. En la primera hoja, el señor Tíhany se dirigía a ella de manera formal, como si la distancia la hubiera dotado de una relevancia social que lo obligaba dirigirse a ella en tercera persona. Después del saludo, le recordó que había sido amigo de Szabó Arpad desde la infancia y que algunas veces, cuando Minie era niña o jovencita, tuvo el placer de convivir con ella. De hecho, había sido el propio Arpad quien le proporcionó su dirección y le hizo prometer que le escribiría a su hija para enviarle sus más profundas disculpas por no haber respondido jamás a sus cartas. Minie no pudo continuar la lectura. Las letras negras se tornaban en patas largas, afiladas que tejían telarañas entrecruzadas a través de un manto acuoso. Pestañeó varias veces e hizo un esfuerzo por continuar la lectura. Arpad quería que ella supiera que siempre la había amado como a una hija verdadera y, si bien no estuvo de acuerdo con que ella partiera intempestivamente de Györ, comprendió desde el principio su rabia y su resentimiento. Le agradecía las cartas que había enviado desde su partida, las había leído una y otra vez sin permitir que Gízela las rompiera. Desafortunadamente, Gízela guardaba un rencor obsesivo y lo obligó a jurar que jamás le escribiría. A Tíhany Elek le constaba cuánto había sufrido Arpad por no poder romper su juramento, arrancado durante un ataque nervioso de Gízela que la envió al sanatorio. Por eso, para cuando Minie recibiera estas noticias de puño y letra de su querido amigo Elek, sería porque él ya habría muerto. Elek, con profunda tristeza, le comunicaba que Arpad partió del mundo de los vivos después de una penosa enfermedad. Podía asegurarle que, a través de los años, siempre le habló de Minie y de su inmensa tristeza por haberse doblegado ante la voluntad de su esposa, quien parecía olvidar que esa joven, esa niña, creció como su hija; él la había cuidado con cariño. Arpad sólo deseaba que Minie pudiese encontrar la manera de perdonarlo y guardar para siempre la certeza de que la amó profundamente como si hubiera sido su hija de sangre.

Minie cerró los puños y golpeó con rabia sus brazos. Su padre había muerto, sin poder abrazarlo una última vez y decirle que siempre lo recordaba con cariño. Él era su única esperanza. Esta carta la hundía aún más en la impotencia. No sabía defenderse ante personas que siempre querían imponer su voluntad, sin importar el daño que causaban. Una sensación de orfandad la hundió en el desánimo; sola ante la vida con un niño pequeño que dependía de ella. Minie se sintió vacía; su sueño de regresar a casa y presentarles a Feri se desvaneció ante la realidad. Comprendió que jamás regresaría a Hungría.

Capítulo 21

Juan releía con creciente exasperación los informes concernientes a Minerva que Evaristo le hacía llegar al puerto de Veracruz. Le encargó mantenerlo al tanto de los intentos de Rojas por desacreditarlo, además de vigilar a Minerva, más con el afán de protegerla que por suponer que sus acciones pudieran disgustarlo. Con ese fin dispuso que un par de hombres vestidos de civil siguieran a Minerva y lo mantuvieran al tanto sobre sus salidas. Jamás imaginó que ella aprovecharía su ausencia para inmiscuirse en tantas actividades reprobables.

De manera concienzuda, Evaristo enumeraba todas las idas y venidas de Minerva, las personas que visitaba, los lugares a los que acudía, los horarios y las actividades. Obviamente, su relación con los Cortina se había vuelto cotidiana, algo impensable de estar él en casa. Si bien Juan aceptó que supliera a un profesor en la academia de la solterona Fragoso por una corta temporada, la experiencia se prolongaba indefinidamente. Además, un par de noches a la semana, acompañada de los Cortina, asistía a un orfeón a cantar entre empleaduchos y obreros. Lo que derramó su bilis fue enterarse de que cada sábado Minerva acudía a la academia, a veces con el niño, y permanecía varias horas allí. Evaristo había trabado conversación con el portero de la academia, quien contó que cada tarde de sábado, la solterona, un señor extranjero y la señora Minerva se entretenían con su música, después los oía reírse y platicar mientras tomaban chocolate caliente con pan dulce.

Estuvo a punto de abandonar sus obligaciones y regresar a la capital. Sin embargo, la situación crítica en el estado de Veracruz, exacerbada aún más por la tozudez del gobernador Mier y Terán, no le permitía tomar una decisión que pondría en entredicho su carrera. La insistencia de Mier y Terán de arrasar a cualquier precio cualquier facción contraria exigía de su máximo esfuerzo para convencerlo de que la astucia y el sigilo entregaban resultados efectivos y sin tantas consecuencias negativas. Una y otra vez debió insistir en que difícilmente el señor presidente aceptaría hechos de sangre que no estuvieran debidamente amparados por las circunstancias. Por lo tanto, era necesario construir esas circunstancias si no se daban por sí solas.

Era cuestión de semanas, pero a su regreso pondría remedio a tanta estupidez, sólo debía aguardar con paciencia y no dejarse perjudicar por las tonterías de la Minerva. Lo que colmó su paciencia fue enterarse de las continuas visitas de Minerva a la catedral; lo único que faltaba era que se convirtiera en una beata. Quizás esa era la razón por la cual era cada vez más huraña con él. Juan no entendía cómo podía prestarse a toda esa faramalla de curitas maricones; sabedora de que él no soportaba ver a esa pandilla de rateros que usufructuaban con la ignorancia del pueblo. En fin, mientras no insistiera en bautizar al Paco y sentar a uno de esos maricas a merendar en su mesa, no intervendría.

Durante un par de días, reflexionó si debía escribir una carta a Minerva y exigirle que pusiera fin a la conducta indigna de una mujer de su condición. Lo detuvo el saber que con eso se delataría al informarle que la mantenía vigilada. La experiencia le había enseñado que era mejor utilizar esta información a su regreso, sorprenderla y evitar que pudiese discutir, que intentara defenderse.

Días más tarde, inesperadamente, recibió una carta de Minerva donde le exponía, sin regatear la verdad, todas sus actividades. Además, agregaba una explicación a su silencio previo. Basada en su temor de ser incapaz de llevar a cabo su participación tanto en el coro como en el trío, temerosa de que sería invitada a darse de baja por incompetente, no dijo nada para no avergonzar a Juan. Insistió en que lo extrañaba y deseaba su pronto regreso para que asistiera a la velada musical organizada por la academia, así como a la presentación del coro en el Patio de los Naranjos de la Escuela de Medicina.

Esta carta lo puso en un predicamento. Si ella, voluntariamente, le contó todo sin guardarse nada, ignorante de que él estaba al tanto de sus actividades, resultaba imposible regañarla. Optó finalmente por escribir que le agradecía su invitación, pero que por el momento no podía abandonar sus obligaciones. Sin embargo, le transmitió su inconformidad ante sus nuevas actividades, asunto que tratarían a su regreso.

Sentada en una banca en la Alameda, protegida de los rayos solares bajo la fronda de un álamo, recordó el arrebato que sintió al escuchar las palabras de Juan. Podría habérsele lanzado encima para arañarle el rostro hasta obligarlo a callar, pero se contuvo. Los agravios se acumulaban. Vivía cada situación como una ofensa, como una herida que la laceraba profundamente. Tan pronto Juan puso un pie en casa, exigió que fueran a la recámara. Desconcertada, Minie no supo si sonreír para darle la bienvenida o guarecerse ante un probable improperio.

Juan pasó frente a Feri como si el niño fuera un extraño. Ni una caricia ni tenderle la mano al pequeño, sólo le espetó que esperaba que su comportamiento durante su ausencia no ameritara un regaño. La acongojó ver el rostro descompuesto de su pequeño hijo.

Tan pronto cerró la puerta, sin mediar un abrazo o una muestra de afecto, Juan exigió el fin inmediato de todas sus actividades. Consideraba una ofensa a su honor que su mujer se comportara como una tiple, una cantante barata.

Minie, sorprendida, lo escuchaba sin entender a cabalidad, la razón de su mirada fría y la dureza en su voz al compararla con una cómica del *burlesque*.

—Exhibirse frente a un piano o gorgorear como una corista para entretener a una concurrencia ávida de diversión contraviene todos los preceptos de decencia y modestia que toda mujer de bien debe respetar.

—Pero, no entiendo…

—¿Qué es lo que no entiendes? Fui bien claro al escribirte que desaprobaba de semejantes tonterías.

Minie desvió la mirada. Se sentía maltratada injustamente. Ninguno de sus actos podía ofender a Juan. Estuvo a punto de confrontarlo sobre la vigilancia a la que la sometió, pero guardó silencio. Era mejor que ignorara que ella estaba al tanto de sus sabuesos.

Juan suavizó su trato al verla callar; lo interpretó como una señal de sumisión. Se acercó a ella y la tomó en brazos, la besó en la frente para mostrar que la perdonaba y que estaba dispuesto a interpretar sus acciones como producto de la imprudencia.

Después de permanecer callada entre sus brazos, le musitó que antes de tomar cualquier decisión, le pedía que asistiera a la próxima velada musical programada en la Sociedad Filarmónica; quizás su idea sobre las tertulias musicales se modificaría. Sin permitir que él pudiera objetar, en una sola respiración, Minie explicó que dada la premura del tiempo no habría manera de que alguien la remplazara. Además, el propio director del Conservatorio la había invitado personalmente a que el trío tocara ante el alumnado y los profesores. Sabía que, tan pronto callara, le resultaría difícil dirigirse a Juan sin traicionar sus verdaderos sentimientos. Estaba profundamente ofendida, indignada de que hubiese ordenado vigilarla como si fuera un criminal. Ante su aparente sumisión, Juan, con inesperada magnanimidad, aceptó besándole, caballeroso, la mano.

Minie se preguntaba si él la mantenía vigilada a pesar de estar de regreso. Cada vez que salía a la calle, intentaba localizar a los hombres. Al no verlos, sopesaba la posibilidad de que Juan los hubiese remplazado. Más por una actitud de desafío que por el placer de mirar escaparates, Minie solía pasear lentamente, detenerse ante cada aparador con el fin de descubrir a sus perseguidores.

Apreciaba las horas de la mañana que auguraban la ausencia de Juan de la casa. Con el paso de los días, le resultaba difícil disimular el resquemor que ardía en su interior. La armonía en la que vivieron Feri y ella se esfumó tan pronto Juan puso un pie en casa. El chiquillo, temeroso de que en cualquier momento fuese reconvenido o cuestionado, se tornó hosco, distante y tartamudeaba a menudo.

A veces, Juan regresaba a la hora de la comida. Tan pronto tomaba el último sorbo de café, la prendía del brazo para llevarla a la recámara. Le ordenaba a Paco que no se atreviera a interrumpir el descanso de sus padres. No era el cansancio lo que promovía que Juan insistiera en la hora de la siesta, sino que, a esas horas, Minie no podría utilizar la excusa del sueño o la fatiga para evitar que la desnudara y la hiciera suya. No aceptaba sus reticencias, esgrimía caricias, fuerza, suavidad e impudicia, empeñado en subyugar su reserva, su pudor; pero ella se resistía a caer bajo el influjo de los estremecimientos que le despertaba al repasar cada ofensa, cada demanda que le exigía abdicar sin razón alguna, su amor por la música. Algo dentro de ella se mantenía seco, inhóspito hacia él; allí sólo reinaba la desolación y el resentimiento. Hubiera preferido platicar, ver la posibilidad de aclarar sus diferencias, que Juan la escuchara y comprendiera que cometía un error al querer someterla a su obcecada voluntad.

Una canción melancólica, acompañada por una guitarra, la hizo mirar a su alrededor. Cerca de su banca, un músico callejero amenizaba a los paseantes. Minie buscó unas monedas en su bolso, se levantó y las dejó caer dentro del sombrero de palma que estaba junto al guitarrista. Éste le sonrió. Minie decidió pasear por el parque, sus pensamientos se tornaban menos oscuros al caminar.

Esa tarde había acordado una cita con Cristóbal. Aprovechó la oportunidad para ponerse de acuerdo con él cuando asistió al Orfeón Popular para despedirse de sus compañeros y del director. Era urgente que pudiera reunirse con Rhodakanaty. Con el regreso de Juan, todo era más complicado. Minie estaba consciente de que su presencia entrañaba un mayor peligro para Plotino. Cristóbal mencionó que le llegaron informes de Veracruz que mencionaban la desaparición de varios hombres identificados con la oposición al gobernador Mier y Terán; señalaban como principal responsable al subinspector. A partir de ese momento, Minie entendió la verdadera naturaleza del trabajo de Juan; era un agente represor del gobierno, ajeno a los aires de democracia que los mexicanos anhelaban para su país. Algo que ella comprendía perfectamente como húngara. Cuando él se jactaba de sus éxitos en la gendarmería, éstos nada tenían que ver con guardar el orden y la paz entre la gente. Le pesaba profundamente no poder confrontar a Juan sobre esas acusaciones y tener que escucharlo presumir sus nuevas responsabilidades. Este silencio, esta mordaza, la corroía por dentro. Era necesario buscar una salida para ella y Feri, antes de que perdiera los estribos, abriera la boca y le escupiera la verdad que sus palabras mentirosas eludían. Juan no soportaba la crítica ni cualquier señalamiento sobre su conducta; de inmediato arremetía contra aquél que señalara sus errores, su ignorancia o sus debilidades.

Ahora, Cristóbal la citó en la iglesia de San Francisco. Sus encuentros en la catedral quedaron comprometidos la última vez. Fue a unos días de que Juan regresara. En esa ocasión, Minie no salió por el acceso principal, donde siempre aguardaba, disimulado entre los pordioseros y los marchantes, uno de los hombres de gabán. Ese día Cristóbal prometió llevarla a una reunión con el maestro. Ella se había sentado a esperar en la banca de siempre. Al cabo de un rato, Cristóbal pasó a su lado y dejó caer una nota sin detenerse. Recogió el papel y leyó las instrucciones: *Salga por la puerta lateral izquierda y camine hacia Santo Domingo.* Levantó la mirada y vio a Cristóbal detenerse momentáneamente ante una capilla, voltear a verla y dirigirse hacia la salida. Minie de inmediato salió del recinto y se encaminó hacia la iglesia de Santo Domingo. Sabía que, después de cierto tiempo, el hombre del gabán entraría a buscarla; al no dar con ella, en el futuro ya no le quitaría los ojos de encima.

Al recordar la emoción que la embargó ese día, Minie sintió su respiración agitarse. Llevaba dentro de su bolso la fotografía y el diario de Lenke para que sirvieran de introducción y que concedieran veracidad a sus palabras. Al llegar a la plaza de Santo Domingo, Cristóbal le dio alcance; le aseguró que nadie la seguía. Caminaron hasta un portón entreabierto. Entraron. La oscuridad del pasillo la sobrecogió; se detuvo. Cristóbal le ofreció su brazo para que se apoyara. Era un corredor largo que desembocaba en unas escaleras escasamente iluminadas por una ventana angosta que daba a un traspatio. La tomó del codo para ayudarla a subir. En la penumbra del segundo piso, caminaron hasta detenerse ante una puerta. Con los nudillos, Cristóbal dio dos golpes secos, aguardó unos instantes y repitió la señal. La puerta se abrió. Un desconocido los saludó con la cabeza, les pidió que aguardaran en el vestíbulo y se dirigió hacia una habitación. Minie sintió que el corazón se le escapaba del pecho, seguramente una de esas voces era la de Plotino. Al fin cumpliría su anhelo de conocerlo, tenía tanto que contarle, tanto que preguntar. Se sintió desfallecer. Afortunadamente, Cristóbal continuaba a su lado y la sostenía del brazo.

El hombre que abrió la puerta, les hizo una señal con la mano. Entraron a una pieza tenuemente iluminada por una lámpara de queroseno sobre una mesa. Alrededor estaban sentados cuatro hombres. Minie sonrió y trató de identificar a Plotino. Al verla entrar, los cuatro se levantaron. Ninguno de los hombres se parecía a la fotografía, aunque Minie se dijo que la gente cambiaba mucho con el paso de los años. Arrimaron una silla y la invitaron a tomar asiento. Cristóbal permaneció de pie cerca de la puerta. Uno de los hombres, de edad indefinida, le dio la bienvenida mientras los otros la observaban con desconfianza.

—Dadas las circunstancias, diremos que mi nombre es Lázaro, señora; en cuanto a mis compañeros, no los nombraremos. Cristóbal nos dice que usted ha pedido hablar con el maestro sobre cuestiones personales e importantes.

—Yo pensaba encontrarlo acá —musitó Minie.

—No es mi intención ofenderla, pero al ser la esposa de Juan Pelegrino, quien se ha dedicado a investigar el paradero del maestro como si éste fuera culpable de algún crimen, nos obliga a tomar todas las precauciones.

—Lo mío no tiene que ver con mi marido —respondió Minie sintiéndose injustamente acusada.

—Explíquese, por favor.

—Yo vine desde mi tierra, en Europa, con único fin de hablar con señor Plotino Rhodakanaty, mucho antes de conocer a mi esposo.

—Entiendo, aunque sigo sin comprender, qué puede traer de tan lejos a una mujer sola para hablar con el maestro —susurró mientras se limpiaba las comisuras de los labios con un pañuelo desaseado.

Minie sacó de su bolso la fotografía de Rhodakanaty rodeado de sus compañeros combatientes en Hungría y la mostró. Lázaro observó la imagen con detenimiento y se la pasó a los demás.

—¿Dónde fue esto?

—En mi tierra, sobre colina, en Buda…, Budapest…, Hungría. El señor Rhodakanaty y personas que acompañan, formaban parte de grupo de húngaros rebeldes que levantáronse contra dominio austriaco.

Los hombres y Cristóbal revisaron la fotografía con renovado interés. Lázaro quiso saber en qué año había sucedido; en la fotografía el maestro era muy joven. El orgullo se coló en la voz de Minie al contestar.

—En el 49. Patriotas húngaros no lograron romper yugo austriaco. Muchos murieron, otros metidos en cárcel, señor Rhodakanaty partió de Hungría para no ser capturado.

Minie sintió desvanecer la desconfianza y aprovechó el momento para señalar a la jovencita que miraba con adoración a Rhodakanaty. Explicó que era su tía; en su lecho de muerte, la hizo jurar que lo buscaría para hablar con él y entregarle su diario. Enseguida sacó del bolso el diario de Lenke y se lo entregó al susodicho Lázaro. Éste revisó hoja por hoja antes de comentar que no entendía ni una palabra de lo allí escrito.

—Está en húngaro…; yo creo algo de húngaro aprendió señor Rhodakanaty mientras estuvo allá; de no ser así, yo podría traducir al alemán, idioma que él habla desde pequeño por su madre austriaca.

Los hombres la miraron con inesperado respeto. Era claro que conocía muchas cosas del maestro que ellos ignoraban.

—Usted perdonará nuestra desconfianza; debemos proteger al maestro. En unos días, le avisaremos dónde se llevará a cabo la reunión. Cristóbal la acompañará, podrá hablar en persona con él, aunque nos preocupa que su marido pueda enterarse.

—Por el momento, él no está en ciudad.

—Sabemos que está en Veracruz, pero la mantiene vigilada.

Minie sintió el rubor subir por su rostro. Se avergonzaba de esa vigilancia, como si ella fuera una malhechora, pero la ofendía aún más que otros estuvieran enterados. Guardó un momento de silencio para recomponerse.

—Así es, pero ignora que estoy enterada; por tanto, como hoy, podré burlar su vigilancia.

—Bien, le haremos saber el lugar y la hora con Cristóbal.

Minie salió de allí agotada, sudorosa, como si hubiera escalado hasta la cima de una montaña. Sólo era cuestión de días para que al fin pudiese cumplir con su sueño, ese anhelo que la lanzó lejos de su tierra y ahora la tuviera en tan serio predicamento. No le cabía la menor duda de que, tan pronto Plotino conociera los lazos que los unía, así como vivió y murió Lenke después de su partida de Hungría, la protegería.

El letrero decía: «Subinspector Juan Francisco Pelegrino». Juan no podía evitar detenerse unos segundos frente a la puerta y regodearse ante la satisfacción que le causaba ver su nombre en el vidrio esmerilado de la nueva oficina de enlace. Tenía la certeza de que en breve quedaría eliminado lo de «Sub». Al menos ya no tenía al cabrón de Rojas sopeteándole la nuca.

A su regreso del puerto, el coronel Gómez le informó que el señor presidente había decidido crear un cuerpo de élite; una especie de policía secreta que sirviera para infiltrar los grupúsculos y detener a los posibles revoltosos. Estaba decidido a imponer la paz y el orden para sacar al país de su atraso. En consideración a los servicios prestados, tanto en la cuenca del Atoyac como en Veracruz, designó a Pelegrino para dirigirla. Por lo tanto, debía seleccionar una veintena de hombres de la gendarmería y concentrarlos en la nueva comisaría que se abriría en el costado sur de Palacio Nacional. En apariencia, esta pequeña comisaría serviría de enlace entre la gendarmería y el cuerpo militar presidencial. Por lo tanto, al reclutar, entrenar y cumplir con la encomienda encubierta del señor presidente, era de suma importancia que Pelegrino actuara con la mayor discreción.

—Al ser nombrado inspector, ¿ya no estaré bajo el mando de Rojas? —preguntó Juan conteniendo su emoción.

—Por el momento no habrá ascenso para evitar cualquier suspicacia sobre la verdadera importancia de esta nueva oficina, pero quedará desligado de la demarcación de Rojas. Su jefe inmediato seré yo.

Juan disimuló su desencanto al mencionar que le preocupaba la reacción del inspector Rojas, ya que nada le causaba mayor repulsa que ver a uno de sus subalternos cumpliendo órdenes ajenas. Gómez soltó la carcajada.

—No se preocupe, Pelegrino, conocemos bien las mañas de Rojas. Justamente aquí está la orden firmada que informa a Rojas sobre su traslado; la recibirá mañana a primera hora. Sugiero que hoy mismo retire de su oficina cualquier papel o pertenencia que no quiera que Rojas confisque y se ahorre un mal rato.

Juan se levantó y se cuadró.

—Pelegrino, tan pronto pasen las elecciones presidenciales, tenga por seguro su ascenso. Cumpla con el mismo esmero y eficacia a que nos tiene acostumbrados y la recompensa no se hará esperar.

—Mi coronel, transmita al señor presidente mi más profundo agradecimiento por honrarme con esta nueva encomienda.

—Contamos con usted, estimado Pelegrino, la nación sabrá agradecérselo. En breve me acompañará a saludar al señor presidente.

Exaltado, Juan abandonó la oficina del coronel Gómez para dirigirse de inmediato a la comisaría. Más reticente que de costumbre, evitó cualquier intercambio entre los presentes. Se sentó en su escritorio y aparentó guardar documentos que traía consigo. Discretamente, retiró la lista de soplones que mantenía entre las hojas de un cuaderno de apuntes; además sustrajo las dos últimas letras de cambio que el talabartero

Encinas le firmó comprometiéndose a pagar en abril y mayo la suma pactada. Gracias a este arreglo, el talabartero evitó ingresar a la cárcel por casi matar a golpes a un tal Virgilio Sánchez una madrugada. Antes de partir hacia Veracruz, Juan fue el oficial encargado de hacer las averiguaciones. El herido acusó a Encinas. Como parte de sus pesquisas, Juan visitó al talabartero en su negocio; pudo constatar que el hombre tenía dinero. No fue necesario amenazarlo; desde un principio éste estuvo dispuesto a llegar a un arreglo. Según él, el mentado Virgilio se negó a pagar una deuda de juego y ésas eran deudas de honor, algo imperdonable. Juan señaló que casi mató al hombre para luego abandonarlo con varias costillas rotas, descalabrado en una calleja oscura, algo que la justicia contemplaba como un intento de asesinato premeditado. Juan sugirió una suma importante que le permitiera distribuir entre algunos colegas y poder presentar a uno de los borrachos del barrio como el responsable del intento de asalto. Después de un corto regateo, acordaron que Encinas le firmaría tres letras de cambio. Había cobrado una, justo antes de partir hacia el puerto, pero quedaban pendientes dos que podría cobrar en breve. También guardó un abrecartas de plata que le habían regalado, con su nombre grabado en la hoja. Cerró las gavetas de su escritorio con llave y salió de la comisaría.

Imaginar a Rojas forzando las chapas en cuanto recibiera la orden del coronel Gómez lo puso de excelente humor. Con toda seguridad, al presentarse a recoger sus pertenencias al día siguiente, sería informado de que un ladrón aprovechó un descuido de la vigilancia para robar varios escritorios, incluido el suyo.

Mientras saboreaba el disgusto de Rojas decidió ir a casa. Minerva era la única persona con la cual podía compartir este logro. Su carrera tomaba un derrotero que finalmente le permitiría alcanzar puestos de poder. Pensar que en breve sería presentado formalmente a don Porfirio y que éste lo reconocería entre el mar de gente que siempre lo rodeaba, lo llenaba de una profunda alegría. Al fin se verían cara a cara y podría sentirse orgulloso de ser una rama de semejante tronco.

De camino a casa, elaboró la lista de hombres que llamaría para formar parte de este nuevo cuerpo policiaco: hombres valientes, disciplinados y taimados. Cuando apenas era un jovencito imberbe, su padrino le aconsejó esmerarse en el trabajo, eso le abriría las puertas del éxito; debía evitar caer en la costumbre, tan arraigada entre los mexicanos, de creer que la única manera de alcanzar el poder era besarles el culo a sus superiores, grillar o traicionar al amigo. Nunca más cierto que ahora. Celebraría con Minerva con una botella de champagne a la hora de la cena. Había llegado el momento de brindar por un futuro promisorio.

Al abrir la puerta y entrar al vestíbulo, le llamó la atención el silencio. Supuso que Minerva estaría en el cuarto de Paco, leyéndole un cuento. Para su sorpresa, las habitaciones estaban vacías. El disgusto se adueñó de él. Sin llegar a la cocina, le pegó un grito a Agustina. Ésta apareció de inmediato, sin poder disimular el susto que le provocaba la llegada inesperada del patrón.

—¿Qué se le ofrece, patrón? Perdone si me tardé, pero estaba planchando las sábanas…

No era culpa de Agustina que Minerva no estuviera en casa, pero Juan le reclamó la ausencia de su mujer y el niño.

Desconcertada, Agustina guardó silencio, ignoraba si algo inesperado había sucedido. La exigencia de Juan por obtener una respuesta la sacó de su aturdimiento. Balbuceó lo único que sabía, aunque le constaba que el patrón ya estaba enterado.

—Todos los jueves por la tarde, señor, la señora da clases en la academia y Paquito siempre la acompaña.

—Ah sí, se me olvidó. Las mentadas clasecitas… No estés allí paradota con cara de salpullido reventado, llévame un café al estudio y unas tostadas con algo de mermelada… y no te tardes, ¿me oíste?

—Sí, patrón.

Las prolongadas jornadas de trabajo de Juan, a raíz de su nueva responsabilidad, le concedían a Minie un respiro durante el día. Cuando salía a la calle, ignoraba si aún era vigilada, pero, al menos en casa, la tensión disminuía. Intentaba retomar con Feri las bromas y el buen humor, pero ni ella ni el niño recuperaban ese ambiente de despreocupada libertad que los invitaba a reír y cantar. A ella le resultaba difícil desprenderse de esa nube de desesperación provocada por tanta renuncia.

Por las noches, antes de que dieran las diez, se metía a la cama con la esperanza de sumirse en un sueño profundo. De no lograrlo antes de la llegada de Juan, simulaba estar dormida, a pesar de sus ruidos o movimientos. En la mañana, cruzaban algunas palabras antes de que él partiera al trabajo. A veces, todos se sentaban a la mesa a desayunar juntos, pero Feri y ella se mantenían alertas ante los posibles señalamientos o indagaciones de Juan; debían evitar que sus respuestas lo disgustaran.

Si tan sólo Juan trajera un piano a la casa todo sería más llevadero, pero siempre argumentaba que no tenía tiempo para atender esas nimiedades. Minie había sugerido que ella podría localizar un instrumento que estuviera a buen precio, pero Juan, con su ironía incisiva, preguntó si ella también pensaba pagarlo, ya que, de no ser así, tendría que aguardar hasta que él se pudiese encargar del asunto.

Los días soleados del mes de marzo eran una invitación a salir a la calle. Solía llevar a Feri a la Alameda, donde se sentaba bajo la fronda de un árbol mientras el niño jugaba, o bien paseaban entre las veredas arboladas del Zócalo hasta detenerse en la fuente. Feri llevaba su pequeña goleta de madera que le regaló su padre a su regreso de Veracruz y la soltaba en el agua. Jugaba a que ambos iban a bordo y surcaban los mares hasta llegar a Hungría. Minie le explicaba que no había manera de desembarcar en Hungría, pues ese país no tenía tierras que colindaran con ningún mar. Feri reía e imaginativo proponía que surcaban el mar hasta que éste se acababa y como su goleta era mágica se tornaba en una carroza que salía veloz hacia tierras húngaras. Sonriente, Minie aceptaba seguir el juego que, sin variar, le despertaba una añoranza profunda por regresar a Györ y volver a ser libre como un ave.

Hacía diez días que el trío se había presentado en una velada musical a beneficio de un orfanato. Desde esa noche, Minie no volvió a ensayar con Amelia y Gustav; tampoco continuó dando clases en la academia ni cantó con el Orfeón Popular. A partir de ese momento, andaba con la sensación de estar perdida entre las interminables arenas de un desierto, muerta de sed, debilitada, a punto de sucumbir.

Al menos pudo participar en el tercer concierto del trío. A su regreso, Juan aceptó asistir al segundo recital que dieron en el auditorio del Conservatorio Dramático, a condición de que renunciara de inmediato y sin discutir a todas esas actividades que él desaprobaba.

Al término de la velada musical, varios asistentes rodearon a los integrantes del trío para felicitarlos. Juan se mantuvo silencioso a su lado, impaciente por salir del lugar. Un connotado periodista de *El Monitor Republicano* se acercó a expresar su entusiasmo y, a la vez, informar que escribiría una nota en la parte cultural del periódico. Sacó de su bolsillo, una libreta y un lápiz y les pidió sus nombres. Minie sintió la mano de Juan prenderla con fuerza del brazo, como si quisiera arrancarla del lugar. Ella lo miró, extrañada. Con la mirada fija en el periodista, Juan mostraba una sonrisa helada. En ese momento decidió presentarse como Minerva Szabó, deletreó su apellido lentamente y dijo ser originaria de Hungría. El periodista la felicitó calurosamente por su forma tan exquisita de tocar el piano.

El director del conservatorio, acompañado por unas damas, irrumpieron en medio del grupo para solicitar que el trío se presentara durante una velada que pensaban organizar a beneficio de un orfanatorio. Amelia agradeció la invitación, pero dudó en aceptar. Sabía que Minie abandonaría el trío a partir de ese momento. Las señoras insistieron, pidieron a Juan que intercediera por ellas para que el trío accediera. Obligado a apoyar a las esposas e hijas de eminentes miembros de la sociedad, cumplió la solicitud a regañadientes. Amelia de inmediato aceptó el compromiso, antes de que Pelegrino mudara de opinión. Gracias a esta circunstancia fortuita, Juan autorizó que Minie ensayara los sábados y estudiara piano en la academia tres mañanas a la semana hasta la fecha del recital.

En el primer ensayo, Gustav Müller se presentó con unas partituras recién llegadas de Alemania: el *Trío para Piano en si bemol D929* de Schubert. Quería que esa tarde tocaran la pieza a primera vista y consideraran la posibilidad de incluirla en su próxima presentación. Por unos instantes, Minie olvidó que esas reuniones llegarían a su fin; la alegría de descubrir y tocar una partitura nueva la colmó de felicidad. Amelia y Müller cruzaron miradas, contentos de verla sonreír otra vez. Durante el primer movimiento, el violín y el cello se ceñían la melodía, mientras que el piano los acompañaba como una lejana cascada juguetona. La música fluía sin que ninguno de los intérpretes cometiera un error. Minie, inmersa en una sensación de libertad acompasada por el desgrane de las notas en el piano, se sintió volar por los aires hasta que su vuelo, de pronto, se transformó en un salto al vacío al recordar que en breve todo eso quedaría en el pasado. Las lágrimas no se hicieron esperar y corrieron sin freno por sus mejillas. Esa tarde era sólo un espejismo que en breve desaparecería. Juan nunca compraría un piano, de eso estaba segura. Desprenderse de la música que le permitía olvidar la injusticia y la soledad adueñadas de su persona la hundían en una apatía que la desplomaba incapaz de repelerla. Ahora tendría que aceptar conformarse con una vida teñida de renuncias. Su futuro se presentaba sombrío e incierto. Sus dedos se negaron a tocar; sus manos cayeron inertes sobre su regazo. Minie se levantó y huyó del salón.

Amelia y *Herr* Müller, sorprendidos, levantaron sus arcos. El silencio develaba la situación real de Minie. Querían ayudarla, pero ignoraban la forma de hacerlo. En varias ocasiones hablaron entre ellos sin dar con una solución.

Minutos más tarde, Minie regresó. Pálida, con los ojos enrojecidos, susurró una disculpa, se sentó ante el piano y colocó las manos sobre el teclado. Sin más, Amelia dio la señal y retomaron el compás. Minie no logró substraerse a sus pensamientos sombríos que se colaban entre las notas. Sus dedos respondían automáticamente a la lectura de la partitura, pero su alma se ahogaba en la desesperanza.

Al término del ensayo, *Herr* Müller se disculpó por tener que retirarse temprano. Amelia invitó a Minie a subir al tercer piso, donde vivía en una especie de buhardilla que asemejaba un *atelier* de artista parisino. Podrían tomar un café y platicar. Amelia vivía sola. Casi nadie recibía una invitación a entrar en este espacio íntimo de la señorita Fragoso. Unas escaleras estrechas conducían directamente a una gruesa puerta de madera. Se entraba directamente a un salón que servía tanto de recibidor como sala y comedor; un biombo, pintado al óleo con escenas de la Ciudad de México, dividía la estancia de la recámara. Las pocas veces que Minie había ido de visita, se maravillaba de que una mujer pudiese vivir así, en sus propios términos, sin hacer una sola concesión a lo esperado en una mujer soltera y decente. En esta ocasión, la magia del lugar no surtió efecto en Minie, quien se hundió en un pequeño sillón, agobiada y silenciosa.

Amelia entró a la cocina a preparar el café. Se negaba a tener servidumbre permanente en la casa. Dos veces a la semana, la mujer del portero de la academia subía a sacudir, lavar y cocinar; entrada la tarde se retiraba. Amelia regresó con un par de tazas de café, copas y una botella de coñac en una charola. Sin más, sirvió el coñac y le dio una copa a Minie. Ésta la miró desconcertada: dos mujeres bebiendo coñac, a solas, era impensable.

—Creo que lo necesita —comentó Amelia mientras se sentaba al lado en una silla mecedora—. Salud… Como dicen mis amigos los franceses: *après la pluie, le beau temps*. Le ruego que no caiga en la desesperación, no hay que perder la esperanza.

Minie le dio un sorbo a su copa. Sintió cómo el alcohol descendía por su pecho apaciguando su desaliento. Amelia la observaba con detenimiento, pensativa. De pronto, la sorprendió con una pregunta inesperada.

—¿No ha pensado en regresar a su tierra?

—¿A Györ…, a Hungría?

Amelia asintió. Una leve sonrisa apareció en su rostro al observar la sorpresa en los ojos de Minie que mudaron del gris azulado a un azul oscuro de intenso brillo.

—¿Por qué haría eso? —murmuró.

—Hablemos con franqueza, si me lo permite. No hay nada que me indigne más que ver una mujer sensible y buena, como usted, sufra por las tonterías de un hombre caprichoso.

—¿Caprichoso, Juan?

—Es un hombre voluntarioso. Me temo que a veces hasta violento. He observado el cambio en Paco, a partir de la tarde en que su padre se presentó a la academia y exigió que ambos regresaran a casa de inmediato.

—Sí, bueno, no siempre es así. —Minie se sintió obligada a defenderlo.

Amelia guardó silencio, no quería insistir, sabía que su franqueza incomodaba a sus interlocutores. De pronto, Minie se soltó a llorar amargamente. Abrió su bolso, tomó un pañuelo y se cubrió el rostro. Amelia la observaba con tristeza, intuía que era importante dejarla llorar. Después de unos minutos, Minie se secó las mejillas y le dio otro sorbo a su copa de coñac.

—No puedo regresar —dijo con la mirada fija en la copa que sostenía entre sus manos.

—¿Por qué?

—Mi familia ya no vive; no tengo a nadie allá. Hace unas semanas recibí carta donde informaban que mi padre murió. —Conteniendo las lágrimas, susurró—: No tendría donde ir.

Un dejo de desesperación se coló en la voz de Minie. Conmovida, Amelia fue a sentarse a su lado.

—Ya pensaremos en algo, se lo aseguro.

Juan se encerró en su despacho con la orden de no ser molestado a menos que surgiera algo urgente. Debía tranquilizarse; no le convenía perder los estribos. Había sido una mañana difícil. Al salir de almorzar del Café de la Flor, se topó con Rojas. Aparentemente cordiales, se dieron un abrazo, que Rojas aprovechó para murmurar que se cuidara, había rumores de que Pelegrino tenía recursos mal habidos y corría el riesgo de ser investigado. Juan soltó la carcajada, palmeó la espalda de Rojas y le aseguró que los mismos rumores acechaban al inspector. Ambos tendrían que buscar al chismosillo y darle su merecido.

Rojas se había atrevido a amenazarlo en persona. Juan se juró que Rojas no saldría indemne. Durante el trayecto del Café de la Flor a la oficina del coronel Gómez, quien lo había citado, intentó controlar su ira al pensar en posibles venganzas. Desde un principio, el cabrón de Rojas puso piedras en su camino, sobre todo cuando se percató de que Juan podría desplazarlo dentro del cuerpo de gendarmería.

Sentado frente al coronel, Juan se concentró y presentó su plan de trabajo: aplicar una vigilancia permanente a ciertos individuos hasta que el nuevo gobierno tomara el poder en diciembre. Gómez revisó la lista con los nombres que le entregó su subalterno.

—Hmm…, interesante. ¿Durante tanto tiempo?

Juan asintió.

—Esa vigilancia deberá ser en extremo discreta; no podemos empañar el nombre del señor presidente. Recuerde que ésta es una república libre y democrática.

Juan sonrió para disimular su molestia. El intercambio con Rojas lo dejó malhumorado, le resultaba difícil aceptar que además dudaran de su capacidad para actuar con la sutileza requerida. Se contuvo y respiró hondo antes de hablar. Expuso su idea de introducir elementos de su confianza como espías en las reuniones de clubes políticos para poder seguir de cerca a ciertos personajes que podrían cometer futuros actos de incivilidad.

—¿Y usted cree que hay gente capaz de introducirse como miembros de grupos opositores y no ser descubiertos? —preguntó con ironía Gómez.

La doble intención detrás de esas palabras, surtieron el efecto de un balde de agua fría sobre Juan, quien guardó silencio durante varios segundos para controlar la ira en su voz.

—Sólo solicito que se me permita llevar a cabo mi plan para demostrar su eficacia. El conocer con certeza y por anticipado las probables acciones de estos individuos nos permitiría actuar como una fuerza de prevención y no sólo de castigo.

—Mi querido Pelegrino, su idea suena interesante, pero me pregunto si ya cuenta con agentes debidamente entrenados para cumplir semejante encargo.

—¿En algún momento lo he defraudado, o al señor presidente? Desde que se me encargó formar un cuerpo especial dentro de la policía, los hombres seleccionados han recibido un entrenamiento riguroso. Además, le daré preferencia a individuos ajenos al cuerpo policiaco. Tengo pensado usar gente que podríamos llamar topos, mi coronel.

A pesar de la anuencia de Gómez, Juan se retiró encrespado, decidido a desquitarse con el primero que se cruzara por su camino. Le producía escozor que dudaran de él, sobre todo después de haber mostrado su capacidad tanto en la cuenca del Atoyac como en el puerto de Veracruz. Llegaría el día en que nadie se atrevería a poner en duda su persona; la sola mención de su nombre sería suficiente para poner a temblar a cualquiera. Él se granjearía el respeto a base de miedo, espanto y terror.

Desde la creación de este nuevo cuerpo policiaco, sus hombres respondieron con entrega y orgullo. Juan impuso una disciplina rigurosa: toda orden se cumplía sin chistar. Además de tenerle miedo, ingrediente necesario, su gente lo respetaba a cabalidad y con absoluta obediencia.

En realidad, no esperó a que el coronel aprobara su plan para empezar a tejer su red de espionaje. Sus hombres mantenían ojos y oídos abiertos en busca de candidatos para ocupar la plaza de informantes. Para garantizar la eficacia de estos futuros espías, era recomendable sorprenderlos en el acto de cometer un delito o algún pecadillo que quisieran guardar en secreto.

Esa tarde tenía contemplado entrevistarse con un reportero de un periodicucho antigonzalista, de reciente aparición en la capital: *El Hombre Negro*. Vaya nombre ridículo, cuando el ser negro era más oprobioso que ser indio. Era la voz del club político Socialismo y Sufragio Libre que se oponía a la candidatura de Manuel González para la presidencia. Uno de sus agentes se había apostado cerca de las oficinas del periódico durante varios días, lo que le permitió seleccionar a uno de los reporteros que acostumbraba todas las tardes visitar La Nueva, una pulquería en la calle del Factor. Instruyó al agente para que entablara conversación con el sujeto y, al calor de las copas, provocara un pleito. No fue difícil lograrlo, ambos salieron a empellones de allí y se liaron a golpes. Un gendarme, convenientemente apostado en la acera de enfrente, los separó y los llevó a la comisaría. Ya en los separos, amenazaron al reportero, le dieron una calentadita hasta que aceptó colaborar a cambio de recuperar su libertad y de que se retiraran todos los cargos en su contra. Podría escribir lo que quisiera, siempre y cuando los mantuviera informados de lo que se acordaba en las reuniones del club *Socialismo y Sufragio Libre*. Además, debía acudir, en calidad de reportero, a los clubes Sufragio Libre y Constitución donde Ireneo Paz y su periódico *La Patria* buscaban postular a Trinidad García de la Cadena como candidato a la presidencia.

Juan le asignó al reportero el mote de Caín. Esa tarde se entrevistaría por primera vez con él. Su punto de reunión sería La Nueva. Quería informes detallados sobre el mentado Ireneo Paz. Deseaba calibrar la calidad de su información, además de reforzar el miedo que Caín sentía hacia su persona. Lo sorprendería en horas de su habitual visita a La Nueva. Juan apreciaba el sentido del humor de la pulquería que, a pesar de ser un local viejo y maloliente, ostentaba a un costado de sus puertas batientes el rótulo: «Si se hartó de su vieja, aquí garantizamos la calidad: curada o al natural, saldrá como nuevo de la Nueva».

Ya tenía otro candidato para engrosar las filas de los topos. Decidió apodarlo Judas. Sus hombres lo sorprendieron extorsionando a un comerciante de café que les pasaba regularmente una mesada para evitar problemas con la autoridad. En la indagatoria, Judas resultó ser un cabo segundo, adscrito a la comisaría de Rojas; así que ahora el cabrón quería colarse en su territorio. Un punto más que agregar a su lista. Judas serviría también de anzuelo para atrapar al Rojitas y, como vil insecto, dejarlo despanzurrado.

Inquieto, Juan caminaba por su oficina. Se detuvo frente a la ventana y se asomó a la calle de Moneda. Un tameme pasó con canastos llenos de mercancía atados con reatas a su espalda, los canastos sobrepasaban su cabeza por un par de metros. Esos fulanos eran unas bestias de carga, brutos como ellos solos. Tercos en ignorar que la rueda y los asnos servían para trasladar mercancía. Por más que el señor presidente quisiera educar a la gente, estos indios se quedaron atorados en la prehistoria. Eran de pensamiento obtuso, ignorantes y taimados; igualitos al cabrón de Rojas. Ese hijo de su chingada madre no sabía con quién se estaba metiendo. El pendejo ignoraba que él, Juan Pelegrino, ya había sido presentado al señor presidente.

Justamente hacía un par de mañanas, mientras recorría uno de los corredores de Palacio, el general Díaz se detuvo a saludar al coronel Gómez y éste aprovechó para presentarlo. Por breves instantes sintió la mirada severa del prohombre detenerse sobre su rostro, asintió dos veces con la cabeza antes de continuar su recorrido. Fue un momento especial. Juan sintió que la sangre se le alebrestaba al estar a escasos centímetros del semental que lo había engendrado. Algún día el general sabría valorar a Juan como alguien de su estirpe, al reconocer su lealtad y valor.

Su disgusto no desaparecía. Tomó la decisión de regresar temprano a casa, caerle de improviso a la Minerva, sorprenderla para evitar que su reticencia marcara una distancia entre ambos. Nada como un momento de placer carnal para cambiarle el humor antes de ir a buscar a Caín; aunque la actitud reservada, distante, de Minerva ya había despertado sus sospechas. Aprovecharía para arrancarle su secreto, cuando el gozo aturdiera sus sentidos y doblegara su voluntad. Nadie mejor que él para descubrir lo encubierto, para desnudar la pasión de una hembra.

Por otra parte, Evaristo le sugirió traer a la Virginia de Veracruz y ponerle casa. La chamaca había llorado desconsolada cuando se enteró de que Juan regresaba a la capital y no pensaba llevarla consigo. Era dócil, jamás le discutía nada y siempre estaba pronta a satisfacerlo en todo. Además, cualquier varón que tuviera los medios solía poner una casa chica y presumirla. Él ya tenía la casa de Santa María la Ribera, vacía porque la necia de Minerva nunca quiso mudarse lejos del centro. Juan no quiso imponer su decisión y ahora lo lamentaba. Allá, en ese barrio lejos del centro, la necia no hubiera aprovechado su ausencia para actuar de manera inaceptable. Eso le pasaba por ser blando con ella, consentidor; había que poner fin a esa blandura.

Era una mañana de finales de abril. El calor seco, ardoroso de la primavera se asentaba sobre la Ciudad de México y los cautos, como Amelia, se resguardaban en la penumbra de habitaciones protegidas por gruesos cortinajes. Frente a la ventana entreabierta, Amelia se abanicaba el cuello con la esperanza de refrescar el aire tibio que entraba de la calle. Su vestido de raso negro permanecía abotonado hasta el cuello. Su rostro apiñonado, delgado, denotaba preocupación. Sus ojos negros, vivaces, resaltaban ante la severidad de su peinado, recogido en la base de la nuca. Un delgado encaje blanco, alrededor del cuello y de los puños de las mangas, rompía el severo luto de su vestido. El rigor de su atuendo se suavizaba con los zarcillos de oro y coral que hacían juego con el broche que ostentaba cerca del corazón, regalo de su prometido para celebrar su compromiso.

En ese momento, en la academia se encontraban un par de alumnos de piano y sus maestros. Tranquila en casa, aguardaba la llegada de Minie. Su violín descansaba sobre la tapa del piano, ambos instrumentos alejados del sol y el viento. Interpretarían algunas piezas para piano y violín que, sin duda, reanimarían a la joven mujer que parecía ahogarse en el encierro forzoso impuesto por su marido. A Minie le resultaba más fácil ausentarse de casa por las mañanas. Nada irritaba más a Amelia que ver a una persona sensible y talentosa sufrir por la insensatez e ignorancia de un varón que sentía comprometida su hombría por el talento o la inteligencia de su mujer. La alegría, la vitalidad de Minie, desapareció ante las demandas injustas de su marido. Amelia no toleraba la estupidez. Ella tuvo la suerte de ser educada por unos padres con valores sólidos y de enamorarse de un hombre bueno y probo, aunque el destino se lo arrancó en plena juventud.

El timbre de la academia la sacó de sus cavilaciones. Minutos más tarde, tocaban a su puerta.

—Adelante.

Minie entró. Lucía un vestido de popelina verde pálido y un sombrerillo de paja que enmarcaba su rostro demacrado. Se disculpó por la tardanza, pero había llevado a Paco con los Cortina. Amparito le había sugerido que el niño acompañara a sus hijos a la escuela, para ver si le gustaba. Era una escuela lancasteriana. Los Cortina le platicaron sobre este tipo de escuelas en donde podía entrar cualquier niño sin distinción social o económica. Ese tipo de enseñanza le resultaba muy interesante a Minie por dos cosas: una, porque el párvulo avanzaba según sus capacidades y, la segunda, porque los castigos físicos estaban prohibidos, incluido ponerle orejas de burro a quien no estudiara. Minie le enseñó a Feri las letras y los números, era un niño inteligente al que le gustaba aprender. Juan insistía en que ya era hora de meterlo a una escuela para que dejara de estar tan apegado a la madre. Por eso Minie se propuso averiguar sobre los colegios. Pensaba que la escuela *Libertad* podría ser la adecuada para Feri. Le pareció prudente enviarlo un día con los niños Cortina a ver si le gustaba.

Amelia observó a su invitada mientras ésta colocaba su sombrero sobre el perchero.

—¿Y qué piensa el subinspector de las escuelas lancasterianas?

—No he hablado con él de eso. Antes quiero que Paco diga si gusta estar allí. En todo caso, la escuela *Libertad* no queda lejos de casa y me pareció buena idea aceptar la propuesta de Amparito. —En un intento por cambiar el giro de la conversación, Minie se dirigió al piano, lista para ensayar—. Cuando usted diga, podemos empezar.

Amelia la invitó a sentarse en el sillón; le ofreció un vaso de agua de horchata para refrescarse del calor de la calle.

—Sólo he oído cosas buenas de la escuela *Libertad*; los muchachos salen bien preparados. ¿No teme que el subinspector se oponga a que Paco acuda a ese tipo de escuela?

Minie tomó un sorbo del agua de horchata; le incomodaba que Amelia leyera sus pensamientos.

—No sé. Quizá parezca insuficiente disciplina o no agrade que unos niños no sean de familias acomodadas, o…

Amelia no pudo impedir que la ironía se colara en su comentario.

—Pero seguramente el subinspector querrá que su hijo reciba una buena educación.

Minie asintió con la mirada fija en el vaso. Amelia percibió que hacía un esfuerzo por no perder el control y llorar. Tomó la decisión de hablar con mayor franqueza.

—Sabe, mi madre venía del norte, de Monclova, Coahuila. La gente de allá es buena, trabajadora y le gusta hablar de frente. En una ocasión en que vino a la capital a visitar a unas primas, conoció a mi papá, se casaron y aceptó venir a vivir acá.

Minie la escuchaba ausente, como si sus pensamientos oscuros tiñeran cada instante de su vida.

—Lo que quiero decir es que tengo familia allá. Es gente leal, como buenos norteños, no son ni timoratos ni miedosos. Con gusto la acogerían. Podría instalarse allá. Le ayudarían a conseguir alumnos interesados en aprender a tocar piano o hablar francés. Aunque es un pueblo pequeño y, en su mayoría, la gente es de campo, tienen la ambición de brindarle la mejor educación a sus hijos.

—¿Cómo dijo? ¿Yo irme a *Cahuila*?

Amelia sonrió ante la distorsión del nombre. Minie la escuchaba boquiabierta, con las lágrimas suspendidas en sus pestañas oscuras, dándole un brillo inesperado a sus pupilas azules.

—Sí, allí podría iniciar una nueva vida; el cambio sería benéfico para el pequeño.

Minie negó con la cabeza. Sus rizos recogidos en la coronilla le prestaban un aire juvenil inesperado, reforzado por el brillo del temor en sus pupilas.

—Juan dar con nosotros, estoy segura. Cuando entere que su familia me ayudó, no tocarse corazón por vengarse de usted y de ellos.

La respuesta, desnuda de artilugios, sorprendió a Amelia, quien guardó silencio. No dudaba que Pelegrino fuese capaz de eso. Los comentarios que había escuchado sobre ese hombre lo señalaban como un ser peligroso.

—Mi madre solía decir que las mujeres debían desconfiar de los hombres necios y oponer resistencia a su necesidad pusilánime de someternos por las buenas o por la fuerza.

—¿Eso decía su mamá? —preguntó incrédula Minie—. La mía repetía que era obligación de toda mujer obedecer voluntad de padres y marido.

—¿Ella se sometió a su padre?

Minie sonrió con tristeza.

—No. Fueron más veces que mi padre aceptó decisiones de ella. Discutían todo el tiempo; mi padre no tomaba decisión si no platicaba antes con ella. Ella decía eso para que yo no oponerme a sus decisiones.

Durante unos instantes, Amelia guardó silencio, antes de hablar con la franqueza que la caracterizaba.

—Me resulta difícil entender cómo una mujer, con su educación y refinamiento, pudo unirse a un hombre tan arbitrario, incapaz de reconocer que puede equivocarse. Que su desconocimiento, por no decir ignorancia, le impida aceptar que usted haga música; que considere las veladas musicales el colmo de la vulgaridad, en vez de una expresión cultural, resulta incomprensible.

Minie se sintió obligada a defender a Juan.

—Yo vine a este país sola, en busca de una persona. No conocía a nadie. Juan me libró de gente perversa y trajo acá para continuar mi búsqueda. Cuidó de mí.

Amelia la escuchaba con interés, aunque le resultaba difícil creer en la supuesta bondad y desinterés de Pelegrino, un hombre que parecía guiarse por la astucia para alcanzar el usufructo personal.

—Eso de abandonar su tierra y llegar hasta acá sola requiere audacia y valor. Supongo que esa persona que vino a buscar es alguien muy importante para usted. ¿La encontró?

Minie negó con la cabeza. Sacó de su bolso un pañuelo de encaje blanco, con sus iniciales bordadas en verde. Se enjugó las lágrimas.

—Ya veo, murió.

Azorada, Minie levantó la mirada.

—¡No, no!

Con dificultad, a veces contradiciéndose, en un intento por omitir su relación con Plotino y la razón por la cual abandonó su tierra, Minie habló de Rhodakanaty. Amelia dijo que jamás lo había oído nombrar. Minie explicó que al fin pudo entrar en contacto con personas que lo conocían y habían prometido llevarla con él.

—¿Después de tantos años? ¿El subinspector, con toda su gente, no ha podido localizarlo?

—No quiero que lo encuentre.

Amelia se sorprendió ante la inesperada dureza en la voz de Minie. Se preguntó quién podría ser ese hombre a quien protegía de su propio marido. Minie cayó en cuenta que su respuesta había sorprendido a Amelia, aunque ésta guardara silencio.

—Plotino Rhodakanaty ser socialista, lucha por ideales, él piensa en bienestar del hombre común.

—Entiendo, alguien a quien el subinspector considera peligroso, ¿es así?

Minie asintió. Ambas se quedaron pensativas hasta que Amelia se percató de que el tiempo pasaba y Minie no había tocado al piano. Su intención era que Minie viniera cuando la ocasión se lo permitiera; tenía varias partituras para piano y violín. Había pasado un mes desde el último recital; una velada inolvidable. El público aplaudió hasta que el trío aceptó tocar uno y otro *encore*. La testarudez de Pelegrino, producto de su oscuro discernimiento, se impuso al diálogo juicioso y logró su cometido: desmembrar al trío y recluir a su mujer entre los muros de la intolerancia.

Pelegrino aguardaba de pie frente al escritorio del coronel Gómez, quien firmaba algunos documentos sin levantar la vista.

—Siéntese, hombre, que me pone nervioso. Enseguida termino.

Juan se sentó con la espalda recta, la mirada fija en el retrato del general Díaz que colgaba en la pared detrás del escritorio: de mirada severa, el cabello negro, la boca noble que apenas asomaba entre el espeso bigote. Era un hombre recio; su sola presencia invitaba al respeto y al afán de imitarlo en su arrojo y valentía. Era una lástima que estuviera por terminar su periodo presidencial, pero Juan estaba seguro de que ese hombre cumpliría su compromiso y velaría hasta su muerte por los intereses del pueblo.

—El retrato le hace justicia al señor presidente, ¿no es así? —dijo Gómez, que había terminado de firmar papeles y observaba a su subordinado.

—Así es, mi coronel, y por más que lamentemos el fin de su presidencia, ha sido el primero en cumplir con el ordenamiento de nuestra Constitución.

—Efectivamente. Por eso, justo es necesario que hablemos usted y yo. ¿Tiene información de primera mano sobre los futuros candidatos y sus intenciones?

Pelegrino asintió. Su red de infiltrados era aún muy limitada, pero empezaba a rendir frutos. No era fácil implicar a la gente en situaciones incómodas, pero tarde o temprano, si se sabía hurgar, aparecía la mugre que serviría para obligarlos a mantenerlo informado. Juan no dudaba que en un par de años contaría con una red de espionaje temible, suficiente para aquietar a cualquier incauto.

—Todo eso está muy bien, pero por el momento debemos atender las elecciones primarias en junio, no sólo las presidenciales. ¿Tiene alguna información pertinente sobre los interesados en gobernar el ayuntamiento capitalino? La agitación electoral se recrudece y quizás no sea posible evitar usar la tropa para calmar a los revoltosos.

—Tenemos gente que sigue de cerca los conciliábulos del Club Independencia, del Círculo Central —dijo irónico, Pelegrino—. Tenemos infiltrados en el Círculo Obrero y en el periódico *El Socialista*.

—¿Y bien? —inquirió el coronel Gómez, estirándose aún más los tiesos bigotes—. Lo último que desea el señor presidente es utilizar a la tropa en la capital.

—Parece ser que el ministro Tagle ya tiene su lista de regidores, con el objetivo de contar con un ayuntamiento favorable a Benítez. El Gran Congreso Obrero presentará en breve su lista de candidatos, así como *El Socialista*.

—¿Nombres?

Pelegrino le entregó una lista de nombres escrita de su puño y letra. Gómez la revisó con detenimiento, algo perplejo.

—¿Quién los conoce? ¿De dónde los sacaron?

—Sólo unos cuantos son conocidos, mi coronel. Usted dirá…

—Pelegrino, lo que ahora voy a decir queda entre estas cuatro paredes; el señor presidente ya escogió a su gallo, es mi general González. Es un hecho que nadie mejor que mi general Díaz para saber lo que necesita el país. Por ahora sólo debemos mantenernos atentos al cauce que tomen los acontecimientos. Ni una palabra, ni una insinuación sobre lo que aquí le mencioné, ¿entendido?

El coronel Gómez escudriñó a su subordinado, quien lo escuchaba con atención. Pelegrino asintió con firmeza.

—Una cosa sí le digo, bajo ningún concepto el señor presidente quiere que la tropa salga a la calle. Usted y su gente tendrá que multiplicarse para atacar el problema de raíz.

—Pierda cuidado, mi coronel, estamos preparados. Lo mantendré informado. Usted me hará saber hasta dónde podemos llegar para atender estos problemas.

—Quedan pocas semanas para las votaciones de electores. A partir de este momento, hasta la toma de posesión del nuevo gobierno en diciembre, todo probable sedicioso deberá desaparecer discretamente sin causar el menor ruido. ¿Me entiende?

Juan se levantó erguido y se cuadró ante su superior.

Los días se desgranaban en horas dilatadas, los minutos aparentaban detenerse desentendidos del inexorable paso del tiempo. Minie era incapaz de escapar a esa sensación de arresto en donde la sumieron las exigencias de Juan. Jornadas largas y calurosas que obligaban a guarecerse del sol y en que las tardes no refrescaban a menos que, de improviso, se presentara una tormenta y la violencia del agua oscureciera prematuramente las calles anegadas al compás de truenos y centellas. Eran un claro anuncio de que, en cuestión de semanas, la época de lluvias iniciaría. A pesar de los años transcurridos, Minie no se acostumbraba a esta forma tan atropellada de llover; se imaginaba que el diluvio del Arca de Noé debió de ser algo similar. Después de la tormenta, el cielo se despejaba y la invitaba a salir a pasear y disfrutar del fresco de la tarde, con la esperanza de que sus pensamientos desordenados, que revoloteaban por su cabeza, le concedieran unas horas de reposo.

Sin poder cumplir su anhelo de conocer a Plotino, Minie vivía aferrada a la esperanza de que Cristóbal pudiera finalmente llevarla a una reunión con él. El regreso adelantado de Juan complicó todo. La renuncia al coro le quitó la oportunidad de acordar una fecha con Cristóbal. Tendría que hacer algo al respecto, sobre todo ahora que Amelia sembró en ella la idea de alejarse de Juan, idea que giraba y giraba por su cabeza como un ancla a la que podía asirse para no sucumbir a la desesperación, pese a la certeza de que Juan no cesaría hasta dar con ellos por más recóndito que fuera el lugar en este inmenso país.

Si tan sólo pudiera regresar a Hungría, a Györ. Ésa era una fantasía imposible. Gízela la había dado por muerta y, ya sin la presencia de Arpad para mediar entre ambas, no podía aventurarse tan lejos con Feri. Habían transcurrido diez años desde que se lanzó en busca de respuestas; no podía contemplar la posibilidad de que alguna de sus antiguas amigas estuviera dispuesta a brindarle ayuda y protección.

Con un piano en casa todo resultaría más tolerable. Juan se hacía del rogar cada vez que ella mencionaba la idea de tener un piano en casa. Cada que abordaba el tema, el la regañaba por no valorar la importancia de su nuevo nombramiento e intentara distraerlo de sus obligaciones con necedades.

Últimamente, Juan la observaba, endurecía su mirada, la escrutaba como si detrás de sus palabras o actos ella escondiera algo. No dudaba que así observaba a los delincuentes cuando los interrogaba para sorprenderlos en alguna mentira. Su presencia en casa la agobiaba; Feri y ella debían tener cuidado de no dar un paso en falso. Ante cualquier intento de Minie por platicar sobre algún tema ajeno a Juan se evidenciaba de inmediato su desinterés y él la tildaba de frívola. Se mofaba de su gusto por pasear por la calle de Plateros y mirar los aparadores de las tiendas francesas donde exhibían el último grito de la moda parisina. Él era incapaz de comprender que era una manera de combatir la nostalgia por su tierra, al imaginarse paseando por las avenidas de Pest.

Lo último que Juan quería escuchar eran comentarios sobre su vida pasada. El ayer era un tema inexistente para él. A lo largo de los años, Juan sólo mencionó dos cosas sobre su vida anterior: era hijo único como ella y entendía algo de francés porque su madre había sido francesa. Al principio, Minie insistió en conocer su infancia, hasta que un día Juan le habló con toda claridad: el pasado carecía de importancia para él, no tenía nada que contar; tampoco quería conocer su vida previa a desembarcar en Veracruz. Esas conversaciones eran propias de mujeres y de maricones.

Minie supuso que Juan estaba peleado con sus familiares y que éstos radicaban en Veracruz. A veces, Feri preguntaba por sus abuelos, quería saber si tenía tíos y primos como los demás niños. Minie le habló de sus abuelos, Gízela y Arpad, y de su bisabuela Sylvia. Esperaría a que fuera hombre para hablarle de Lenke y de Plotino.

Cuánto más fácil sería su vida si pudiera encontrarse con Rhodakanaty y éste la reconociera como su hija y a Feri como su nieto. Traía esa idea clavada en el cerebro desde que se enteró de la verdad de su nacimiento. Anhelaba que él le asegurara que se enamoró de Lenke, que ella no fue un simple entretenimiento mientras luchaba contra los Habsburgo. Quería que le explicara la razón por la cual nunca regresó a Budapest y si de verdad ignoraba que Lenke quedó encinta.

Se negaba a reconocer su temor de que Plotino también la defraudara, que no fuera el hombre que Lenke describía en su diario o del que hablaban sus seguidores en México, al deslucir la verdad revistiéndola de mentiras.

Cada sábado, Amelia y Gustav Müller se reunían a ensayar. Era difícil suplir la ausencia de Minie. Su musicalidad, la rápida integración con ellos para formar el trío y su alegría contagiosa por el mero hecho de hacer música la volvían insustituible. Durante algunos sábados, invitaron a tocar a uno que otro pianista, pero ninguno convencía a Amelia. Ante este hecho, hablaron sobre la posibilidad de olvidarse del trío y formar un cuarteto de cuerdas.

En fecha reciente, se interrumpieron los ensayos porque Gustav Müller se ausentó veinte días de la ciudad para atender sus negocios en Veracruz. Como representante oficial de la Liga Hanseática estaba obligado a visitar periódicamente su oficina en el puerto. El intercambio de mercancías México-Bremen y Hamburgo, era cuantioso. No fue sino hasta el segundo sábado de mayo que pudieron reunirse para tocar juntos. En esa ocasión, Müller invitó a un conocido alemán, con el cual hacía negocios, para que ensayara con ellos. El buen hombre amaba profundamente la música y desde pequeño había estudiado piano. Sin embargo, se le dificultaba tocar a primera vista, además, cuando se instalaba en un ritmo, lo mantenía con la precisión de un metrónomo sin permitir alongar *il tempo,* aunque la música así lo exigiera. Al término del ensayo, como acostumbraba, Amelia ofreció café y pastitas. El conocido de Müller se excusó al poco tiempo porque ese día era el cumpleaños de su mujer y no quería ausentarse demasiado tiempo. Agradeció efusivamente que lo hubiesen invitado a tocar con ellos; lo consideraba un privilegio y se ponía a sus órdenes para repetir la ocasión.

Ya había anochecido y la academia se sumía en una calma que permitía platicar sin apremio. Amelia se disculpó y subió a su morada. No tardó en regresar con una botella de buen coñac y un par de copas.

—Me temo que después de este ensayo, sólo un buen coñac nos puede cambiar el humor. —Amelia sirvió al tope las pequeñas copas.

—Es un buen hombre, debo admitir que para la música goza de la gracia de un elefante —comentó Müller de buen humor—. ¿Por cierto, ha visto a nuestra estimada Minerva? Fuimos muy afortunados de poder hacer música con ella, un verdadero deleite que admito extraño mucho.

El alcohol y el desasosiego que le provocaba Minie llevó a Amelia a romper su reserva natural.

—Es como un jilguero atrapado en una jaula; le dan casa y comida, pero la han privado de su libertad —dijo con animosidad.

Gustav sopesó el comentario por unos segundos.

—Entiendo lo que quiere decir, sin duda es lamentable.

Amelia observó al hombre rubio, corpulento, de mejillas rosadas y cara de niño a pesar de sus bigotes y patillas. Le llamaba la atención el contraste de su voz de bajo profundo que castañeteaba todas las consonantes y la delicadeza con la que tocaba el violonchelo. Müller le inspiraba confianza. Optó por hablar con mayor franqueza. Le expuso su idea de que Minie abandonara a Pelegrino y se llevara a su hijo a Monclova, donde ella tenía primos hermanos que podrían ayudarla.

—¿Eso le dijo? No deja usted de sorprenderme, estimada Amelia. ¿Monclova? ¿Dónde queda?

—En el norte, no lejos de la frontera; de allí era mi madre. Es un pequeño pueblo cercano a Saltillo, donde la gente es buena y, a pesar de ser rancheros, les gusta cultivarse, superarse.

Gustav Müller la escuchaba pensativo, jugaba con sus enormes bigotes rubios salpicados de migajas.

—¿Cuál fue su respuesta?

—Teme que su marido la encuentre a pesar de la distancia y tome represalias en su contra y en contra de todos aquellos que la hayan ayudado.

—Es una apreciación certera, me temo.

Gustav Müller comentó enseguida lo que había escuchado en el puerto. La gente señalaba a Pelegrino como el responsable de los peores hechos violentos en el estado de Veracruz en que había incurrido el gobernador Mier y Terán a principios de año. Allá, el subinspector tenía fama de ser un policía despiadado e implacable. Gustav consideraba muy probable que Pelegrino pudiera localizar a su esposa e hijo en México, por remoto que fuera el lugar.

Amelia lo escuchaba angustiada. Se sirvió más coñac. *Herr* Müller tenía razón. Sin embargo, se sentía obligada a buscar una salida para esa joven mujer.

A escasas semanas de las elecciones, vibraba en el ambiente un aire de incredulidad y euforia. Después de medio siglo, se respetaría el mandato constitucional que prohibía la reelección. El general Díaz entregaría la silla presidencial sin necesidad de una revuelta popular o un levantamiento militar. Sin embargo, también prevalecía el escepticismo sobre las afirmaciones enfáticas del señor presidente de que se mantendría al margen de las elecciones y sólo sería el garante de la voluntad mayoritaria.

Pelegrino había tejido con meticulosidad y discreción una red de espionaje que se infiltró en los clubes políticos; lo mantenía informado sobre las resoluciones y las polémicas que se suscitaban en esas reuniones. Con esta información, el subinspector determinaba a quiénes había que amenazar, detener o desaparecer. Actuaba con enorme cautela. El coronel Gómez había sido muy enfático: los personajes relevantes de la sociedad eran intocables; era necesario evitar que se calificara al régimen del presidente Díaz como responsable de coartar la libertad de expresión.

Esa fue la razón por la cual Ireneo Paz, quien publicó en *La Patria* un artículo donde reclamaba la parcialidad del general Díaz por la candidatura del general Manuel González, no fuese amenazado o detenido por haber atacado públicamente al general. Sin embargo, eso no evitó que Juan preparara algún acontecimiento desagradable para algunos de los allegados de Paz, por supuesto sin dejar rastros que señalaran como responsable al cuerpo policiaco comandado por él.

Unas semanas atrás, estableció una cárcel clandestina que le permitía actuar con entera libertad sin que nadie ajeno a la policía secreta conociera su existencia. Juan sabía que el edificio de la Escuela de Medicina había sido anteriormente la famosa cárcel de La Perpetua, clausurada en 1854. La cárcel de La Perpetua había sido el Palacio de la Inquisición en tiempos de la Colonia. Se rumoraba que existían túneles subterráneos que conducían a calabozos, de los cuales nadie salía con vida.

Pelegrino envió a Pata de Mula y a Romeo a sonsacar información al conserje del edificio. Éstos compartieron con él un par de botellas de mezcal, suficiente para que los considerara sus hermanos del alma y los llevara a recorrer el vetusto edificio y presumiera de cuán temible fue la cárcel de La Perpetua; hasta les mostró unos escalones abandonados que, según él, conducían a las antiguas galeras del Palacio de la Inquisición.

Convencieron al buen hombre de que una noche los dejara descender con unas teas encendidas cuando los alumnos y maestros hubiesen abandonado el lugar. Evidenciaron que la escalera cuarteada era una invitación a perder el equilibrio y rodar hacia abajo. Bajaron lentamente, alumbrando cada escalón hasta que llegaron a un galerón que apestaba a orines, suciedad. Romeo, intranquilo, convenció a Pata de Mula de no entretenerse más allí; los olores y los ruidos de patitas apartándose de la luz y el aleteo de seres inmersos en la oscuridad le ponían los pelos de punta.

Tan pronto Pelegrino se enteró, hizo que Pata de Mula lo llevara una noche a reconocer el lugar. Descendieron por los escalones maltrechos. Juan necesitaba localizar otra entrada, una que les permitiera acceder al lugar sin que nadie los fiscalizara. Recorrieron todo el edificio y los patios; después hicieron un recorrido por los muros externos. Pata de Mula mencionó que el conserje les relató que existieron accesos que fueron clausurados, por donde los detenidos por la Inquisición podían asomarse y hablar con sus leguleyos o familiares.

Pelegrino descubrió dos grandes boquetes, a unos treinta centímetros del nivel del suelo, en la calle de La Perpetua, a escasos metros de la esquina con Sepulcro de Santo Domingo. Parecía ser un sótano abandonado. Gruesos barrotes de hierro flanqueaban el paso. Pata de Mula estaba seguro de que conectaban con una de las galeras. Al día siguiente, fue a indagar con el conserje si era un sótano en uso. El viejo le aseguró que nadie entraba o se asomaba por allí.

Ese hallazgo complació enormemente a Pelegrino. A partir de ese momento echó a andar su plan. Se presentó ante las autoridades de la Escuela de Medicina para insistir en que clausuraran la escalera que descendía a los antiguos galerones penitenciarios, tanto por el mal estado en que se hallaban, como por la posibilidad de que malhechores pudiesen hacer de ese lugar su guarida. Ofreció encargarse de tapiar el acceso. La dirección de la escuela agradeció que Pelegrino les advirtiera del peligro latente y aceptaron que realizara los trabajos de manera gratuita. Por esa vía, ya no fue necesario asentar el acuerdo por escrito ni solicitar permiso alguno. Pelegrino llevó a cabo su idea sin verse obligado a informar a sus superiores.

De inmediato tapiaron los boquetes de la calle de La Perpetua y clausuraron la entrada a la escalera. Justo en la acera de enfrente de los boquetes, había una accesoria. Evaristo se encargó de convencer al dueño de que les rentara el local de inmediato para evitar problemas con la autoridad, cosa que el dueño aceptó sin pensarlo. Juan organizó a sus hombres en cuadrillas; cada noche se turnaban para cavar un túnel que atravesara por debajo de la calle. Trabajaron a marchas forzadas. Una vez que conectaron el local con una galera, descubrieron tres galeras más. Dentro había quince calabozos y una amplia sala donde aún quedaban restos herrumbrosos de instrumentos de tortura. En poco tiempo, la cárcel clandestina estuvo lista para utilizarse. Juan la bautizó con el nombre de Jardín del Edén.

El recorrido con los reos, de su comisaría al Jardín del Edén, se realizaba cerca de la medianoche en una carreta. Los destinados al paraíso terrenal iban boca abajo, acostados sobre el suelo de la carreta, con los ojos vendados, atados de pies y manos, con un trapo en la boca. Los cubrían con una lona y hacían un largo trayecto para confundirlos. En realidad, la distancia era corta entre la comisaría y la nueva cárcel. Dentro del *Jardín del Edén,* Juan pudo instaurar con entera libertad todos los medios de tortura que consideraba pertinentes para lograr confesiones, delaciones que señalaran a probables sediciosos en condición de cometer actos que trastocaran la paz social.

Pelegrino tenía plena confianza en que en breve obtendría resultados. Había escogido bien a sus hombres; éstos eran diligentes, discretos y temibles; pero sobretodo le profesaban una lealtad a prueba de fuego. Si el temor era la piedra angular sobre la cual basaban el respeto a su persona, ésta se consolidaba al poder aumentar su patrimonio personal mediante extorsiones, siempre y cuando hicieran partícipe al jefe de sus ganancias. Con esto, Juan aseguraba que ninguno de ellos se atrevería a revelar la existencia del Jardín del Edén.

El coronel Gómez, satisfecho con los resultados, no indagaba demasiado sobre los métodos utilizados por Pelegrino. Obviamente, el señor presidente estaba complacido, aunque no lo hubiera manifestado públicamente. El par de veces que el general entró a un salón donde se encontraba Pelegrino, su mirada siempre se posaba un instante sobre él y hacía un leve movimiento de cabeza. Este breve reconocimiento llenaba de júbilo a Juan. Aprovechaba cada ocasión en que se encontraban en un mismo lugar para observarlo con detenimiento y descubrir en sus rasgos y actitudes aquello que confirmara su parentesco. Tarde o temprano, el general se daría cuenta del extraño parecido entre ambos, a pesar de la diferencia en el color de ojos, bigote y cabellera.

Cuando, emocionado, le contó a Minerva que el coronel Gómez lo presentó con el general Díaz, ella sólo mostró interés por indagar lo que el señor presidente había dicho. Enseguida le explicó que el general solía caminar por los corredores de Palacio y saludar con la cabeza a los presentes. El hecho de que se hubiera detenido ante ellos y lo hubieran presentado oficialmente constituía un honor. ¿Y qué hizo la Minerva? Preguntar sobre los comentarios que hizo el señor presidente. Pues nada, el general no dijo nada, sólo tomó nota de la presentación, lo caló con su mirada de águila por unos segundos y asintió con la cabeza. Un hombre de esa estatura no malgastaba palabras. Minerva era incapaz de comprender que, a partir de ese momento, don Porfirio ya guardaría su nombre y su rostro en la cabeza; que él, Pelegrino, abandonaba el anonimato de la gente que pululaba en torno al señor presidente gracias a su esfuerzo y a los buenos resultados que obtuvo en sus encomiendas.

Por otro lado, no podía comentarlo con la Virginia, que hablaba sin pensar y difícilmente le paraba el pico un instante. Entre menos se enterara de sus ocupaciones, mejor. Y menos ahora, con lo delicado de todas sus actividades. Además, el exceso de trabajo casi no le permitía otorgarse momentos de asueto. Habían pasado un par de semanas sin que la visitara, razón por la cual envió hacía unos días a Pata de Mula a preguntar cómo andaba. Al tarugo lo único que se le ocurrió fue observarla a la distancia cuando salió a dar la vuelta con la chamaca. Le reportó que se veía saludable, que se entretuvo con un vendedor de pájaros, compró un par de canarios y luego mandó a la chamaca al mercado a comprar una jaula para las aves.

Indecisa, Agustina dudaba si consultar al padre Benito o hacer lo que dictaba su corazón. Intuía la respuesta del sacerdote: había que dejar todo en manos del Señor. Era un hecho que nunca quiso inmiscuirse en el asunto, pero como quien dice: el bultito le cayó en las manos. No era fácil tomar una decisión.

Nada de esto hubiera sucedido si, para empezar, ella no hubiera recomendado a la Chole para que la contrataran como lavandera de entrada por salida. Se había compadecido de ella: con cinco hijos y un pelado por marido que la abandonó por otra más joven. Además, era cuñada de su prima; eso la hacía como de la familia. Hasta ese momento no lo había lamentado, porque la Chole era trabajadora y honesta.

No, la bronca fue cuando el patrón le pidió que le buscara una chamaca para trabajar con la piruja aquella, a la que le puso casa, y la Chole se enteró. De inmediato le rogó que recomendara a su hija. Ya tenía los trece cumplidos, necesitaba que la ayudara con el gasto. Ni modo de decirle que no. Así que se pusieron de acuerdo para llevar a la chamaca con el patrón a la comisaría. Agustina aprovechó una mañana que salió al mercado para que la señora no se enterara de los arreglitos. El patrón acordó pagar a la madre el sueldo de la hija. Al día siguiente, temprano, antes de que Chole entrara a trabajar, el patrón llevó a madre e hija a una casa que tenía por el rumbo de Santa María la Ribera, donde había metido a la fulana esa.

Tan pronto la Chole regresó, Agustina la sometió a preguntas, quería saber todos los detalles.

—La patrona de mi chamaca es sólo un poco mayor que mi hija. La verdá es que los hombres no se miden; andan siempre tras carne fresca. Si me preguntas, te diré que la patrona de acá es mucho más bonita, una dama; aquella, de a luego muestra el cobre. Yo digo que, aunque vistas a la mona de seda…, mona se queda.

—¿Y eso?

—De que vio al patrón, se puso a manosearlo y a comérselo a besos, como si nosotras fuésemos invisibles

—¿Al patrón? —dijo Agustina incrédula.

—El mismito. Ya lo conoces, si no pega de gritos no'stá contento. Le dijo que se estuviera quieta y atendiera porque él traía prisa. Así que le encargó a mi chamaca. A mí me dijo que ya me informaría si la muchacha se portaba mal. Convenimos que un sábado al mes pasaba yo a recogerla y la regresaba el domingo.

—¿Y la casa?

—Chiquita, pero bonita, aunque nadita de muebles elegantes como aquí; eso sí, atrasito tiene un huerto, aunque no muy grande.

Y ahora esto. Nada indignaba más a Agustina que la piruja usara a la Chole para enviarle recados al patrón y, no contenta con eso, también que la metieran a ella en el asunto y le pidieran entregárselos personalmente. Según la hija de Chole, su patrona andaba como fiera enjaulada porque el patrón no se había aparecido por la casa en muchos días y desquitaba su rabia con la chamaca.

Tan pronto se fue Chole, la curiosidad se adueñó de Agustina. La nota venía doblada. Con eso de que la servidumbre no sabía leer, ni se molestaban en meterlas en sobres cerrados.

Agustina se había enterado de hartas cosas, sólo porque el patrón ignoraba que la señora la había enseñado a leer y a escribir algunas letras y su nombre. Así fue como se enteró de que la fulana amenazaba al patrón con regresarse al puerto si éste continuaba olvidado de ella. Luego, le juraba que lo amaba, además de una serie de pendejadas, como que sin él se iba a morir, que debía acudir de inmediato a verla. Y su letra, con todo y tachaduras, a duras penas se entendía; parecía como si una rata lo hubiese escrito, hasta la de ella era más clara cuando escribía su nombre. De a leguas se veía que esa fulana no traía nada de educación.

Agustina tomó la decisión de dejar todo en manos del Señor, aunque ella le daría una ayudadita. A la mañana siguiente, cuando el patrón se fuera a trabajar, dejaría caer la nota al piso, en un lugar visible del comedor. La señora seguramente la encontraría, podría decidir abrirla y leerla, o bien tirarla a la basura. Ya Dios diría.

Juan decidió ir a ver a Virginia una tarde; pasó a media mañana a visitarla. Ah, qué mujer más loquilla. Tan pronto lo escuchó entrar, se aventó a sus brazos y no paró de repetir como loro que estaba segura de que él vendría tan pronto recibiera su mensaje. ¿Cuál mensaje? La Virginia era muy fantasiosa; creía en los aparecidos y en mensajes venidos del más allá. Sin darle respiro, no paró de besarlo y repetir que ella sabía que él no quería perderla. Para tranquilizarla, tuvo que emplear la fuerza, sujetarla de los brazos y mantenerla a distancia; lo estaba ahogando. Al fin pudo explicar que contaba con poco tiempo; había muchos asuntos pendientes en la comisaría. Con eso se calló la mujer, lo tomó del brazo y lo encaminó a la recámara. Después de cerrar la puerta, se desnudó y se dejó caer sobre la cama, abierta de par en par. Ni hablar, había que aprovechar el tiempo.

En cambio, la Minerva no olvidaba el recato ni un segundo, ni manera de despertar en ella a la hembra apasionada, agazapada tras sus actitudes de gran señora. Sólo se regodeaba en hacerlo sentir que era incapaz de aquilatar el arte, la belleza. Reconocía su obsesión por ella, por alebrestarle la pasión, por hacerla gemir una y otra vez de placer, doblegarla ante él hasta que sus gemidos fueran de gozo y de dolor.

Nada contrariaba más a Cristóbal que el no cumplir su palabra. La había empeñado ante la extranjera, con la seguridad de que la cumpliría cabalmente. Ahora era necesario advertirle sobre los últimos acontecimientos. Debía actuar con precaución. Los rumores crecían: desapariciones, accidentes inexplicables y muertos. Se achacaban a la autoridad, aunque nadie había podido probar nada.

Ninguna precaución era excesiva. La mirada franca de la extranjera invitaba a confiar en ella, pero no debía olvidar que era la mujer de Pelegrino, reconocido por ser implacable, indiferente ante el dolor humano. Sin embargo, su conciencia le dictaba que tenía que hablar con ella. Sin realmente proponérselo, llevaba días buscándola por las calles aledañas a la Plaza Mayor, inclusive una vez entró a la catedral en horarios en que solían encontrarse, pero no estaba allí. Quería toparse con ella, por casualidad; ignoraba si la seguían vigilando.

De pronto la vio. Era una mañana nublada y fresca. Caminaba lentamente por la calle de Plateros. La siguió desde la acera de enfrente para cerciorarse si alguien iba tras sus pasos. Le llamó la atención que se detuviera tanto tiempo ante cada uno de los aparadores, inmóvil, sin entrar a la tienda. Después, retomaba el camino, para entretenerse ante otro aparador.

Cristóbal decidió cruzar la acera y acercarse a ella. Estaba parada frente al escaparate donde exhibían mantillas, guantes, bolsos. Ambas imágenes se reflejaron en el vidrio y ella se sobresaltó, como si despertara de una ensoñación. Le hizo una señal de que guardara silencio. Cristóbal susurró que lo siguiera, unos cinco pasos detrás de él. Se dio la media vuelta y se encaminó hacia un pasaje que daba a una callejuela poco concurrida, donde algunos artesanos del calzado trabajaban en sus locales. Se detuvo un instante para recoger un papel que dejó caer a propósito para comprobar que la extranjera caminaba detrás sin que nadie la acechara.

Cristóbal cruzó un portón abierto, se dirigió al fondo del patio de la vecindad hasta donde estaba el pozo de agua. Era un espacio poco visible desde el callejón. Minie se aproximó, él le cedió su lugar entre ambas paredes y la cubrió con su cuerpo de la vista de ajenos. Cualquiera podría confundirlos con un par de enamorados. Cristóbal se disculpó por la cercanía, pero así evitaba que la descubrieran; debían hablar quedito.

Minie no pudo dominar su impaciencia y quiso saber cuándo podría reunirse con Rhodakanaty.

—Le pido disculpas por no haberla llevado hasta ahora con el maestro. —Cristóbal desvió la mirada; la ansiedad de la mujer lo conmovía de sobremanera—. Debe comprender que la situación se ha vuelto muy delicada. Desafortunadamente no pudimos concretar la reunión antes del retorno de su esposo; ahora que él adelantó su regreso a la capital por un par de semanas, se ha vuelto más difícil.

Minie, impaciente, inquiría sobre la fecha del encuentro; no le interesaban las excusas. Cristóbal retomó su perorata, describía los peligros que ahora amenazaban a cualquiera que no estuviese de acuerdo con el candidato oficial. Ninguna precaución era suficiente. Los rumores crecían sobre personas retenidas por una agrupación policiaca secreta, algunos inclusive desaparecidos de la faz de la tierra. Cristóbal la miraba como si ella estuviera al tanto de estos acontecimientos.

—No entiendo, ¿secreta? —preguntó, Minie inquieta.

—La policía secreta, se cree que la comanda su marido.

—¿Mi esposo? Está en oficina que coordina mando militar con gendarmería —contestó molesta Minie.

—Eso dicen. Pensamos que la realidad es otra. Por lo menos la voz que corre, entre los clubes políticos y los periodistas, es la formación de un cuerpo especial que indaga, persigue, detiene, tortura y desaparece a aquellos que expresan sus ideas y confrontan ciertos actos antidemocráticos del gobierno.

—Lo que dice es acusación muy grave, ¿sabe? —musitó Minie.

Cristóbal asintió. Mencionó el rumor de la existencia de una cárcel clandestina, pero que nadie había podido ubicar.

—No entiendo. Él me ha dicho que ésta es la primera vez que se cumple con Constitución, que señor presidente no busca reelección. —La voz de Minie temblaba de indignación. Juan le explicó con detenimiento la importancia del momento histórico: era la primera vez que esta joven república cumplía con el mandato de la no reelección; por supuesto que el general Díaz no permitiría que algunos impidieran realizar las elecciones en paz.

—Es cierto, no nos consta que el señor presidente esté enterado de esta situación; pero eso no era lo que quería decirle. En todo caso, justo por este ambiente incierto, cualquier hombre que exprese libremente sus ideas es considerado un provocador, un sedicioso en potencia. El maestro salió de la ciudad para evitar ser confundido y continuar su trabajo alejado de la capital, sin llamar la atención sobre su persona.

Minie, sin poder asimilar del todo la idea de que Plotino estaba otra vez fuera de su alcance, exigió saber cuándo retornaría a la ciudad. Cristóbal explicó que estaría de regreso tan pronto las aguas se calmaran, después de las elecciones y de la transmisión del poder. Quizás en medio año o en año y medio.

Ese tiempo era excesivo, su situación bordaba en lo intolerable, aunque no pudiera mencionárselo a Cristóbal. Era necesario irse con Feri y buscar el amparo de Plotino.

—Iré donde se encuentre señor Rhodakanaty.

—Imposible, señora. Eso sería tanto como dirigir al subinspector Pelegrino hacia la persona del maestro, ya no sólo por razones políticas, sino ahora personales —contestó alarmado Cristóbal.

—Pero es muy importante que hable con él, lo suplico, es vital... —balbuceó Minie con la voz rota por el llanto.

Cristóbal, conmovido, insistió en que ya no estaba en sus manos ayudarla; la decisión del maestro de alejarse de la capital también lo tomó por sorpresa. Lamentaba profundamente no haber cumplido con su palabra. Le aseguraba que tan pronto el maestro pisara la capital, Cristóbal iría en su búsqueda. Minie hizo un esfuerzo por no desmoronarse. Después de unos instantes, Cristóbal sugirió que ella saliera primero; él aguardaría unos minutos antes de poner un pie en la calle. Minie se acomodó el velo sobre el rostro, guardó el pañuelo en su bolso, irguió la cabeza y se encaminó hacia el portón.

Pelegrino revisaba las hojas impresas que le entregó Romeo, quien seguía cada gesto del jefe con detenimiento. Antes de llevárselos, había intentado entender lo que allí estaba escrito, pero muchas de las palabrejas le resultaron incomprensibles. Según Romeo, eran frasecitas que sólo buscaban impresionar a los incautos. El entrecejo fruncido del jefe se lo confirmaba. Tenían instrucciones precisas de que cualquier escrito o información de un tal Rodaquiénsabe que cayera en sus manos debían comunicarlo de inmediato al subinspector.

—¿De dónde salió esto? —preguntó Pelegrino.

La voz acerada, incisiva como la punta de un cuchillo, le advirtió a Romeo que tendría que cuidar sus palabras, no le fuera a caer el chingadazo.

—Verá, jefe, los muchachos revisaron a unos fulanos medio sospechosos y les encontraron estos papeles.

—¿Quién?

Romeo presintió el vendaval; se apresuró a contestar.

—No sabría decir con exactitud, jefe, quién fue el que halló estos impresos…; usted sabe que tan pronto entran los presuntos a la comisaría, los desvisten, les quitan todas sus pertenencias para que nosotros revisemos cada cosa. En cuanto vi el nombre ese, pus lo tomé y se lo traje…

—Serás pendejo, Romeo; no me interesa quién los recogió, sino quién o quiénes traían consigo estos panfletos.

Romeo sudaba; el jefe lo miraba disgustado, algo poco recomendable.

—Usted namás me dice y pa luego, jefe —replicó de inmediato Romeo.

—¿Cuántos son?

—No supe, nadie me dijo…; ahoritita se lo averiguo, jefe.
—Romeo se cuadró y se desplazó rápidamente hacia la puerta.

—¡Alto!

Romeo se frenó, dio la media vuelta y se quedó firme, sin parpadear, con los brazos a los costados. Pensó: «ahora sí me jodí, mejor hubiera venido Pata de Mula para que le cayeran a él los fregadazos, pero no, Evaristo insistió en que viniera yo y ahora el jefe me mira con esos ojos verdes de ocelote, nublados de rabia, a punto de cazar a su víctima».

—Usted dirá, jefe.

Pelegrino giró instrucciones. Esa misma noche debían llevarlos al Jardín del Edén. Quería estar presente cuando los interrogaran. Romeo asintió, salió a la carrera. Pinche Rodaquiénsabe, su sólo nombre alteraba al jefe. Hablaría con Evaristo, convendría darles una calentadita a esos cabrones para que no se pusieran remilgosos con el jefe.

Tan pronto vio desaparecer a su subalterno, Pelegrino leyó las cuartillas. De inmediato subrayó algunas palabras. «Hemos ya manifestado en diversos artículos que lo que necesita el país, dada la falta de progreso obtenido por la revolución política en cuestión de la legislación actual a favor del mejoramiento real y positivo de las clases pobres de la sociedad mexicana, es que el pueblo mismo, haciendo uso de su soberanía, efectúe la revolución social».

Ahora sí ya tenía amplias razones para detener a Rhodakanaty y acusarlo de incitar a la sublevación. Sería cosa de matarlo o, mejor aún, dejarlo vivir el resto de sus días en el paraíso terrenal que Pelegrino había acondicionado, donde la noche y el día se confundían, donde siempre habría un animalito rastrero para hacerle compañía, donde la Minerva jamás pudiera localizarlo ni acusarlo a él de haber matado a su tan buscado mequetrefe.

Pelegrino ignoraba las verdaderas razones por las cuales ella llegó a México a buscar al fulano; jamás quiso revelárselas. Argüía que era un asunto personal que a nadie concernía, eran historias íntimas de una pariente suya a quien juró cumplir el encargo. Todo le sonaba muy raro a Juan; no estaba bien que la Minerva tuviera secretos que no compartiera con su marido.

Sospechaba que las razones debían ser otras; más bien relacionadas con las actividades sediciosas del tal Rhodakanaty. Estas sospechas se habían recrudecido a partir de que Minerva husmeó entre sus papeles y se enteró de que él pensaba aprehenderlo. Ninguna mujer tiene derecho de revisar las pertenencias de su esposo. Durante algún tiempo, su forma de confrontarlo, como una fiera herida, le provocó remordimiento por haber querido utilizarla para atrapar al revoltoso y presentarlo ante sus nuevos jefes en la capital. Con el tiempo se convenció de que su intuición había sido la correcta. El extranjero era un auténtico sedicioso que debía ser capturado. El hecho de que ella lo viviera como una traición, que se lo recriminara con la mirada, que opusiera distancia a su afán de tocarla, de hacerla suya, lo obligaba a convencerla por las buenas o por las malas; él, que la había socorrido, protegido al grado de hacerla su esposa.

Todas esas actitudes se habían recrudecido desde su regreso del puerto de Veracruz. Si bien era cierto que la Minerva le escribió por propia voluntad lo que su gente ya le había informado, un sexto sentido le afirmaba que allí había gato encerrado. Le resultaba incomprensible que, en cuestión de semanas, ella se hubiese embarcado en actividades que de antemano sabía que él desaprobaría. Establecer una relación con artistas pretenciosos, tener la audacia de pavonearse ante él en el mentado recitalito, colocarlo en una situación difícil para obligarlo a aceptar a que repitieran la misma fantochada ante semejante ralea y, lo peor, el hacerlo sentir como un bruto inculto era imperdonable. No volvería a permitirlo.

Ahora menos que nunca, cuando el señor presidente le había otorgado su confianza. No permitiría que esa mujer arruinara su carrera. Tenía que poner punto final a todas esas tonterías en las que ella se entretuvo durante su ausencia. ¿Quería un piano? Primero tendría que aprender a darle su lugar, comportarse como una mujer consciente del bienestar de su marido, lista para atender todas sus necesidades. Era inaceptable que lo tratara con altivez, que con su comportamiento recalcara que él carecía de refinamiento. Eso de calarlo con su mirada fría y alegar cualquier excusa para mantenerlo a la distancia era intolerable. La domeñaría, aunque tuviera que usar la fuerza.

Capítulo 22

Minie bordaba para calmar la ansiedad que se había adueñado de ella. No se perdonaba el haber acatado las decisiones de Juan, por más que comprendiera lo imposible que era para ella, sin familia ni medios económicos, oponer resistencia. Renunciar al trío, al coro y a dar clases de piano era privarla de libertad, como un destierro obligado donde todo sentimiento de alegría se desvanecía. Una pesadumbre sombría se volvió su compañera inseparable. El regreso de Juan expulsó las risas, el buen humor y la tranquilidad que reinaba en casa. Tan pronto aparecía, todos caminaban de puntitas y en silencio, en particular Feri que, con la mirada baja, esperaba la desaprobación o el regaño paterno.

Si bien Juan a menudo se marchaba al amanecer y regresaba hasta bien entrada la noche, todos se mantenían alerta ante su costumbre de presentarse de improviso, como si quisiera atraparlos en un acto reprobable. Minie se rebelaba ante esa actitud de Juan que ahuyentaba la tranquilidad y que por más esfuerzos que hiciera no lograba comprender. Se abstuvo de mencionárselo; sabía que las confrontaciones no sólo eran desagradables, sino inútiles. Las pocas veces que Juan llegaba a la hora de la comida o de la merienda, comían en silencio, a menos que Juan hiciera indagaciones. Feri, sin levantar la mirada del plato, sólo respondía con monosílabos a las preguntas de su padre.

En una ocasión, Minie intentó hablar a solas con él para hacerlo entender que tanto regaño sólo amedrentaba al niño. Contundente, Juan replicó que al muchacho había que tratarlo con mano dura para que creciera fuerte y valiente. El niño no permanecería toda su vida escondido tras las faldas maternas. Minie trató de hablar sobre las bondades de la escuela Libertad, del método lancasteriano; pero Juan la interrumpió de tajo; en ese momento tenía cuestiones más relevantes que atender.

Eran tantos los asuntos que necesitaba hablar con él; si tan sólo pudieran intercambiar opiniones, pero nada de eso era posible. Además, estaba lo de la nota. Algo que no podía digerir. Minie trataba de no pensar demasiado en ello, pero de pronto se acordaba de esas líneas donde una mujer le reclamaba a Juan que no hubiese ido a verla y lo amenazaba con abandonarlo y regresar al puerto. Minie sabía del atractivo que Juan ejercía en las mujeres; era fácil darse cuenta de que lo seguían con la mirada y a ella la veían con envidia. Pero Juan aparentaba no darse cuenta. Por otra parte, él siempre se quejaba del exceso de trabajo, la falta de tiempo para pasear con ella y Feri. Se preguntaba cuánto de eso sería verdad. Ya la había engañado antes, al decirle que la ayudaría a encontrar a Plotino, cuando en verdad lo que buscaba era matarlo. Bien podría tener una amante y no tanto trabajo. De ser cierto, traicionaba la lealtad tan necesaria entre marido y mujer. Algo más que agregar a su lista de agravios. Le resultaba insoportable tenerlo cerca. Minie sentía que en cada puntada de su costura bordaba las múltiples afrentas a su corazón. A veces el dolor era tan intolerable que huía a la calle, a perderse entre la gente, a que el ruido y el movimiento le esfumaran momentáneamente la sensación de estar atrapada sin poder huir. En esos momentos aparecía con mayor fuerza la sugerencia de Amelia de irse lejos, a *Cahuila*, a pesar del riesgo de que Juan los localizara.

Juan cruzó el vestíbulo directamente a la cocina. Le urgía darse un baño y cambiarse de ropa después de los interrogatorios que habían durado toda la noche. Los cabrones habían confesado toda clase de pecados, pero no escupieron un gramo de información sobre el paradero de Rhodakanaty o quién les había proporcionado los folletines. Nada; sólo respondían estupideces. Finalmente tuvo que desistir al ver a dos de ellos desvariar entre mocos y llanto y al tercero pasar a mejor vida. Optó por mandar a Evaristo y a Pata de Mula a descansar unas horas. Romeo se encargó de tirar al muerto en una acequia antes del amanecer; el agua se llevaría al occiso a otro rumbo de la ciudad, lejos de donde ocurrió el deceso.

En la cocina, Avelina molía chiles para un guisado. Al sentir la presencia inesperada del patrón, se sobresaltó al verlo parado allí a esas horas.

—¿La señora? —indagó impaciente.

—Salió con Paquito, patrón; fue a comprarle zapatos al niño, no ha de tardar. —Agustina lo vio con recelo, no fuera a arremeter contra ella.

—Bien, calienta agua que me quiero bañar. Después me preparas un buen almuerzo: huevos con chorizo, frijoles, gorditas y salsa de chile de árbol, bien picosa para que me espante el sueño. Apúrale que traigo prisa.

—¿Chocolate o café, patrón?

—Ambos, pero ni te entretengas, pícale ya.

Se dirigió a la recámara. Aprovecharía la ausencia de Minerva para revisar entre sus pertenencias, quizá durante su ausencia se puso en contacto con Rhodakanaty. Abrió el ropero, hurgó meticulosamente entre las blusas, los cuellos de encaje, los pañuelos, los corpiños, los calzones, entre los vestidos y debajo de los zapatos. Buscó en la maleta que Minie guardaba bajo la cama, la abrió. Suspiró más tranquilo al no hallar nada que la comprometiera.

Todo parecía estar en orden. Se quitó la camisa pegajosa de sudor, salpicada de sangre. Le ordenaría a Agustina que la sumergiera de inmediato en agua fría para luego desmancharla. Es más, que se la regalara a la lavandera, para uno de sus hijos. No quería que Minerva se enterara; lo acosaría a preguntas que no pensaba responder. Agustina tocó a la puerta y le informó que el agua caliente para el baño estaba lista. Cubrió su desnudez con una bata de seda y salió. Le entregó a Agustina la ropa sucia.

Un par de horas más tarde, Juan regresó a la comisaría. Se había cruzado con Minerva y Paco por las escaleras. Se detuvo un instante cuando le mostraron los botines nuevos del niño y apresuró su salida. El baño y el almuerzo lo revitalizaron. Evaristo entró a su despacho. Le informó que recibieron noticias de que el cuerpo de un desconocido apareció durante la mañana por los potreros de la Ventilla. Con un dejo de malicia, agregó que, desafortunadamente, no traía ningún documento que lo identificara, lo cual dificultaba que las autoridades pudiesen informar a su familia del deceso.

—Pero no todo son malas noticias, jefe —dijo Evaristo con una sonrisa que remarcaba la doble intención—. El patrón de la vinatería que está en la Peralvillo pasó hace un rato, al no encontrarlo, le dejó dicho de que ya le tiene una yegua de buena alzada. No la trajo consigo para no despertar suspicacia; la dejó en el establo del Pirul. Además, le obsequia una montura ranchera labrada en cuero y plata, en señal de agradecimiento por los múltiples favores.

Juan sonrió. Se sentía relajado, todo parecía marchar sobre ruedas. Al muertito que se encontró en las afueras de la ciudad, no podrían relacionarlo con su comisaría.

—También me dijo que la yegua tiene un potrillo y que a la mejor le interese; una chulada de animal, se lo deja casi regalado.

—¿Un potro? —Pelegrino se quedó pensativo.

—Ándele, jefe, pa que le enseñe al Paco a montar, ya anda cerca de los siete años, ¿o no?

La idea le gustó a Juan.

—No está mal, ¿también está en el establo, con la yegua?

—Allí mero… ¿por qué no va a verlos ahorita? Aquí todo está tranquilo, fuera de un par de ebrios a los que se les ocurrió orinarse frente a la catedral justo cuando unas mustias iban de salida. Los encerramos hasta que se les pase la borrachera y luego los multamos por faltas a la moral.

La sugerencia de ir a ver los caballos le gustó a Juan. Ordenó a Evaristo que, en caso de que el coronel Gómez lo mandara llamar, le dijera que había ido a atender una diligencia urgente. Salió a la calle. Antes de tomar un coche para ir al establo, decidió ir por Paco. Así, ambos podrían regresar montados sobre la yegua; se traerían al potro amarrado. Guardaría ambos animales en el establo de la gendarmería.

En la casa se respiraba una calma afable. Al encontrarse a Juan en las escaleras, Minie supuso que regresaría hasta bien entrada la noche o hasta la madrugada. En la recámara del niño, Minie revisaba la tarea. Sentado en el suelo, Feri admiraba sus botines nuevos, relucientes como los de su padre. Estaba contento; su madre le compró una nieve de fresa, su favorita, a cambio de que terminara su tarea tan pronto regresaran a casa.

Minie, sentada al lado de la pequeña mesa donde Feri hacía su tarea, terminó de corregir las oraciones y las sumas. Estaba orgullosa de su hijo, era inteligente, aprendía rápido. Las frases estaban escritas sin tachaduras; sólo se equivocó en una suma. Resolvió contarle un cuento. Extendió los puños y le pidió a Feri que escogiera una mano. Si elegía la que tenía un dedal, se lo contaría en húngaro y si escogía la mano vacía, sería en francés.

Feri, divertido, tocó la mano del dedal. Cruzó las piernas mientras aguardaba con impaciencia la historia. Minie retomó su bordado. Desde la ventana abierta entraba un cálido vientecillo y los ruidos de la calle acompasaban la voz de Minie. La puerta de la recámara estaba entornada para evitar corrientes de aire. Era uno de esos momentos en que

Minie lograba olvidar su agobio y recuperar algo de paz. Feri conocía bien el cuento de la Caperucita Roja. Por momentos interrumpía a su madre para exigir que agregara detalles nuevos o que actuara los personajes, algo que le divertía mucho. Minie lo miraba embelesada. A menudo le decían que se parecía mucho a ella, con sus cabellos rizados, aunque estos fueran castaños, pero sus ojos azules de espesas pestañas eran muy parecidos a los de ella. Curiosamente tenía un lunar en la mejilla izquierda igual que Juan. Ella haría de él un buen hombre, alejado de la violencia y de la intolerancia.

La puerta rechinó levemente. Ninguno de los dos prestó mayor atención al ruido. Juan, incrédulo, se detuvo al escuchar a su hijo hablar con su madre en una lengua desconocida. Eso le pareció un agravio más a su persona; el hecho de que pudieran comunicarse sin que él fuera capaz de entenderles. Irrumpió en el cuarto, los dos lo miraron sorprendidos, presos de inquietud.

—¿Qué rayos de jerigonza están hablando?

Minie se levantó de la silla y cubrió al niño parcialmente con su cuerpo. Éste se arrodilló detrás de su vestido, asomándose por entre la tela. Su padre lo aterraba.

—Estoy contando cuento de Caperucita en húngaro —contestó Minie con el rostro ensombrecido—. Como ya conoce, se imagina historia.

—Le has enseñado ese idioma al muchacho, no sólo se lo imagina, ya lo escuché hablarte en esa lengua. ¿Quién te autorizó llenarle la cabeza con cosas sin sentido? Que yo sepa, nadie. Aquí, en mi casa, nadie habla esa…, ese…, aquello. Aquí sólo hablamos español, que te quede claro. No me lo vas a convertir en un extranjero en su propia tierra. Es una vergüenza; míralo, allí escondido tras tus enaguas. Esto se acabó. A partir de ahora yo me haré cargo de su educación. Voy a mandarlo a un internado de varones para que me lo hagan un macho de verdad, lejos de la mala influencia de su madre.

Dio la media vuelta, azotó la puerta y se largó de la casa. Minie, paralizada, sólo escuchaba los gritos retumbar en su cabeza. Detrás de ella, Feri lloraba con la cabeza apoyada en sus rodillas. Minie se arrodilló junto a su hijo y lo abrazó. Quería calmarlo, pero su propio corazón latía con tal fuerza que temió desvanecerse. Le susurró a Feri que no se preocupara, que ella hablaría más tarde con su padre cuando se hubiera tranquilizado. Minie sabía cuán vanas eran sus palabras. Tendría que hacer algo, no permitiría que le arrebataran a su hijo. Juan no amenazaba gratuitamente.

Cuando Feri dejó de llorar, Minie preguntó si le gustaría que terminara de contarle el cuento de la Caperucita. Feri asintió. Minie se sentó sobre la cama y le hizo una seña para que se acomodara a su lado. Retomó el relato en húngaro.

—Mami, mejor termina de contarlo en español, ¿sí? —susurró Feri.

Minie continuó el cuento en español, sin permitir que el niño descubriera las lágrimas en sus ojos. Las palabras de Juan eran como un cuchillo afilado que rasgaba sus entrañas. Durante la comida, intentó sonreír todo el tiempo para que Feri olvidara el susto. Minie jugaba con la comida, la movía de un lado a otro del plato. Se dio cuenta de que Feri hacía lo mismo. Decidió retarlo, a ver quién de los dos dejaba antes limpio su plato. Afortunadamente, Feri se distrajo y, al poco rato, ya bromeaba con ella y Agustina.

Después de la comida, Feri se retiró a su habitación a jugar y Minie, en la intimidad de su recámara, se sentó en la mecedora a bordar. Las palabras de Juan le rondaban en la cabeza. Al pensar que perdería a Feri, sintió como si por la garganta, el pecho y el estómago se le propagara un incendio. Era insostenible su incapacidad de hallar una solución. El tiempo se agotaba. Decidió hablar con Amelia. Se levantó y se dirigió a la sala donde el reloj de pared marcaba cinco minutos para las cuatro. Amelia iniciaría en breve sus clases. Minie se arregló el peinado, tomó su chaqueta y un paraguas. Cuando se dirigía a despedirse de Feri, se dio cuenta de que ya no podía dejar solo al muchachito en casa.

Para sorpresa del niño, Minie le pasó rápidamente un peine por la cabeza y sin contestar a sus preguntas, le puso un saco y su gorro. Salieron de casa. Era tal la impaciencia de Minie, que decidió tomar un coche. Durante el trayecto, Feri la sometió a sus famosos interrogatorios: ¿por qué iban a la academia?, ¿cuál era la prisa?, ¿por qué en coche si no llovía? Minie inventó que se había torcido un pie y le lastimaba caminar. En la academia, Minie dejó a Feri jugando en el patio y se dirigió al salón de clases de Amelia; tocó tímidamente a la puerta. Escuchó la voz de Amelia decir: «adelante». Una jovencita, con su violín, repetía las escalas sin atreverse a interrumpir. Amelia levantó la vista y se sorprendió al ver a Minie parada en el umbral, pálida, demacrada, con la mirada suplicante. No preguntó nada. Le pidió a su alumna que continuara practicando mientras ella salía unos minutos. Ya en el corredor, encaminó a Minie hacia las escaleras sin dejarla decir una palabra.

Cuando Amelia cerró la puerta de su vivienda, Minie ya no pudo contenerse. Hablaba sin respirar. Era una emergencia, el tiempo apremiaba, había decidido seguir la sugerencia de Amelia y partir lo más pronto posible a Monclova. Agradecía el ofrecimiento de interceder con sus familiares para que la recibieran. Sus palabras brotaban con torpeza, con fuerza retomaban su peculiar acento, como si todas las palabras fueran esdrújulas.

Amelia la escuchaba sin comprender lo que acontecía. Se imaginaba la gravedad del asunto con sólo ver la figura implorante ante ella. La tomó de las manos y la llevó hacia el sofá donde ambas se sentaron. Intentó calmarla para que explicara lo que había acontecido. Minie hizo un esfuerzo, el español se le atoraba en la lengua, pero tenía que contar al detalle la amenaza de Juan.

—Eso no voy permitir; suficiente he cedido: música, dar con Plotino.

—¿Con quién?

—La persona que vine buscar desde mi tierra. Juan perseguirlo, yo no puedo buscarlo, yo no puedo ser causa que Juan lo detenga. Necesito desaparecer, yo llevo Feri conmigo a Monclova, por favor, ya.

Amelia pidió que se calmara. Si bien le quedaba claro que era importante que Minie y Feri partieran lo más pronto posible, necesitaba reflexionar sobre la mejor manera de llevarlo a cabo. Intentó razonar con Minie, le aconsejó disimular sus intenciones; los próximos días serían vitales. Además, seguramente Pelegrino estaría muy ocupado; las elecciones se realizarían en unos días y no tendría tiempo para llevarse al niño. Minie necesitaba volver a casa y prepararse. Juntar algo de dinero, alistar la ropa de los dos y, cuando Amelia le avisara, partir de inmediato. Debían planearlo con cuidado para evitar ser sorprendidos. Minie aceptó el consejo. Se secó las lágrimas, se despidieron con un abrazo. Amelia prometió enviarle noticias pronto.

Tan pronto cerró la oficina, Gustav Müller se dirigió a la academia. Horas antes, recibió una carta de Amelia, donde le decía que era urgente que acudiera a verla; quería que el propio que llevó su mensaje regresara con una respuesta. Por el tono, Gustav supuso que la emergencia era real. Amelia solía hablar de manera ponderada, parsimoniosa; su personalidad impetuosa sólo aparecía cuando tocaba el violín. Reconoció que la misiva lo alarmó.

Después de la tromba, caía una llovizna pertinaz. Abrió su paraguas y caminó hacia la academia. Frente al zaguán, jaló la cuerda de la campanilla. Anselmo, el portero, abrió y le pidió que lo siguiera. Cruzaron el patio. En la academia reinaba el silencio y la oscuridad. Una tenue luz iluminaba una ventana del piso superior. Al entrar al vestíbulo, Anselmo le entregó una veladora y le dijo que la señorita lo aguardaba arriba, en sus habitaciones.

Sorprendido, Gustav subió. Amelia jamás lo había invitado a entrar allí. Tocó a la puerta y ella abrió de inmediato; parecía estarlo aguardando con impaciencia. Tan pronto cruzó el umbral de la puerta, se halló dentro de un pequeño salón iluminado por dos quinqués de porcelana: uno sobre la mesa entre el sofá y el sillón, y el otro sobre el piano. Parecía la buhardilla parisina de un artista, con un aire *bohème*, difícil de imaginar como el hogar de una señorita mexicana. Gustav dejó su paraguas y el sombrero en el perchero y siguió a Amelia, quien esa noche cubría la severidad de su vestido negro con un chal bordado con inmensas flores naranjas. Se acomodó en el sofá.

—Le agradezco, Gustav, que haya venido. Estoy muy preocupada. Ahora mismo le explico, pero antes traigo café y espero que me acompañe con una copita de coñac.

Gustav Müller asintió. Desconcertado ante estas formas inesperadas de Amelia, recorrió la habitación con la mirada. Jamás se hubiera imaginado que esa mujer, recatada y severa, viviese en un ambiente tan desenvuelto. Amelia no tardó en regresar con dos tazas humeantes y un platón con rebanadas de panqué sobre una charola.

—El panqué es de nata, está muy sabroso, pruébelo.

Gustav la seguía con la mirada, sin abrir la boca. Amelia sirvió dos copas de coñac y se sentó en el sillón.

—Nuestra querida amiga, Minie, se encuentra en una difícil coyuntura. Su marido la ha amenazado con quitarle al hijo y enviarlo a un internado. Situación que, usted comprenderá, es intolerable para ella. Ha venido a pedirme que la ayude a partir hacia Monclova y conseguir que mi familia le ofrezca un refugio. Sin embargo, dado lo delicado de la situación, quise consultar antes con usted para no cometer ninguna imprudencia.

A Müller no dejaba de llamarle la atención la capacidad de Amelia de ir directamente al asunto, algo inusual entre los mexicanos. Desde su llegada a México, tuvo que aprender a esperar con paciencia hasta que sus interlocutores mencionaran parcialmente la cuestión que tenían decidido tratar. De nada servía apresurarlos, les resultaba de pésima educación llegar al meollo del asunto de manera clara y transparente. Sin embargo, Amelia era diferente.

—Supongo que ese hombre es capaz de todo —dijo Amelia entre sorbo y sorbo de coñac—. Hay algo en su mirada, cuando está contrariado que le hiela a una la sangre; no tengo más que recordar su gesto cuando no pudo evitar que Minie participara en el segundo recital.

Gustav Müller la escuchaba con el ceño fruncido. Estaba preocupado. Necesitaba hacer comprender a Amelia que Pelegrino era un hombre peligroso.

—Como idea es mala, eso de enviarla a Monclova. —Retronó sus consonantes con fuerza.

Su respuesta sorprendió a Amelia. De inmediato lo cuestionó. Müller expuso su razonamiento de manera pausada. Tendrían que hacer un viaje largo en diligencia, con múltiples escalas. Demasiada gente estaría en contacto con Minie y el niño. Tarde o temprano, Pelegrino averiguaría que una extranjera con un pequeño había viajado al norte. El hecho de viajar sin marido, padre o hermano, llamaría la atención de los lugareños. Contaba con informes fidedignos sobre el subinspector: era un hombre sin escrúpulos, de alta peligrosidad. Lo último que alguien querría en su sano juicio, es tenerlo de enemigo.

—Eso mismo dijo ella cuando se lo propuse la primera vez —contestó inquieta Amelia—. Sin embargo, está desesperada, ahora ella misma vino a pedirme que la ayude a irse.

—Pienso que lo mejor es que regrese a su tierra —dijo Müller rascándose su barba rubia, casi color paja.

Amelia explicó que sus padres habían muerto y ya no tenía familia en Hungría. Gustav, pensativo, sopesó las posibilidades y los riesgos.

—¿Tiene dinero?

—Dijo contar con algo, no creo que sea mucho.

Gustav volvió a caer en un prolongado silencio que Amelia no se atrevió a interrumpir. Ella podía empeñar un reloj y un collar que heredó de su madre, pero tampoco sumaría mucho. Estaba en ascuas por saber lo que Müller rumiaba dentro de su cabeza.

—Salgo hacia el puerto en tres días; debo regresar. Llegará un embarque importante de mercancías en uno de nuestros buques del Hamburg-American Line. Como un favor a mi persona, puedo conseguir subirla al barco; la llevarán a *New Orleans*, donde puede desembarcar si no quiere seguir hasta Europa. Enviaré instrucciones a nuestro representante allá para que la ayude a instalarse en esa ciudad o bien que la ayude llegar a *New York*. Tengo primos allá. La mujer es profesora de canto. Si yo pido ese favor, no dudo que la ayudará a encontrar trabajo para dar clases. Entre más lejos esté de la frontera, mejor.

Amelia lo escuchaba boquiabierta, no alcanzaba a formular una frase. La sola idea de que Minie y su hijo se escaparan hasta el país del norte le parecía inverosímil. Gustav Müller continuaba exponiendo su idea sin detenerse. Hizo hincapié en que debían extremar los cuidados para que Pelegrino ignorara hacia dónde habían partido su mujer e hijo, en particular mientras permanecieran en territorio mexicano. Minie debía llegar a la estación del ferrocarril mexicano y subir al tren; él los aguardaría allí. En Veracruz los ayudaría a esconderse para que la policía del puerto, que guardaba nexos cercanos con Pelegrino, no los descubriera. Una vez en el barco, todo sería más fácil. Era importante hablar con Minie y ver si estaba dispuesta a semejante aventura. Tendría que decidirlo en cuestión de horas para que Gustav organizara el viaje y evitar que el subinspector pudiera enterarse de que Amelia y él la auxiliaron en su huida.

Temprano, a la mañana siguiente, Anselmo llegó con un mensaje escrito de Amelia para la profesora Minerva. Sus instrucciones habían sido precisas: debía aguardar hasta que el subinspector Pelegrino hubiese salido de casa antes de entregarlo personalmente. Se apostó en la calle, cerca del zaguán. Conocía al mentado señor porque había ido un par de veces a la academia a recoger a su mujer, antes de que la profesora dejara de dar clases. Afortunadamente el fulano salió pronto y se alejó de prisa. Anselmo aguardó un cuarto de hora, para cerciorarse de que el hombre no fuera a regresar. Luego cruzó el portón y subió por la escalinata hasta el primer piso, recorrió el pasillo hasta dar con el número 14. La criada le abrió y, por más que insistió en llevar ella misma el mensaje a la señora, Anselmo se negó. La criada cerró la puerta. La escuchó alejarse dentro de la vivienda. Unos minutos más tarde, la puerta se entreabrió y la profesora se asomó. Al reconocerlo, se asustó y preguntó si algo malo le había acontecido a la señorita Amelia. Anselmo explicó que debía entregarle en mano una carta y esperar la respuesta. La profesora la leyó rápidamente y le pidió a Anselmo que le dijera a la señorita que estaba de acuerdo.

Minie regresó a su recámara y releyó la carta. Amelia la citaba en el Café de la Concordia a las once de la mañana, era urgente. Le aconsejaba que antes llevara a Paco a casa de los Cortina, donde el profesor podía darle una clase al niño. Emocionada, Minie supuso que Amelia había enviado un telegrama a su familia y se pondrían de acuerdo en la forma en que harían el viaje a Monclova. Quizás, a más tardar en una semana, podría partir con Feri hacia una nueva vida.

Después de pasar por casa de los Cortina, Minie se dirigió hacia el Café de la Concordia. Como tenía algo de tiempo, se entretuvo en una mercería y compró hilos para su bordado; serviría de excusa por si Juan hacía sus preguntas de costumbre. A la hora exacta, entró al café. Algunas mesas estaban ocupadas. Buscó con la mirada. Amelia estaba sentada al fondo. Se acercó, se saludaron de beso. Era una mesa poco visible desde la entrada. El mesero tomó la orden. Impaciente, Minie aguardaba que Amelia le explicara la razón de la cita, pero ésta se entretuvo con la descripción del desastre ocasionado por la tormenta de la noche anterior en el patio de la academia, las coladeras se taparon por el lodo y las hojas; no había manera de cruzar el patio sin ensuciarse los zapatos y la falda. Tan pronto el mesero sirvió el café y unas pastitas de nuez, Amelia explicó en un susurro lo que Gustav Müller había propuesto. Minie la escuchaba sin dar crédito a lo que decía.

—¿En barco? Pero yo…, el barco otra vez…; no tengo a nadie en mi tierra…

—No cruzará el Atlántico, querida, desembarcarán en Nueva Orleans.

Minie la miró azorada. ¿Qué haría ella, con su pequeño hijo, en una ciudad desconocida, en otro país? No hablaba inglés. ¿De qué vivirían? No conocía a nadie. Conmovida, Amelia la escuchaba, quería protegerla; pero era necesario que la joven mujer fuera valiente y fuerte.

—Recuerde que ya lo hizo una vez, al venir a este país. Ahora es importante que se vayan a un lugar donde Pelegrino no pueda hallarlos, donde no pueda solicitar que los busquen. Deben salir de este país. —Quiso reconfortarla, pero, ante todo, debía transmitirle fortaleza, seguridad de que podría enfrentar este nuevo desafío—. Gustav es un hombre honorable y se comprometió a ayudarla. Pedirá a su representante en Nueva Orleans que la ayude a instalarse allí. Si prefiere, la ayudará a embarcarse hacia la ciudad de Boston, desde donde hay un tren que va a Nueva York.

—¿Nueva York? —dijo azorada Minie.

—Así es. El barco regresa a Europa desde Nueva Orleans. Gustav tiene unos primos que radican en esa ciudad, la mujer es maestra de canto y seguramente podrá apoyarla para conseguir alumnos de piano. Él le escribirá solicitando su ayuda. Además, piense, estará a miles de kilómetros de la frontera con México, será imposible que Pelegrino los localice.

—¿Cuándo debo decidir?

—Ahora mismo. Gustav aguarda mi mensaje. Si decide irse, él tiene que hacer los arreglos. Él viajará en tres días al puerto de Veracruz y ustedes dos deberán estar en el mismo tren. Tan pronto el buque termine de cargar la mercancía, zarpará. Es cuestión de un par de días, ¿entiende?

Minie se cubrió el rostro con las manos, la cabeza le daba vueltas. Lo que decidiera no sólo afectaría su vida, sino también la de su hijo. Pero ya no podía continuar sin hacer nada. La amenaza era real y perdería a Feri. Sintió la mano de Amelia sobre su brazo y la escuchó murmurar.

—A veces la vida nos exige actuar con valor, aunque creamos que somos incapaces de enfrentar los problemas.

Minie levantó el rostro humedecido y la miró largamente. Su palidez resaltaba aún más entre los rizos negros que caían sobre su rostro. Sus ojos azules parecían pozos profundos anegados de dolor y miedo. Amelia sonrió levemente, se había encariñado con la húngara; la extrañaría cuando se ausentara.

—Está bien, dígale a *Herr* Müller que acepto.

Amelia asintió, llamó al mesero y pidió la cuenta. Minie quiso saber si volverían a verse antes de que ella y Paco partieran. Amelia, sonriente, contestó que decidió adelantar unos días la celebración de su cumpleaños, por lo tanto, la esperaba a ella y a Paquito al día siguiente por la tarde. Sería un pequeño brindis, algo insignificante, con los maestros y alumnos de la academia. Amelia le indicó que saliera primero del café, ella aguardaría unos minutos antes de hacerlo. No debían verlas salir juntas.

—¿Cómo podré pagarle este favor?

Amelia sonrió.

—No se aparte nunca más de la música. Recuerde que está en sus manos hacer algo bueno de su vida para usted y su hijo.

Minie asintió, contuvo el llanto y se encaminó hacia la salida.

Nerviosa, Minie aguardaba la hora de partir. No pegó el ojo en toda la noche. Fue difícil no moverse para no despertar a Juan. En silencio repasaba la lista de cosas que debía llevar. Su maleta vieja, bajo la cama, estaba llena de ropa de Feri y ella. Debajo del abrigo, colgó sus enaguas con cuatro pequeñas bolsas, cosidas a la tela, repletas de monedas de oro y plata que sacó del escondite de Juan. En el bolsón guardó sus documentos, el acta de nacimiento de Feri y el diario de Lenke. Su conciencia no la dejaba tranquila, en su vida había robado un *fillér,* ni un céntimo. Ahora sería una ladrona, qué vergüenza. Se preguntó si no debería dejar una nota escrita disculpándose por tomar prestado esas monedas, pero sin ellas no podría huir con Feri. Se dio cuenta de que estaba loca, dejar una carta escrita a Juan cuando estaba huyendo de él. Si su conciencia no la dejaba tranquila, tendría que aprender a vivir con eso.

Durante la larga noche de vigilia, recordó la visita a la academia la tarde anterior para el brindis de Amelia. Feri se divirtió mucho con los demás niños, pues les ofrecieron dulces, pastelillos y aguas frescas. Minie intentó sonreír y participar en la conversación con los otros maestros, pero escuchaba distraída sin entender del todo lo que decían y respondía a sus preguntas con monosílabos. Amelia se acercó y pidió que la acompañara un momento a la oficina de la dirección. Quiso saber si todo estaba en orden. Minie asintió, pero las lágrimas no se hicieron esperar.

La despedida, la incertidumbre ante su huida a lo desconocido y el temor a Juan la mantenían en constante sobresalto.

—Nada de llorar, querida amiga. Vamos, todo saldrá bien. Hay que tener fe. Cuando se haya instalado en su nuevo hogar, me escribirá para contarme todas las peripecias que habrán corrido usted y Paco. Yo le contestaré. ¿Quién puede saberlo? Tal vez algún día vaya a visitarla a esas tierras lejanas. ¿Qué le parece?

Minie asintió y se secó las lágrimas con su pañuelo. Después, buscó en el bolsillo de su falda y sacó un sobre; se lo entregó a Amelia, quien, desconcertada, leyó el nombre de Plotino Rhodakanaty.

—Como gran favor, pido que cuando todo se calme y esta persona regrese acá, entregue esta carta. Allí explico razón por qué vine buscarlo, lo inútil de mis esfuerzos por conocerlo y, también, mi necesidad abandonar país.

—¿Usted cree que yo pueda dar con él? —preguntó Amelia sorprendida.

Minie escribió el nombre de Cristóbal Ramos sobre el sobre. Le explicó que era un bajo que cantaba en el Orfeón Popular con los Cortina. Él podría ponerla en contacto con esta persona o bien entregar la carta. Le explicó a Amelia que escribió la carta en alemán y unas cuantas líneas en húngaro como medida de seguridad por si alguien, con malas intenciones, se apoderaba del escrito y tuviera la intención de usarlo en contra de Amelia o Plotino.

Amelia guardó el sobre en un cajón de su mesa de trabajo y prometió hacer lo imposible para que esa persona recibiera la carta. Se dieron un abrazo prolongado a sabiendas de que no habría otro momento para despedirse. Regresaron a la tertulia. Después del brindis, Minie regresó a casa con Feri, preocupada de que no se le escapara ninguna palabra que advirtiera al niño de sus planes; él no sabría callar.

Era interminable la noche. Juan roncaba; aunque Minie sabía que era de sueño ligero y cualquier ruido o movimiento podría despertarlo. Cambió de posición con sumo cuidado. Decidió hacer el recuento de su vida desde que desembarcó en Veracruz. Lamentaba apartarse de los Cortina y de Amelia. Recordaba la alegría que sus clases, el trío y el coro le despertaron; cuando las horas parecían volar entre ensayos, paseos y reuniones. La prolongada ausencia de Juan le permitió gozar de una tranquilidad y una alegría casi perdidas en el olvido. Juan ya no era el mismo, se había vuelto intolerante, exigente e impaciente, no había manera de platicar con él, hacerlo comprender puntos de vista distintos a los de él. Lo único que él deseaba era imponer su voluntad, que se acataran sus decisiones sin ninguna discusión de por medio. Su sensación de extrañeza ante ese hombre había aumentado a tal grado que ya no despertaba en ella esos poderosos sentimientos que le provocaron sensaciones incontrolables e incomprensibles. Ahora tenía que someter su repulsión a su cercanía, a su rabia que le carcomía las entrañas por no poder manifestarse.

Juan se levantó antes del amanecer. Minie, inmóvil, fingió estar profundamente dormida. A pesar de que Juan ya había partido, se obligó a permanecer acostada hasta que vio un hilillo de luz aparecer entre las cortinas. Se asomó a la calle; un hombre barría la acera de enfrente. Miró hacia ambas esquinas como si quisiera guardar en su memoria la imagen de esa calle donde había vivido los últimos años. Después, revisó la maleta para cerciorarse de no haber olvidado ninguna prenda indispensable. Abrió el ropero, todo estaba listo: vestido, sombrero, guantes, botines, abrigo y las enaguas con las bolsitas repletas de monedas. Enseguida elaboró una larga lista de encargos para que Agustina se ausentara durante varias horas después del desayuno.

Tan pronto Agustina se fue al mercado, Minie pidió a Feri que se vistiera rápidamente porque le tenía una sorpresa. El niño, emocionado, quiso saber cuál era la sorpresa, pero en vez de responder, Minie le pidió que guardara cuaderno, lápiz y colores dentro de la bolsa tejida que le había preparado. Feri preguntó si podía llevar algunos de los soldaditos de plomo que le había regalado su papá. Minie aceptó.

Minie juntó manzanas, mandarinas y panes; los guardó en un paño que llevó a su recámara para meterlo en su bolsón. Se alistó. Sobre el cubrecama estaban su abrigo, sombrero y guantes. Escuchó el timbre de la puerta. Corrió abrir. Se sorprendió al ver a Romeo parado con una sonrisa de galán. Éste, al verla, perdió la compostura; pensaba que la criada abriría la puerta y podría echarle unos lances, enamorarla. Se cuadró ante Minie y se disculpó por molestarla tan temprano, pero el subinspector le ordenó llevarle a la comisaría un par de camisas limpias, por si tuviera que ausentarse de casa unos días. Minie le informó que enseguida regresaba con el encargo y cerró la puerta. Temblaba de sólo pensar que Juan hubiera regresado y exigiera saber a dónde pensaba salir. El corazón le golpeaba el pecho con fiereza. Trató de calmarse. Tomó las camisas, fue a la cocina a sacar el papel estraza que guardaba en la despensa, las envolvió y amarró el paquete con hilo blanco. Tomó un poco de agua, necesitaba sosegarse; no fuera Romeo a sospechar algo e ir a contarle a Juan.

Regresó, al abrir la puerta, encontró a Romeo entretenido viendo a la sirvienta de unos vecinos barrer el corredor frente a su domicilio. Éste perdió la sonrisa coqueta y recibió el paquete envuelto en papel de estraza. Romeo preguntó si deseaba enviar un recado al subinspector; Minie aseguró que todo estaba en orden, no necesitaban nada.

Justo en ese momento, Minie descubrió a un desconocido que se detuvo en el último escalón unos segundos antes de continuar y, al pasar junto a ellos, murmuró un saludo. Romeo se despidió y Minie cerró la puerta de inmediato. Se quedó con la espalda recargada en la madera. El terror no cedía. Cerró los ojos, vio a Juan en la recámara, gritando, fuera de sí, manoteando como si fuera a golpearla, a Feri también. Sus piernas temblaban, incapaces de sostenerla. Debía renunciar a esta insensatez, no podía continuar con una idea tan descabellada.

Unos golpes en la puerta la hicieron reaccionar. Abrió lentamente la puerta y se asomó. Era el desconocido que vio pasar unos instantes antes. Éste habló en voz baja. Don Tavo lo envió por ella. Debía entregarle el equipaje; él se adelantaría. Al ver a Minie indecisa, insistió.

—Don Tavo dice que no se preocupe, que la espera en el tren. Yo seré el encargado de llevarla con él. No quiere que la vean salir cargada de bolso. Debe parecer como si saliera a pasear. Por favor, seño, debemos apresurarnos.

Minie cerró la puerta. Ni manera de cambiar de idea, era demasiado tarde. Fue por su maleta y una caja de cartón amarrada con un cordel. Oyó la voz de Feri que hacía ruidos de balazos y quejidos mientras jugaba con los soldaditos. Rápidamente cruzó el vestíbulo, abrió la puerta y entregó la maleta y la caja al desconocido. El hombre le susurró las últimas instrucciones.

—Deberá esperar al menos diez minutos…; no deben verla salir conmigo… Una vez en la calle, doble a la izquierda y camine dos cuadras. Allí, cruce la acera y dé vuelta a la derecha. A media cuadra habrá un coche esperándolos. Yo estaré allí.

El hombre preguntó si tenía alguna duda, Minie negó con la cabeza. Le pidió cerrar la puerta de inmediato; nadie se había percatado de que conversaban. Minie obedeció. Sin pensarlo, rápidamente fue a su habitación. Se levantó el vestido y se acomodó las enaguas con las bolsitas zurcidas a la tela. Caminó para acostumbrarse al peso de las monedas. Enseguida se puso el sombrero, la chaqueta y los guantes. Tomó el abrigo y el bolsón. Se observó en el espejo. Le resultaba difícil reconocer en el rostro demacrado y grave a la joven que había llegado diez años antes. Respiró profundamente dándose ánimo; salió de su habitación y fue hacia la sala a consultar el reloj de pared. Habían pasado doce minutos desde que cerró la puerta. Enseguida fue por Feri.

—Vamos, hijito, se hace tarde.

Feri, excitado, insistió en saber adónde iban. Minie lo calló de inmediato.

—Una sorpresa es una sorpresa, deberás tener paciencia, no hacer ruido y no hablar hasta que yo diga. ¿Entendido?

Feri asintió, sus ojitos brillaban de emoción. Guardó los soldaditos en la bolsa tejida, se puso su gorro y siguió a su mamá. Ambos salieron del departamento tomados de la mano. Bajaron por la escalinata sin toparse con nadie y cruzaron el patio. La portera salió de su cuarto y los saludó. Minie sonrió y le dio los buenos días. Ya en la calle, Minie miró a ambos lados de la acera, nadie parecía vigilarla. Siguió las instrucciones. De tiempo en tiempo se detenía para buscar algo en su bolsón o arreglar el gorro a Feri, con la intención de mirar de reojo a sus espaldas. Cruzó la acera y dobló a la derecha, a media cuadra estaba estacionada una berlina negra; el cochero de pie en la acera los aguardaba con impaciencia.

Al llegar, Minie descubrió al hombre que se había llevado su maleta y la caja sentado en el pescante. El cochero abrió la puerta y Feri saltó dentro. Al cerrar la portezuela, el cochero pidió que recorrieran las cortinillas. Un hilo de luz del exterior logró colarse dentro. Feri, con la boca pegada a la oreja de su mamá, susurró si ya podía hablar, quería saber adónde iban.

—Es una sorpresa y por ahora vamos ir en silencio y no asomar por cortinillas, por favor —dijo Minie y le dio un beso en la frente. Difícilmente podía respirar; no quería que el pequeño percibiera su ansiedad.

—¿Papá sabe el secreto? —susurró Paco, emocionado.

Minie negó con la cabeza.

—Una sorpresa es una sorpresa, ahora a callar, por favor.

La berlina echó a andar. Las ruedas repiqueteaban sobre el empedrado quebrando a su paso la tranquilidad de la mañana. Minie cerró los ojos en un intento por acallar su miedo. Feri tomó la mano enguantada de su madre y la apretó con fuerza; ésta sonrió. Supo que se lanzaba otra vez a lo desconocido, pero esta vez iba acompañada. Feri, su hermoso hijo, estaba a su lado.

La cálida mañana espantaba el frío de la incertidumbre. Minie abrió los ojos. Por las cortinillas se colaban rebeldes los rayos del sol. Sería un día despejado. Besó en la frente al niño, quizás ambos alcanzarían un mundo mejor. La berlina se alejó lentamente presa dentro de un halo de luz salpicado por minúsculas partículas de polvo.

Nota de autor

El diplomado *México en el Porfiriato,* que tomé en la Universidad Iberoamericana, despertó mi inquietud de escritora. El reto de hilvanar una historia de ficción dentro de una época distante a la mía resultó un recorrido enriquecedor al compaginar personajes ficticios con hechos y personajes reales. Plotino Rhodakanaty, un personaje real, poco conocido en la historia de México, fue el detonador de esta novela. Mencionaré algunos de sus datos biográficos con el fin de establecer su presencia en el relato.

Nace en Atenas en 1828 de padre griego y madre austriaca. En 1848 participa del lado de los húngaros en su rebelión en contra de los austriacos y huye ante la victoria de estos últimos. Después de estar unos años en París, llega al puerto de Veracruz en 1861. Introduce sus ideas socialistas en el país al dedicarse a educar a campesinos y artesanos. Perseguido por las autoridades al considerarlo subversivo, vive a salto de mata permanentemente. Publica su *Cartilla Socialista,* panfletos y otros escritos, de los cuales me he tomado la libertad de reproducir pequeños extractos en apoyo al relato. Muere en la Ciudad de México en 1890.

Agradecimientos

Quisiera agradecer a Bertha Ruiz de la Concha y a Marcela Pimentel su paciencia en la lectura del manuscrito en proceso y el aportar comentarios que enriquecieron el desarrollo del relato. A Mónica Lavín, mi profundo agradecimiento por sus señalamientos precisos y por inspirarme la confianza que me permitió dar forma final a esta novela.